UG NX 7.0 中文版曲面造型
从入门到精通

三维书屋工作室

王泽鹏 胡仁喜 等编著

机 械 工 业 出 版 社

本书以 UGS 公司最新版本的 UG NX 7.0 中文版为平台，以基础知识和大量实例相结合的形式，详细讲解 UG NX 7.0 曲面造型设计中的操作方法和使用技巧。具体内容包括：曲面概述、UG NX 7.0 基础、基本操作、曲线绘制、简单曲面绘制、复杂曲面绘制、曲面编辑、曲线与曲面分析、曲面渲染、综合实例等内容。

在介绍的过程中，注意由浅入深，从易到难，各章节既相对独立又前后关联。全书解说翔实，图文并茂，语言简洁，思路清晰。

本书随书所配光盘包含全书实例源文件和全部实例操作过程录音讲解 AVI 动画文件，可以帮助读者更加轻松自如地学习本书知识。

本书可以作为大中专院校相关专业和相关培训学院学生的教材，也可作为工程技术人员的自学教材或参考工具书。

图书在版编目（CIP）数据

UG NX 7.0 中文版曲面造型从入门到精通/王泽鹏等编著. —北京：机械工业出版社，2010.6
ISBN 978 - 7 - 111 - 30645 - 0

Ⅰ.①U…　Ⅱ.①王…　Ⅲ.①曲面—机械设计：计算机辅助设计—应用软件，UG NX 7.0　Ⅳ.①TH122

中国版本图书馆 CIP 数据核字（2010）第 085653 号

机械工业出版社（北京市百万庄大街 22 号　邮政编码 100037）
责任编辑：曲彩云　　责任印制：杨　曦
北京蓝海印刷有限公司印刷
2010 年 6 月第 1 版第 1 次印刷
184mm×260mm · 22.5 印张 · 557 千字
0001— 3000 册
标准书号：ISBN 978 - 7 - 111 - 30645 - 0
　　　　　ISBN 978 - 7 - 89451 - 530 - 8（光盘）
定价：48.00 元（含 1DVD）

前　言

曲面造型是计算机辅助几何设计和计算机图形学的一项重要内容，主要研究在计算机图像系统的环境下对曲面的表示、设计、显示和分析。它起源于汽车、飞机、船舶等部件的外形放样工艺，由 Coons、Bezier 等大师于 20 世纪 60 年代奠定其理论基础。如今经过 40 多年的发展，曲面造型现在已形成了以有理 B 样条曲面(Rational B-spline Surface)参数化特征设计和隐式代数曲面(Implicit Algebraic Surface)表示这两类方法为主体，以插值(Interpolation)、拟合(Fitting)、逼近(Approximation)这 3 种手段为骨架的几何理论体系。

Unigraphics（简称为 UG）是美国 EDS 公司出品的一套集 CAD/CAM/CAE 于一体的软件系统。它的功能覆盖了从概念设计到产品生产的整个过程，并且广泛地运用在汽车、航天、模具加工及设计和医疗器械行业等方面。它提供了强大的实体建模技术，提供了高效能的曲面建构能力，能够完成最复杂的造形设计。

Unigraphics 每次的最新版本都代表了当时制造技术的发展前沿，很多现代设计方法和理念都能较快地在新版本中反映出来。这一次发布的最新版本——UG NX7.0 在很多方面都进行了改进和升级，例如并行工程中的灵活性、参数化设计等。

本书以 UGS 公司最新版本的 UG NX 7.0 中文版为平台，以基础和大量实例相结合的形式，详细讲解 UG7.0 曲面造型设计中的操作方法和使用技巧。具体内容包括：

第 1 章介绍了曲面造型的现状和发展趋势以及 UG 曲面建模学习方法。

第 2 章介绍了 UG NX 7.0 的启动、工作环境、系统环境以及参数预设置。

第 3 章介绍了文件操作、对象操作、坐标系操作、视图与布局、图层操作和基准建模等基本操作。

第 4 章介绍了基本曲线、复杂曲线、曲线操作以及曲线编辑并结合鞋子曲线介绍了曲线功能的综合应用。

第 5 章介绍了简单曲面的绘制，包括基本曲面、网格曲面、扫掠建曲面并配合风扇和节能灯泡介绍了简单曲面的使用和操作。

第 6 章介绍了复杂曲面的构造，包括自由曲面成形、曲面倒圆角、曲面延伸、曲面偏置、加厚、桥接等，并结合咖啡壶和鞋子介绍了如何创建复杂曲面。

第 7 章介绍了曲面的编辑命令的使用和操作，并结合鞋子实例介绍了曲面编辑命令的综合应用。

第 8 章介绍了曲线分析和曲面编辑的使用方法。

第 9 章介绍了曲面的渲染，包括高质量图像、艺术图像、材料及纹理设置、灯光效果和视觉效果。

第 10 章讲解了吧台椅、榨汁机和飞机模型的设计，包括零件建模和装配。

在介绍的过程中，注意由浅入深，从易到难，各章节既相对独立又前后关联。全书解说翔实，图文并茂，语言简洁，思路清晰。

本书可以作为大中专院校相关专业和相关培训学院学生的教材，也可作为工程技术人员的自学教材或参考工具书。

本书随书所配光盘包含全书实例源文件和主要实例操作过程录音讲解 AVI 动画文件，

可以帮助读者更加轻松自如地学习本书知识。

本书由三维书屋工作室总策划，主要由青岛科技大学的王泽鹏老师和军械工程学院的胡仁喜老师编写，闫波、程燕、何涛、熊慧、康士廷、王培合、孟清华、张俊生、周广芬、李瑞、王兵学、王渊峰、王艳池、郑长松、王敏、周冰、王玉秋、王义发、阳平华、陈丽芹、李鹏、赵黎、董伟、刘昌丽、李世强、董荣荣等为本书的顺利出版提供了大量帮助。本书在编写过程中，力求完美，但是疏漏之处在所难免，望广大读者发送邮件到win760520@126.com 批评指正，编者将不胜感激。

作　者

目　录

第 1 章

曲面造型综述

曲面造型是计算机辅助几何设计 和计算机图形学的一项重要内容，主要研究在计算机图像系统的环境下对曲面的表示、设计、显示和分析。它起源于汽车、飞机、船舶、叶轮等的外形放样工艺，由 Coons、Bezier 等大师于20 世纪 60 年代奠定其理论基础。如今经过 40 多年的发展，曲面造型现在已形成了以有理 B 样条曲面(Rational B-spline Surface)参数化特征设计和隐式代数曲面(Implicit Algebraic Surface)表示这两类方法为主体，以插值(Interpolation)、拟合(Fitting)、逼近(Approximation)这 3 种手段为骨架的几何理论体系。

- 曲面现状和发展趋势
- UG 曲面建模学习方法

1.1 曲面造型现状和发展趋势

随着计算机图形显示对于真实性、实时性和交互性要求的日益增强，随着几何设计对象向着多样性、特殊性和拓扑结构复杂性这一趋势的日益明显，随着图形工业和制造工业迈向一体化、集成化和网络化步伐的日益加快，随着激光测距扫描等三维数据采样技术和硬件设备的日益完善，曲面造型近几年得到了长足的发展，这主要表现在研究领域的急剧扩展和表示方法的开拓创新。

从研究领域来看，曲面造型技术已从传统的研究曲面表示、曲面求交和曲面拼接，扩充到曲面变形、曲面重建、曲面简化、曲面转换和曲面等距性。

从表示方法来看，以网格细分(Subdivision)为特征的离散造型与传统的连续造型相比，大有后来居上的创新之势。这种曲面造型方法在生动逼真的特征动画和雕塑曲面的设计加工中如鱼得水，得到了广泛的运用。

新的曲面造型方法

（1）基于物理模型的曲面造型方法。现有的 CAD/CAM 系统中的曲面造型方法建立在传统的 CAGD 纯数学理论的基础之上，借助控制顶点和控制曲线来定义曲面，具有调整曲面局部形状的功能。但这种灵活性也给形状设计带来许多不便：典型的设计要求既是定量的又是定性的，如"逼近一组散乱点且插值于一条截面线的整体光顺的曲面"。这种要求对曲面的整体和局部都具有约束，现有曲面生成方式难以满足这种要求；设计者在修改曲面时，往往要求面向形状的修改。通过间接地调整顶点、权因子和节点矢量进行形状修改既繁琐、耗时又不直观，难以既定性又定量地修改曲面的形状。局部调整控制顶点难以保持曲面的整体特性，如凸性或光顺性。基于物理模型的曲面造型方法为克服这些不足提供了一种手段。用基于物理模型的方法对变形曲面进行仿真或构造光顺曲面是 CAGD 和计算机图形学中一个重要研究领域。

（2）基于偏微分方程（PDE）的曲面造型方法。PDE 曲面的形状由边界条件和所选择的偏微分方程确定。该方法具有以下特点：构造过渡面简单易行，只需给出过渡线并计算过渡线处的跨界导矢；所得曲面自然光顺。曲面由曲面参数的超越函数，而不是简单的多项式确定；确定一张曲面只需少量的参数，并且对设计者的数学背景要求较少，只需给出边界曲线和跨界导矢即可产生一张光顺的曲面。因此，输入工作量较小；可通过修改边界曲线和跨界导矢即方程中的一个物理参数来调整曲面形状；便于功能曲面的设计。功能曲面设计最终归结为一些泛函的极值问题，这些泛函的自变量是形状参数，形状参数的多少直接关系到求泛函极值问题时计算量的大小。PDE 曲面形状完全由边界条件确定，所需形状参量较少，从而可以降低计算耗费。PDE 方法是一种新型的曲面造型技术，该方法仅是一种曲面设计技术，而不是一种曲面的表达方式。

（3）流曲线曲面造型。在 CAD 领域，许多曲线曲面的设计涉及到运动物体的外形设计，如汽车、飞机、船舶等。这些物体在空气、水流等流体中相对运动。由于流体对运动物体产生阻力，运动物体的外形设计将变得十分重要。运动物体外形的光滑与否将直接影响其运动性能。人们常常希望所设计的运动物体的外形具有"流线型"，因为具有"流线型"外形的运动物体不仅外观漂亮，而且能极大地减少前进过程中流体对物体的阻力。

1.2 UG 曲面建模学习方法

　　面对 CAD/CAM 软件所提供的众多曲面造型功能，要想在较短的时间内学会实用造型，掌握正确的学习方法是十分必要的。要想在最短的时间内掌握实用造型技术，应注意以下几点：

　　（1）应学习必要的基础知识，包括自由曲线（曲面）的构造原理。这对正确地理解软件功能和造型思路是十分重要的，所谓"磨刀不误砍柴功"。不能正确理解也就不能正确使用曲面造型功能，必然给日后的造型工作留下隐患，使学习过程出现反复。

　　（2）要有针对性地学习软件功能。这包括两方面意思：一是学习功能切忌贪多，一个 CAD/CAM 软件中的各种功能复杂多样，初学者往往陷入其中不能自拔。其实在实际工作中能用得上的只占其中很小一部分，完全没有必要求全，对于一些难得一用的功能，即使学了也容易忘记，徒然浪费时间；另一方面，对于必要的、常用的功能应重点学习，真正领会其基本原理和应用方法，做到融会贯通。

　　（3）重点学习造型基本思路。造型技术的核心是造型的思路，而不在于软件功能本身。大多数 CAD/CAM 软件的基本功能大同小异，要在短时间内学会这些功能的操作并不难，但面对实际产品时却又感到无从下手，这是许多自学者常常遇到的问题。这就好比学射击，其核心技术其实并不在于对某一型号的枪械的操作一样。只要真正掌握了造型的思路和技巧，无论使用何种 CAD/CAM 软件都能成为造型高手。

　　（4）应培养严谨的工作作风，切忌在造型学习和工作中"跟着感觉走"，在造型的每一步骤都应有充分的依据，不能凭感觉和猜测进行，否则贻害无穷。

第 **2** 章

UG NX 7.0 基础

UG 是 Unigraphics Solutions 公司推出的集 CAD/CAM/CAE 为一体的三维机械设计平台,也是当今世界广泛应用的计算机辅助设计、分析和制造软件之一,广泛应用于汽车、航空航天、机械、消费产品、医疗器械、造船等行业,它为制造行业产品开发的全过程提供解决方案,功能包括概念设计、工程设计、性能分析和制造。本章主要介绍 UG 的发展历程及 UG 软件界面的工作环境,和 UG NX 的新增功能,简单介绍如何自定义工具栏,最后介绍 UG 产品流程及个性设计

◎ UG NX7.0 的启动和工作环境

◎ 工具栏的定制

◎ 系统的基本设置

◎ UG 参数设置

2.1 UG NX7.0 的启动和工作环境

2.1.1 UG NX7.0 的启动

启动 UG NX 7.0 中文版有 4 种方法：

（1）双击桌面上的 UG NX 7.0 的快捷方式图标，即可启动 UG NX 7.0 中文版；

（2）单击桌面左下方的"开始"按钮，在弹出的菜单中选择【所有程序】→【UGS NX 7.0】→【NX 7.0】，启动 UG NX 7.0 中文版；

（3）将 UG NX 7.0 的快捷方式图标拖到桌面下方的快捷启动栏中，只需单击快捷启动栏中 UG NX7.0 的快捷方式图标，即可启动 UG NX 7.0 中文版；

（4）直接在启动 UG NX 7.0 的安装目录的 UGII 子目录下双击 ugraf.exe 图标，就可启动 UG NX 7.0 中文版。

UG NX 7.0 中文版的启动画面如图 2-1 所示。

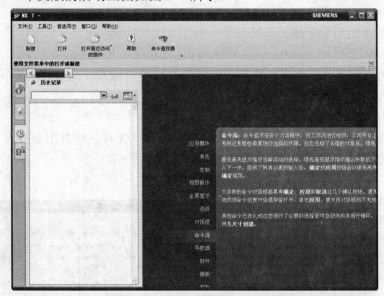

图 2-1 UG NX 7.0 中文版的启动画面

2.1.2 工作环境

本节介绍 UG 的主要工作界面及各部分功能，了解各部分的位置和功能之后才可以有效进行工作设计。UG NX 7.0 主工作区如图 2-2 所示，其中包括：

1. 标题栏

用来显示软件版本，以及当前的模块和文件名等信息。

2. 菜单栏

菜单栏包含了本软件的主要功能，系统的所有命令或者设置选项都归属到不同的菜单下,它们分别是:"文件"菜单、"编辑"菜单、"视图"菜单、"插入"菜单、"格式"菜单、"工具"菜单、"装配"菜单、"信息"菜单、"分析"菜单、"首选项"菜单、"窗口"菜单和"帮助"菜单。

当单击菜单时,在下拉菜单中就会显示所有与该功能有关的命令选项。图 2-3 为工具下拉菜单的命令选项,有如下特点:

(1)快捷字母:例如"文件"菜单中的 F 是系统默认快捷字母命令键,按下 Alt+F 即可调用该命令选项。比如要调用【文件】→【打开】命令,按下 Alt+F 后再按 O 即可调出该命令。

(2)功能命令:是实现软件各个功能所要执行的各个命令,单击它会调出相应功能。

(3)提示箭头:是指菜单命令中右方的三角箭头,表示该命令含有子菜单。

(4)快捷键:命令右方的按钮组合键即是该命令的快捷键,在工作过程中直接按下组合键即可自动执行该命令。

3.工具栏

工具栏中的命令以图形的方式表示命令功能,所有工具栏的图形命令都可以在菜单栏中找到相应的命令,这样可以避免在菜单栏中查找命令的繁琐,方便操作。

4.工作区

工作区是绘图的主区域。

5.坐标系

UG 中的坐标系分为工作坐标系(WCS)和绝对坐标系(ACS),其中工作坐标系是用户在建模时直接应用的坐标系。

6.快捷菜单

快捷菜单栏在工作区中右击鼠标即可打开,其中含有一些常用命令及视图控制命令,以方便绘图工作。

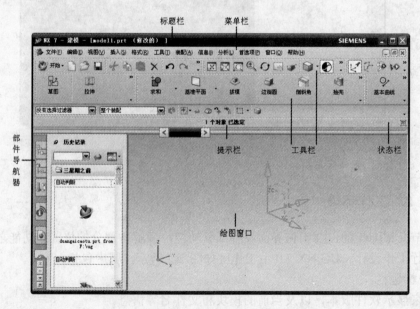

图 2-2 工作窗口

7．资源工具条

资源工具条如图 2-4 所示，其中包括：装配导航器、部件导航器、主页浏览器、历史记录、系统材料等。

单击导航器或浏览器按钮会飞出一页面显示窗口，当单击 如图 2-5 所示的按钮时可以切换页面的固定和滑移状态。

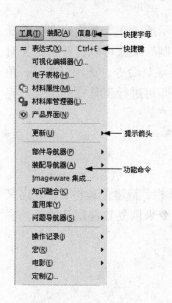

图 2-3　工具下拉菜单　　　　　图 2-4　资源工具条　　　　　图 2-5　固定窗口

单击主页浏览器图标 ，用它来显示 UG NX7.0 的在线帮助、CAST、e-vis、iMan，或其他任何网站和网页。也可用【首选项】→【用户界面】来配置浏览主页，如图 2-6 所示。单击历史图标 ，可访问打开过的零件列表，可预览零件及其他相关信息，如图 2-7 所示。

8．提示栏

提示栏用来提示用户如何操作。执行每个命令时，系统都会在提示栏中显示用户必须执行的下一步操作。对于不熟悉的命令，利用提示栏帮助，一般都可以顺利完成操作。

9．状态栏

状态栏主要用于显示系统或图元的状态，例如显示是否选中图元等信息。

图 2-6　配置浏览器主页　　　　　图 2-7　历史信息

2.2 工具栏的定制

　　UG 中提供的工具栏可以为用户工作提供方便，但是进入应用模块之后，UG 只会显示默认的工具栏图标设置，可以根据自己的习惯定制独特风格的工具栏，本节将介绍工具栏的设置。

　　执行菜单栏中的【工具】→【定制】命令，如图 2-8 所示或者在工具栏空白处的任意位置右击鼠标，如图 2-9 所示，从弹出的菜单中选择"定制"项就可以打开自定义对话框，如图 2-10 所示，对话框中有 5 个功能标签选项：工具条、命令、选项、布局、角色。单击相应的标签后，对话框会随之显示对应的选项卡，即可进行工具栏的定制，完成后执行对话框下方的"关闭"命令即可退出对话框。

2.2.1　工具条

　　该选项标签如图 2-10 所示用于设置显示或隐藏某些工具栏、新建工具栏、装载定义好的工具栏文件（以.tbr 为后缀名），也可利用"重置"命令来恢复软件默认的工具栏设置。

图 2-8　"工具"→"定制"命令　　图 2-9　弹出的菜单　　　　图 2-10　"工具条"标签

2.2.2　命令

　　该选项标签用于显示或隐藏工具栏中的某些图标命令，如图 2-11 所示，具体操作为：

在"类别"栏下找到需添加命令的工具栏，然后在"命令"栏下找到待添加的命令，将该命令拖至工作窗口的相应工具栏中即可。对于工具栏上不需要的命令图标直接拖出，然后释放鼠标即可。命令图标用同样方法也可以拖动到菜单栏的下拉菜单中。

图 2-11　"命令"标签

📖 2.2.3　选项

该选项标签如图 2-12 所示用于设置是否显示完全的下拉菜单列表，设置恢复默认菜单，以及工具栏和菜单栏图标大小的设置。

📖 2.2.4　布局

该选项标签如图 2-13 所示，包括对"当前应用模块"的保存布局和重置的设置，以及"提示/状态位置"的设置、"选择条位置"的设置、"停靠优先级"的设置。

图 2-12　"选项"标签

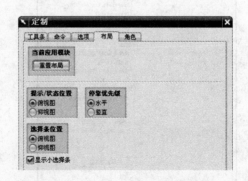

图 2-13　"布局"标签

📖 2.2.5　角色

该选项标签如图 2-14 所示，主要用于对"角色"的"加载"和"创建"设置。

图 2-14 "角色"标签

2.3 系统的基本设置

UG NX7.0 安装以后，会自动建立一些系统变量，所以在使用 UG 之前先要设置环境变量和默认参数的默认值。

2.3.1 环境设置

在 Windows XP 中，软件的工作路径是由系统注册表和环境变量来设置的。UG NX7.0 安装以后，会自动建立一些系统环境变量，如 UGII_BASE_DIR、UGII_LANG 和 UG_ROOT_DIR 等。如果用户要添加环境变量，可以在"我的电脑"图标上单击右键，在弹出的菜单中选择"属性"命令，弹出如图 2-15 所示的"系统属性"对话框，在"高级"选项卡中单击"环境变量"按钮，弹出如图 2-16 所示的"环境变量对话框"。

如果要对 UG NX 7.0 进行中英文界面的切换，在如图 2-16 所示对话框中的"环境变量"列表框中选中"UGII_LANG"，然后单击下面的"编辑"按钮，弹出如图 2-17 所示的"编辑系统变量"对话框，在"变量值"文本框中输入 simple_chinese（中文）或 english（英文）就可实现中英文界面的切换。

图 2-15 "系统属性"对话框

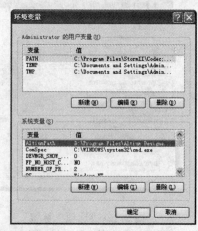

图 2-16 "环境变量对话框"

图 2-17 "编辑系统变量"对话框

2.3.2　默认参数设置

在 UG NX 7.0 环境中，操作参数一般都可以修改。大多数的操作参数，如图尺寸的单位、尺寸的标注方式、字体的大小以及对象的颜色等，都有默认值。而参数的默认值都保存在默认参数设置文件中，当启动 UG NX 7.0 时，会自动调用默认参数设置文件中默认参数。UG NX 7.0 提供了修改默认参数方式，可以根据自己的习惯预先设置默认参数的默认值，可显著提高设计效率。

在菜单区选择"文件"→"实用工具"→"用户默认设置"，弹出如图 2-18 所示的"用户默认设置"对话框。

在该对话框中可以默认参数的默认值、查找所需默认设置的作用域和版本、把默认参数以电子表格的格式输出、升级旧版本的默认设置等。

下面介绍如图 2-18 所示对话框中主要选项的用法：

1. 查找默认设置

在如图 2-18 所示的对话框中单击 图标，弹出如图 2-19 所示的"查找默认设置"对话框，在该对话框"输入与默认设置关联的字符"的文本框中输入要查找的默认设置，单击"查找"按钮，找到默认设置在"找到默认设置"列表框中列出其作用域、版本、类型。

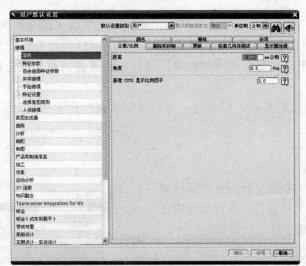

图 2-18 "用户默认设置"对话框　　　　　图 2-19 "查找默认设置"对话框

2. 管理当前设置

在如图 2-18 所示的对话框中单击 图标，弹出"管理当前设置"对话框。在该对话框中可实现对默认设置的新建、删除、导入、导出和以电子表格的格式输出默认设置。

2.4　UG 参数设置

UG 参数设置主要用于设置 UG 系统默认的一些控制参数。所有的参数设置命令均在主菜单"首选项"下面，当进入相应的命令中时每个命令还会具体地设置。

其中也可以通过修改 UG 安装目录下的 UGII 文件夹中的 ugii_env.dat 和 ugii_metric.def 或相关模块的 def 文件来修改 UG 的默认设置。

2.4.1 对象参数设置

执行菜单栏中的【首选项】→【对象】命令后，系统弹出如图 2-20 所示"对象首选项"对话框，该功能主要用于设置产生新对象的属性，例如线型、线宽、颜色等，通过编辑用户可以进行个性化的设置，以下就相关选项进行说明：

（1）工作图层：用于设置新对象的存储图层。在文本框中输入图层号后系统会自动将新建对象储存在该图层中。

（2）类型、颜色、线型、宽度：在其下拉列表中设置了系统默认的多种选项，例如有 7 种线型选项和 3 种线宽选项等。

（3）面分析：该选项用于确定是否在面上显示该面的分析效果。

图 1-20 "对象首选项"对话框

（4）透明度：该选项用来使对象显示处于透明状态，可以通过滑块来改变透明度。

（5）继承：该选项命令即 ![icon] 图标按钮，用于继承某个对象的属性设置并以此来设置新创对象的预设置。单击此按钮，选择要继承的对象，这样以后新建的对象就会和刚选取的对象具有同样的属性。

（6）信息：该选项命令即 ![icon] 图标按钮，用于显示并列出对象属性设置信息对话框。

2.4.2 装配参数设置

执行菜单栏中的【首选项】→【装配】命令，系统弹出如图 2-21 所示的"装配首选项"对话框。该对话框用于设置装配的相关参数。以下介绍部分选项功能用法：

（1）强调：该复选框用于设置是否突出显示工作组件。当工作组件与显示件不同时，可以选中该复选框以突出显示工作组件。

（2）保持：该复选框用于设置是否保留工作组件。选中该复选框，在改变显示组件时，如果工作组件是显示组件的下级组件，则工作组件保持不变。

（3）选择组件成员：用于设置是否首先选择组件。勾选该复选框，则在选择属于某个子装配的组件时，首先选择的是子装配中的组件，而不是子装配。

（4）描述性部件名样式：该选项用于设置部件名称的显示类型。其中包括文件名、描述、指定的属性 3 种方式。

图 1-21 "装配首选项"对话框

2.4.3　草图参数设置

执行菜单栏中的【首选项】→【草图】命令，系统弹出如图 2-22 所示的"草图首选项"对话框。该对话框用于设置草图的相关参数。

1．草图样式

（1）尺寸标签：用于设置尺寸的文本内容。其下拉列表框中包含：

1）表达式：用于设置用尺寸表达式作为尺寸文本内容。

2）名称：用于设置用尺寸表达式的名称作为尺寸文本内容。

3）值：用于设置用尺寸表达式的值作为尺寸文本内容。

（2）屏幕上固定文本高度：用于设置固定尺寸文本的高度。

2．会话设置（如图 2-23 所示的选项面板）

图 2-22 "草图首选项"对话框

图 2-23 "会话设置"选项卡

（1）捕捉角：用于设置捕捉角度，它用来控制不采取捕捉方式绘制直线时是否自动为水平或垂直直线。如果所画直线与草图工作平面 XC 轴或 YC 轴的夹角小于等于该参数值，则所画直线会自动为水平或垂直直线。

（2）更改视图方向：该复选框用于控制草图退出激活状态时，工作视图是否回到原来的方向。

（3）保持图层状态：该复选框用于控制工作层状态。当草图激活后，它所在的工作层自动称为当前工作层。勾选该复选框，当草图退出激活状态时，草图工作层会回到激活前的工作层。

（4）显示自由度箭头：该复选框用于控制自由箭头的显示状态。勾选该复选框，则草图中未约束的自由度会用箭头显示出来。

（5）动态约束显示：该复选框用于控制约束是否动态显示。

图 2-24 "部件设置"选项卡

3．部件设置（如图 2-24 所示的选项面板）

显示相应的参数设置内容。该对话框用于设置"曲线"、"尺寸"等草图对象的颜色。

2.4.4 建模参数设置

该选项用于设定建模参数和特性，如距离、角度公差、密度、密度单位和曲面网格。一旦定义了一组参数，所有随后生成的对象都符合那些特殊设置。要设定这些参数，打开"建模预设置"对话框，执行菜单栏中的【首选项】→【建模】命令，系统弹出如图2-25所示的"建模首选项"对话框。所有选项功能介绍如下：

1. 常规

（1）删除时通知：该选项作用在于，当试图删除其他特征所依附的特征时是否会收到警告信息。如果这个选项被切换为"打开"状态，当试图删除一个影响其他特征的特征时（例如，如果试图删除一个被另一个特征用作定位参考的特征），将收到警告提示信息。

"提示"信息还包括一个"信息"按钮，它会调出一个"信息"窗口，该窗口显示将要删除的特征与其他将受影响的特征，及为什么和受哪个要删除特征的影响。选择"确定"继续删除操作；选择"取消"则取消该操作。

（2）体类型：该选项作用在于，当生成依附于曲线的某种类型的体时，是生成一个实体还是片体。此选项可在"实线"与"片体"之间切换。该选项可与"通过曲线网格"、"通过曲线"、"扫掠"、"截面"和"直纹"等自由形式特征生成选项及"拉伸体"与"旋转体"特征生成选项一起使用。

（3）距离公差：该选项用于设置建模距离公差。在"建模"中可使用这个公差值来生成扫掠、旋转实体、正在截取的实体和许多其他功能。例如，生成片体时，距离公差指定原先曲面上的对应点与生成的 B 曲面之间的最大允许距离。

（4）角度公差：这个选项可以设定角度公差。角度公差是在对应点的曲面法向之间的最大允许角度，或在对应点的曲线切向矢量之间的最大允许角度。

（5）密度：该选项可以将指定的默认密度值设置给当前部件中随后生成的实体。

（6）密度单位：此选项可以将指定的默认密度单位设置给当前部件中随后生成的实体上。 密度可用的单位制是：磅-英寸、磅-英尺、克-厘米和千克-米。改变密度单位将会使系统根据新的单位重新计算当前的密度值。如果需要，仍然可以改变密度值。

（7）栅格线：此选项可以指定正在生成的体的面上 U 和 V 方向的网格曲线的数量。

（8）特征/标记：此选项可用于在生成和编辑特征的过程中，控制系统多长时间设置一次更新所使用的内部标记。

（9）动态更新：该选项用于指定系统在更新体的父曲线、样条、桥接曲线、直线或弧时，实时动态显示该体如何改变。正在改变的体的显示是临时的，直到完成编辑操作，它才变为永久的。其下有 3 个子选项：

1）连续的：当移动鼠标编辑父曲线时，子体连续动态更新。当编辑体的父曲线时，此设置提供了来自于图形显示的实时动态响应。当连续动态更新没有过多地降低系统速度时，可使用此设置。

2）递增的：在编辑父曲线（例如，当拖动样条极点）时每次停止移动鼠标，子体就动态更新一次。当连续动态更新过多地降低系统速度时，可使用此设置。

3）无：该选项表示在编辑体的父曲线的过程中禁用"动态更新"。

（10）直接子级：此选项从属于"动态更新"，用于决定其父曲线正在被编辑的体显示的动态更新程度。其下有 2 个选项：

1）第一层：选中该选项后，在编辑过程中，只有那些直接从曲线或正在编辑的曲线中衍生出的特征才可以动态更新。"第一层子"被定义为第一个体，它可以从曲线中衍生出来，并且它不是隐藏的或放置在不可见层上的。

2）全部：选中该选项后，允许那些依附曲线或正在编辑的曲线的所有特征在编辑过程中动态更新。如果"动态更新"设置为"无"，系统将忽略"直接子级"设置。

如果通过【编辑】→【特征】→【参数】选项编辑样条、直线、弧和桥接特征，则会忽略"直接子"设置。

2. 自由曲面（如图 2-26 所示选项面板）

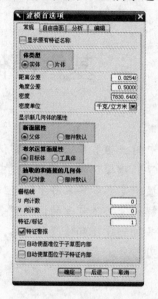

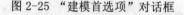

图 2-25 "建模首选项"对话框   图 2-26 "自由曲面"选项

（1）曲线拟合方式：此选项控制必须用样条逼近曲线时所使用的拟合方式。有 3 种选择：

1）三次：使用阶次为 3 的样条。如果需要将样条数据转移到另外一个只支持阶次为 3 的样条的系统上，就必须使用这个选项。

2）五次：使用阶次为 5 的样条。用五次拟合方式生成的曲线，其段的数量比那些用三次拟合方式生成的曲线的段的数量少，而且更容易通过移动极点来进行编辑。曲率分布更光顺，并且可以更好地复制真实曲线的曲率特性。

3）高级：使用更为高次的样条曲线拟合，要求曲线光顺性更高，但一般不常用。

（2）自由曲面构造结果：这个选项可以在使用"通过曲线"、"通过曲线网格"、"扫掠"和"直纹"选项时控制自由形式特征的生成。其下有两选项：

1）平面：该选项用于"打开"并且生成几何体将产生平面时，会生成一个有界平面。

2）B 曲面：该选项用于将告知系统总是生成 B 曲面。使用有界平面代替 B 曲面可提高后续应用的性能和可靠性。然而，如果曲面的等参数曲线或流线对应用非常重要，则 B 曲面选项可以控制这些数据。

第 3 章

基本操作

本章主要介绍 UG 应用中的一些基本操作及经常使用的工具，从而使用户更为熟练 UG 的建模环境，对于建模中常用的工具或者是命令要很好地掌握还是要多练多用才行，但对于UG所提供的建模工具的整体了解也是必不可少的，只有全局了解了才知道对同一模型可以有多种的建模和修改的思路，对更为复杂或特殊的模型的建立游刃有余。

学 习 要 点

- 文件操作
- 对象操作
- 坐标系操作
- 基准建模

3.1 文件操作

本节将介绍文件的操作，包括新建文件、打开和关闭文件、保存文件、导入导出文件操作设置等，这些操作可以通过"文件"菜单中的各种命令来完成。

3.1.1 新建文件

本节将介绍如何新建一个 UG 的 prt 文件，执行菜单栏中的【文件】→【新建】或者在工具栏上单击 图标或是按 Ctrl+N 组合键，就可以打开如图 3-1 所示的"新建"对话框。

在对话框中"模板"列表选择适当的模板，然后在"新文件名"中的"文件夹"确定新建文件的保存路径，在"名称"中写入输入文件名，设置完后点击【确定】即可。

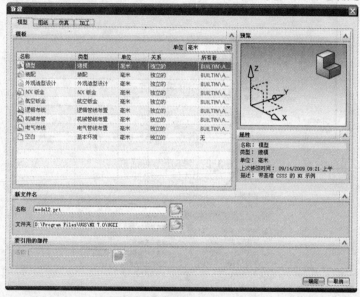

图 3-1 "新建"对话框

3.1.2 打开关闭文件

执行菜单栏中的【文件】→【打开】命令或者单击工具栏上的 图标或者按下 Ctrl+O 组合键，系统就会弹出如图 3-2 所示"打开"对话框，对话框中会列出当前目录下的所有有效文件以供选择，这里所指的有效文件是根据用户在"文件类型"中的设置来决定的。其"不加载组件"选项是指若选中此复选框，则当打开一个装配零件的时候，不用调用其中的组件。

另外，可以单击"文件"菜单下的"最近打开的部件"命令来有选择性地打开最近打开过的文件。

关闭文件可以通过执行【文件】→【关闭】下的子菜单命令来完成，如图 3-3 所示。

以下对"关闭"文件"选定的部件（P）"子菜单命令作一介绍：

选择该命令后会弹出如图 3-4 所示的"关闭部件"对话框，用户选取要关闭的文件，其后单击【确定】即可。对话框的其他选项解释如下：

（1）顶级装配部件：该选项用于在文件列表中只列出顶层装配文件，而不列出装配中包含的组件。

（2）会话中的所有部件：该选项用于在文件列表列出当前进程中所有载入的文件。

（3）仅部件：仅关闭所选择的文件。

（4）部件和组件：该选项功能在于，如果所选择的文件是装配文件，则会一同关闭所有属于该装配文件的组件文件。

图 3-2 "打开"对话框

图 3-3 "关闭"子菜单

图 3-4 "关闭部件"对话框

图 3-5 "关闭所有文件"对话框

（5）关闭所有打开的部件：选择该选项，可以关闭所有文件，但系统会出现警示对话框，如图 3-5 所示的"关闭所有文件"对话框，提示用户已有部分文件作修改，给出选项让用户进一步确定。

其他的命令与之相似，只是关闭之前再保存一下，此处不再详述。

📖3.1.3 导入导出文件

1. 导入文件

执行菜单栏中的【文件】→【导入】命令，系统弹出子菜单，提供了 UG 与其他应用程序文件格式的接口，其中常用的有"部件"、"CGM"、"DXF/DWG"等格式文件。以下对部分格式文件作一介绍：

（1）部件：UG 系统提供的将已存在的零件文件导入到目前打开的零件文件或新文件中；此外还可以导入 CAM 对象，如图 3-6 所示的"导入部件"对话框，功能如下：

1）比例：该选项中文本框用于设置导入零件的大小比例。如果导入的零件含有自由曲面时，系统将限制比例值为 1。

图 3-6　"导入部件"对话框

2）创建命名的组：选择该选项后，系统会将导入的零件中的所有对象建立群组，该群组的名称即是该零件文件的原始名称。并且该零件文件的属性将转换为导入的所有对象的属性。

3）导入视图和摄像机：选中该复选框后，导入的零件中若包含用户自定义布局和查看方式，则系统会将其相关参数和对象一同导入。

4）导入 CAM 对象：选中该复选框后，若零件中含有 CAM 对象则将一同导入。

5）图层

工作的：选中该选项后，则导入零件的所有对象将属于当前的工作图层。

原先的：选中该选项后，则导入零件的所有对象还是属于原来的图层。

6）目标坐标系

WCS：选择该选项，在导入对象时以工作坐标系为定位基准。

指定：选中该选项后，系统将在导入对象后显示坐标子菜单，采用用户自定义的定位基准，定义之后，系统将以该坐标系作为导入对象的定位基准。

（2）Parasolid：单击该命令后系统会弹出对话框导入（*.x_t）格式文件，允许导入含有适当文字格式文件的实体（parasolid），该文字格式文件含有可用说明该实体的数据。导入的实体密度保持不变，表面属性（颜色、反射参数等）除透明度外，保持不变。

（3）GM：单击该命令可导入 CGM（Computer Graphic Metafile）文件，即标准的 ANSI 格式的电脑图形中继文件。

（4）IGES：单击该命令可以导入 IGES 格式文件。IGES（Initial Graphics Exchange Specification）是可在一般 CAD/CAM 应用软件间转换的常用格式，可供各 CAD/CAM 相关应用程序转换点、线、曲面等对象。

（5）DFX/DWG：单击该命令可以导入 DFX/DWG 格式文件，可将其他 CAD/CAM 相关应用程序导出的 DFX/DWG 文件导入到 UG 中，操作与 IGES 相同。

2．导出文件

执行菜单栏中的【文件】→【导出】命令，可以将 UG 文件导出为除自身外的多种文件格式，包括图片、数据文件和其他各种应用程序文件格式。

3.1.4　文件操作参数设置

1．载入选项

执行菜单栏中的【文件】→【选项】→【装配加载选项】命令，系统会弹出如图 3-7 所示“装配加载选项”对话框。以下对其主要参数进行说明：

（1）加载：该选项用于设置加载的方式，其下有 3 选项：

1）按照保存的：该选项用于指定载入的零件目录与保存零件的目录相同。

2）从文件夹：指定加载零件的文件夹与主要组件相同。

3）从搜索文件夹：利用此对话框下的“显示会话文件夹”按钮进行搜寻。

（2）加载：该选项用于设置零件的载入方式，该选项有 5 个选项。

（3）使用部分加载：取消该选项时，系统会将所有组件一并载入，反之系统仅允许用户打开部分组件文件。

（4）失败时取消加载：该复选框用于控制当系统载入发生错误时是否中止载入文件。

（5）允许替换：选中该复选框，当组件文件载入零件时，即使该零件不属于该组件文件，系统也允许打开该零件。

2．保存选项

执行菜单栏中的【文件】→【选项】→【保存选项】命令，弹出如图 3-8 所示的“保存选项”对话框，在对话框中可以进行相关参数设置。下面就对话框中部分参数进行介绍：

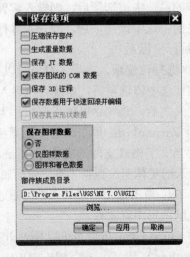

图 3-7　“装配加载选项”对话框　　　　图 3-8　“保存选项”对话框

（1）压缩保存部件：选中该复选框后，保存时系统会自动压缩零件文件，文件经过压缩需要花费较长时间，所以一般用于大型组件文件或是复杂文件。

（2）生成重量数据：该复选框用于更新并保存元件的重量及质量特性，并将其信息与元件一同保存。

（3）保存图样数据：该选项组用于设置保存零件文件时，是否保存图样数据。

1）否：表示不保存。

2）仅图样数据：表示仅保存图样数据而不保存着色数据。

3）图样和着色数据：表示全部保存。

3.2 对象操作

UG 建模过程中的点、线、面、图层、实体等被称为对象，三维实体的创建、编辑操作过程实质上也可以看作是对对象的操作过程。

3.2.1 观察对象

对象的观察一般有以下几种途径可以实现：

1. 通过快捷菜单

在工作区通过右击鼠标可以弹出如图 3-9 所示菜单栏，部分菜单命令功能说明如下：

（1）适合窗口：用于拟合视图，即调整视图中心和比例，使整合部件拟合在视图的边界内。也可以通过快捷键 Ctrl+F 实现。

（2）缩放：用于实时缩放视图，该命令可以通过同时按下鼠标中键（对于 3 键鼠标而言）不放来拖动鼠标实现；将鼠标置于图形界面中，滚动鼠标滚轮就可以对视图进行缩放；或者在按下鼠标滚轮的同时按下 Ctrl 键，然后上下移动鼠标也可以对视图进行缩放；

（3）旋转：用于旋转视图，该命令可以通过鼠标中键（对于 3 键鼠标而言）不放，再拖动鼠标实现。

（4）平移：用于移动视图，该命令可以通过同时按下鼠标右键和中键（对于 3 键鼠标而言）不放来拖动鼠标实现；或者在按下鼠标滚轮的同时按下 Shift 键，然后向各个方向移动鼠标也可以对视图进行移动。

（5）刷新：用于更新窗口显示，包括：更新 WCS 显示、更新由线段逼近的曲线和边缘显示；更新草图和相对定位尺寸/自由度指示符、基准平面和平面显示。

（6）渲染样式：用于更换视图的显示模式，给出的命令中包含线框、着色、局部着色、面分析、艺术外观等 8 种对象的显示模式。

（7）定向视图：用于改变对象观察点的位置。子菜单中包括用户自定义视角共有 9 个视图命令。

（8）设置旋转点：该命令可以用鼠标在工作区选择合适旋转点，再通过旋转命令观察对象。

2. 通过视图工具栏

"视图"工具栏如图 3-10 所示。上面每个图标按钮的功能与对应的快捷菜单相同。

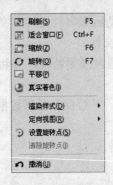

图 3-9 快捷菜单　　　　　　　　　　　　图 3-10 视图工具栏

3．通过视图下拉菜单

执行"视图"菜单命令，系统会弹出子菜单，其中许多功能可以从不同角度观察对象模型。

3.2.2　改变对象的显示方式

执行菜单栏中的【编辑】→【对象显示】或是按下组合键 Ctrl+J，弹出如图 3-11 所示"类选择"对话框，选择要改变的对象后，弹出如图 3-12 所示的"编辑对象显示"对话框，可编辑所选择对象的层、颜色、网格数、透明度或者着色状态等参数，完成后单击【确定】即可完成编辑并退出对话框，按下"应用"则不用退出对话框，接着进行其他操作。

图 3-11 "类选择"对话框　　　　　　　　图 3-12 "编辑对象显示"对话框

"类选择"对话框的相关参数和命令功能说明如下：

1．对象

（1）选择对象：用于选取对象。

（2）全选：用于选取所有的对象。

（3）反向选择：用于选取在图形工作区中未被用户选中的对象

2. 其他选择方法

（1）根据名称选择：用于输入预选取对象的名称，可使用通配符"？"或"*"。

（2）选择链：用于选择首尾相接的多个对象。选择方法是首先单击对象链中的第一个对象，然后再单击最后一个对象，使所选对象呈高亮度显示，最后确定，结束选择对象的操作。

（3）向上一级：用于选取上一级的对象。当选取了含有群组的对象时，该按钮才被激活，单击该按钮，系统自动选取群组中当前对象的上一级对象。

3. 过滤器

（1）类型过滤器：单击"类型过滤器"按钮，弹出 "根据类型选择"对话框，如图3-13所示，在该对话框中，可设置在对象选择中需要包括或排除的对象类型。当选取"曲线"、"面"、"尺寸"、"符号"等对象类型时，单击"细节过滤"按钮，还可以作进一步限制，如图3-14所示。

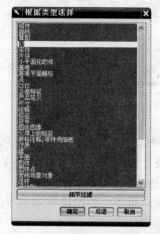

图 3-13 "根据类型选择"对话框　　　　　图 3-14 "曲线过滤器"对话框

（2）图层过滤器：单击"图层过滤器"按钮，弹出如图3-15所示的"根据图层选择"对话框，在该对话框中可以设置在选择对象时需包括或排除的对象的所在层。

（3）颜色过滤器：单击"颜色过滤器"按钮，弹出如图3-16所示的"颜色"对话框，在该对话框中通过指定的颜色来限制选择对象的范围。

图 3-15 "根据图层选择"对话框　　　　图 3-16 "颜色"对话框

（4）属性过虑器：单击"属性过虑器"按钮，弹出如图3-17所示的"按属性选择"对话框，在该对话框中，可按对象线型、线宽或其他自定义属性过滤。

（5）重置过虑器：单击"重置过虑器"按钮，用于恢复成默认的过滤方式。

在"编辑对象显示"对话框，其相关命令说明如下：

1）图层：用于指定选择对象放置的层。系统规定的层为1~256层。

2）颜色：用于改变所选对象的颜色，可以调出如图3-16所示的"颜色"对话框。

3）线型：用于修改所选对象的线型（不包括文本）。

4）宽度：用于修改所选对象的线宽。

图3-17 "按属性选择"对话框

5）应用于所有面：该复选框中有5个选项，勾选该复选框则将5个选项操作应用于所选实体所有面。栅格数U、V用于修改所选实体或片体以线框显示时的U、V方向的网格数。透明度是用于控制选择对象被着色后光线的穿透度。

6）继承：选择需要从哪个对象上继承设置，并应用到之后的所选对象上。

7）重新高亮显示对象：重新高亮显示所选对象。

3.2.3 隐藏对象

当工作区域内图形太多，以至于不便于操作时，应将暂时不需要的对象隐藏，如模型中的草图、基准面、曲线、尺寸、坐标、平面等，执行【编辑】→【显示和隐藏】菜单下的子菜单提供了显示、隐藏和取消隐藏功能命令，如图3-18所示。

其部分功能说明如下：

（1）显示和隐藏：单击该命令，弹出如图3-19所示的"显示和隐藏"对话框，可以选择要显示或隐藏的对象。

（2）隐藏：该命令也可以通过按下组合键Ctrl+B实现，提供了类选择对话框，可以通过类型选择需要隐藏的对象或是直接选取。

（3）颠倒显示和隐藏：该命令用于反转当前所有对象的显示或隐藏状态，即显示的全部对象将会隐藏，而隐藏的将会全部显示。

（4）显示：该命令将所选的隐藏对象重新显示出来，单击该命令后将会弹出一类型选择对话框，此时工作区中将显示所有已经隐藏的对象，用户可以在其中选择需要重新显示的对象即可。

（5）显示所有此类型的：该命令将重新显示某类型的所有隐藏对象，如图 3-20 所示，并提供了 5 种过滤方式，"类型"、"图层"、"其他"、"重置"和"颜色" 5 个按钮或选项来确定对象类别。

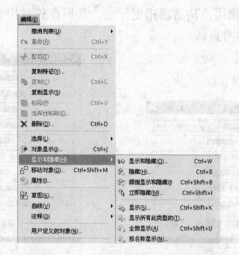

图 3-18 "显示和隐藏"子菜单

图 3-19 "显示和隐藏"对话框

图 3-20 不隐藏所有某类型的对话框

（6）全部显示：该命令也可以通过按下组合键 Shift+Ctrl+U 实现，将重新显示所有在可选层上的隐藏对象。

3.2.4 对象变换

执行菜单栏中的【编辑】→【变换】命令或是按下 Ctrl+T 组合键后，系统会弹出如图 3-21 对象"变换"对话框，可被变化的对象包括直线、曲线、面、实体等。该对话框在操作变化对象时经常用到。在执行"变换"命令的最后操作时，都会弹出如图 3-22 所示的"变换"对话框。

以下再对图 3-21 "变换"对话框中部分功能作一介绍：

（1）比例：该选项用于将选取的对象，相对于指定参考点成比例的缩放尺寸。选取的对象在参考点处不移动。选中该选项后，在系统弹出的点构造器选择一参考点后，系统会弹出对话框选项，提供了两种选择：

1）比例：该文本框用于设置均匀缩放。

2）非均匀比例： 选中该选项后，在弹出的对话框中设置 XC、YC、ZC 方向上的缩放比例。

（2）通过一直线镜像：该选项用于将选取的对象，相对于指定的参考直线作镜像。即在参考线的相反侧建立源对象的一个镜像。

选中该选项后，系统会弹出如图 3-23 所示对话框，提供了 3 种选择：

1）两点：用于指定两点，两点的连线即为参考线。

2）现有的直线：选择一条已有的直线（或实体边缘线）作为参考线。

3）点和矢量：该选项用点构造器指定一点，其后在矢量构造器中指定一个矢量，通过指定点的矢量即作为参考直线。

图 3-21 "变换"对话框　　　　图 3-22 "变换"公共参数对话框

图 3-23 "通过一直线镜像"选项

（3）矩形阵列：该选项用于将选取的对象，从指定的阵列原点开始，沿坐标系 XC 和 YC 方向（或指定的方位）建立一个等间距的矩形阵列。系统先将源对象从指定的参考点移动或复制到目标点（阵列原点）然后沿 XC、YC 方向建立阵列。

选中该选项后，系统会弹出如图 3-24 所示的"矩形阵列"对话框，以下就该对话框部分选项作一介绍：

1）DXC：该选项表示 XC 方向间距。

2）DYC：该选项表示 YC 方向间距。

（4）圆形阵列：该选项用于将选取的对象，从指定的阵列原点开始，绕目标点（阵列中心）建立一个等角间距的圆形阵列。

选中该选项后，系统会弹出如图 3-25 所示的对话框，以下就该对话框部分选项作一介绍：

1）半径：用于设置环形阵列的半径值，该值也等于目标对象上的参考点到目标点之间的距离。

2）起始角：定位环形阵列的起始角（于 XC 正向平行为零）。

（5）通过一平面镜像：该选项用于将选取的对象，相对于指定参考平面作镜像。即在参考平面的相反侧建立源对象的一个镜像。选中该选项后，系统会弹出如图 3-26 所示的"平面"对话框，用于选择或创建一参考平面，之后选取源对象完成镜像操作。

（6）点拟合：该选项用于将选取的对象，从指定的参考点集缩放、重定位或修剪到目标点集上。选中该选项后，系统会弹出如图 3-27 所示对话框，其有两选项介绍如下：

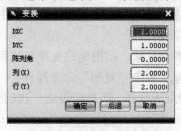

图 3-24 "矩形阵列" 对话框

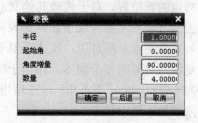

图 3-25 "圆形阵列" 选项

图 3-26 "平面" 对话框

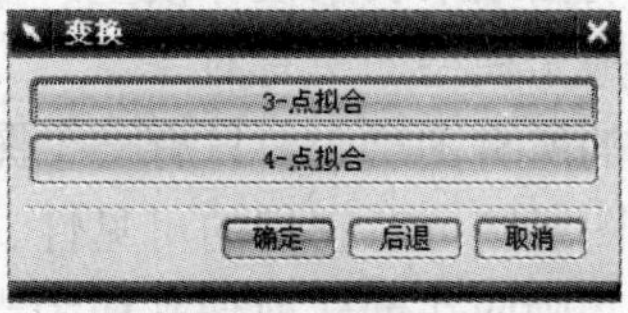

图 3-27 "点拟合" 选项

1）3-点拟合：允许通过 3 个参考点和 3 个目标点来缩放和重定位对象。

2）4-点拟合：允许用通过 4 个参考点和 4 个目标点来缩放和重定位对象。

图 3-22 对象 "变换" 公共参数对话框中部分功能介绍（该对话框用于选择新的变换对象、改变变换方法、指定变换后对象的存放图层等功能）：

1）重新选择对象：该选项用于重新选择对象，通过类选择器对话框来选择新的变换对象，而保持原 变换方法不变。

2）变换类型-镜像线：该选项用于修改变换方法。即在不重新选择变换对象的情况下，修改变换方法，当前选择的变换方法以简写的形式显示在 "-" 符号后面。

3）目标层-原来的：该选项用于指定目标图层。即在变换完成后，指定新建立的对象所在的图层。单击该选项后，会有以下 3 种选项：

工作的：变换后的对象放在当前的工作图层中。

原先的：变换后的对象保持在源对象所在的图层中。

指定：变换后的对象被移动到指定的图层中。

（7）跟踪状态 - 关：该选项是一个开关选项，用于设置跟踪变换过程。当其设置为 "开" 时，则在源对象与变换后的对象之间画连接线。

需要注意的是，该选项对于源对象类型为实体、片体或边界的对象变换操作时不可用。跟踪曲线独立于图层设置，总是建立在当前的工作图层中。

（8）分割 - 1：该选项用于等分变换距离。即把变换距离（或角度）分割成几个相等的部分，实际变换距离（或角度）是其等分值。指定的值称为 "等分因子"。

（9）移动：该选项用于移动对象。即变换后，将源对象从其原来的位置移动到由变换参数所指定的新位置。如果所选取的对象和其他对像间有父子依存关系（即依赖于其他父对象而建立），则只有选取了全部的父对象一起进行变换后，才能用"移动"命令选项。

（10）复制：该选项用于复制对象。即变换后，将源对象从其原来的位置复制到由变换参数所指定的新位置。对于依赖其他父对象而建立的对象，复制后的新对象中数据关联信息将会丢失（即它不再依赖于任何对象而独立存在）。

（11）多个副本 - 不可用：该选项用于复制多个对象。按指定的变换参数和拷贝个数在新位置复制源对象的多个副本。相当于一次执行了多个"复制"命令操作。

（12）撤消上一个 - 不可用：该选项用于撤消最近变换。即撤消最近一次的变换操作，但源对象依旧处于选中状态。

3.3 工作图层设置

图层是用于在空间使用不同的层次来放置几何体。图层相当于传统设计者使用的透明图纸。用多张透明图纸来表示设计模型，每个图层上存放模型中的部分对象，所有图层对其叠加起来就构成了模型的所有对象。

在一个组件的所有图层中，只有一个图层是当前工作图层，所有工作只能在工作图层上进行。而其他图层则可对它们的可见性、可选择性等进行设置来辅助工作。如果要在某图层中创建对象，则应在创建前使其成为当前工作层。

为了便于各图层的管理，UG 中的图层用图层号来表示和区分，图层号不能改变。每一模型文件中最多可包含 256 个图层，分别用 1～256 表示。

引入图层使得模型中对各种对象的管理更加有效和更加方便。

3.3.1 图层的设置

可根据实际需要和习惯设置用户自己的图层标准，通常可根据对象类型来设置图层和图层的类别，如可以创建如图 2-28 所示的图层。

图层号	对象	类别名
1～20	实体	SOLID
21～40	草图	SKETCHES
41～60	曲线	CURVES
61～80	参考对象	DATUMS
81～100	片体	SHEETS
101～120	工程图对象	DRAF
121～140	装配组件	COMPONENTS

有关图层的设置的具体操作如下：

执行菜单栏中的【格式】→【图层设置】命令或单击"实用工具"工具栏中的 图标，打开如图 2-28 所示的"图层设置"对话框。

（1）工作图层：将指定的一个图层设置为工作图层。

（2）Select Layer By Range/Categary：用于输入范围或图层种类的名称以便进行筛选操作。

（3）Categary Filter：用于控制图层类列表框中显示图层类条数目，可使用通配符*，表示接收所有的图层种类。

图 2-28 "图层设置"对话框   图 2-29 "图层类别"对话框

3.3.2 图层的类别

为更有效地对图层进行管理，可将多个图层构成一组，每一组称为一个图层类。图层类用名称来区分，必要时还可附加一些描述信息。通过图层类，可同时对多个图层进行可见性或可选性的改变。同一图层可属于多个图层类。

执行菜单栏中【格式】→【图层的类别】命令或单击"实用工具"工具栏中的 图标，打开如图 2-29 所示的"图层类别"对话框。

（1）过滤器：用于控制图层类别列表框中显示的图层类条目，可使用通配符。

（2）图层类列表框：用于显示满足过滤条件的所有图层类条目。

（3）类别：用于在"类别"下面的文本框中输入要建立的图层类名。

（4）创建/编辑：用于建立新的图层类并设置该图层类所包含的图层，或编辑选定图层类所包含的图层。

（5）删除：用于删除选定的一个图层类。

（6）重命名：用于改变选定的一个图层类的名称。

（7）描述：用于显示选定的图层类的描述信息，或输入新建图层类的描述信息。

（8）加入描述：新建图层类时，若在"描述"下面的文本框中输入了该图层类的描述信息，在需单击该按钮才能使描述信息有效。

3.3.3 图层的其他操作

1. 在视图中可见

用于在多视图布局显示情况下，单独控制指定视图中各图层的属性，而不受图层属性的全局设置的影响。

执行菜单栏中的【格式】→【在视图中可见】命令或单击"实用工具"工具栏中的图标，打开如图 2-30 所示的"视图中的可见图层"对话框。在该对话框中选中"TOP"，单击 **确定** 按钮，打开如图 2-31 所示的"视图中的可见图层"对话框。

图 2-30 "视图中的可见图层"视图选择对话框　　图 2-31 "视图中的可见图层"对话框

2．移动至图层

用于将选定的对象从其原图层移动到指定的图层中，原图层中不再包含这些对象。

执行菜单栏中的【格式】→【移动至图层】命令或单击"实用工具"工具栏中的图标，用于"移动至图层"操作。

3．复制至图层

用于将选定的对象从其原图层复制一个备份到指定的图层，原图层中和目标图层中都包含这些对象。

执行菜单栏中的【格式】→【复制至图层】命令或单击"实用程序"工具栏中的图标，用于"复制至图层"操作。

3.4 坐标系操作

UG 系统中共包括 3 种坐标系统，分别是绝对坐标系 ACS（Absolute Coordinate System）、工作坐标系 WCS（Work Coordinate System）和机械坐标系 MCS（Machine Coordinate System），它们都是符合右手定则的。

ACS：是系统默认的坐标系，其原点位置永远不变，在新建文件时就产生了。

WCS：是 UG 系统提供给用户的坐标系，可以根据需要任意移动它的位置，也可以设置属于自己的 WCS 坐标系。

MCS：该坐标系一般用于模具设计、加工、配线等向导操作中。

UG 中关于坐标系统的操作功能集中在图 3-32 中。

在一个 UG 文件中可以存在多个坐标系。但它们当中只可以有一个工作坐标系，UG 中还可以利用 WCS 下拉菜单中的"保存"命令来保存坐标系，从而记录下每次操作时的坐标系位置，以后再利用"原点"命令移动到相应的位置。

图 3-32 坐标系统操作子菜单

3.4.1 坐标系的变换

执行菜单栏中的【格式】→【WCS】命令后，弹出子菜单命令，用于对坐标系进行变换以产生新的坐标。

（1）原点：该命令通过定义当前 WCS 的原点来移动坐标系的位置。但该命令仅仅移动坐标系的位置，而不会改变坐标轴的方向。

（2）动态：该命令能通过步进的方式移动或旋转当前的 WCS，可以在绘图工作区中移动坐标系到指定位置，也可以设置步进参数使坐标系逐步移动到指定的距离参数。

（3）旋转：该命令将会弹出如图 3-33 所示"旋转WCS 绕"对话框，通过当前的 WCS 绕其某一坐标轴旋转一定角度，来定义一个新的 WCS。

图 3-33 "旋转 WCS 绕"对话框

通过对话框可以选择坐标系绕哪个轴旋转，同时指定从一个轴转向另一个轴，在"角度"文本框中输入需要旋转的角度。角度可以为负值。

3.4.2 坐标系的定义

执行菜单栏中的【格式】→【WCS】→【定向】命令后，该命令用于定义一个新的坐标系，如图 3-34 所示"CSYS" 对话框，以下对其相关功能作一介绍：

（1）自动判断：该方式通过选择的对象或输入 X、Y、Z 坐标轴方向的偏置值来定义一个坐标系。

（2）原点、X 点、Y 点：该方式利用点创建功能先后指定 3 个点来定义一个坐标系。这 3 点分别是原点、X

图 3-34 "CSYS" 对话框

轴上的点和 Y 轴上的点，第一点为原点，第一和第二点的方向为 X 轴的正向，第一与第三点的方向为 Y 轴方向，再由 X 到 Y 按右手定则来定 Z 轴正向。

（3）X 轴和 Y 轴：该方式利用矢量创建的功能选择或定义两个矢量来创建坐标系.

（4）X 轴、Y 轴、原点：该方式先利用点创建功能指定一个点为原点，而后利用矢量创建功能创建两矢量坐标，从而定义坐标系。

（5）Z 轴、X 轴、原点：该方式先利用矢量创建功能选择或定义一个矢量，再利用点创建功能指定一个点，来定义一个坐标系。其中，X 轴正向为沿点和定义矢量的垂线指向定义点的方向，Y 轴则由 Z、X 依据右手定则导出。

（6）对象的 CSYS：该方式由选择的平面曲线、平面或实体的坐标系来定义一个新的坐标系，XOY 平面为选择对象所在的平面。

（7）点，垂直于曲线：该方式利用所选曲线的切线和一个指定点的方法创建一个坐标系。曲线的切线方向即为 Z 轴矢量，X 轴方向为沿点到切线的垂线指向点的方向，Y 轴正向由自 Z 轴至 X 轴矢量按右手定则来确定，切点即为原点。

（8）平面和矢量方向：该方式通过先后选择一个平面和一矢量来定义一个坐标系。其中 X 轴为平面的法矢，Y 轴为指定矢量在平面上的投影，原点为指定矢量与平面的交点。

（9）三平面：该方式通过先后选择 3 个平面来定义一个坐标系。3 平面的交点为原点，第一个平面的法向为 X 轴，Y、Z 以此类推。

（10）偏置 CSYS：该方式通过输入 X、Y、Z 坐标轴方向相对于选择坐标系的偏距来定义一个新的坐标系。

（11）绝对 CSYS：该方式在绝对坐标系的（0，0，0）点处定义一个新的坐标系。

（12）当前视图的 CSYS：该方式用当前视图定义一个新的坐标系。XOY 平面为当前视图所在平面。

3.5 基准建模

在 UG NX 7.0 的建模中，经常需要建立基准点、基准平面、基准轴和基准 CSYS。

3.5.1 点构造器

执行菜单栏中的【插入】→【基准/点】→【点】命令或单击"曲线"工具栏中的十图标，系统会弹出如图 3-35 所示的"点"对话框。

下面介绍基准点的创建方法：

（1）自动判断的点：根据鼠标所指的位置指定各种点之中离光标最近的点。

（2）光标位置：直接在鼠标左键单击的位置上建立点。

（3）十现有点：根据已经存在的点，在该点位置上再创建一个点。

（4）终点：根据鼠标选择位置，在靠近鼠标选择位置的端点处建立点。如果选择的特征为完整的圆，那么端点为零象限点。

（5）控制点：在曲线的控制点上构造一个点或规定新点的位置。控制点与曲线的类型有关，可以是直线的中点或端点、二次曲线的端点或是样条曲线的定义点或是控制点等。

（6）⊥交点：在两段曲线的交点上、曲线和平面或曲面的交点上创建一个点或规定新点的位置。

（7）⚿圆弧/椭圆上的角度：在与 X 轴正向成一定角度（沿逆时针方向）的圆弧/椭圆弧上创建一个点或规定新点的位置。

（8）⊕象限点：即圆弧的四分点，在圆弧或椭圆弧的四分点处创建一个点或规定新点的位置。

（9）✐点在曲线/边上：在如图 3-36 所示的对话框中设置"U 向参数"值，即可在选择的特征上建立点。

图 3-35 "点"对话框   图 3-36 设置 U 向参数

（10）✐点在面上：在如图 3-37 所示的对话框中设置"U 向参数"和"V 向参数"的值，即可在面上建立点。

（11）✐两点之间：在如图 3-38 所示的对话框中设置"点之间的位置"的值，即可在两点之间建立点。

图 3-37 设置 U 向参数和 V 向参数   图 3-38 设置点的位置

（12）输入点的坐标值：在 XC、YC、ZC 文本框中设置点的坐标值，单击"确定"

即可。当选中了【相对于 WCS】单选按钮时，在文本框中输入的坐标值是相对于工作坐标系的；当选择的是【绝对】单选按钮时，文本框中的 XC、YC、ZC 就会变为"X、Y、Z"标识了，如图 3-39 所示，此时输入的坐标系为绝对坐标系。

图 3-39 "点"对话框

3.5.2 基准平面

执行菜单栏中的【插入】→【基准/点】→【基准平面】命令或单击"特征操作"工具栏中的 图标，系统弹出如图3-40 所示的"基准平面"对话框。

下面介绍基准平面的创建方法：

（1） 自动判断的：系统根据所选对象创建基准平面。

（2） 点和方向：通过选择一个参考点和一个参考矢量来创建基准平面。

图 3-40 "基准平面"对话框

（3） 在曲线上：通过已存在的曲线，创建在该曲线某点处和该曲线垂直的基准平面。

（4） 按某一距离：通过和已存在的参考平面或基准面进行偏置得到新的基准平面。

（5） 成一角度：通过与一个平面或基准面成指定角度来创建基本平面。

（6） 二等分：在两个相互平行的平面或基准平面的对称中心处创建基准平面。

（7） 曲线和点：通过选择曲线和点来创建基准平面。

（8） 两直线：通过选择两条直线，若两条直线在同一平面内，则以这两条直线所在平面为基准平面；若两条直线不在同一平面内，那么基准平面通过一条直线且和另一条直线平行。

（9） 相切：通过和一曲面相切且通过该曲面上点或线或平面来创建基准平面。

（10） 通过对象：以对象平面为基准平面。

3.5.3 基准轴

执行菜单栏中的【插入】→【基准/点】→ 【基准轴】命令或单击"特征操作"工具

栏中的 ↑ 图标，系统会弹出如图 3-41 所示的"基准轴"对话框。下面介绍该对话框中主要参数的用法。

（1）↖ 点和方向：通过选择一个点和方向矢量创建基准轴。

（2）∕ 两点：通过选择两个点来创建基准轴。

（3）⊁ 曲线上矢量：通过选择曲线和该曲线上的点创建基准轴。

（4）⚓ 曲面/面轴：通过选择曲面和曲面上的轴创建基准轴。

图 3-41 "基准轴"对话框

3.5.4 基准 CSYS

执行菜单栏中的【插入】→【基准/点】→【基准 CSYS】命令或单击"特征"工具栏中的 ⟋ 图标，弹出如图 3-42 所示的"基准 CSYS"对话框，该对话框用于创建基准 CSYS，和坐标系不同的是，基准 CSYS 一次建立 3 个基准面 XY、YZ 和 ZX 面和 3 个基准轴 X、Y 和 Z 轴。

（1）⚒ 自动判断：通过选择的对象或输入沿 X、Y 和 Z 坐标轴方向的偏置值来定义一个坐标系。

（2）↖ 原点，X 点，Y 点：该方法利用点创建功能先后指定 3 个点来定义一个坐标系。这 3 点应分别是原点、X 轴上的点和 Y 轴上的点。定义的第一点为原点，第一点指向第二点的方向为 X 轴的正向，从第二点至第三点按右手定则来确定 Z 轴正向。

图 3-42 "基准 CSYS"对话框

（3）⚑ 三平面：该方法通过先后选择 3 个平面来定义一个坐标系。3 个平面的交点为坐标系的原点，第一个面的法向为 X 轴，第一个面与第二个面的交线方向为 Z 轴。

（4）⚒ X 轴，Y 轴，原点：该方法先利用点创建功能指定一个点作为坐标系原点，在利用矢量创建功能先后选择或定义两个矢量，这样就创建基准 CSYS。坐标系 X 轴的正向平行于第一矢量的方向，XOY 平面平行于第一矢量及第二矢量所在的平面，Z 轴正向由从第一矢量在 XOY 平面上的投影矢量至第二矢量在 XOY 平面上的投影矢量按右手定则确定。

（5）⚒ 绝对 CSYS：该方法在绝对坐标系的（0，0，0）点处定义一个新的坐标系。

（6）▣ 当前视图的 CSYS：该方法用当前视图定义一个新的坐标系。XOY 平面为当前视图的所在平面。

（7）⚒ 偏置 CSYS：该方法通过输入沿 X、Y 和 Z 坐标轴方向相对于选择坐标系的偏距来定义一个新的坐标系。

第 **4** 章

曲线功能

本章主要介绍曲线的建立、操作以及编辑的方法。UG 中重新改进了曲线的各种操作风格，以前版本中一些复杂难用的操作方式被抛弃了，采用了新的方法，在本章中将会详述。

◎ 基本曲线

◎ 复杂曲线

◎ 曲线操作

◎ 曲线编辑

4.1 基本曲线

在所有的三维建模中，曲线是构建模型的基础。只有曲线构造的质量良好才能保证以后的面或实体质量好。曲线功能主要包括曲线的生成、编辑和操作方法。单击"曲线"工具栏中的基本曲线图标 ，将会调出如图 4-1 所示的"基本曲线"对话框，以下对基本曲线作一介绍。

图 4-1 "基本曲线"对话框

4.1.1 点及点集

执行菜单栏中的【插入】→【基准/点】→【点】命令或单击"曲线"工具栏中的点图标 ，系统弹出"点"对话框。

其中各选项的相关用法在先前章节中的基准点中已提到过，此处不再详述。

执行菜单栏中的【插入】→【基准/点】→【点集】命令或单击【曲线】工具栏中的点集图标 ，弹出如图 4-2 所示"点集"对话框。在其中设置了 3 种点集的创建方式，现将其常用选项功能介绍如下：

1. 曲线点
用于在曲线上创建点集。

（1）曲线点产生方法：该下拉列表用于选择曲线上点的创建方法，包括：

1）等圆弧长：用于在点集的起始点和结束点之间按点间等弧长来创建指定数目的点集。

2）等参数：用于以曲线曲率的大小来确定点集的位置，曲率越大，产生点的距离越大，反之则越小。

3）几何级数：在"点集"对话框中的"曲线点产生

图 4-2 "点集"对话框

方法"下拉列表框中选择"几何级进",则在该对话框中会多处一个比率文本框。在设置完其他参数数值后,还需要指定一个比率值,用来确定点集中彼此相邻的后两点之间的距离与前两点距离的倍数。

4)弦公差:在"点集"对话框中的"曲线点产生方法"下拉列表框中选择"弦公差",根据所给出弦公差的大小来确定点集的位置。弦公差值越小,产生的点数越多,反之则越少。

5)增量圆弧长:在"点集"对话框中的"曲线点产生方法"下拉列表框中选择"增量圆弧长",根据弧长的大小确定点集的位置,而点数的多少则取决于曲线总长及两点间的弧长。按照顺时针方向生成各点。

6)投影点:用于通过指定点来确定点集。

7)曲线百分比:用于通过曲线上的百分比位置来确定一个点。

(2)点数:用于设置要添加的点的数量。

(3)起始百分比:用于设置所要创建点集在曲线上的起始位置。

(4)终止百分比:用于设置所要创建点集在曲线上的结束位置。

(5)选择新的曲线:单击该按钮,可以选取新的曲线来创建点集。

2.样条点

(1)样条点类型

定义点:用于利用绘制样条曲线时的定义点来创建点集。

结点:用于利用绘制样条曲线时的结点来创建点集。

极点:用于利用绘制样条曲线时的极点来创建点集。

(2)选择样条:单击该按钮,可以选取新的样条来创建点集。

3.面的点

用于产生曲面上的点集。

(1)面的点按照

图样:用于设置点集的边界。其中"对角点"用于以对角点方式来限制点集的分布范围。选中该单选按钮时,系统会提示用户在绘图区中选取一点,完成后再选取另一点,这样就以这两点为对角点设置了点集的边界;"百分比"用于以曲面参数百分比的形式来限制点集的分布范围。

面百分比:用于通过在选定曲面上的U、V方向的百分比位置来创建该曲面上的一个点。

B曲面极点:用于以B曲面控制点的方式创建点集。

(2)选择面:单击该按钮,可以选取新的面来创建点集。

4.1.2 直线的建立

执行菜单栏中的【插入】→【曲线】→【基本曲线】命令或单击"曲线"工具栏中的基本曲线图标，在弹出的对话框中选中其中的图标即创建直线图标如图4-3所示的"基本曲线"对话框,以下对其中的各选项作一简单说明:

(1)无界:当该选项设置为"打开"时,不论生成方式如何,所生成的任何直线都会被限制在视图的范围内("线串模式"变灰)。

　　（2）增量：该选项用于以增量的方式生成直线，即在选定一点后，分别在绘图区下方跟踪栏的 XC、YC、ZC 文本框中，如图 4-4 所示，输入坐标值作为后一点相对于前一点的增量。

　　对于大多数直线生成方式，可以通过在对话条的文本框中键入值并在生成直线后立即按 Enter 键，建立精确的直线角度值或长度值。

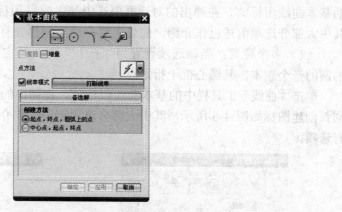

图 4-3 "基本曲线"对话框

图 4-4 "跟踪栏"对话条

　　（3）点方法：该选项菜单能够相对于已有的几何体，通过指定光标位置或使用点构造器来指定点。该菜单上的选项（除了"自动推断的点"和"选择面"以外）与点构建器中选项的作用相似。

　　（4）线串模式：能够生成未打断的曲线串。当该选项设置为"打开"时，一个对象的终点变成了下一个对象的起点。若要停止线串模式，只需将该按钮设置为"关闭"。若要中断线串模式并在生成下一个对象时再启动，可选择"打断线串"。

　　（5）打断线串：在选择该选项的地方打断曲线串，但"线串模式"仍保持激活状态（即，如果继续生成直线或弧，它们将位于另一个未打断的线串中）。

　　（6）锁定模式：当生成平行于、垂直于已有直线或与已有直线成一定角度的直线时，如果选择"锁定模式"，则当前在图形窗口中以橡皮线显示的直线生成模式将被锁定。当下一步操作通常会导致直线生成模式发生改变，而又想避免这种改变时，可以使用该选项。

　　当选择"锁定模式"后，该按钮会变为"解锁模式"。可选择"解锁模式"来解除对正在生成的直线的锁定，使其能切换到另外的模式中。

　　（7）平行于 XC、YC、ZC：这些按钮用于生成平行于 XC、YC 或 ZC 轴的直线。指定一个点，选择所需轴的按钮，并指定直线的终点。

　　（8）原先的：选中该按钮后，新创建的平行线的距离由原先选择线算起。

　　（9）新建：选中该按钮后，新创建的平行线的距离由新选择线算起。

　　（10）角度增量：如果指定了第一点，然后在图形窗口中拖动光标，则该直线就会捕捉至该字段中指定的每个增量度数处。只有当点方法设置为"自动推断的点"时，"角度增量"才有效。如果使用了任何其他的"点方式",则会忽略"角度增量"。

📖4.1.3 圆和圆弧

执行菜单栏中的【插入】→【曲线】→【基本曲线】命令或单击"曲线"工具栏中的基本曲线图标 ，在弹出的对话框中选中其中的 图标即圆创建图标如图 4-5 所示,其中大部分选项前述已作介绍,此处主要介绍圆创建独有选项:

(1) 多个位置:当该选项设置为"打开"时,每定义一个点,都会生成先前生成的圆的一个副本,其圆心位于指定点。

单击"曲线"工具栏中的基本曲线图标 ,在弹出的对话框中选中其中的 图标即圆弧创建图标如图 4-6 所示,其中大部分选项前述已作介绍,此处主要介绍圆弧创建独有选项:

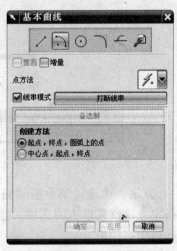

图 4-5 "圆"创建对话框   图 4-6 "圆弧"创建对话框

(2) 整圆:当该选项为"打开"时,不论其生成方式如何,所生成的任何弧都是完整的圆。

(3) 另解:生成当前所预览的弧的补弧;只能在预览弧的时候使用。如果将光标移至该对话框之后选择"另解",预览的弧会发生改变,就不能得到预期的结果了。

(4) 创建方法

1) 起点,终点,圆弧上的点:利用这种方式,可以生成通过 3 个点的弧,或通过两个点并与选中对象相切的弧。选中的要与弧相切的对象不能是抛物线、双曲线或样条(但是,可以选择其中的某个对象与完整的圆相切)。

2) 中心点,起点,终点:使用这种方式,应首先定义中心点,然后定义弧的起始点和终止点。

(5) 跟踪栏:如图 4-7 所示,在弧的生成和编辑期间,跟踪对话条中有以下字段可用:

XC、YC 和 ZC 栏各显示弧的起始点的位置。第 4 项"半径"字段显示弧的半径。第 5 项"直径"字段显示弧的直径。第 6 项"起始角"字段显示弧的起始角度,从 XC 轴开始测量，按逆时针方向移动。第 7 项"终止角"字段显示弧的终止角度，从 XC 轴开始测量，按逆时针方向移动。

图 4-7 跟踪栏对话条

需要注意的是：在使用"起点、终点、圆弧上的点"生成方式时，后两项"起始角"和"终止角"字段将变灰。

4.1.4 倒圆角

执行菜单栏中的【插入】→【曲线】→【基本曲线】命令或单击"曲线"工具栏中的基本曲线图标，在对话框中选中其中的 图标即圆角图标如图 4-8 所示的"曲线倒圆"对话框，可以使用"圆角"选项来圆整两条或三条选中曲线的相交处。还可以指定生成圆角时原先的曲线的修剪方式。需要注意的是：在激活的草图中的圆角是使用"草图圆角"对话框而不是使用本节所述的"曲线圆角"对话框生成的。

曲线倒圆对话框选项功能如下：

（1） 简单倒圆：在两条共面非平行直线之间生成圆角。通过输入半径值确定圆角的大小。直线将被自动修剪至与圆弧的相切点。生成的圆角与直线的选择位置直接相关。要同时选择两条直线。必须以同时包括两条直线的方式放置选择球。

图 4-8 "曲线倒圆"对话框

通过指定一个点选择两条直线。该点确定如何生成圆角，并指示圆弧的中心。将选择球的中心放置到最靠近要生成圆角的交点处。各条线将延长或修剪到圆弧处。

（2） 2 曲线倒圆：在两条曲线（包括点、线、圆、二次曲线或样条）之间构造一个圆角。两条曲线间的圆角是沿逆时针方向从第一条曲线到第二条曲线生成的一段弧。通过这种方式生成的圆角同时与两条曲线相切。

（3） 3 曲线倒圆：该选项可在 3 条曲线间生成圆角，这 3 条曲线可以是点、线、圆弧、二次曲线和样条的任意组合。

（4）半径：定义倒圆角的半径。

（5）继承：能够通过选择已有的圆角来定义新圆角的值。

（6）修剪选项：如果选择生成两条或三条曲线倒圆，则需要选择一个修剪选项。修剪可缩短或延伸选中的曲线以便与该圆角连结起来。根据选中的圆角选项的不同，某些修剪选项可能会发生改变或不可用。点是不能进行修剪或延伸，如果修剪后的曲线长度等于 0 并且没有与该曲线关联的连接，则该曲线会被删除。

4.1.5 倒斜角

执行菜单栏中的【插入】→【曲线】→【倒斜角】命令或单击"曲线"工具栏中的

曲线倒斜角图标 ，系统会弹出图 4-9 所示对话框，用于在两条共面的直线或曲线之间生成斜角。

系统提供了两种选择方式：

（1）简单倒斜角：该选项用于建立简单倒角，其产生的两边偏置值必须相同，且角度为 45º 并且该选项只能用于两共面的直线间倒角。选中该选项后系统会要求输入倒角尺寸，而后选择两直线交点即可完成倒角。

（2）用户定义倒角：在两个共面曲线（包括圆弧、样条和三次曲线）之间生成斜角。该选项比生成简单倒角时具有更多的修剪控制。选中该选项后会弹出如图 4-10 对话框。以下对其各选项功能作一说明：

图 4-9 "倒斜角"对话框

图 4-10 "用户自定义倒角"对话框

1）自动修剪：该选项用于使两条曲线自动延长或缩短以连接倒角曲线）。如果原有曲线未能如愿修剪，可恢复原有曲线（使用"取销"，或按 Ctrl+Z 组合键）并选择手工修剪。

2）手工修剪：该选项可以选择想要修剪的倒角曲线。然后指定是否修剪曲线，并且指定要修剪倒角的哪一侧。选取的倒角侧将被从几何体中切除。

3）不修剪：该选项用于保留原有曲线不变。

当用户选定某一倒角方式后，系统会弹出如图 4-11 所示对话框，要求输入偏置值和角度（该角度是从第二条曲线测量的）或者全部输入偏置值来确定倒角范围，以上两选项可以通过"偏置值"和"偏置和角度"按钮来进行切换。

其中"偏置"是两曲线交点与倒角线起点之间的距离。对于简单倒角，沿两条曲线的偏置相等。对于线性倒角偏置而言，偏置值是直线距离，但是对于非线性倒角偏置而言，偏置值不一定是直线距离。

图 4-11 "偏置选项"对话框

4.1.6 多边形

执行菜单栏中的【插入】→【曲线】→【多边形】命令或单击"曲线"工具栏中的多边形图标 ，系统会弹出图 4-12 所示创建"多边形"对话框，当输入多边形的边数目后，将弹出图 4-13 所示"多边形"创建方式对话框。

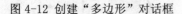

图 4-12 创建"多边形"对话框　图 4-13 "多边形"创建方式对话框

以下对多边形的创建方式作一介绍：

（1）内接半径：该选项将会弹出如图 4-14 所示对话框。可以通过输入内切圆的半径定义多边形的尺寸及方向角度来创建多边形，内切圆半径也是原点到多边形边的中点的距离。方向角是多边形从 XC 轴逆时针方向旋转的角度。

（2）多边形边数：该选项将会弹出如图 4-15 所示对话框。该选项用于输入多边形一边的边长及方向角度来创建多边形。该长度将应用到所有边。

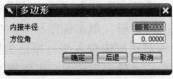
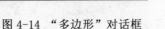

图 4-14 "多边形"对话框　图 4-15 "多边形的边选项"对话框

（3）外接圆半径：该选项将会弹出如图 4-16 所示对话框。该选项通过指定外接圆半径定义多边形的尺寸及方向角度来创建多边形。

4.1.7　实例——螺母

01 执行菜单栏中的【插入】→【曲线】→【多边形】或 单击"曲线"工具栏中的⊙图标，弹出如图 4-17 所示"多边形"对话框，在侧面数参数项中输入 6，单击"确定"按钮。

图 4-16 "外接圆半径选项"对话框

02 弹出"多边形"生成方式对话框，单击"内接半径"按钮。

03 弹出如图 4-18 所示"多边形"参数对话框，在内接半径和方位角参数项中输入 6、0，单击"确定"按钮。

图 4-17 "多边形"对话框　图 4-18 "多边形"参数对话框

04 弹出"点"对话框，输入原点作为多边形的圆心，如图 4-19 所示，单击"确定"按钮，完成六边形的绘制，如图 4-20 所示。

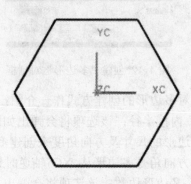

图 4-19 "点"对话框   图 4-20 多边形

05 执行菜单栏中的【插入】→【曲线】→【基本曲线】或单击"曲线"工具栏中的 ❔ 图标，弹出如图 4-21 所示的"基本曲线"对话框，单击圆图标 ⊙，在点方法下拉列表中选择点构造器，弹出"点"对话框，在改对话框中输入坐标原点为圆心，单击"确定"按钮，再输入（6，0，0）为圆上的点，单击"确定"按钮，生成圆 1 如图 4-22 所示。

同理在圆心处绘制一个半径为 2.5 的圆 2，如图 4-23 所示。

06 执行菜单栏中的【插入】→【曲线】→【基本曲线】或单击"曲线"工具栏中的 ❔ 图标，弹出如图 4-21 所示的"基本曲线"对话框，单击圆弧图标 ⌒。选择"中心，起点，终点"创建方式，在点方法下拉列表中选择"点构造器"，弹出"点"对话框，在对话框中输入中点坐标（0，0，0），起点坐标为（3，0，0），终点坐标（0，-3，0），单击"确定"按钮，结果如图 4-24 所示。

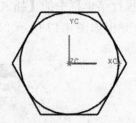

图 4-21 "基本曲线"对话框   图 4-22 绘制圆 1

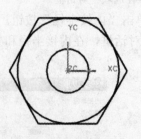

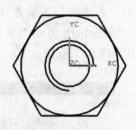

图 4-23 绘制圆 1   图 4-24 绘制圆弧

4.1.8　椭圆

执行菜单栏中的【插入】→【曲线】→【椭圆】命令或单击"曲线"工具栏中的椭圆图标 ⊙，在弹出的点构造器中指定椭圆原点，弹出如图 4-25 所示"椭圆"对话框。以下对其中各选项作一介绍：

图 4-25　"椭圆"对话框

（1）长半轴和短半轴：椭圆有两根轴：长轴和短轴（每根轴的中点都在椭圆的中心）。椭圆的最长直径就是主轴；最短直径就是副轴。长半轴和短半轴的值指的是这些轴长度的一半。

（2）起始角和终止角：椭圆是绕 ZC 轴正向沿着逆时针方向生成的。起始角和终止角确定椭圆的起始和终止位置，它们都是相对于主轴测算的。

（3）旋转角度：椭圆的旋转角度是主轴相对于 XC 轴，沿逆时针方向倾斜的角度。除非改变了旋转角度，否则主轴一般是与 XC 轴平。

4.2　复杂曲线

复杂曲线是指非基本曲线，即除直线、圆和圆弧曲线以外的曲线，包括样条、二次曲线、螺旋线、规律曲线等。复杂曲线是建立复杂实体模型的基础，在本节中将介绍一些较为复杂的特殊曲线的生成和操作。

4.2.1　样条曲线

执行菜单栏中的【插入】→【曲线】→【样条】命令或单击"曲线"工具栏中的样条曲线图标 〜，弹出如图 4-26 所示"样条"选项对话框。

UG 中生成的所有样条都是"非均匀有理 B 样条"(NURBS)。系统提供了 4 种生成方式生成 B 样条：

1. 根据极点

该选项中所给定的数据点称为曲线的极点或控制点。样条曲线靠近它的各个极点，但通常不通过任何极点（端点除外）。使用极点可以对曲线的总体形状和特征进行更好的控制。该选项还有助于避免曲线中多余的波动（曲率反向）。

选择"根据极点"后，将显示"根据极点生成样条"对话框，如图 4-27 所示。该对话框中各选项功能说明：

（1）曲线类型：样条可以生成为"单段"或"多段"，每段限制为 25 个点。"单段"样条为 Bezier 曲线；"多段"样条为 B 样条。

（2）曲线阶次：曲线次数即曲线的阶次，这是一个代表定义曲线的多项式次数的数学概念。阶次通常比样条线段中的点数小 1。因此，样条的点数不得少于阶次数。UG 样条的阶次必须介于 1～24 之间。但是建议用户在生成样条时使用三次曲线（阶次为 3）。

 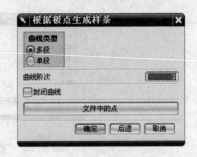

图 4-26　"样条"选项对话框　　图 4-27　"根据极点生成样条"对话框

（3）封闭曲线：通常，样条是非闭合的，它们开始于一点，而结束于另一点。通过选择"封闭曲线"选项可以生成开始和结束于同一点的封闭样条。该选项仅可用于多段样条。当生成封闭样条时，不需将第一个点指定为最后一个点，样条会自动封闭。

（4）文件中的点：用来指定一个其中包含用于样条数据点的文件。点的数据可以放在*.dat 文件中。

2．通过点

该选项生成的样条将通过一组数据点。还可以定义任何点或所有点处的切矢和/或曲率。

选择通过点后，将显示"通过点生成的样条"对话框，如图 4-28 所示。

为样条指定点，使用点定义方式之一，如图 4-29 所示。以下简述该对话框中点定义方式各选项功能：

 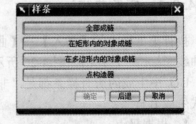

图 4-28　"通过点生成样条"对话框　　图 4-29　点定义方式

1）全部成链：用来指定起始点和终止点，从而选择两点之间的所有点。

2）在矩形内的对象成链：用来指定形成矩形的点。从而选择矩形内的所有点。然后必须指定第一个和最后一个点。

3）在多边形内的对象成链：用来指定形成多边形的点。从而选择生成后的形状中的所有点。然后必须指定第一个和最后一个点。

4）点构造器：可以使用点构造器来定义样条点。

3．拟合

该选项可以通过在指定公差内将样条与构造点相"拟合"来生成样条。该方式减少了定义样条所需的数据量。由于不是强制样条精确通过构造点，从而简化了定义过程，其构造对话框如图4-30所示。

图4-30 "用拟合的方法创建样条"对话框

以下对其中部分选项功能作一说明：

（1）拟合方法：该选项用于指定数据点之后，可以通过选择以下方式之一定义如何生成样条：

1）根据公差：用来指定样条可以偏离数据点的最大允许距离。

2）根据分段：用来指定样条的段数。

3）根据模板：可以将现有样条选作模板，在拟合过程中使用其阶次和节点序列。用"根据模板"选项生成的拟合曲线，可在需要拟合曲线以具有相同阶次和相同节点序列的情况下使用。这样，在通过这些曲线构造曲面时，可以减少曲面中的面片数。

（2）公差：该选项表示控制点与数据点相符的程度。

（3）分段：该选项用来指定样条中的段数。

（4）赋予端点斜率：该选项用来指定或编辑端点处的切矢。

（5）更改权值：该选项用来控制选定数据点对样条形状的影响程度，改变权用来更改任何数据点的加权系数。指定较大的权值可确保样条通过或逼近该数据点。指定零权值将在拟合过程中忽略特定点。这对忽略"坏"数据点非常有用。默认的加权系数使离散位置点获得比密集位置点更高的加权。

4．垂直于平面

该选项可以生成通过并垂直于一组平面中各个平面的样条。每个平面组中允许的最大平面数为100。

4.2.2 规律曲线

执行菜单栏中的【插入】→【曲线】→【规律曲线】命令或单击"曲线"工具栏中的规律曲线图标 ~，即可弹出如图4-31所示"规律函数"选项对话框。

以下对上述对话框中各选项功能作一说明：

（1）恒定：该选项能够给整个规律功能定义一个常数值。系统提示用户只输入一个规律值（即该常数）。

（2）线性：该选项能够定义从起始点到终止点的线性变化率。

（3）三次：该选项能够定义从起始点到终止点的三次变化率。

（4）沿着脊线的值—线性：该选项能够使用两个或多个沿着脊线的点定义线性规律功能。选择一条脊线曲线后，可以沿该曲线指出多个点。系统会提示用户在每个点处输入一个值。

（5）沿着脊线的值—三次：该选项能够使用两个或多个沿着脊线的点定义三次规律功能。选择一条脊线曲线后，可以沿该脊线指出多个点。系统会提示用户在每个点处输入一个值。

（6）根据方程：该选项可以用表达式和"参数表达式变量"来定义规律。必须事先定义所有变量（变量定义可以使用【工具】→【表达式】来定义），并且公式必须使用参数表达式变量"t"。

选中该选项后系统会弹出如图 4-32 所示参数表格对话框，要求输入 XC、YC、ZC 分量的公式表达式。

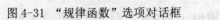

图 4-31 "规律函数"选项对话框　　　图 4-32 "参数表格"对话框

在这个表格中，点的每个坐标被表达为一个单独参数的一个功能 t。系统在从零到一的格式化范围中使用默认的参数表达式变量 t（0 <= t <= 1）。在表达式编辑器中，可以初始化 t 为任何值因为系统使 t 从 0～1 变化。为了简单起见，初始化 t 为 0。

（7）根据规律曲线：该选项利用已存在的规律曲线来控制坐标或参数的变化。选择该选项后，按照系统在提示栏给出的提示，先选择一条存在的规律曲线，再选择一条基线来辅助选定曲线的方向。如果没有定义基准线，默认的基准线方向就是绝对坐标系的 X 轴方向。

4.2.3 螺旋线

执行菜单栏中的【插入】→【曲线】→【螺旋】命令或"曲线"工具栏中的螺旋线图标，系统会弹出如图 4-33 所示"螺旋线"对话框。

该对话框能够通过定义圈数、螺距、半径方式（规律或恒定）、旋转方向和适当的方向，可以生成螺旋线。其结果是一个样条。

（1）圈数：必须大于 0。可以接受小于 1 的值（比如 0.5 可生成半圈螺旋线）。

（2）螺距：相邻的圈之间沿螺旋轴方向的距离。"螺距"必须大于或等于 0。

（3）半径方法：能够指定半径的定义方式。可通过"使用规律曲线"或"输入半径"来定义半径。

1）使用规律曲线：能够使用规律函数来控制螺旋线的半径变化。当选择该选项时，半径字段框就会变灰，并显示"规律子功能"对话框。

2）输入半径：该选项为默认值，能够输入半径值，该值在整个螺旋线上都是常数。

（4）半径：如果选择了"输入半径"方式，则在此处输入半径值。

（5）旋转方向：该选项用于控制旋转的方向。

1）右手：螺旋线起始于基点向右卷曲（逆时针方向）。

2）左手：螺旋线起始于基点向左卷曲（顺时针方向）。

（6）定义方位：该选项能够使用坐标系工具的 Z 轴、X 点选项来定义螺旋线方向。可以使用点构造器对话框或通过指出光标位置来定义基点。

如果不定义方向，则使用当前的工作坐标系。

如果不定义基点，则使用当前的 XC=0、YC=0 和 ZC=0 作为默认基点。

（7）点构造器：能够使用点对话框来定义方向定义中的基点

图 4-33 "螺旋线"对话框

4.3 曲线操作

一般情况下，曲线创建完成后并不能满足用户需求，还需要进一步的处理工作，本小节中将进一步介绍曲线的操作功能，如简化、偏置、桥接、连接、截面和沿面偏置等。

4.3.1 偏置

执行菜单栏中的【插入】→【来自曲线集的曲线】→【偏置】命令或单击"曲线"工具栏中的偏置曲线图标，系统弹出如图 4-34 所示"偏置曲线"对话框。

该选项能够通过从原先对象偏置的方法，生成直线、圆弧、二次曲线、样条和边。偏置曲线是通过垂直于选中基曲线上的点来构造的。可以选择是否使偏置曲线与其输入数据相关联。

曲线可以在选中几何体所确定的平面内偏置，也可以使用拔模角和拔模高度选项偏置到一个平行的平面上。只有当多条曲线共面且为连续的线串（即端端相连）时，才能对其进行偏置。结果曲线的对象类型

图 4-34 "偏置曲线"对话框

与它们的输入曲线相同（除了二次曲线，它偏置为样条）。

以下对"偏置曲线"对话框中各部分选项功能作一介绍：

（1）类型

1）距离：此方式在选取曲线的平面上偏置曲线。

2）拔模：此方式在平行于选取曲线平面，并与其相距指定距离的平面上偏置曲线。一个平面符号标记出偏置曲线所在的平面。

3）规律控制：此方式在规律定义的距离上偏置曲线，该规律是用规律子功能选项对话框指定的。

4）3D 轴向：此方式在三维空间内指定矢量方向和偏置距离来偏置曲线。并在其下方的"3D 偏置值"和"轴矢量"中设置数值。

（2）距离：在箭头矢量指示的方向上与选中曲线之间的偏置距离。负的距离值将在反方向上偏置曲线。

（3）副本数：该选项能够构造多组偏置曲线。

（4）反向：该选项用于反转箭头矢量标记的偏置方向。

（5）修剪：该选项将偏置曲线修剪或延伸到它们的交点处的方式。

1）无：既不修剪偏置曲线，也不将偏置曲线倒成圆角。

2）相切延伸：将偏置曲线延伸到它们的交点处。

3）圆角：构造与每条偏置曲线的终点相切的圆弧。

（6）公差：当输入曲线为样条或二次曲线时，可确定偏置曲线的精度。

（7）关联：如果该选项切换为"打开"，则偏置曲线会与输入曲线和定义数据相关联。

（8）输入曲线：该选项能够指定对原先曲线的处理情况。对于关联曲线，某些选项不可用：

1）保留：在生成偏置曲线时，保留输入曲线。

2）隐藏：在生成偏置曲线时，隐藏输入曲线。

3）删除：在生成偏置曲线时，删除输入曲线。如果"关联输出"切换为"打开"，则该选项会变灰。

4）替换：该操作类似于移动操作，输入曲线被移至偏置曲线的位置。如果"关联输出"切换为"打开"，则该选项会变灰。

📖 4.3.2　实例——偏置曲线

01 利用"圆"命令在屏幕中绘制如图 4-35 所示的半径为 10 的圆。

02 单击"插入"→"来自曲线集的曲线"→"偏置"命令或单击"曲线"工具栏中的 🔾 图标，弹出"偏置曲线"对话框。

03 选择"距离"类型，选择上步绘制的圆为要偏置的曲线，此时显示偏置方向，如图 4-36 所示。

04 在距离和副本数参数项中输入 2、3，单击"应用"按钮，生成如图 4-37 所示的曲线。

05 在"偏置曲线"对话框中选择"拔模"类型，选择最小的圆为要偏置的曲线，此时图中显示偏置的方向，如图 4-38 所示。

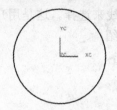

图 4-35 曲线模型

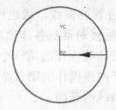

图 4-36 偏置方向

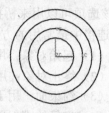

图 4-37 偏置曲线

06 在偏置选项板中设置偏置的高度、角度，副本数为 5、0、3，如图 4-39 所示。

07 单击"确定"按钮，生成曲线如图 4-40 所示。

图 4-38 偏置方向

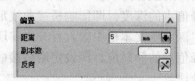

图 4-39 偏置设置

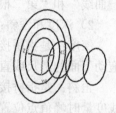

图 4-40 偏置曲线

📖4.3.3 在面上偏置

执行菜单栏中的【插入】→【来自曲线集的曲线】→【在面上偏置】命令或单击"曲线"工具栏中的面中三维偏置曲线图标 🖉，系统会弹出如图 4-41 所示"面中的偏置曲线"对话框。

该选项功能用于在一表面上由一存在曲线按指定的距离生成一条沿面的偏置曲线。以下对对话框中的重要选项功能作一介绍：

（1）偏置方法

1）弦：沿曲线弦长偏置。

2）圆弧长：沿曲线弧长偏置。

3）测量：沿曲面最小距离创建。

4）相切：沿曲面的切线方向创建。

（2）公差：该选项用于设置偏置曲线公差，其默认值是在建模预设置对话框中设置的。公差值决定了偏置曲线与被偏置曲线的相似程度，选用默认值即可。

图 4-41 "在面上偏置曲线"对话框

📖4.3.4 桥接

执行菜单栏中的【插入】→【来自曲线集的曲线】→【桥接】命令或"曲线"工具

栏中的桥接图标 ，系统会弹出如图 4-42 所示 "桥接曲线" 对话框。

该选项可以用来桥接两条不同位置的曲线，边也可以作为曲线来选择。这是用户在曲线连接中最常用的方法。以下对桥接对话框各选项功能作一介绍：

（1）起始对象：用于确定桥接曲线操作的第一个对象。

（2）终止对象：用于确定桥接曲线操作的第二个对象。

（3）约束面：用于限制桥接曲线所在面。

（4）半径约束：用于限制桥接曲线的半径的类型和大小。

（5）形状控制

1）相切幅值：通过改变桥接曲线与第一条曲线和第二条曲线连接点的切矢量值，来控制桥接曲线的形状。切矢量值的改变是通过 "开始" 和 "终点" 滑尺，或直接在 "第一曲线" 和 "第二根曲线" 文本框中输入切矢量来实现的

2）深度和歪斜：当选择该控制方式时，"桥接曲线" 对话框的变化如图 4-43 所示。

深度：是指桥接曲线峰值点的深度，即影响桥接曲线形状的曲率的百分比，其值可拖动下面的滑尺或直接在 "深度" 文本框中输入百分比实现。

歪斜：是指桥接曲线峰值点的倾斜度，即设定沿桥接曲线从第一条曲线向第二条曲线度量时峰值点位置的百分比。

3）参考成型曲线：用于选择控制桥接曲线形状的参考样条曲线，是桥接曲线继承选定参考曲线的形状。

图 4-42 "桥接曲线" 对话框

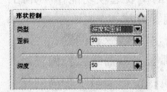

图 4-43 "深度和斜度" 选项

4.3.5 简化

执行菜单栏中的【插入】→【来自曲线集的曲线】→【简化】命令或单击 "曲线" 工具栏中的简化图标 ，弹出如图 4-44 所示的 "简化曲线" 对话框。该选项以一条最合适的逼近曲线来简化一组选择曲线（最多可选择 512 条曲线），它将这组曲线简化为圆

弧或直线的组合，即将高次方曲线降成二次或一次方曲线。

在简化选中曲线之前，可以指定原有曲线在转换之后
的状态。可以对原有曲线选择下列选项之一：

图 4-44 "简化曲线"对话框

（1）保持：在生成直线和圆弧之后保留原有曲线。在
选中曲线的上面生成曲线。

（2）删除：简化之后删除选中曲线。删除选中曲线之
后，不能再恢复（如果选择"撤销"，可以恢复原有曲线
但不再被简化）。

（3）隐藏：生成简化曲线之后，将选中的原有曲线从屏幕上移除，但并未被删除。

4.3.6 连结曲线

执行菜单栏中的【插入】→【来自曲线集的曲线】→
【连结】命令或"曲线"工具栏中的图标，系统弹出如
图 4-45 所示"连结曲线"对话框。该选项功能可将一链曲
线和/或边合并到一起以生成一条 B 样条曲线。其结果是
与原先的曲线链近似的多项式样条，或者是完全表示原先
的曲线链的一般样条。

图 4-45 "连结曲线"对话框

以下就其中的选项功能作一介绍：

（1）关联：如果打开该选项，结果样条将与其输入曲
线关联，并且当修改这些曲线时会相应更新。

（2）输入曲线：该选项的子选项用于处理原先的曲线。

（3）距离/角度公差：该选项用于设置连结曲线的公差，其默认值是在建模预设置
对话框中设置的。

4.3.7 投影

执行菜单栏中的【插入】→【来自曲线集的曲线】
→【投影】命令或"曲线"工具栏中的投影图标，系
统会弹出如图 4-46 所示的"投影曲线"对话框。该选项
能够将曲线和点投影到片体、面、平面和基准面上。点
和曲线可以沿着指定矢量方向、与指定矢量成某一角度
的方向、指向特定点的方向或沿着面法线的方向进行投
影。所有投影曲线在孔或面边界处都要进行修剪。

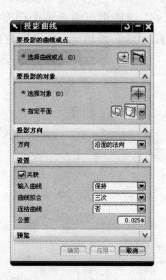

以下对该对话框中各选项功能作一介绍：

（1）要投影的曲线或点：用于确定要投影的曲线和
点。

（2）要投影的对象：用于确定投影所在的表面或平

图 4-46 "投影曲线"对话框

面以及对象。

（3）投影方向：该选项用于指定如何定义将对象投影到片体、面和平面上时所使用的方向。

1）沿面的法向：该选项用于沿着面和平面的法向投影对象。

2）朝向点：该选项可向一个指定点投影对象。对于投影的点，可以在选中点与投影点之间的直线上获得交点。

3）朝向直线：该选项可沿垂直于一指定直线或基准轴的矢量投影对象。对于投影的点，可以在通过选中点垂直于与指定直线的直线上获得交点。

4）沿矢量：该选项可沿指定矢量（该矢量是通过矢量构造器定义的）投影选中对象。可以在该矢量指示的单个方向上投影曲线，或者在两个方向上（指示的方向和它的反方向）投影。

5）与矢量所成角度：该选项可将选中曲线按与指定矢量成指定角度的方向投影，该矢量是使用矢量构造器定义的。根据选择的角度值（向内的角度为负值），该投影可以相对于曲线的近似形心按向外或向内的角度生成。对于点的投影，该选项不可用。

（4）关联：表示原曲线保持不变，在投影面上生成与原曲线相关联的投影曲线，只要原曲线发生变化，随之投影曲线也发生变化。

（5）曲线拟合：曲线拟合的阶次，可以选择"三次"、"五次"或者"高级"，一般推荐使用3次。

（6）公差：该选项用于设置公差，其默认值是在建模预设置对话框中设置的。该公差值决定所投影的曲线与被投影曲线在投影面上的投影的相似程度。

4.3.8 组合投影

执行菜单栏中的【插入】→【来自曲线集的曲线】→【组合投影】命令或单击"曲线"工具栏中的组合投影图标，系统弹出如图4-47所示"组合投影"对话框。

该选项可组合两个已有曲线的投影，生成一条新的曲线。需要注意的是，这两个曲线投影必须相交。可以指定新曲线是否与输入曲线关联，以及将对输入曲线作哪些处理。

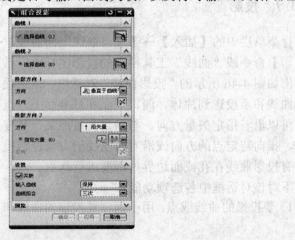

图 4-47 "组合投影"对话框

以下对上述对话框选项功能作一介绍：

（1）曲线1：选择第一组曲线。

（2）曲线2：选择第二组曲线。

（3）投影方向2：用于确定第一条曲线投影的矢量方向。。

（4）投影方向2：用于确定第二条曲线投影的矢量方向。

4.3.9　缠绕/展开

执行菜单栏中的【插入】→【来自曲线集的曲线】→【缠绕/展开】命令或单击"曲线"工具栏缠绕/展开曲线图标，系统弹出如图 4-48 所示"缠绕/展开曲线"对话框。该选项可以将曲线从平面缠绕到圆锥或圆柱面上，或者将曲线从圆锥或圆柱面展开到平面上。输出曲线是 3 次 B 样条，并且与其输入曲线、定义面和定义平面相关。

图 4-48　"缠绕/展开曲线"对话框

对话框选项功能如下：

（1）类型：指定是要缠绕还是展开曲线。

（2）面：可选择曲线将缠绕到或从其上展开的圆锥或圆柱面。可选择多个面。

（3）曲线：选择要缠绕或展开的曲线。

（4）平面：用于确定产生缠绕的与被缠绕表面相切的平面。

（5）切割线角度：用于指定"切线"（一条假想直线，位于缠绕面和缠绕平面相遇的公共位置处。它是一条与圆锥或圆柱轴线共面的直线）绕圆锥或圆柱轴线旋转的角度（0°～360°之间）。可以输入数字或表达式。

4.3.10　实例——缠绕/展开创建曲线

01 打开文件 4-1.prt 文件，进入建模模块，如图 4-49 所示。

02 单击"插入"→"来自曲线集的曲线"→"缠绕/展开"命令或单击"曲线"工具栏中的图标，弹出"缠绕/展开曲线"对话框。

03 选择圆锥面为缠绕面，选择基准平面为缠绕平面，选取样条曲线为缠绕曲线。

04 选择"缠绕"单选按钮，在切削线角度中输入 90。

05 单击"确定"按钮，生成曲线如图 4-50 所示。

06 同上步骤，选择"展开"按钮，生成曲线如图 4-51 所示。

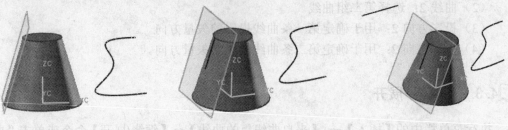

图 4-49 模型　　　　　　　　　图 4-50 缠绕曲线　　　　　　　　　图 4-51 展开曲线

📖 4.3.11 抽取

执行菜单栏中的【插入】→【来自体的曲线】→【抽取】命令或单击"曲线"工具栏中的抽取曲线图标 ，弹出如图 4-52 所示"抽取曲线"对话框。该选项使用一个或多个已有体的边或面生成几何（线、圆弧、二次曲线和样条）。体不发生变化。大多数抽取曲线是非关联的，但也可选择生成相关的等斜度曲线或阴影外形曲线。

对话框中各选项功能如下：

（1）边缘曲线：该选项用来沿一个或多个已有体的边生成曲线。每次选择一条所需的边，或使用菜单选择面上的所有边、体中的所有边、按名称或按成链选取边。选定边的总数显示在"状态"行中，可以使用"返回"取消选择边。所有边都选择完毕后，选择"确定"，生成曲线。

（2）等参数曲线：该选项可以使用该选项沿面上给定的 U/V 参数生成曲线。选中该选项会弹出如图 4-53 所示"等参数曲线"对话框。

图 4-52 "抽取曲线"对话框

图 4-53 "等参数曲线"对话框

其各选项功能说明如下：

1）U/V 恒定：该选项用于指定沿面生成曲线的方向。

2）曲线数量：生成的等参数曲线的数量，在最小和最大百分比之间等间隔分布。如果曲线数量等于 1，则曲线生成于最小百分比处。

3）百分比：沿面分布的百分比数值，0 百分比表示沿最小 U 或 V 生成曲线，百分之百则沿最大 U 或 V 生成曲线。

4）选择新的面：选择要在其上生成等参数曲线的新面。

（3）轮廓线：该选项用于从轮廓边缘生成曲线。用于生成体的外形（轮廓）曲线（直线，弯曲面在这些直线处从指向视点变为远离视点）。选择所需体后，随即生成轮廓曲线，并提示选择其他体。生成的曲线是近似的，它由建模距离公差控制。工作视图中生成的轮廓曲线与视图相关。

（4）工作视图中的所有边：用来生成所有的边曲线，包括工作视图中实体和片体可视边缘的任何轮廓。

（5）等斜度曲线：等斜度线是这样一条曲线，沿着它的一组面上的拔模角为恒定的。

当选择"等斜度线"时，系统首先要求您指定一个参考矢量。执行以后，出现"等斜度角"对话框，如图4-54所示。

图4-54 "等斜度角"对话框

以下对该对话框中各选项功能作一介绍：

1）单个/族：允许生成单个等斜度线或等斜度线族。

2）角度：生成单个等斜度线的角度（如果选择了"族"，该选项将变灰）。

3）起始角/终止角：等斜度线族起始和终止的角度。

4）步进：等斜度线族的每个曲线之间的增量。

5）公差：曲线的生成是近似的，由该选项控制，其默认值是"建模预设置"对话框中的距离公差。

6）关联：若打开该选项，等斜度线将与抽取这些线的面相关联。

（6）阴影轮廓：该选项可产生工作视图中显示的体的与视图相关的曲线的外形。但内部详细信息无法生成任何曲线。选中该选项后，可设置工作视图，将隐藏的边设置为"不可见的"然后选择"阴影轮廓"。

4.3.12 相交

执行菜单栏中的【插入】→【来自体的曲线】→【相交】命令或"曲线"工具栏中的相交曲线图标，系统弹出如图4-55所示"相交曲线"对话框。该选项功能用于在两组对象之间生成相交曲线。相交曲线是关联的，会根据其定义对象的更改而更新。

对话框各选项功能如下：

（1）第一组：激活该选项时可选择第一组对象。

图4-55 "相交曲线"对话框

（2）第二组：激活该选项时可选择第二组对象。

（3）保持选定：选中该复选框之后，选择"第一组"或"第二组"，在点击"应用"后，自动选择已选择的"第一组"或"第二组"对象。

（4）曲线拟合：曲线拟合的阶次，可以选择"三次"、"五次"或者"高级"，一般推荐使用三次。

（5）公差：该选项用于设置距离公差，其默认值是在建模预设置对话框中设置的。

（6）关联：能够指定相交曲线是否关联。当对源对象进行更改时，关联的相交曲线会自动更新。

4.3.13　截面

执行菜单栏中的【插入】→【来自体的曲线】→【截面】命令或"曲线"工具栏中的剖切曲线图标，系统弹出如图 4-56 所示"剖切曲线"对话框。该选项在指定平面与体、面、平面和/或曲线之间生成相交几何体。平面与曲线之间相交生成一个或多个点。以下对对话框部分选项功能作一介绍：

1．类型

（1）选定的平面：该选项用于指定单独平面或基准平面来作为截面。

1）要剖切的对象：该选择步骤用来选择将被截取的对象。需要时，可以使用"过滤器"选项辅助选择所需对象。可以将过滤器选项设置为任意、体、面、曲线、平面或基准平面。

2）剖切平面：该选择步骤用来选择已有平面或基准平面，或者使用平面子功能定义临时平面。需要注意的是，如果打开"关联输出"，则平面子功能不可用，此时必须选择已有平面。

（2）平行平面：该选项用于设置一组等间距的平行平面作为截面。当激活该选项后，再选择指定截面操作（图中黑色箭头所示）时，对话框在可变窗口区会变换成为如图 4-57 所示。

1）步进：指定每个临时平行平面之间的相互距离；

2）开始和结束：是从基本平面测量的，正距离为显示的矢量方向。系统将生成适合指定限制的平面数。这些输入的距离值不必恰好是步长距离的偶数倍。

（3）径向平面：该选项从一条普通轴开始以扇形展开生成按等角度间隔的平面，以用于选中体、面和曲线的截取。当激活该选项后，再指定不同选择步骤时对话框在可变窗口区会变更为如图 4-58 所示。

1）径向轴：该选择步骤用来定义径向平面绕其选转的轴矢量。若要指定轴矢量，可使用"矢量方式"或矢量构造器工具。

2）参考平面上的点：该选择步骤通过使用点方式或点构造器工具，指定径向参考平面上的点。径向参考平面是包含该轴线和点的唯一平面。

3）开始：表示相对于基平面的角度，径向面由此角度开始。按右手法则确定正方向。限制角不必是步长角度的偶数倍。

4）结束：表示相对于基础平面的角度，径向面在此角度处结束。

5）步进：表示径向平面之间所需的夹角。

图 4-56 "截面曲线"对话框

图 4-57 "平行平面"对话框

（4）垂直于曲线的平面：该选项用于设定一个或一组与所选定曲线垂直的平面作为截面。激活该选项后，可变窗口区会变更如图 4-59 所示。

图 4-58 "径向平面"时可变窗口

图 4-59 "平面垂直于该直线"可变窗口

（5）曲线或边：该选择步骤用来选择沿其生成垂直平面的曲线或边。使用"过滤器"选项来辅助对象的选择。可以将过滤器设置为曲线或边、曲线或边。在选择曲线或边之前，先选择适合该操作的"间隔"：

1）等圆弧长：沿曲线路径以等弧长方式间隔平面。必须在"数目"字段中输入截面平面的数目，以及平面相对于曲线全弧长的起始和终止位置的百分比值。

2）等参数：根据曲线的参数化法来间隔平面。必须在"数目"字段中输入截面平面的数目，以及平面相对于曲线参数长度的起始和终止位置的百分比值。

3）几何级数：根据几何级数比间隔平面。必须在"数目"字段中输入截面平面的数目，还须在"比例字段"中输入数值，以确定起始和终止点之间的平面间隔。

4）弦公差：根据弦公差间隔平面。选择曲线或边后，定义曲线段使线段上的点距线段端点连线的最大弦距离，等于在"弦公差"字段中输入的弦公差值。

5）增量圆弧长：以沿曲线路径增量的方式间隔平面。在"弧长"字段中输入值，在曲线上以增量圆弧长方式定义平面。

2．曲线拟合：指截面曲线的拟合阶次，一般推荐使用三次拟合方式。

3．公差：该选项用于指定截面曲线操作的公差。该字段中的公差值确定截面曲线与定义截面曲线的对象和平面的接近程度。

4.4 曲线编辑

当曲线创建之后，经常还需要对曲线进行修改和编辑，需要调整曲线的很多细节，本节主要介绍曲线编辑的操作。其操作包括：编辑曲线、编辑参数曲线、裁剪曲线、裁剪拐角、分割曲线、编辑圆角、拉伸曲线、编辑弧长、光顺样条等操作，其命令功能集中在菜单【编辑】→【曲线】的子菜单及相应的工具栏下，如图 4-60 所示。

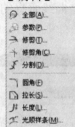

图 4-60 "曲线编辑"子菜单及工具栏

4.4.1 编辑曲线

执行菜单栏中的【编辑】→【曲线】→【全部】命令或单击"曲线"工具栏中的编辑曲线图标，系统弹出如图 4-61 所示"编辑曲线"对话框。

该对话框用于修改已有的曲线，其中提供了 8 种曲线的编辑功能，在以后的各小节中将会详细介绍各选项的用法，以下将简单介绍对话框中的各选项功能：

（1）各操作选项

1）编辑曲线参数：此选项用于编辑大多数类型的曲线参数（即定义数据）。

2）修剪曲线：此选项根据选择的边缘实体（曲线、边缘、平面、曲面、点或光标位置）和选择的要修剪的曲线段调整曲线的端点。

3）修剪拐角：此选项用于把两条曲线修剪到它们的交点处，从而形成一个角。

4）分割曲线：此选项用于把一条曲线分割成一组同样的分段。

5）编辑圆角：此选项用于编辑已有的圆角。

6）拉长：此选项用于移动几何对象，同时伸长或缩短选中的直线。

7）圆弧长：此选项根据给定的弧长增量或总弧长修剪曲线。

（2）点方法：该选项用于改变线端点的位置。"点方式"选项让用户指定相对于已有几何体的点，或通过指定光标位置或使用点构造器。

60

（3）编辑圆弧/圆方法：该选项有两种方法编辑圆弧或圆。

1）参数：该选项用参数模式改变圆弧或圆。

2）拖动：用拖动模式有两种方法改变圆弧或圆。

图 4-61 "编辑曲线"对话框

（4）补弧：生成已有圆弧的补弧。

（5）显示原先的样条：如果正在编辑样条，此选项可在编辑过程中显示原先的样条以作比较。

（6）编辑关联曲线

1）根据参数：该选项用于在编辑关联曲线同时保留它的关联性。

2）按原先的：该选项用于打断曲线和它原先的定义数据之间的关联性。

（7）圆弧长修剪方法

1）全部：此方法是根据曲线的总弧长修剪它。总弧长是指沿着曲线的精确路径从曲线的起点到终点的距离。

2）增量：此方式是根据给定的弧长增量修剪曲线。弧长增量是指从原先的曲线上修剪下的长度。

（8）圆弧长：该选项让用户输入数值作为修剪的或延伸的圆弧的长度。

（9）更新：在对曲线进行编辑后使用此选项更新模型，而不退出"编辑曲线"对话框。

4.4.2 编辑曲线参数

执行菜单栏中的【编辑】→【曲线】→【参数】命令或单击"编辑"工具栏中的编辑曲线参数图标 ，系统弹出如图 4-62 所示"编辑曲线参数"对话框。

该选项可编辑大多数类型的曲线。在编辑对话框中设置了相关项后，当选择了不同的对象类型系统会给出相应的提示对话框。

（1）编辑直线：当选择直线对象后会弹出如图 4-63 所示对话框。过该对话框设置改变直线的端点或它的参数（长度和角度）编辑它。如要改变直线的端点：

1）选择要修改的直线端点。现在可以从固定的端点像拉橡皮筋一样改变该直线了。

2）用在对话框上的任意的"点方式"选项指定新的位置。

如要改变直线的参数：

3）选择该直线，避免选到它的控制点上。

4）在对话条中键入长度和/或角度的新值，然后按 Enter 键。

图 4-62 "编辑曲线参数"对话框   图 4-63 "编辑直线"对话框

（2）编辑圆弧/圆方法：当选择圆弧或圆对象后会弹出如图 4-64 所示对话框。

通过在对话条中输入新值或拖动滑尺改变圆弧或圆的参数。还可以把圆弧变成它的补弧。不管激活的编辑模式是什么，都可以将圆弧或圆移动到新的位置。

（3）编辑椭圆：当选择椭圆对象后会弹出如图 4-65 所示对话框。该选项用于编辑一个或多个已有的椭圆。该选项和生成椭圆的操作几乎相同。最多可以选择 128 个椭圆。当选择多个椭圆时，最后选中的椭圆的值成为默认值。

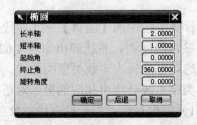

图 4-64 "编辑圆弧/圆"对话框   图 4-65 "编辑椭圆"对话框

（4）编辑样条：当选择样条曲线对象后会弹出如图 4-66 所示对话框，各选项功能说明如下：

（5）编辑点：该选项用于移动、添加或删除样条的定义点。选中该选项后系统会弹出如图 4-67 对话框，各选项功能如下：

1）编辑点方式

移动点：该选项可以用来移动单个或多个点。

添加点：该选项可以用来往样条上添加点。

移除点：该选项可以用来从样条上删除点。

2）移动点由

目标点：该选项通过拖动或使用点构造器定义新的位置。

增量偏置：该选项根据 XC、YC 和 ZC 坐标值的指定的改变来定义新的位置。

微调：该选项可以把点移动由原先的位置和光标的位置指定的矢量的 1/10，这就允许对曲线作非常好的调整。此选项只用于正在拖动该点时。

偏差：该选项计算样条和它的定义数据点之间的偏差。

阀值（临界值）：该选项的默认值为生成样条时使用的"临界值"。它决定显示哪些偏差。

重新显示数据：该选项用于重新显示样条的点。

文件中的点：该选项用于指定被读入点所在的文件。

撤消：该选项用于把样条恢复到最近一次修改之前的状态。当使用拖动方式时，每个拖动操作被看作是一次修改。

图 4-66 "编辑样条"对话框

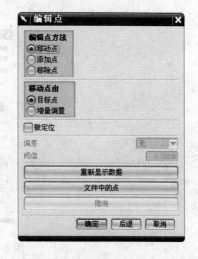

图 4-67 "编辑点"对话框

（6）编辑极点：该选项用于编辑样条的极点，并提供实时的图形反馈。选中该选项后系统会弹出如图 4-68 对话框，对话框中部分选项功能如下：

1）编辑方法

移动极点：把一个或多个极点移动到定义的点或移动定义的距离。

添加极点：为样条的控制多边形添加极点。

匹配端点斜率：使样条的切矢和另一条曲线的切矢在选中端点处匹配。

匹配端点曲率：使样条的曲率和另一条曲线的曲率在选中端点处匹配。

2）移动极点由

目标点：通过拖动或使用点构造器定义新的位置。

增量偏置：根据 XC、YC 和 ZC 坐标值指定的改变来定义新的位置。

约束：该选项通过限制极点的运动或样条的形状来控制样条的形状

定义拖动方向：该选项使用定义的矢量来约束拖动方向。

定义拖动平面：该选项使用定义的平面来约束拖动方向。

微调：使用微调可以把极点移动由原先的位置和光标的位置指定的矢量的 1/10000，这就允许对曲线作非常好的调整。

锁定按钮：如果该锁定按钮为锁定，则微调一直有效。默认值为解锁。

2D 曲率梳图：显示 2D 曲率梳状线让用户在图形上分析样条以发现诸如变形、平曲率和尖角之类的不规则形状。激活该选项之后，其下会有 3 个选项：

比例和滑尺：控制曲率梳状线的齿的显示长度。既可以在"比例"中输入数值也可以拖动滑尺。

梳状线密度：控制曲率梳状线中可见的齿的数目。向右拖动滑尺可增加齿的数目。向左拖动滑尺可减少齿的数目。

建议比例因子：点击此按钮可自动地把比例因子设定到最理想的大小。

偏差检查：此选项允许用户对照其他几何元素检查曲线或曲面的偏差，并实时为用户提供图形和数字反馈。这种类型的分析将在几何体上标明超出所需偏差临界值的位置，并指明出现最大偏差的位置。许多可调整的参数使用户可以定制偏差分析显示以符合其需要。

图 4-68 "编辑极点"对话框

4.4.3 修剪曲线

执行菜单栏中的【编辑】→【曲线】→【修剪】命令或"编辑曲线"工具栏修剪图标，系统弹出如图 4-69 所示"修剪曲线"对话框。该选项可以根据边界实体和选中进行修剪的曲线的分段来调整曲线的端点。可以修剪或延伸直线、圆弧、二次曲线或样条。以下就"修剪曲线"对话框中部分选项功能作一介绍：

（1）要修剪的曲线：此选项用于选择要修剪的一条或多条曲线（此步骤是必需的）。

（2）边界对象 1：此选项让用户从工作区窗口中选择一串对象作为边界 1，沿着它修剪曲线。

（3）边界对象 2：此选项让用户选择第二边界线串，沿着它修剪选中的曲线。（此步骤是可选的）

（4）设置

1）曲线延伸段：如果正修剪一个要延伸到它的边界对象的样条，则可以选择延伸的形状。这些选项是：

自然：从样条的端点沿它的自然路径延伸它。

线性：把样条从它的任一端点延伸到边界对象，样条的延伸部分是直线的。

圆形：把样条从它的端点延伸到边界对象，样条的延伸部分是圆弧形的。

无：对任何类型的曲线都不执行延伸。

2）关联：该选项让用户指定输出的已被修剪的曲线是相关联的。关联的修剪导致生成一个 TRIM_CURVE 特征，它是原始曲线的复制的、关联的、被修剪的副本。

原始曲线的线型改为虚线，这样它们对照于被修剪的、关联的副本更容易看得到。如果输入参数改变，则关联的修剪的曲线会自动更新。

3）输入曲线：该选项让用户指定想让输入曲线的被修剪的部分处于何种状态。

隐藏：意味着输入曲线被渲染成不可见。

保持：意味着输入曲线不受修剪曲线操作的影响，被"保持"在它们的初始状态。

删除：意味着通过修剪曲线操作把输入曲线从模型中删除。

替换：意味着输入曲线被已修剪的曲线替换或"交换"。当使用"替换"时，原始曲线的子特征成为已修剪曲线的子特征。

图 4-69 "修剪曲线"对话框

4.4.4 实例——绘制碗轮廓线

01 利用修剪命令，绘制圆心点为（0，50，0），半径为 50 的圆。如图 4-70 所示。

02 利用偏置曲线命令，将上步绘制的圆向里偏移 2，如图 4-71 所示

03 利用直线命令，捕捉圆 1 的象限点绘制两相交直线，如图 4-72 所示。

04 执行菜单栏中【编辑】→【曲线】→【修剪】或单击"曲线"工具栏中的修剪图标，弹出"修剪曲线"对话框，各选项设置如图 4-73 所示。

05 选择上步绘制的两直线为两边界对象，如图 4-74 所示

06 两圆弧为被修剪曲线，单击"确定"按钮，如图 4-75 所示。

07 以圆弧为边界，修剪两直线，结果如图 4-76 所示。

08 利用直线命令，定义 A 点为直线起点。单击"平行 YC"按钮，此时绘制的直

65

线沿 Y 轴方向，在跟踪栏的 Y 坐标中输入-2，单击"确定"按钮，完成直线 1 的创建。

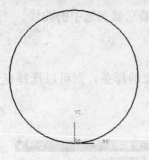
图 4-70 绘制圆 1

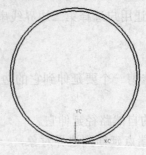
图 4-71 绘制圆 2

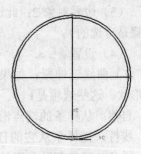
图 4-72 绘制直线

09 依照上述方法定义如图 4-77 所示的线段 C，D，E，长度分别为 15，2，5。在定义线段 F 时，长度刚好到圆弧 1 即可。

10 执行菜单栏中的【编辑】→【曲线】→【修剪】或单击"曲线"工具栏中的修剪图标，弹出"修剪曲线"对话框。

11 选择线段 F 为边界对象，圆弧 1 为修剪对象，单击"确定"按钮，完成修剪操作，如图 4-78 所示。

图 4-73 "修剪曲线"对话框

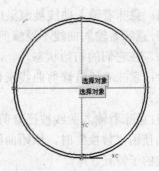
图 4-74 选取边界对象

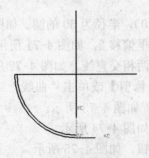
图 4-75 曲线模型

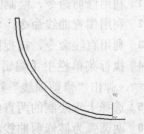
图 4-76 曲线模型

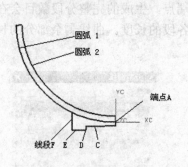

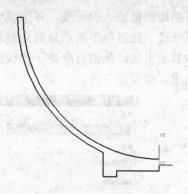

图 4-77 轮廓曲线　　　　　　　　　　　图 4-78 碗轮廓曲线

4.4.5　分割曲线

执行菜单栏中的【编辑】→【曲线】→【分割】命令或"编辑曲线"工具栏分割曲线图标，系统弹出如图 4-79 所示的"分割曲线"对话框。

该选项把曲线分割成一组同样的段（即，直线到直线，圆弧到圆弧）。每个生成的段是单独的实体并赋予和原先的曲线相同的线型。新的对象和原先的曲线放在同一层上。分割曲线有 5 种不同的方式：

（1）等分段：该选项使用曲线长度或特定的曲线参数把曲线分成相等的段。

1）等参数：该选项是根据曲线参数特征把曲线等分。曲线的参数随各种不同的曲线类型而变化。

2）等圆弧长：该选项根据选中的曲线被分割成等长度的单独曲线，各段的长度是通过把实际的曲线长度分成要求的段数计算出来的。

（2）按边界对象：该选项使用边界实体把曲线分成几段，边界实体可以是点、曲线、平面和/或面等。选中该选项后，弹出如图 4-80 所示"按边界对象"对话框。

图 4-79　"分割曲线"对话框　　　　　　图 4-80　"按边界对象"对话框

（3）圆弧长段数：选中该选项后，会弹出如图 4-81 所示的"弧长分段"对话框，要求输入分段弧长值，其后会显示分段数目和剩余部分弧长值如图 4-82 所示的"在结点处"对话框。

具体操作时，在靠近要开始分段的端点处选择该曲线。从选择的端点开始，系统沿着曲线测量输入的长度，并生成一段。从分段处的端点开始，系统再次测量长度并生成下一段。此过程不断重复直到到达曲线的另一个端点。生成的完整分段数目会在对话框中显示出来，此数目取决于曲线的总长和输入的各段的长度。曲线剩余部分的长度显示出来，作为部分段。

图 4-81 "圆弧长段数"对话框　　　　　　　　　图 4-82 "在结点处"对话框

（4）在结点处：该选项使用选中的结点分割曲线，其中结点是指样条段的端点。选中该选项后会弹出上图 4-82 所示对话框，其各选项功能如下：

1）按结点号：通过输入特定的结点号码分割样条。

2）选择结点：通过用图形光标在结点附近指定一个位置来选择分割结点。当选择样条时会显示结点。

3）所有结点：自动选择样条上的所有结点来分割曲线。

（5）在拐角上：该选项在角上分割样条，其中角是指样条折弯处（即，某样条段的终止方向不同于下一段的起始方向）的节点。

4.4.6 实例——用分割曲线编辑曲线

01 利用圆命令，在坐标原点绘制半径为 20 的圆，如图 4-83 所示。

02 单击"编辑"→"曲线"→"分割"命令或单击"编辑曲线"工具栏中的 图标，弹出"分割曲线"对话框。

03 选择"等分段"类型，选择屏幕中的圆为分割曲线。

04 分段设置如图 4-84 所示，单击"确定"按钮，圆被分成 4 段圆弧。

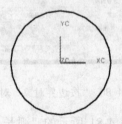

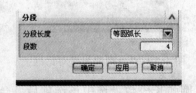

图 4-83 绘制圆　　　　　　　　　图 4-84 分段设置

05 利用直线命令，连结各段圆弧的端点，结果如图 4-85 所示。

06 同步骤 2、3，分段设置如图 4-86 所示。

07 分别选择四段直线，单击"确定"按钮，直线被分成2段直线。

08 利用直线命令，连结各段直线的端点，结果如图 4-87 所示。

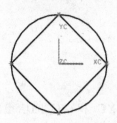

图 4-85 绘制直线

图 4-86 分段设置

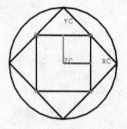

图 4-87 绘制直线

4.4.7 编辑圆角

执行菜单栏中的【编辑】→【曲线】→【圆角】命令或单击"编辑曲线"工具栏中的编辑圆角图标，即可弹出如图 4-88 所示的"编辑圆角"对话框，该对话框选项用于编辑已有的圆角。此选项类似于两个对象圆角的生成方法。在依次选择对象 1、圆角、对象 2 之后会弹出如图 4-89 所示的"编辑圆角"对话框，各选项功能如下：

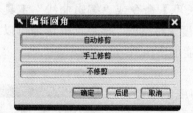

图 4-88 "编辑圆角"对话框 1

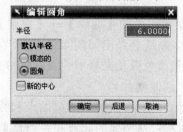

图 4-89 "编辑圆角"对话框 2

（1）半径：指定圆角的新的半径值。半径值默认为被选圆角的半径或用户最近指定的半径。

（2）默认半径

1）圆角：当每编辑一个圆角，半径值就默认为它的半径。

2）模态的：该选项用于使半径值保持恒定，直到输入新的半径或半径默认值被更改为"圆角"。

3）新的中心：让用户选择是否指定新的近似中心点。如果设为"否"，当前圆角的圆弧中心用于开始计算修改的圆角。

4.4.8 拉长曲线

执行菜单栏中的【编辑】→【曲线】→【拉长】命令或单击"编辑曲线"工具栏中的拉长曲线图标，弹出如图 4-90 所示"拉长曲线"对话框，该对话框选项用于移动几何对象，同时拉伸或缩短选中的直线。可以移动大多数几何类型，但只能拉伸或缩短直线。对话框各选项功能如下：

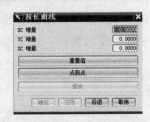

图 4-90　"拉长曲线"对话框

（1）XC 增量、YC 增量和 ZC 增量：该选中要求输入 XC、YC 和 ZC 的增量。按这些增量值移动或拉伸几何体。

（2）重置值：该选项用于将上述增量值重设为零。

（3）点到点：该选项用于显示点构造器对话框让用户定义参考点和目标点。

（4）撤销：该选项用于把几何体改变成先前的状态。

具体操作时可以使用矩形来选择对象，矩形必须包围要平移的对象，以及要拉伸的直线的端点。如果只有对象（直线除外）的一部分在矩形内，则该对象不被选中。

📖 4.4.9　曲线长度

执行菜单栏中的【编辑】→【曲线】→【长度】命令或"编辑曲线"工具栏曲线长度图标，系统会弹出如图 4-91 所示"曲线长度"对话框，该对话框选项可以通过给定的圆弧增量或总弧长来修剪曲线，部分选项功能如下：

（1）延伸侧

1）起始和结束：从圆弧的起始点和终点修剪或延伸它。

2）对称：从圆弧的起点和终点修剪和延伸它。

（2）延伸长度

1）全部：此方式为利用曲线的总弧长来修剪它。总弧长是指沿着曲线的精确路径，从曲线的起点到终点的距离。

2）增量：此方式为利用给定的弧长增量来修剪曲线。弧长增量是指从初始曲线上修剪的长度。

（3）延伸方法：该选项用于确定所选样条延伸的形状。选项有：

1）自然：从样条的端点沿它的自然路径延伸它。

2）线性：从任意一个端点延伸样条，它的延伸部分是线性的。

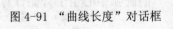

图 4-91　"曲线长度"对话框

3）圆形：从样条的端点延伸它，它的延伸部分是圆弧的。

（4）限制：该选项用于输入一个值作为修剪掉的或延伸的圆弧的长度。

1）起始：起始端修建或延伸的圆弧的长度。

2）结束：终端修建或延伸的圆弧的长度。

用户既可以输入正值也可以输入负值作为弧长。输入正值时延伸曲线。输入负值则截断曲线。

📖4.4.10 光顺样条

执行【编辑】→【曲线】→【光顺样条】命令或"编辑曲线"工具栏光顺样条图标，弹出如图 4-92 所示"光顺样条"对话框，该对话框选项用来光顺曲线的斜率，使得 B-样条曲线更加光顺，部分选项功能如下：

（1）光顺类型

1）曲率：通过最小化曲率值的大小来光顺曲线。

2）曲率变化：通过最小化整条曲线曲率变化来光顺曲线。

（2）约束：该选项用于选择在光顺曲线的时候对于曲线起点和终点的约束。

图 4-92 "光顺样条"对话框

4.5 综合实例——鞋子曲线

鞋子曲线的绘制流程图如图 4-93 所示。

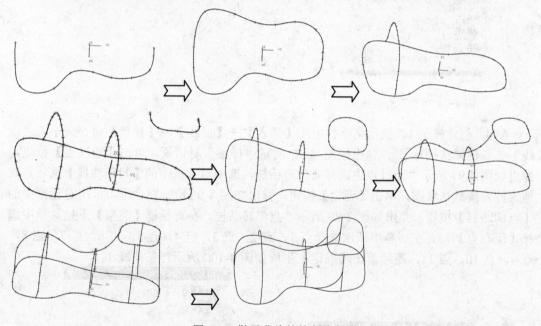

图 4-93 鞋子曲线的绘制流程图

01 启动 unigraphics。

02 执行菜单栏中的【文件】→【新建】命令或单击"标准"工具栏中的新建图标，弹出"文件新建"对话框。在文件名中输入 xiezi，单位选择"毫米"，单击【确定】按钮，进入 Unigraphics 界面。

03 创建点。执行菜单栏中的【插入】→【基准/点】→【点】命令或单击"曲线"工具栏中的创建点 ╋ 图标，弹出如图 4-94 所示"点"对话框，分别创建如表 4-1 中的各点，结果如图 4-95 所示。

表 4-1 点坐标

点	坐标	点	坐标
点 1	0，-250，0	点 2	71，-248，0
点 3	141，-230，-0	点 4	144，-114，0
点 5	92，-61，0	点 6	86，15，0
点 7	102，78，0	点 8	102，146，0
点 9	72，208，0	点 10	24，218，0
点 11	0，220，0		

图 4-94 "点"对话框   图 4-95 创建点

04 创建样条 1。执行菜单栏中的【插入】→【曲线】→【样条】命令或单击"曲线"工具栏样条图标〜，弹出如图 4-96 所示"样条"对话框，单击【通过点】按纽，弹出如图 4-97 所示"通过点生成样条"对话框，选中对话框中的【封闭曲线】选项，其他保持系统默认状态，单击【确定】按钮，弹出如图 4-98 所示对话框，单击对话框中的【点构造器】按钮。弹出如图 4-99 所示"点"对话框，在对话框【类型】下拉菜单中选择【现有点】，并在屏幕中依次选择点 1，点 2，点 3，点 4，点 5，点 6，点 7，点 8，点 9，点 10，点 11，连续单击【确定】生成如图 4-100 所示样条曲线 1。

图 4-96 "样条"对话框   图 4-97 "通过点生成样条"对话框

05 创建点。执行菜单栏中的【插入】→【基准/点】→【点】命令或单击"曲线"

工具栏中的创建点**十**图标，弹出"点"对话框，分别创建如表 4-2 中的各点。结果如图 4-101 所示的样条。

图 4-98 "样条"对话框

图 4-99 "点"对话框

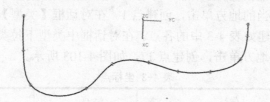

图 4-100 生成样条曲线 1

表 4-2 点坐标

点	坐标	点	坐标
点 1	0，-250，0	点 2	-39，-248，0
点 3	-126，-215，0	点 4	-122，-106，0
点 5	-96，-31，0	点 6	-90，43，0
点 7	-103，113，0	点 8	-78，191，0
点 9	-37，218，0	点 10	0，220，0

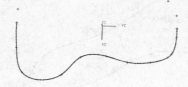

图 4-101 创建点

06 创建样条 2。执行菜单栏中的【插入】→【曲线】→【样条】命令或单击"曲线"工具栏样条图标 **～**，弹出"样条"对话框，单击【通过点】按纽，弹出"通过点生成样条"对话框，选中对话框中的【封闭曲线】选项，其他保持系统默认状态，单击

【确定】按钮。弹出"样条曲线"对话框，单击对话框中的【点构造器】按钮。弹出"点"对话框，在对话框【类型】下拉菜单中选择【现有点】，并在屏幕中依次选择点2，点3，点4，点5，点6，点7，点8，点9，点10，连续单击【确定】生成如图4-102所示样条曲线2。

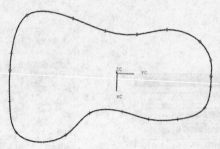

图 4-102 生成样条曲线 2

07 创建点。执行菜单栏中的【插入】→【基准/点】→【点】命令或单击"曲线"工具栏中的创建点➕图标，弹出"点"对话框。在对话框中类型下拉类型中选择【点在曲线上】，在样条1适当的地方单击，创建点1。在对话框【类型】下拉菜单中选择【自动判断的点】，分别创建如表4-3中的各点。在对话框中类型下拉类型中选择【点在曲线上】，在样条2适当的地方单击，创建点17，如图4-103所示。

表 4-3 坐标点

点	坐标	点	坐标
点 2	-119，-160，47	点 3	-110，-160，60
点 4	-93，-160，91	点 5	-72，-160，114
点 6	-48，-160，128	点 7	-23，-160，135
点 8	2，-160，138	点 9	30，-160，138
点 10	58，-160，136	点 11	83，-160，130
点 12	105，-160，118	点 13	124，-160，98
点 14	135，-160，74	点 15	138，-160，41
点 16	140，-160，14		

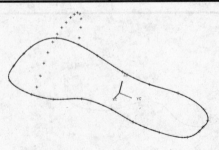

图 4-103 创建点

08 创建样条3。执行菜单栏中的【插入】→【曲线】→【样条】命令或单击"曲线"工具栏样条图标〰，弹出"样条"对话框。单击【通过点】按钮，弹出 "通过点

生成样条"对话框，选中对话框中的【封闭曲线】选项，其他保持系统默认状态，单击
【确定】按钮，弹出"样条"对话框，单击对话框中的【点构造器】按钮。弹出"点"
对话框，在对话框【类型】下拉菜单中选择【现有点】，并在屏幕中依次选择点1，点2，
点3，点4，点5，点6，点7，点8，点9，点10，点11，点12，点13，点14，点15，
点16，点17，连续单击【确定】生成如图4-104所示样条曲线3。

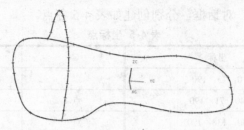

图4-104 样条曲线3

09 创建点。执行菜单栏中的【插入】→【基准/点】→【点】命令或单击"曲线"
工具栏中的创建点 ✛ 图标，弹出"点"对话框。在对话框中类型下拉类型中选择【点在
曲线上】，在样条1适当的地方单击，创建点1。在对话框【类型】下拉菜单中选择【自
动判断的点】，分别创建如表4-4中的各点。在对话框中类型下拉类型中选择【点在曲线
上】，在样条2适当的地方单击，创建点15，如图4-105所示。

表4-4 坐标点

点	坐标	点	坐标
点2	-92，0，15	点3	-87，0，40
点4	-76，0，65	点5	-60，0，86
点6	-43，0，100	点7	-22，0，107
点8	-1，0，110	点9	18，0，109
点10	41，0，104	点11	64，0，92
点12	78，0，70	点13	85，0，43
点14	88，0，9		

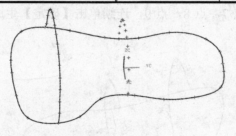

图4-105 创建点

10 创建样条4。执行菜单栏中的【插入】→【曲线】→【样条】命令或单击"曲
线"工具栏样条图标 ⌒，弹出"样条"对话框。单击【通过点】按纽，弹出"通过点生
成样条"对话框，选中对话框中的【封闭曲线】选项，其他保持系统默认状态，单击【确
定】按钮。弹出"样条"对话框，单击对话框中的【点构造器】按钮。弹出"点"对话

框，在对话框【类型】下拉菜单中选择【现有点】，并在屏幕中依次选择点1，点2，点3，点4，点5，点6，点7，点8，点9，点10，点11，点12，点13，点14，点15，连续单击【确定】生成如图4-106所示样条曲线4。

11 创建点

执行菜单栏中的【插入】→【基准/点】→【点】命令或单击"曲线"工具栏中的创建点╋图标，弹出"点"对话框，分别创建如表4-5各点。

表4-5 坐标点

点	坐标	点	坐标
点1	0，73，190	点2	9，72，190
点3	40，71，190	点4	76，87，190
点5	80，138，190	点6	69，189，190
点7	38，202，190	点8	10，202.5，190
点9	0，203，190		

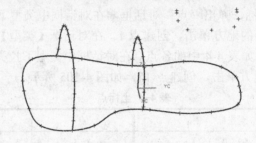

图4-106 创建点

12 创建样条5。执行菜单栏中的【插入】→【曲线】→【样条】命令或单击"曲线"工具栏样条图标～，弹出"样条"对话框。单击【通过点】按钮，弹出"通过点生成样条"对话框，选中对话框中的【封闭曲线】选项，其他保持系统默认状态，单击【确定】按钮。弹出"样条"对话框，单击对话框中的【点构造器】按钮。弹出"点"对话框，在对话框【类型】下拉菜单中选择【现有点】，并在屏幕中依次选择点1，点2，点3，点4，点5，点6，点7，点8，点9，连续单击【确定】生成如图4-107所示样条曲线5。

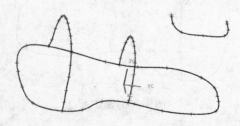

图4-107 样条曲线5

13 创建点执行菜单栏中的【插入】→【基准/点】→【点】命令或单击"曲线"工具栏中的创建。点╋图标，弹出"点"对话框，分别创建如表4-6各点。生成如图4-108所示。

14 创建样条6。执行菜单栏中的【插入】→【曲线】→【样条】命令或单击"曲线"工具栏样条图标～，弹出"样条"对话框，单击【通过点】按纽，弹出"通过点生成样条"对话框，选中对话框中的【封闭曲线】选项，其他保持系统默认状态，单击【确定】按钮，弹出"样条"对话框，单击对话框中的【点构造器】按钮。弹出"点"对话框，在对话框【类型】下拉菜单中选择【现有点】，并在屏幕中依次选择点1，点2，点3，点4，点5，点6，点7，点8，点9，点10，点11，连续单击【确定】生成如图4-109所示样条曲线6。

表4-6 坐标点

点	坐标	点	坐标
点1	0, 73, 190	点2	-12, 72, 190
点3	-37, 76, 190	点4	-60, 87, 190
点5	-77, 112, 190	点6	-82, 146, 190
点7	-71, 180, 190	点8	-52, 197, 190
点9	-29, 202, 190	点10	-10, 202.5, 190
点11	0, 203, 190		

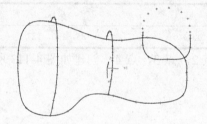

图4-108 创建点

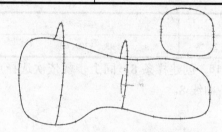

图4-109 样条曲线6

15 创建点。执行菜单栏中的【插入】→【基准/点】→【点】命令或单击"曲线"工具栏中的创建点➕图标，弹出"点"对话框。在对话框【类型】下拉类型中选择【终点】，拾取样条曲线1的端点，创建点1。在对话框【类型】下拉菜单中选择【自动判断的点】，分别创建如表4-7中的各点。在对话框中类型下拉类型中选择【端点】，拾取样条5的端点，创建点9，如图4-110所示。

表4-7 坐标点

点	坐标	点	坐标
点2	0, -250, 21	点3	0, -248, 85
点4	0, -186, 146	点5	0, -120, 134
点6	0, -71, 106	点7	0, 33, 129
点8	0, 63, 169		

16 创建样条7。执行菜单栏中的【插入】→【曲线】→【样条】命令或单击"曲线"工具栏样条图标～，弹出"样条"对话框。单击【通过点】按纽，弹出"通过点生成样条"对话框，选中对话框中的【封闭曲线】选项，其他保持系统默认状态，单击【确定】按钮，弹出"样条"对话框，单击对话框中的【点构造器】按钮。弹出"点"对话框，在对话框【类型】下拉菜单中选择【现有点】，并在屏幕中依次选择点1，点2，

点 3，点 4，点 5，点 6，点 7，点 8，点 9，连续单击【确定】按钮，生成如图 4-111 所示样条曲线 7。

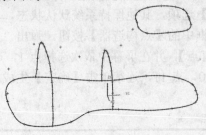

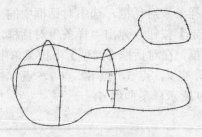

图 4-110　创建点　　　　　　　　　　　　　图 4-111　样条曲线 7

17 创建点。执行菜单栏中的【插入】→【基准/点】→【点】命令或单击"曲线"工具栏中的创建点十图标，弹出"点"对话框。在对话框中【类型】下拉类型中选择【点在曲线上】，在样条曲线 1 上拾取适当的点，创建点 1。在对话框【类型】下拉菜单中选择【自动判断的点】，分别创建如表 4-8 中的各点。在对话框中【类型】下拉类型中选择【点在曲线上】，在样条曲线 5 上拾取适当的点，创建点 4，如图 4-112 所示。

表 4-8　坐标点

点	坐标	点	坐标
点 2	93，130，63	点 3	85，130，127

18 创建样条 8。同上步骤依次选择点 1，点 2，点 3，点 4，创建如图 4-113 所示的样条曲线 8。

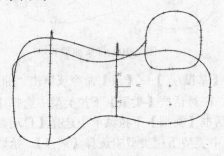

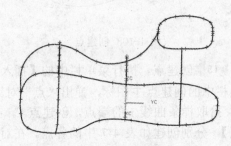

图 4-112　创建点　　　　　　　　　　　　　图 4-113　样条曲线 8

19 创建点。执行菜单栏中的【插入】→【基准/点】→【点】命令或单击"曲线"工具栏中的创建点十图标，弹出"点"对话框。在对话框中【类型】下拉类型中选择【点在曲线上】，在样条曲线 1 上拾取适当的点，创建点 1。在对话框【类型】下拉菜单中选择【自动判断的点】，分别创建如表 4-9 中的各点。在对话框中【类型】下拉类型中选择【点在曲线上】，在样条曲线 5 上拾取适当的点，创建点 4，图 4-114 所示。

表 4-9　坐标点

点	坐标	点	坐标
点 2	-93，130，63	点 3	-85，130，127

20 创建样条。同上依次选择点 1，点 2，点 3，点 4，创建如图 4-115 所示的样条曲线 9。

21 创建直线。执行菜单栏中的【插入】→【曲线】→【直线】命令或单击"曲线"工具栏中的直线图标╱，弹出如图 4-116 所示"直线"对话框。选择样条 1 的右端点为起点。选择样条 5 的右端点为终点，单击【确定】按钮，完成直线的创建，结果如图 4-117 所示。

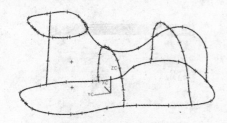

图 4-114 创建点

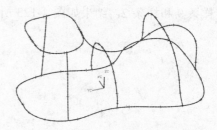

图 4-115 样条曲线 9

图 4-116 "直线"对话框

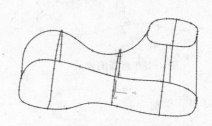

图 4-117 直线的创建

22 隐藏点。执行菜单栏中【编辑】→【显示和隐藏】→【隐藏】命令，弹出如图 4-118 所示"类选择"对话框。在对话框中单击【类型过滤器】按钮。弹出如图 4-119 所示的"根据类型选择"对话框，选择【点】类型，单击【确定】按钮。返回到"类选择"对话框，单击【全选】按钮，屏幕中的点全部被选中，单击【确定】按钮，结果如图 4-120 所示。

图 4-118 "类选择"对话框

图 4-119 "根据类型选择"对话框

23 桥接曲线。执行菜单栏中的【插入】→【来自曲线集的曲线】→【桥接曲线】命令或"曲线"工具栏中的桥接图标，弹出如图 4-121 所示"桥接曲线"对话框。选择样条 8 为桥接的起点对象。选择样条 1 为桥接的端部对象，若桥接曲线不满足要求，可以拖动开始点和终点调节桥接曲线，如图 4-122 所示。单击【确定】按钮。同上步骤桥接样条 9 和样条 2，结果如图 4-123 所示。

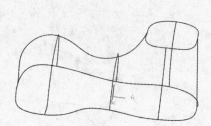

图 4-120 直线的创建　　　　图 4-121 "桥接曲线"对话框

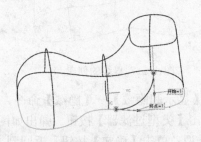
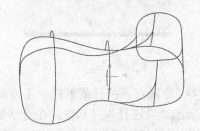

图 4-122 桥接样条曲线　　　　图 4-123 桥接样条曲线

24 编辑曲线。若样条曲线不满足要求，选择要编辑的样条，单击鼠标右键，在弹出的快捷菜单中选择【编辑曲线】项，激活样条，调节样条节点即可。

第 **5** 章

简单曲面的创建

在 UG 中，很多实际产品都需要采用曲面造型来完成复杂形状的构建，因此掌握 UG 自由曲面的创建对造型工程师来说是至关重要的，这也是体现 CAD 建模能力的重要标志。本章将讲述如何构建基本曲面特征、网格曲面以及扫掠曲面特征。

- ◎ 基本曲面的构造
- ◎ 直纹面
- ◎ 通过曲线网格建曲面
- ◎ 截面
- ◎ N 边曲面
- ◎ 扫掠
- ◎ 样式扫掠

5.1 基本曲面的构造

自由形状特征是 CAD 模块的重要组成部分，也是体现 CAD/CAM 软件建模能力的重要标志。只使用特征建模方法就能够完成设计的产品是有限的，绝大多数实际产品设计都离不开自由形状特征。

现代产品的设计主要包括设计与仿形两大类。无论采用哪种方法，一般的设计过程是：根据产品的造型效果（或三维真实模型），进行曲面数据采样、曲面拟合、曲面构成，生成计算机三维实体模型，最后进行编辑和修改。UG 自由形状特征的构造方法繁多，功能强大，使用方便。根据曲面构建原理，UG 曲面建模分为三类：一类由点构建曲面，通过定义的点数据来构建曲面。所构建的曲面与点数据不存在关联性，曲面的光顺性较差，因此通常将运用点构建的曲面作为母面；二类由线构建曲面，运用已有的曲线构建曲面。所建立的曲面与曲线是关联的，对曲线进行编辑后曲面也会随着改变，这类方法是构建曲面的主要方法；三类由面构建曲面，基于面生成的曲面大部分为参数化特征。通过对由线构建曲面而得到的一系列曲面进行连接、编辑等操作，从而得到新的曲面。

📖5.1.1 通过点生成曲面

由点生成的曲面是非参数化的，即生成的曲面与原始构造点不关联，当构造点编辑后，曲面不会发生更新变化，但绝大多数命令所构造的曲面都具有参数化的特征。通过点构建的曲面通过全部用来构建曲面的点。

执行菜单栏中的【插入】→【曲面】→【通过点】命令，或者单击【曲面】工具栏通过点图标，如图 5-1 所示，系统弹出如图 5-2 所示的"通过点"对话框。

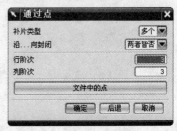

图 5-1 "曲面"工具栏　　　　　　　　图 5-2 "通过点"对话框

对话框各选项功能如下：

（1）补片类型：样条曲线可以由单段或者多段曲线构成，片体也可以由单个补片或者多个补片构成。

1）单个：所建立的片体只包含单一的补片。单个补片的片体是由一个曲面参数方程来表达的。

2）多个：所建立的片体是一系列单补片的阵列。多个补片的片体是由两个以上的曲面参数方程来表达的。一般构建较精密片体采用多个补片的方法。

（2）沿...向封闭：设置一个多个补片片体是否封闭及它的封闭方式。4 个选项如下：

1）两者皆否：片体以指定的点开始和结束，列方向与行方向都不封闭。

2）行：点的第一列变成最后一列。

3）列：点的第一行变成最后一行。

4）两者皆是：指的是在行方向和列方向上都封闭。如果选择在两个方向上都封闭，生成的将是实体。

（3）行阶次和列阶次

1）行阶次：定义了片体 U 方向阶数。

2）列阶次：大致垂直于片体行的纵向曲线方向 V 方向的阶数。

（4）文中的点：可以通过选择包含点的文件来定义这些点。

完成"通过点"对话设置后，系统会弹出选取点信息的对话框，如图 5-3 所示的"过点"对话框，可利用该对话框选取定义点。

对话框各选项功能如下：

（1）全部成链：用于链接窗口中以存在的定义点，单击后会弹出如图 5-4 所示的对话框，它用来定义起点和终点，自动快速获取起点与终点之间链接的点。

图 5-3 "过点"对话框   图 5-4 "指定点"对话框图

（2）在矩形内的对象成链：通过拖动鼠标形成矩形方框来选取所要定义的点，矩形方框内所包含的所有点将被链接。

（3）在多边形内的对象成链：通过鼠标定义多边形框来选取定义点，多边形框内的所有点将被链接。

（4）点构造器：通过点构造器来选取定义点的位置会弹出如图 5-5 所示的对话框，需要你一点一点的选取，所要选取的点都要点击到。每指定一列点后，系统都会弹出如图 5-6 所示的对话框，提示是否确定当前所定义的点。

图 5-5 "点构造器"对话框   图 5-6 "点确定"对话框

如想创建包括如图 5-7 中的定义点，通过"通过点"对话框设置为默认值，选取"全部成链"的选点方式。选点只需选取起点和终点，选好的第一行如图 5-8 所示。

当第四行选好时如图 5-9 所示，系统会弹出如图 5-10 所示的对话框，点选"指定另一行"，然后定第五行的起点和终点后如图 5-11 所示，再次弹出"过点"对话框，这时选取"所有指定的点"， 多补片片体如图 5-12 所示。

图 5-7 点   图 5-8 选择第一行的点

图 5-9 选择第四行点   图 5-10 "过点"对话框

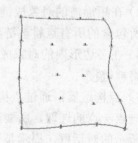

图 5-11 选取第五行点   图 5-12 多补片片体

📖 5.1.2 从极点建曲面

从极点方式也是由一些点来创建非参数化的曲面，建立的曲面不是通过所有定义点，只是曲面的的极点位于这些点上，创建出来的曲面比通过点方式创建的曲面较光滑。

执行菜单栏中的【插入】→【曲面】→【从极点】命令，或者单击【曲面】工具栏中的从极点图标 📎，系统弹出如图 5-13 所示的对话框。对话框中的选项说明和通过点方式的相同。

　　完成"从极点"对话设置后，系统会弹出选取点信息的对话框，与通过点的方式不同，从极点只有一个选择点构造器对话框，可利用该对话框选取定义点。

　　如从极点应用上节中那些定义点构建曲面，完成"从极点"对话框的设置后，系统会弹出点构造器对话框，选择现有点方式来选择定义点如图 5-14 所示。每一行的每一个点都要选择到，第一行选择结束后点选确定，弹出提示是否确定当前所定义的点，其他步骤和通过点方式相同。

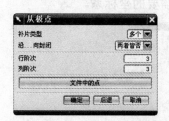

图 5-13　"从极点"对话框　　　　　图 5-14　"点构造器"对话框

📖5.1.3　从点云建曲面

　　运用点云方式构建曲面可以在一群的点甚至是一群无规则的点云上快速的构建出一个平顺的拟合曲面。它让用户从很多点中用最少的交叉生成一个片体，该方式用相同的点生成的曲面比用通过点方式生成的曲面要光顺些。

　　执行菜单栏中的【插入】→【曲面】→【从点云】命令，或者单击【曲面】工具栏图标 ◈（从云点）命令，系统弹出如图 5-15 所示的"从点云"对话框。

　　对话框各选项功能如下：

　　（1）选择点和文件中的点：从点云方式构建片体提供了两种选点方式：

　　1）选择点：用户通过拖动鼠标框选所要选择的点云。

　　2）文件中的点：选择包含点的文件来定义所要选取的点。

　　（2）U/V 向阶次

　　1）U 向阶次：控制片体的 U 向阶次，默认值为 3 阶次，可选择必须在 1~24 阶之间，建议尽可能采用 3 次。

　　2）V 向阶次：控制片体的 V 向阶次，选择原则和 U 向阶次相同。

　　（3）U/V 向补片数

　　1）U 向补片数：设置 U 方向的补片数目。

　　2）V 向补片数：设置 V 方向的补片数目。

　　U/V 方向的阶次和补片数共同控制着定义点和生成片体之间的距离偏差。补片数越多曲面越精细，但构建速度会慢一点。

　　（4）坐标系：该坐标系由 U、V 矢量方向和构建的片体法线方向构成。通过 5

种不同的选项可以改变改坐标系,改变坐标系后,产生的片体也会随坐标系的改变而产生相应的改变。

1)选择视图:坐标系统的 U－V 平面在视图平面内,并且构建的片体的法向矢量位于视图的法向。视角选取的不同,所构建的片体将会不同。如果从合适的工作坐标看下来,且没有碰到有重复点,构造的片体将会很光顺。

2)WCS:设置当前的工作坐标系为选取点的坐标系。

3)当前视图:将当前的视角作为 U－V 平面的坐标,与当前的工作坐标系无关。

4)指定的 CSYS:选择由使用指定新的坐标系已经定义好的坐标系。

5)指定新的 CSYS:用于定义坐标系,并应用于"指定的 CSYS"选项中。当选择该选项后系统会调出坐标系构造器来定义所需要的坐标系。

图 5-15 "从点云"对话框

(5)边界:这个选项用于设置框选的范围从而定义了片体的边界。默认选项是"最小包围盒"。共有 3 种定义边界的方式:

1)最小包围盒:包含所有点的最小矩形沿着法线方向投影到点云上。

2)指定的边界:通过点构造器沿法线方向来框取新的边界。

3)指定新的边界:通过点构造器来定义新边界,并应用于指定的边界。

(6)重置:可生成另一个片体而不用离开对话框。

5.2 直纹面

直纹面是通过两条外型轮廓线生成的曲面,可以理解为用一系列的直线连接两条外型轮廓线编织形成一张曲面。运用已有的曲线构建的曲面都具有参数化的特征,所构造的曲面与曲线是关联的,对曲线进行编辑后曲面也会随着改变,这类方法是构建曲面的十分重要的方法。

外型轮廓线称为截面线串,直纹面仅支持两个截面对象。截面对象可以是单一曲线、多个相连曲线、片体边界、实体表面,也可以是曲线的点等。如果选取的截面对象都为封闭曲线,生成的结果是实体;而选取的截面对象不都为封闭曲线时,生成的结果是片体。

执行菜单栏中的【插入】→【网格曲面】→【直纹面】命令,或者单击【曲面】工

具栏图标 （直纹）命令，系统弹出如图 5-16 所示的"直纹面"对话框。

对话框各选项功能如下：

（1）截面线串 1：单击选择第一组截面曲线。

（2）截面线串 2：单击选择第二组截面曲线。

要注意的是在选取截面线串 1 和截面线串 2 时两组的方向要一致，如果两组截面线串的方向相反，生成的曲面是扭曲的。

（3）对齐：通过直纹面来构建片体需要在两组截面线上确定对应点后用直线将对应点连接起来，这样一个曲面就形成了。因此调整方式选取的不同改变了截面线串上对应点分布的情况，从而调整了构建的片体。在选取线串后可以进行调整方式的设置如图 5-17 所示。调整方式包括：

图 5-16 "直纹面"对话框　　　　图 5-17 调整方式

1）参数：在构建曲面特征时，两条截面曲线上所对应的点是根据截面曲线的参数方程进行计算的。所以两组截面曲线对应的直线部分，是根据等距离来划分连接点的；两组截面曲线对应的曲线部分，是根据等角度来划分连接点的。

选用"参数"方式并选取图 5-18 中所显示的截面曲线来构建曲面，首先设置栅格线，栅格线主要用于曲面的显示，栅格线也称为等参数曲线，执行菜单栏中的【首选项】→【建模】命令，系统弹出如图 5-19 所示的"建模首选项"对话框，把栅格线中的"U 向计数"和"V 向计数"设置为 6，这样构建的曲面将会显示出网格线。选取线串后，调整方式设置为"参数"，单击"确定"或"应用"按钮，生成得片体如图 5-20 所示，直线部分是根据等弧长来划分连接点的，而曲线部分是根据等角度来划分连接点的。

如果选取的截面对象都为封闭曲线，生成的结果是实体如图 5-21 所示。

2）根据点：在两组截面线串上选取对应的点（同一点允许重复选取）作为强制的对应点，选取的顺序决定着片体的路径走向。一般在截面线串中含有角点时选择应用"根据点"方式。

（4）公差：指距离公差，可用来设置选取的截面曲线与生成的片体之间的误差值。设置值为零时，将会完全沿着所选取的截面曲线构建片体。

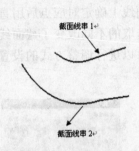

图 5-18 截面线串

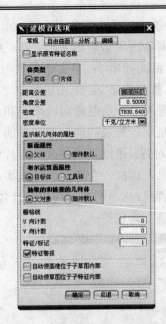

图 5-19 "建模首选项"对话框

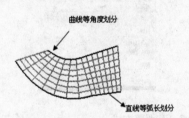

图 5-20 "参数"调整方式构建曲面

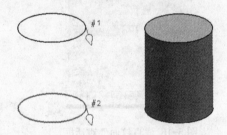

图 5-21 "参数"调整方式构建曲面

5.3 通过曲线组建曲面

通过曲线组功能构建曲面，是通过同一方向上的多条外型轮廓线，可以增加首尾的接触约束形式构建曲面。这些外型轮廓线称为截面线串，所选取的截面线串将定义曲面的行。截面线串可以是单个对象或多个对象组成，每个对象可以是曲线、实体的边线或曲面。如果选取的截面线串都为封闭曲线，生成的结果是实体；而选取的截面线串不都为封闭曲线时，生成的结果是片体。

📖 5.3.1 通过曲线组建曲面命令

执行菜单栏中的【插入】→【网格曲面】→【通过曲线组】命令，或者单击【曲面】工具栏图标 （通过曲线组）命令，系统弹出如图 5-22 所示的"通过曲线组"对话框。

对话框各选项功能如下：

（1）截面

1）选择曲线或点：单击该图标选取截面线串。选择第一组截面曲线后，添加新设置被激活，单击鼠标中键或单击"添加新集"图标🔧将进行下一个对象的选取。

2）列表：选中并确定的截面线串以列表的形式在"列表"框中显示出来，如图5-23所示。单击⊠按钮可以删除以存在于"列表"框中的截面线串，点击🔼按钮可以向上移动"列表"框中已经存在的截面线串的选择次序，点击🔽按钮可以向下移动"列表"框中已经存在的截面线串的选择次序。

图5-22 "通过曲线组"对话框

图5-23 截面设置对话框

（2）连续性：通过这个选项可以设置首尾的接触约束，目的在于可以使生成的曲面与已经存在的曲面在首尾截面线串保持一定的约束关系，设置对话框如图5-24所示。

1）约束关系

G0（位置）：截面线串与已经存在的曲面无约束关系，生成的曲面在公差范围内要严格沿着截面线串。

G1（相切）：选取的第一截面线串（最后截面线串）与指定的曲面相切，且生成的曲面与指定的曲面的切线斜率连续。

G2（曲率）：选取的第一截面线串（最后截面线串）与指定的曲面相切，且生成的曲面与指定的曲面的曲率连续。

2）流路方向：指定约束边界的切向方向。有未指定、等参数和垂直3个选项。

（3）对齐：通过对齐方式选取的不同来改变截面线串上对应点的分布，从而调整了构建的曲面。在设置截面线串后可以进行对齐方式的设置如图5-25所示。调整方式包括：

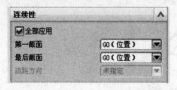

图5-24 连续性设置对话框

图5-25 调整设置对话框

1）参数：截面曲线上所对应的点是根据截面曲线的参数方程来进行划分的。使用截面曲线的整个长度。

89

2）圆弧长：截面线串上建立的连接点在截面线串上的分布和间隔方式是根据等弧长方式建立的。

3）根据点：根据点方式用于不同形状的截面线串的对齐，特别是截面线串具有尖角或有不同截面形状时，应该采用根据点方法，如果截面线串都为封闭曲线，那么构建的结果是实体，如图 5-26 所示。该对齐方法可以使用零公差，表明点与点之间的精确对齐。选点时应该注意按照同一方向与次序选择，并且在所有的截面线串上均需要有相应的对应点。起点和终点不能用于对齐，系统会自动对齐。

4）距离：沿每个截面线串，在规定方向等距离间隔点，结果是所有等参数曲线将位于正交于规定矢量的平面中，如图 5-27 所示。

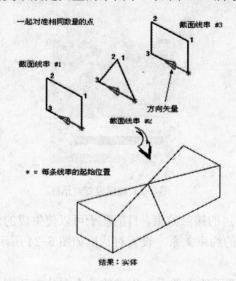

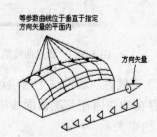

图 5-26 根据点方式构建体　　　　　图 5-27 距离方式构建曲面

5）角度：沿每个截面线串，绕一规定的轴线等角度间隔点，结果是所有等参数曲线将位于含有该轴线的平面中，如图 5-28 所示。

6）脊线：脊线对齐放点在选择的曲线和正交于输入曲线的平面的交点上。最终体的范围基于这个脊线的界限。

7）根据分段：利用点和对输入曲线的相切值建立曲面，要求新建曲面通过定义输入曲线的点而不是曲线本身。

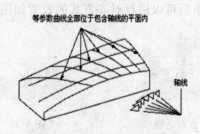

图 5-28 角度方式构建曲面

（4）输出曲面选项（如图 5-29 所示）

1）补片类型：设置将产生片体的偏移面类型，有三个选项即单个、多个和匹配线串。如果采用单个补片，系统自动计算 V 方向的阶次，其数值等于截面线数量减去 1。如果采用多个补片，用户可以自己定义 V 方向的阶次，但所选择的截面线数量至少比 V 方向的阶次多一组。建议采用多补片，阶次为 3 次的特征类型。

2）V 向封闭：当选取时，片体沿列（V 方向）闭合。

3）垂直于终止截面：此选项只有在选择多个片体时才可以选取。

4）构造：设置生成的曲面符合个条曲线的程度。有正常、样条点和简单 3 个选项。

（5）设置：用来设置阶次、公差值等选项，如图 5-30 所示。

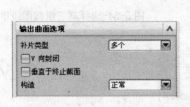

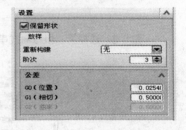

图 5-29 输出曲面选项设置对话框   图 5-30 设置对话框

1）阶次：设置 V 方向上曲面的阶次。所生成的片体或实体沿 V 方向（垂直于截面线方向）的阶次取决于补片类型和所选择的截面线的数量：

如果采用单补片，系统自动计算 V 方向的阶次，其数值等于截面线数量减去 1。

如果采用多补片，可以自己定义 V 方向的阶次，但所选择的截面线数量至少比 V 方向的阶次多一组。建议采用多补片，阶次为 3 次的特征类型。

2）公差：指距离公差，可用来设置选取的截面曲线与生成的片体之间的误差值。设置值为零时，将会完全沿着所选取的截面曲线构建片体。

5.3.2 实例——"G1（相切）"构建曲面

01 打开文件 5-1.prt，进入建模模块，如图 5-31 所示。

02 执行菜单栏中的【插入】→【网格曲面】→【通过曲线组】命令，或者单击【曲面】工具栏图标（通过曲线组）命令，系统弹出 "通过曲线组" 对话框。

03 按顺序从左边开始依次条截面线串，先选择第一组截面线串，记得每条选择结束要点击鼠标中间，或点击 "添加新设置" 图标将进行下一个对象的选取。选取线串后如图 5-32 所示。

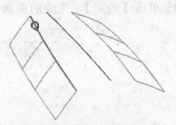

图 5-31 曲线   图 5-32 选择第一组截面线串

04 选择两组曲面中间的曲线作为第二组截面线串,已选择的两组截面线串方向应当一致,如图 5-33 所示。

05 选择第三组截面线串,为曲面组的边线,三组截面线串方向应当一致,如图 5-34 所示。

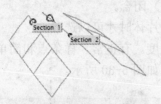
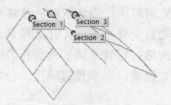

图 5-33 选择第二组截面线串　　　　　　　图 5-34 选择第三组截面线串

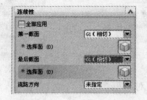

图 5-35　连续性设置对话框

06 连续性设置如图 5-35 所示。在"第一截面线串"下拉列表中选择"G1(相切)",选择第一组截面线串所在的所有曲面作为相切面,如图 5-36 所示。

07 在"最后截面线串"下拉列表中选择"G1(相切)",选择第三组截面线串所在的所有曲面作为相切面,如图 5-37 所示。

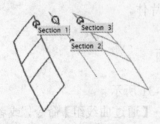
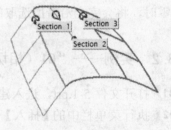

图 5-36 第一组截面线串的相邻面　　　　　图 5-37 最后一组截面线串的相邻面

08 在"通过曲线组"对话框中,调整设置为参数方式,补片类型为多个,阶次为 3,其余默认。

09 单击【确定】,生成的曲面如图 5-38 所示。

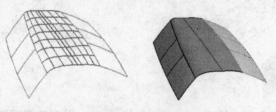

图 5-38 曲面

5.4 通过曲线网格建曲面

通过曲线网格方法使用一系列在两个方向的截面线串建立片体或实体。构造曲面时应该将一组同方向的截面线串定义为主曲线，而另一组大致垂直于主曲线的截面线串则成为交叉曲线，如图 5-39 所示。注意由于该命令没有对齐选项，在生成特征时，主曲线上的尖角不会形成锐边。生成的曲线网格体是双三次多项式的。这意味着它在 U 向和 V 向的次数都是三次的（阶次为 3）。

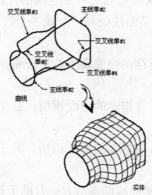

图 5-39 通过曲线网格构建体

U 方向由交叉线方位决定，V 方向由主曲线方位决定。由于在 U、V 两个方向都定义了控制曲线，所以可以较好地控制曲面的形状，因此通过曲线网格构建曲面比较常用。

5.4.1 通过曲线网格建曲面命令

执行菜单栏中的【插入】→【网格曲面】→【通过曲线网格】命令，或者单击【曲面】工具栏图标（通过曲线网格）命令，系统弹出如图 5-40 所示的"通过曲线网格"对话框。

对话框各选项功能如下：

（1）主曲线：创建网格曲面时，将选择第一组同方向的截面线串定义为主曲线。

1）选择曲线或点：单击该图标选取主线串。选择主线串 1（或点）后，添加新设置被激活，单击鼠标中键或单击"添加新集"图标，出现方向箭头，将进行下一个对象的选取。同理按顺序依次选择其他主线串，最后单击鼠标中键，结束主线串的选择。

2）列表：选中并确定的主线串以列表的形式在"列表"框中显示出来。单击按钮可以删除已存在于"列表"框中的主线串，点击按钮可以向上移动"列表"框中已经存在的主线串的选择次序，点击按钮可以向下移动"列表"框中已经存在的主线串的选择次序。

（2）交叉曲线：创建网格曲面时，选择主曲线已后，另一组大致垂直于主曲线的截面线串则成为交叉曲线。

1）选择曲线或点：单击该图标选取交叉线串。选择交叉线串 1（或点）后，添加新设置被激活，单击鼠标中键或单击"添加新集"图标，出现方向箭头，将进行下一个对象的选取。同理按顺序依次选择其他交叉线串，最后单击鼠标中键，结束交叉线串的选择。

2）列表：选中并确定的交叉曲线以列表的形式在"列表"框中显示出来。单击按钮可以删除以存在于"列表"框中的交叉线串，点击按钮可以向上移动"列表"框中已经存在的交叉线串的选择次序，点击按钮可以向下移动"列表"框中已经存在的交叉线串的选择次序。

（3）连续性：通过这个选项可以对所要生成的片体或实体定义边界约束条件，以使它在起始或最后的主曲线、交叉曲线处与一个或多个被选择的体表面相切或等曲率过渡。

约束关系包括：

G0（位置）：线串与已经存在的曲面无约束关系，生成的曲面在公差范围内要严格沿着主线串或交叉线串。

G1（相切）：选取的线串与指定的曲面相切，且生成的曲面与指定的曲面的切线斜率连续。

G2（曲率）：选取的线串与指定的曲面相切，且生成的曲面与指定的曲面的曲率连续。

（4）脊线：用于控制交叉曲线的参数化，有助于提高体的光顺。使用脊线的要求第一和最后的主曲线是平面曲线，并且脊线应垂直于第一和最后的主曲线，不能垂直于交叉曲线。在通过曲线网格构建体时，此选项可选可不选。

（5）输出曲面选项

1）着重：强调选项只有在主曲线与交叉曲线不相交时才有意义。此时，强调不同，则构造的曲面通过的位置不同。有3个选项：

两者皆是：构造的曲面通过主曲线和交叉曲线中间。

主要： 构造的曲面通过主线串。

叉号：构造的曲面通过交叉线串。

2）构造：用来设置构建的曲面符合各截面线串的程度。有3个选项：

正常：利用标准程序构造曲线网格体。采用这种方法生成的曲面具有很高的精度，构建的曲面包含较多的补片。

样条点：利用输入曲线的定义点和该点的斜率值来构造曲面。要求所有主曲线和交叉曲线必须使用单根B-样条曲线，并且要求具有相同数量的定义点。

简单：构造尽可能简单的曲面。采用这种方法生成的曲面包含较少的补片。

（6）设置

1）重新构建：可以通过重新定义主曲线或交叉曲   图5-40 "通过曲线网格"对话框

线的阶次和节点数来构建光滑曲面。有 3 个选项：

无：不用重构主曲线和交叉曲线。

手工：通过手工选取主曲线或交叉曲线来替换原来的曲线，并为构建的曲面指定 U 向阶次或 V 向阶次节点数会依据 G0、G1、G2 的公差值按需要插入。

高级：通过指定最小阶次和分段数来重新构建曲面，系统会自动尝试是利用最小阶次来重新构建曲面。如果还不满足要求，则会再利用分段数来重新构建曲面。

2）交点公差：通过曲线网格构造特征时，主曲线和交叉曲线可以不相交，交点公差用于检查两组曲线间的距离。如果主曲线和交叉曲线不相交，两组曲线间的最大距离必须小于交点公差，否则系统报错。

5.4.2 实例——通过曲线创建曲面

01 打开文件 5-3.prt，进入建模模块，如图 5-41 所示。

02 选择"通过曲线网格"方式来构建曲面。执行菜单栏中的【插入】→【网格曲面】→【通过曲线网格】命令，或者单击【曲面】工具栏图标 (通过曲线网格)命令，系统弹出 "通过曲线网格"对话框。

图 5-41 曲线

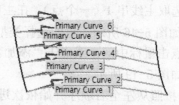
图 5-42 主线串的选取

03 选取主线串按从下至上顺序开始依次选择这 6 条主线串，记得每条选择结束要点击鼠标中间，或点击"添加新设置"图标 将进行下一条主线串的选取。选取主线串后如图 5-42 所示。

04 按照从左至右顺序开始依次进行交叉曲线的选取，同样每条交叉线串选择结束要点击鼠标中间，或点击"添加新设置"图标 将进行下一条交叉线串的选取。选取交叉线串后如图 5-43 所示。

05 在对话框中设置其余选项，这里保持默认状态即可，单击【确定】按钮，生成网格曲面如图 5-44 所示。

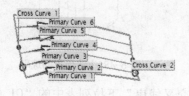
图 5-43 交叉线串的选取

图 5-44 生成网格曲面

📖 5.4.3 实例——通过"G1（相切）"方式创建曲面

01 打开文件 5-4. prt，进入建模模块，如图 5-45 所示。

02 执行菜单栏中的【插入】→【网格曲面】→【通过曲线网格】命令，或者单击【曲面】工具栏图标 ▨（通过曲线网格）命令，系统弹出 "通过曲线网格"对话框。

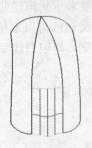

图 5-45 曲线　　　　　　　　　图 5-46 主曲线设置对话框

03 选取主曲线。通过曲线网格构建曲面截面曲线可以是一个点，但一定要在主曲线选择时将其输入好，交叉曲线没有选择点的功能。按顺序从上至下开始依次选择主线串，首先选取主线串 1（一个点），在主曲线选择对话框中单击"选择曲线或点"中的点构造器 ▨ 如图 5-46 所示，点的选择类型为"终点"如图 5-47，选择点如图 5-48 所示，选择结束点击鼠标中间，或点击"添加新集"图标 ▨ 将进行下一条主线串的选取，选取主线串 2 如图 5-49 所示。

04 按照从左至右顺序开始依次进行交叉曲线的选取，同样每条交叉线串选择结束要点击鼠标中间，或点击"添加新集"图标 ▨ 将进行下一条交叉线串的选取。选取交叉线串后如图 5-50 所示。

最后主线串的相切面如同 5-51 所示。

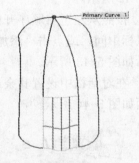

图 5-47 "点构造器"对话框　　　　　　图 5-48 主线串 1 的选取

05 在"连续性"设置框中，选择"第一交叉线串"下拉列表中的"G1（相切）"，选择交叉线串 1 所在的曲面作为相切面如图 5-52 所示，单击鼠标左键。

06 在"连续性"设置框中，选择"最后交叉线串"下拉列表中的"G1（相切）"，选择交叉线串 2 所在的曲面作为相切面如图 5-53 所示，单击鼠标左键。

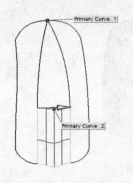

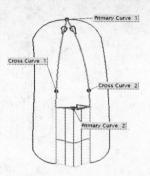

图 5-49 主线串 2 的选取　　　　　图 5-50 交叉线串的选取

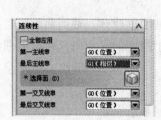

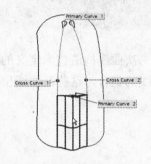

图 5-51 最后主线串的相切面

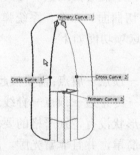

图 5-52 第一交叉线串的相切面

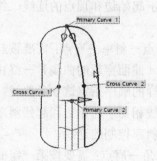

图 5-53 最后交叉线串的相切面

07 在对话框中设置其余选项，这里保持默认状态即可，单击【确定】按钮，生成网格曲面如图 5-54 所示。

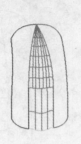

图 5-54 相切约束曲面

5.5 截面

截面构造曲面是用二次曲线构造技术定义的截面创建体。截面曲面是二次曲面，可以看作是一系列二次曲线的集合，这些截面线位于指定的平面内，在控制曲线范围内编织形成一张二次曲面。

5.5.1 截面命令

执行菜单栏中的【插入】→【网格曲面】→【截面】命令，或者单击【曲面】工具栏图标 （剖切曲面）命令，系统弹出如图 5-55 所示的"剖切曲面"对话框。

对话框各选项功能如下：

1．类型

（1）端点－顶点－肩点：需要按起始边→肩点（曲面穿越的曲线）→终止边→顶点→脊线这样的顺序指定这 5 条曲线。脊线形状没有特别严格的要求。一般来讲，脊线应该尽可能简单，并且非常光顺，因为复杂的脊线会造成截面特征的复杂化。该方法构造出的曲面 U 向的二次曲线相切于起始边和顶点的连线、终止边和顶点的连线。

（2）端点－斜率－肩点：需要按起始边→起始斜率控制→肩点（曲面穿越的曲线）→终止边→端点斜率控制→脊线这样的顺序指定这 6 条曲线。构造出的曲面 U 向的二次曲线相切于起始边和起始斜率控制的连线、终止边和端点斜率控制的连线。

图 5-55 "剖切曲面"对话框

（3）圆角－肩点：需要按第一组面→第一组面上的线串→肩点（曲面穿越的曲线）→第二组面→第二组面上的线串→脊线这样的顺序设定。构造出的曲面和指定的第一组面、第二组面相切连续。

（4）三点－圆弧：需要按起始边→第一内部点→终止边→脊线这样的顺序指定这 4 条曲线。构造出的曲面为圆弧曲面，也就是说垂直于脊线的平面与曲面的交线都为圆弧线。

（5）端点－顶点－Rho：需要按起始边→终止边→顶点→脊线→Rho 定义方式→Rho 值这样的顺序设定。该方法构造出的曲面 U 向的二次曲线相切于起始边和顶点的连线、终止边和顶点的连线。

Rho 是控制二次曲线或者二次截面线形状的一个比例值。Rho 定义方式：

1）恒定：Rho 值沿整个截面体长度方向是常数。

2）最小张度：Rho 值根据最小张力法计算，通常会生成椭圆。

3）一般：使用规律子功能定义 Rho 值。

（6）"端点－斜率－Rho"：需要按起始边→起始斜率控制→终止边→端点斜率控制→脊线→rho 定义方式→rho 值这样的顺序设定。构造出的曲面 U 向的二次曲线相切于起始边和起始斜率控制的连线、终止边和端点斜率控制的连线。

（7）"圆角－Rho"：需要按第一组面→第一组面上的线串→第二组面→第二组面上的线串→脊线→Rho 定义方式→Rho 值这样的顺序设定。圆角－Rho 示意图如图 5-56 所示。用该方法构造出的曲面和指定的第一组面、第二组面相切约束如图 5-57 所示。

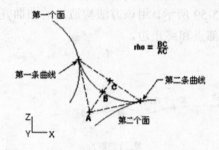

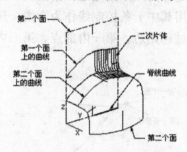

图 5-56 圆角－rho 示意图　　　　　　　　　图 5-57 圆角－rho 截面特征

（8）"二点－半径"：需要按起始边→终止边→脊线→半径值这样的顺序设定。用该方法构造出的曲面为圆弧曲面，垂直于脊线的平面与曲面的交线为圆弧线。

（9）"端点－顶点－高亮显示"：需要按起始边→终止边→顶点→高亮显示起点→高亮显示终点→脊线这样的顺序指定这 6 条曲线。构造出的曲面为二次曲线曲面，并且相切于起始边和顶点的连线，终止边和顶点的连线，高亮显示起点和高亮显示终点的连线。

（10）"端点－斜率－高亮显示"：需要按起始边→起始斜率控制→终止边→端点斜率控制→高亮显示起点→高亮显示终点→脊线这样的顺序指定这 7 条曲线。构造出的曲面为二次曲线曲面，并且相切于起始边和起始斜率控制的连线，终止边和端点斜率控制的连线，高亮显示起点和高亮显示终点的连线。

（11）"圆角－高亮显示"：需要按第一组面→第一组面上的线串→第二组面→第二组面上的线串→高亮显示起点→高亮显示终点→脊线这样的顺序设定。构造出的曲面为二次曲线曲面，用该方法构造出的曲面和指定的第一组面与第二组面相切，并且相切于高亮显示起点和高亮显示终点的连线。

（12）"端点－斜率－圆弧"：需要按起始边→起始斜率控制→终止边→脊线这样的顺序指定这 4 条曲线。用该方法构造出的曲面为圆弧曲面，该曲面相切于起始边和起始斜率控制的连线。

（13）"四点-斜率"：需要按起始边→起始斜率控制→第一内部点→第二内部点→终止边→脊线这样的顺序指定这 6 条曲线。用该方法构造出的曲面 U 向的二次曲线相切于起始边和起始斜率控制的连线。

（14）"端线-斜率-三次"：需要按起始边→起始斜率控制→终止边→端点斜率控制→脊线这样的顺序指定这 5 条曲线。用该方法构造出的曲面 U 向的二次曲线相切于起始边和起始斜率控制的连线，终止边和端点斜率控制的连线。

（15）"圆角-桥接"：需要按第一组面→第一组面上的线串→第二组面→第二组面上的线串→脊线这样的顺序设定。圆角-桥接示意图如图 5-58 所示。用该方法构造出的曲面与第一组面、第二组面两边界曲面可以相切连续或曲率连续。

（16）"点-半径-角度-圆弧"：需要按第一组面→第一组面上的线串→脊线→半径→角度这样的顺序设定。用该方法构造出的曲面为圆弧曲面，该曲面与第一组面相切。

（17）"五点"：需要按起始边→第一内部点→第二内部点→第三内部点→终止边→脊线这样的顺序指定这 6 条曲线。五条控制线不能重复使用（必须是不同的曲线），但可以使用其中一条控制线作为脊线，五点示意图如图 5-59 所示。用该方法构造出的曲面完全通过起始边、第一内部点、第二内部点、第三内部点和终止边。

图 5-58 圆角-桥接示意图　　　　　图 5-59 五点示意图

（18）"线性-相切"：需要按相切面组→起始→脊线→角度这样的顺序设定。用该方法构造出的曲面完全通过起始边，并且与指定的相切面组成一定的角度。

（19）"圆切"：需要按相切面组→起始→脊线→半径这样的顺序设定。用该方法构造出的曲面为圆弧曲面，该曲面相切于相切面组，完全通过起始边。

（20）"圆"：需要按引导线→方向曲线→脊线→半径这样的顺序设定。用该方法构造出的曲面为圆管曲面。

2．设置

（1）二次曲线：因为有理 B 样条曲线能够精确代表二次曲线，该选项生成一个逼真、精确的二次截面形状，并保证不产生反向曲率。

（2）三次：三次截面类型其截面线与二次曲线形状大致相同。生成的曲面具有更好的参数化，但不生成精确的二次截面形状。要建立三次多项式截面，rho≤0.75。

（3）五次：生成阶次为 5 次，曲率连续（G2）的曲面。

📖5.5.2 实例——通过"端点－顶点－rho"方法创建曲面

01 打开文件 5-5.prt 文件，进入建模模块，如图 5-60 所示。

02 执行菜单栏中的【插入】→【网格曲面】→【截面】命令，或者单击【曲面】工具栏 🛠（剖切曲面）命令，系统弹出 "剖切曲面"对话框。

03 在"剖切曲面"对话框中单击 ➡（端点－顶点－rho）图标，采用该方法构建曲面。系统弹出如图 5-61 所示的"截面选取"对话框。

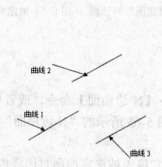

图 5-60 曲线　　　　　　　　　　　图 5-61 "截面选取"对话框

04 选择"曲线 1"作为起始边，单击【确定】按钮或鼠标中键。

05 选择"曲线 3"作为终止边，单击【确定】按钮或鼠标中键。

06 选择"曲线 2"作为顶线，单击【确定】按钮或鼠标中键。

07 选择"曲线 2"作为脊线，单击【确定】按钮或鼠标中键。

08 在"值"对话框中输入 0.5，单击【确定】按钮，生成的曲面如图 5-62 所示。

09 用鼠标左键双击构建的曲面，系统弹出如图 5-63 所示的"剖切曲面"对话框，在规律类型中选择"恒定"方法，其余选项保持默认值，单击【确定】按钮生成曲面如图 5-64 所示。

5.6 N 边曲面

　　N 边曲面功能可以通过使用不限数目的曲线或边建立一个曲面，并指定它与外部曲面的连续性，所用的曲线或边组成一个简单的、封闭的环。N 边曲面功能可用来移除曲面上非四边域的洞。N 边曲面功能形状控制选项可用来修复中心点处的尖角，同时保持连续性约束。

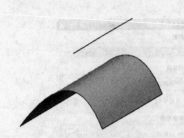

图 5-62 恒定 rho 定义方式创建的曲面　图 5-63 "编辑截面"对话框　图 5-64 恒定方式创建的曲面

5.6.1　N边曲面命令

执行菜单栏中的【插入】→【网格曲面】→【N边曲面】命令，或者单击【曲面】工具栏图标 （N边曲面）命令，系统弹出如图 5-65 所示的"N边曲面"对话框。

（1）类型

1）已修剪：在封闭的边界上生成一张曲面，它覆盖被选定曲面封闭环内的整个区域。

2）三角形：在已经选择的封闭曲线串中，构建一张由多个三角补片组成的曲面，其中的三角补片相交于一点。

图 5-65　"N边曲面"对话框

（2）边界曲线：选择一个轮廓以组成曲线或边的封闭环。

（3）边界面：选择外部表面来定义相切约束。

📖 5.6.2 实例——创建 N 边曲面

01 打开文件 5-6.prt 文件，进入建模模块，如图 5-66 所示。

02 执行菜单栏中的【插入】→【网格曲面】→【N 边曲面】命令，或者单击【曲面】工具栏图标（N 边曲面）命令，系统弹出 "N 边曲面" 对话框。

03 在对话框中选择 "已修剪" 类型

04 用鼠标左键选择曲线如图 5-67 所示为外部环。

05 其余选项保持默认值，单击【应用】按钮生成 N 边曲面如图 5-68 所示。

06 删除上面构建的 N 边曲面。在 "N 边曲面" 对话框中选择 "三角形" 类型。

07 仍然选择曲面上的曲线为外部环。

08 在选择曲面为约束面。

09 其余保持默认值，单击【应用】按钮，在曲线上生成曲面如图 5-69 所示。

图 5-66 曲面

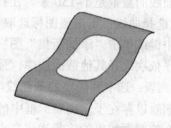

图 5-67 边界曲线的选取

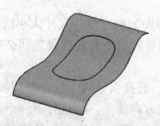

图 5-68 修剪的单片体类型的 N 边曲面

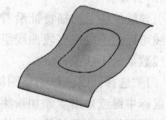

图 5-69 曲面

5.7 扫掠

扫掠构建体使用轮廓曲线沿空间路径扫掠而成，其中扫掠路径称为引导线，轮廓曲线称为截面线。引导线和截面线的一般规律：一是截面线和引导线不一定是平面曲线；二是截面线和引导线可以是任意类型的曲线，但不可以使用点；三是截面线不一定要求与引导线相连接，但最好相连。

引导线最多选择 3 条。若只使用一条引导线，需要进一步控制截面线在沿引导线扫描时的方位和尺寸大小的变化；若使用两条引导线，那么截面线在沿引导线扫描时的方向趋势完全确定。但其尺寸将会被缩放，以保证截面线与两条引导线始终接触。此时其方位是由两条引导线各对应点之间的连线的方向来控制；三条引导线完全确定了截面线被扫描时的方位和尺寸变化。因此无须另外指定方向和比例。

如果每一条引导线都形成封闭的回路，在选择截面线时可以重复选择第一组截面线作为最后一组截面线。

📖 5.7.1 扫掠命令

执行菜单栏中的【插入】→【扫掠】→【扫掠】命令，或者单击【曲面】工具栏图标 📎（扫掠）命令，系统弹出如图 5-70 所示的"扫掠"对话框。

对话框各选项功能如下：

1. 截面

截面线可以由单段或多段曲线组成。截面线可以是曲线，也可以是实（片）体的边或面。截面线的数量是 1~150 条。在扫描特征中，截面线方位决定了 V 方向。

（1）选择曲线：单击该图标选取截面线串。选择截面 1 后，添加新设置被激活，单击鼠标中键或单击"添加新集"图标 🔄，出现方向箭头，将进行下一个对象的选取。同理按顺序依次选择其他截面线串，最后单击鼠标中键，结束截面线串的选择。

（2）列表：选中并确定的截面线串以列表的形式在"列表"框中显示出来。单击 ⊠ 按钮可以删除以存在于"列表"框中的截面线串，点击 🔼 按钮可以向上移动"列表"框中已经存在的截面线串的选择次序，点击 🔽 按钮可以向下移动"列表"框中已经存在的截面线串的选择次序。

2. 引导线

引导线控制了扫描特征沿着 V 方向（扫描方向）的方位和尺寸大小的变化。注意，引导线可以由单段或多段曲线组成，组成每条引导线的所有曲线段之间必须相切过渡。引导线数量是 1~3 条。

（1）选择曲线：单击该图标选取引导线串。选择引导线 1 后，添加新设置被激活，单击鼠标中键或单击"添加新集"图标 🔄，出现方向箭头，将进行下一个对象的选取。同理按顺序依次选择其他引导线串，最后单击鼠标中键，结束引导线串的选择。

（2）列表：选中并确定的引导线串以列表的形式在"列表"框中显示出来。单击 ⊠ 按钮可以删除以存在于"列表"框中的引导线串，点击 🔼 按钮可以向上移动"列表"框中已经存在的引导线串的选择次序，点击 🔽 按钮可以向下移动"列表"框中已经存在的引导线串的选择次序。

3. 脊线

脊线可以进一步控制截面线的扫掠方向。当使用一条截面线时，脊柱线会影响扫掠的长度。当脊线垂直于每条截面线时，使用效果更好。

使用脊线扫掠时，系统在脊线上每个点构造一个平面，称为截平面，此平面垂直于脊线在该点的切线如图 5-71 所示。然后，系统求出截平面与引导线的交点，这些交点用于产生控制方向和收缩比例的矢量轴。一般情况下不建议采用脊线，除非由于引导线的不均匀参数化而导致扫描体形状不理想，才使用脊线。

图 5-70 "扫掠" 对话框

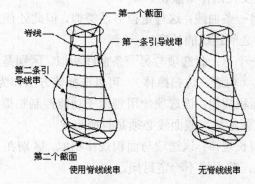

图 5-71 有无脊线线串比较

4．截面选项

（1）截面位置：用来设定截面放在什么位置。有沿引导线任何位置和引导线末端两个选项。

（2）对齐方法

1）参数：空间中的点将沿着定义曲线通过相等参数区域。

2）圆弧长：空间中的点将沿着定义曲线通过相等圆弧长区域。

（3）定位方法：在构造扫掠特征时，若只使用一条引导线，需要进一步控制截面线在沿引导线扫掠时的方位。有 7 个选项：

1）固定：无须指明任何方向，截面线串保持固定的方位沿引导线串平移扫描。

2）面的法向：截面线串沿引导线串扫掠时的第二个方向与所选择的面法向相同。

3）矢量方向：扫掠时截面线串变化的第二个方向与所选择的矢量方向相同，此矢量决不能与引导线串相切。

4）另一条曲线：用另一条曲线或体边界来控制截面线串的方位。扫掠时截面线串变化的第二个方向由引导线串与另一条曲线各对应点之间的连线的方向来控制(好象用两条线作了一个直纹面)。

5）一个点：这个方法与另一条曲线相似，这时两条曲线之间的直纹面被引导线串与点之间的直纹面所替代。这个方法仅适用于创建三边扫掠体的情况，这时截面线串的一个端点占据一固定位置，另一个端点沿引导线串滑行。

6）角度规律：利用规律子功能来控制扫掠体相对于截面线串的转动。该选项只适用于一条截面线串的情况。

7）强制方向：使用一个矢量方向来固定扫掠的第二个方向，截面线串在一系列平行平面内沿引导线串扫掠，该选项可以在小曲率的引导线串扫掠时防止相交。

（4）缩放方法：在构造扫掠特征使用一条引导线时，截面线在沿引导线扫掠时可以进行比例控制。缩放有6个选项：

1）恒定：扫掠特征沿着整个引导线串采用一致的比例放大或缩小。截面线串首先相对与引导线串的起始点进行缩放，然后扫掠。

2）倒圆功能：先定义起始和终止截面线串的缩放比例，中间的缩放比例是按线性或三次函数变化规律来获得。

3）另一条曲线：这与定位方法类似，但此处任意一点的比例是基于引导线和其他曲线对应点之间连线的长度。

4）一个点：此选项与另一条曲线相似，区别是用点代替曲线。当使用同一点作为定位控制时（构造三边扫掠体），可以选择该方法作为比例控制。

5）面积规律：该选项使用规律子功能控制扫掠体的截面面积的变化规律。截面线用于定义截面形状，截面线必须是封闭形状。

6）周长规律：该选项与面积规律相似，区别在于扫掠特征的截面线的周长根据一定规律变化，截面线不一定封闭。

5.7.2 实例——通过选取截面线和引导线创建曲面

01 打开文件5-7.prt文件，进入建模模块，如图5-72所示。扫掠可以采用1个截面线串和2个引导线串来构建曲面，也可以采用2个截面线串和1个引导线串来构建曲面。

02 选择"扫掠"方式来构建曲面。执行菜单栏中的【插入】→【扫掠】→【扫掠】命令，或者单击【曲面】工具栏图标 （扫掠）命令，系统弹出"扫掠"对话框。

03 先采用1个截面线串和2个引导线串来构建曲面。选择截面线串如图5-73所示，单击鼠标中键两次。

04 按照顺序开始依次进行引导线串的选取，同样每条引导线串选择结束要点击鼠标中键，或点击"添加新设置"图标 将进行下一条引导线串的选取。选取引导线串后如图5-74所示。

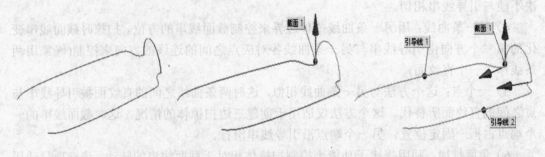

图5-72 曲线　　　　　　图5-73 截面线串的选取　　　　　图5-74 引导线串的选取

05 其余设置保留默认状态，单击【确定】按钮或鼠标中键生成扫掠曲面如图5-75所示。

06 还可以采用2个截面线串和1个引导线串来构建曲面。将上面生成的曲面删除，调用扫掠曲面功能。

07 重新选取截面线串和引导线串如图5-76所示。

08 其余设置保留默认状态，单击【确定】按钮或鼠标中键生成扫掠曲面如图5-77所示。

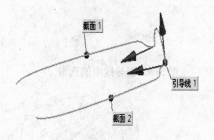

图5-75 "扫掠"构建的曲面　　　　图5-76 截面线串和引导线串的选取

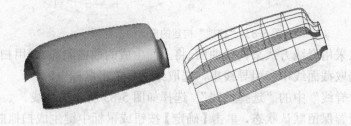

图5-77 "扫掠"构建的曲面

5.7.3 实例——通过选取脊线构建曲面

01 打开文件5-8.prt文件，进入建模模块，如图5-78所示。

02 选择"扫掠"方式来构建曲面。执行菜单栏中的【插入】→【扫掠】→【扫掠】命令，或者单击【曲面】工具栏图标（扫掠）命令，系统弹出"扫掠"对话框。

03 选择截面线串如图5-79所示，单击鼠标中键两次。

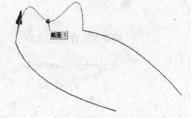

图5-78 曲线　　　　　　　　　图5-79 截面线串的选取

04 按照顺序开始依次进行引导线串的选取，同样每条引导线串选择结束要点击鼠标中键，或点击"添加新设置"图标将进行下一条引导线串的选取。选取引导线串后如图5-80所示。

05 其余设置保留默认状态,单击【确定】按钮或鼠标中键生成扫掠曲面如图 5-81 所示。俯视图如图 5-82 所示。

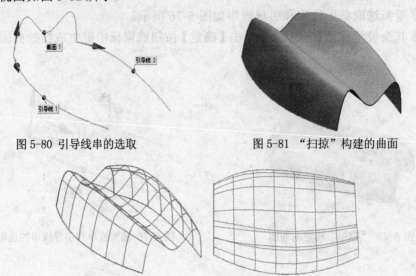

图 5-80 引导线串的选取   图 5-81 "扫掠"构建的曲面

图 5-82 "扫掠"构建的曲面的俯视图

06 还可以采用脊线方式来构建曲面。将上面生成的曲面删除,调用扫掠曲面功能。

07 重新选取截面线串和引导线串,选取结束后单击鼠标中键。

08 点选"脊线"中的"选择曲线",选择如图 5-83 所示的脊线。

09 其余设置保留默认状态,单击【确定】按钮或鼠标中键生成扫掠曲面如图 5-84 所示。俯视图如图 5-85 所示。可见曲面的长度只有脊线那么长,如果想曲面长度加大可以把脊线拉长,并且所有的截面都和脊线垂直。

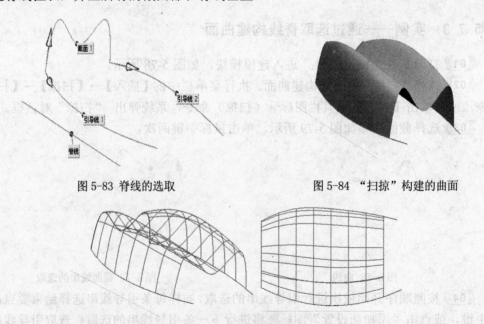

图 5-83 脊线的选取   图 5-84 "扫掠"构建的曲面

图 5-85 "扫掠"构建的曲面的俯视图

5.8 样式扫掠

样式扫掠从一组曲线创建一个精确、光滑的 A 类曲面。"样式扫掠"内置了多种扫掠方式，可以选择不同的扫掠方式来生成扫掠曲面。

5.8.1 样式扫掠命令

执行菜单栏中的【插入】→【扫掠】→【样式扫掠】命令，或者单击【自由曲面形状】工具栏中的图标 （样式扫掠）可激活该命令，系统弹出如图 5-86 所示"样式扫掠"对话框。

对话框各选项功能如下：

1. 类型

（1）1 条引导线串：在生成样式扫略的过程中的自由程度最大，需要进行多个形状控制变量的设置。

（2）1 条引导线串，1 条接触线串：选择一组引导线串和一组接触线，提供了新的样式扫略方式的生成。

（3）1 条引导线串，1 条方位线串：需要在提供一组引导线串的同时，还需要提供一组方向来创建样式扫略面。

（4）2 条引导线串：需要提供两组引导线串来创建样式扫掠面。

2. 扫掠属性

（1）固定线串：包括"引导线"、"截面"和"引导线和截面"3 个选项。选择固定"截面曲线"和"截面曲线和引导线"两个选项，表明在生成样式扫略过程中固定的曲线。

（2）截面位置：设置截面和引导线之间的相互关系，可以选择的选项包括："平移"、"保持角度"、"垂直"以及"用户定义"方式。在这几个选项中，选择不同选项将会显示不同的附加选项。

1）平移：选择该选项，系统将根据剖面曲线进行移动扫描。

2）保持角度：选择此选项时，如果选择"至引导线"参考，选择"指定铰链失量"复选框，可以在向量下拉列表中选择一种向量定义方式。如果选择"至脊曲线"参考，单击"选取曲线"按钮，可以选择参考的脊线线串。如果选择"至脊线失量"参考，则选择向量定义下拉列表。

3）垂直：同"保持角度"选项的附加选项一致，设置方式也相同。

图 5-86 "样式扫掠"对话框

4）用户定义：同样会出现如上述两种选项的附加选项。但还会出现"显示备选解法"按钮。单击该按钮后，可以选择其他替代的方案。

3．形状控制

（1） 枢轴点定位：选择该选项时，可以通过调节滑动杆的滑块位置或直接通过文本框输入数据，来设置该控制点位于样式扫略曲面的位置，如图 5-87 所示。

（2） 旋转：在该控制选项下方出现旋转"角度"和"位置"滑动杆控件，从设置参数数值，如图 5-88 所示。

图 5-87 枢轴点定位　　　　　　　　图 5-88 旋转控制

（3） 缩放控制：在此时的属性面板中，可以设置比例变化的"位置"、"控制"手柄，以及缩放"位置"的大小，如图 5-89 所示。

（4） 部分扫略：通过属性滑动杆来控制生成的部分扫略面的位置，包括 U 向的起始和终止位置，以及 V 向的起始和终止位置，如图 5-90 所示。

图 5-89 缩放控制　　　　　　　　　图 5-90 部分扫掠

5.8.2　实例——创建样式扫掠

01 打开文件 5-9.prt 文件，进入建模模块，如图 5-91 所示。

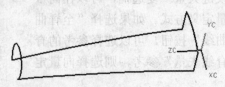

图 5-91 曲线

02 执行菜单栏中的【插入】→【扫掠】→【样式扫掠】命令，或者单击【自由曲面形状】工具栏中的图标 （样式扫掠），系统弹出 "样式扫掠" 对话框。

03 在扫掠类型中选择引导线数目为 "2 条引导线"。

04 在视图区中选择如图 5-92 所示的截面线串，每条截面线串选择结束要点击鼠标中键。

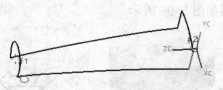

图 5-92 截面线串的选取

05 按照顺序开始依次进行引导线串的选取，同样每条引导线串选择结束要点击鼠标中键。选取引导线串后如图 5-93 所示。

06 在扫掠属性中设置扫掠曲面的过渡控制、固定线串、截面方位以及参考等属性，如图 5-94 所示。

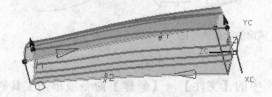

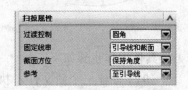

图 5-93 引导线串的选取   图 5-94 扫掠属性设置

07 其余设置保留默认状态，单击【确定】按钮或鼠标中键生成样式扫掠曲面如图 5-95 所示。

图 5-95 "样式扫掠" 构建的曲面

5.9 综合实例

运用 UG 构建产品，一般都会根据产品的外形要求，首先建立用于构造曲面的边界曲线，或者根据实样测量的数据点生成曲线，使用 UG 提供的各种曲面构造方法构造曲面。一般来讲，对于简单曲面，可以一次完成建模。而实际产品的形状往往比较复杂，一般都难于一次完成。对于复杂的曲面，首先应该采用曲线构造方法生成主要或大面积的片体，然后进行曲面的过渡连接，光顺处理，曲面的编辑等方法完成整体造型。

本章将通过几个基本曲面构造的实例对上节中介绍的基本曲面构造功能进行综合应用，使读者掌握简单曲面的造型方法。

📖5.9.1 风扇

风扇的绘制流程图如图5-96所示。

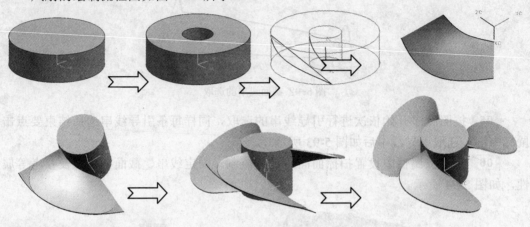

图5-96 风扇的绘制流程图

具体操作步骤如下：

01 创建一个新文件。执行菜单栏中的【文件】→【新建】命令或单击工具栏中的新建图标 ▭，弹出"新建"对话框。点击【模型】，单位设置为毫米，在"模板"中单击"模型"选项，在【新文件名】→【名称】中输入文件名"fengshan"，然后在【新文件名】→【文件夹】中选择文件存盘的位置，选择完成后如图5-97所示。完成后单击【确定】按钮进入建模模式。

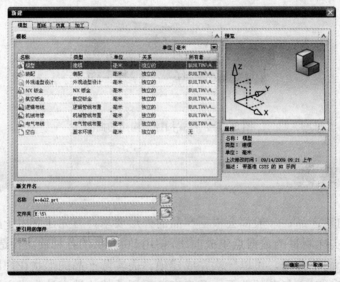

图5-97 "新建"对话框的设置

02 创建圆柱体。执行菜单栏中的【插入】→【设计特征】→【圆柱体】命令，或从【特征】工具栏中单击 （圆柱体）图标，系统弹出如图 5-98 所示的"圆柱"对话框。类型选择"轴、直径和高度"，在"指定矢量"下拉列表中选择轴，单击【确定】按钮。单击"指定点"中的图标 ，弹出点对话框，保持默认的点坐标（0，0，0）作为圆柱体的圆心坐标，单击【确定】按钮。设置直径、高度为 400、120。单击【确定】按钮生成圆柱体，如图 5-99 所示。

图 5-98 "圆柱"对话框   图 5-99 生成的圆柱体

03 创建孔。选择菜单栏中的【插入】→【设计特征】→【孔】命令，或从【特征】工具栏中单击 （孔）图标，系统弹出如图 5-100 所示的"孔"对话框。类型选择【常规】，捕捉圆柱体上表面圆弧中心为孔位置，直径输入 120，深度为 120，如图 5-100 所示，生成的模型如图 5-101 所示。

图 5-100 "孔"对话框   图 5-101 模型

04 创建叶片

❶创建直线。执行菜单栏中的【插入】→【曲线】→【基本曲线】命令，或从【曲线】工具栏中单击 （基本曲线）图标，系统弹出如图 5-102 所示的"基本曲线"对话

框。类型选择"直线"图标,【点方法】选取象限点图标,选取圆柱体上表面边缘曲线确定直线第一点如图 5-103 所示,选取圆柱体下表面边缘曲线确定直线第二点,单击鼠标中间生成如图 5-104 所示直线。

图 5-102 "基本曲线"对话框

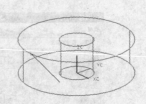

图 5-103 选取直线的第一点

❷投影。执行菜单栏中的【插入】→【来自曲线集的曲线】→【投影】命令,或从【曲线】工具栏中单击(投影)图标,系统弹出如图 5-105 所示的"投影曲线"对话框。首先选择要投影的曲线如图 5-106 所示,连续点击鼠标中键两次进入要投影对象的选取,选择圆柱实体表面作为第一个要投影的对象如图 5-107 所示,选取圆柱孔的表面作为第二个要投影的对象如图 5-108 所示,单击【确定】按钮生成如图 5-109 所示的两条投影曲线。

图 5-104 生成的直线

图 5-105 "投影曲线"对话框

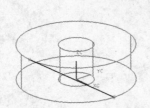

图 5-106 选取要投影的曲线

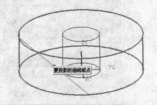

图 5-107 选择第一个要投影的对象

❸隐藏实体和直线。执行菜单栏中的【编辑】→【显示和隐藏】→【隐藏】命令,或从【曲线】工具栏中单击(隐藏)图标,或按住键盘 ctrl+B,系统弹出如图 5-110 所示的"类选择"对话框。选取实体和直线作为要隐藏的对象如图 5-111 所示,单击【确

定】后如图 5-112 所示。

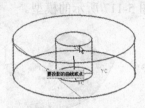

图 5-108 选择第二个要投影的对象

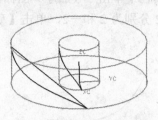

图 5-109 生成的投影曲线

图 5-110 "类选择"对话框

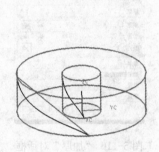

图 5-111 要隐藏的对象

❹创建直纹面。执行菜单栏中的【插入】→【网格曲面】→【直纹面】命令，或从【曲面】工具栏中单击 （直纹）图标，系统弹出如图 5-113 所示的"直纹面"对话框。选择截面线串 1 和截面线串 2，每条线串选取结束单击鼠标中键，如图 5-114 所示。在"调整"选项设置为"参数"，单击【确定】生成如图 5-115 所示曲面。

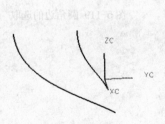

图 5-112 曲线

图 5-113 "直纹面"对话框

❺加厚曲面。执行菜单栏中的【插入】→【偏置/缩放】→【加厚】命令，或从【特

征】工具栏中单击 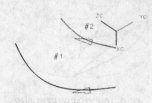（加厚）图标，系统弹出如图 5-116 所示的"加厚"对话框。偏置 1 和偏置 2 分别为 2 和一2，单击【确定】按钮生成如图 5-117 所示的模型。

图 5-114 选取的截面线串

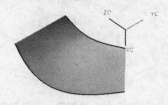

图 5-115 生成的直纹面

图 5-116 "加厚"对话框

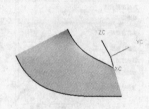

图 5-117 生成的加厚体

❻边倒圆。执行菜单栏中的【插入】→【细节特征】→【边倒圆】命令，或从【特征操作】工具栏中单击 （边倒圆）图标，系统弹出如图 5-118 所示的"边倒圆"对话框，选择倒圆角边 1 和倒圆角边 2 如图 5-119 所示，倒圆角半径设置为 60，单击【确定】按钮生成如图 5-120 所示的模型。

图 5-118 "边倒圆"对话框

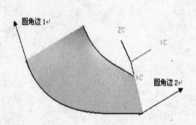

图 5-119 圆角边的选取

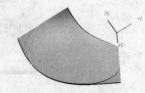

图 5-120 倒圆角后的模型

05 创建圆柱体。执行菜单栏中的【插入】→【设计特征】→【圆柱体】命令，或从【特征】工具栏中单击 （圆柱体）图标，系统弹出对话框。类型选择"轴、直径和高度"，单击【指定矢量】中的图标，弹出矢量构造器，选取 ，单击【确定】按钮。单击【指定点】中的图标，弹出点构造器设置点坐标（0，0，－3）作为圆柱体的圆心坐标如图 5-121 所示，单击【确定】按钮。设置直径、高度为 132、132。单击【确定】按钮生成圆柱体，如图 5-122 所示。

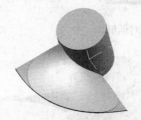

图 5-121 倒圆角后的模型　　　　　图 5-122 倒圆角后的模型

06 创建其余叶片。执行菜单栏中的【编辑】→【移动对象】命令，或从【标准】工具栏中单击 （移动对象）图标，系统弹出"移动对象"对话框如图 5-123 所示。选择扇叶为移动对象如图 5-124 所示，在"运动"下拉列表中选择"角度"选项，指定矢量为 ZC 轴，单击【指定轴点】按钮系统弹出"点构造器"对话框如图 5-125 所示，保持默认的点坐标（0，0，0）。在"角度"中输入 120。点选"复制原先的"选项，输入非关联副本数为 2。单击【确定】按钮生成模型如图 5-126 所示。

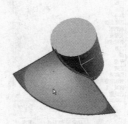

图 5-123 "移动对象"对话框　　　　图 5-124 变换对象的选取

07 创建组合体。执行菜单栏中【插入】→【组合体】→【求和】命令，或从【特征操作】工具栏中单击 （求和）图标，系统弹出"求和"对话框如图 5-127 所示。目标选择圆柱体如图 5-128 所示，刀具选择 3 个叶片如图 5-129 所示，单击【确定】按钮生成组合体。

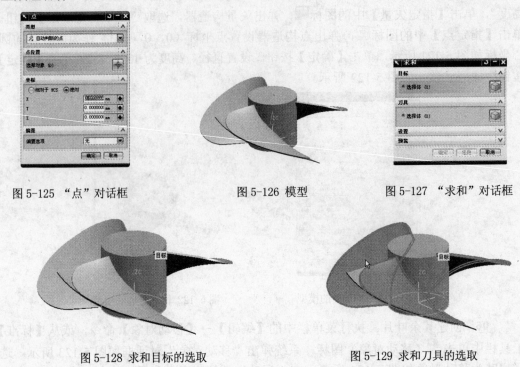

图 5-125 "点"对话框　　　　图 5-126 模型　　　　图 5-127 "求和"对话框

图 5-128 求和目标的选取　　　　　　图 5-129 求和刀具的选取

08 隐藏曲面和曲线。执行菜单栏中的【编辑】→【显示和隐藏】→【隐藏】命令，或从【实用工具】工具栏中单击 （隐藏）图标，系统弹出"类选择"对话框。单击【类型过滤器】 ，系统弹出"根据类型选择"对话框如图 5-130 所示，选择【片体】和【曲线】选项，单击【确定】按钮，返回到"类选择"对话框，点击【全选】按钮。单击【确定】按钮，最终模型如图 5-131 所示。

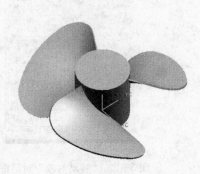

图 5-130 "点构造器"对话框　　　　图 5-131 最终模型

5.9.2 节能灯泡

节能灯泡的绘制流程图如图 5-132 所示。

图 5-132 节能灯泡的绘制流程图

具体操作步骤如下：

01 创建一个新文件。执行菜单栏中的【文件】→【新建】命令或单击工具栏中的新建图标 🗋，弹出"文件新建"对话框。点击"模型"，单位设置为毫米，在"模板"中单击"模型"选项，在【新文件名】→【名称】中输入文件名"dengpao"，然后在【新文件名】→【文件夹】中选择文件存盘的位置，完成后单击【确定】按钮进入建模模式。

02 创建灯座

❶创建圆柱体。执行菜单栏中的【插入】→【设计特征】→【圆柱体】命令，或从【特征】工具栏中单击 🔲（圆柱体）图标，系统弹出如图 5-133 所示的"圆柱"对话框。类型选择"轴、直径和高度"，在"指定矢量"下拉列表中选择 ZC 轴，单击"指定点"中的图标 🟰，弹出"点"对话框，保持默认的点坐标（0，0，0）作为圆柱体的圆心坐标，单击【确定】按钮。设置直径、高度为 62、40。单击【确定】按钮生成圆柱体，如图 5-134 所示。

图 5-133 "圆柱"对话框

图 5-134 生成的圆柱体

❷圆柱体倒圆角。执行菜单栏中的【插入】→【细节特征】→【边倒圆】命令，或

从【特征操作】工具栏中单击 （边倒圆）图标，系统弹出如图 5-135 所示的"边倒圆"对话框，选择倒圆角边 1 和倒圆角边 2 如图 5-136 所示，倒圆角半径设置为 7，单击【确定】按钮生成如图 5-137 所示的模型。

图 5-135 "边倒圆"对话框　　　　图 5-136 圆角边的选取　　　图 5-137 倒圆角后的模型

03 创建灯管

❶创建直线。将视图转换为右视图。执行菜单栏中的【插入】→【曲线】→【直线】命令，或从【曲线】工具栏中单击 （直线）图标，系统弹出如图 5-138 所示的"直线"对话框。单击起点的 按钮系统弹出"点构造器"对话框，输入起点坐标为（13，-13，0），点参考设置为 WCS，单击【确定】按钮如图 5-139 所示。单击终点的 按钮系统弹出"点构造器"对话框，输入终点坐标为（13，-13，-60），点参考设置为 WCS，单击【确定】按钮，在"直线"对话框中单击【确定】按钮生成直线如图 5-140 所示。

图 5-138 "直线"对话框　　　　　图 5-139 输入起点　　　　　图 5-140 生成直线

同样的方法创建另一条直线，输入起点坐标为（13，13，0），输入终点坐标为（13，13，-60），生成直线如图 5-141 所示。

❷创建圆弧。将视图转换为右视图。执行菜单栏中的【插入】→【曲线】→【圆弧/圆】命令，或从【曲线】工具栏中单击 （圆弧/圆）图标，系统弹出如图 5-142 所示的"圆弧/圆"对话框。类型选择三点画圆弧，单击两直线的两个端点作为圆弧的起点和端点，单击中点的 按钮系统弹出"点构造器"对话框，输入中点坐标为（0，0，-73），点参考设置为 WCS，单击【确定】按钮，在"圆弧/圆"对话框中单击【确定】按钮，生成圆弧如图 5-143 所示。

图 5-141 直线

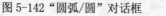

图 5-142 "圆弧/圆"对话框

图 5-143 创建圆弧

❸创建圆。执行菜单栏中的【插入】→【曲线】→【基本曲线】命令，或从【曲线】工具栏中单击 （基本曲线）图标，系统弹出"基本曲线"对话框。单击圆 按钮，在点方法下拉列表中选择 ，系统弹出"点构造器"对话框，输入中心点坐标为（13，-13，0），单击【确定】按钮，输入半径为 5，单击【确定】按钮。在"基本曲线"对话框中单击【确定】按钮，生成圆如图 5-144 所示。

❹扫掠。执行菜单栏中的【插入】→【扫掠】→【扫掠】命令，或从【曲面】工具栏中单击 （扫掠）图标，系统弹出如图 5-145 所示的"扫掠"对话框。截面选择上面建好的圆如图 5-146 所示，引导线选择如图 5-147 所示。在"扫掠"对话框中单击【确定】按钮，生成扫掠曲面如图 5-148 所示。

图 5-145 "扫掠"对话框

图 5-144 创建圆

图 5-146 截面选择

❺隐藏。执行菜单栏中的【编辑】→【显示和隐藏】→【隐藏】命令，或从【实用

工具】工具栏中单击 （隐藏）图标，或按住 Ctrl+B，系统弹出如图 5-149 所示的"类选择"对话框。选取曲线直线作为要隐藏的对象如图 5-150 所示，单击【确定】按钮曲线被隐藏。

图 5-147 引导线选择

图 5-148 灯管

❻创建另一个灯管。执行菜单栏中的【编辑】→【变换】命令，或从【标准】工具栏中单击 （移动对象）图标，系统弹出"移动对象"对话框如图 5-151 所示。选择灯管为移动对象，在运动下拉列表中选择"点到点"，单击"指定出发点"图标 ，弹出点构造器对话框，输入点坐标（13，-13，0）。单击"指定终止点"图标 ，弹出点构造器对话框，输入点坐标（-13，-13，0）。点选"复制原先的"选项，非关联副本数输入为 1，单击【确定】按钮，灯管复制到如图 5-152 所示的位置。

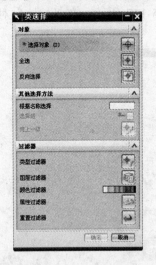

图 5-149 "类选择"对话框

图 5-150 要隐藏的对象

04 创建灯尾

❶创建圆柱体。执行菜单栏中的【插入】→【设计特征】→【圆柱体】命令，或从【特征】工具栏中单击 （圆柱体）图标，系统弹出"圆柱"对话框。类型选择"轴、直径和高度"，在"指定矢量"下拉列表中选择 ZC 轴，单击"指定点"中的图标 ，弹出点构造器对话框，保持默认的点坐标（0，0，40）作为圆柱体的圆心坐标，单击【确

定】按钮。设置直径、高度为 38、12，在布尔下拉列表中选择"求和"选项，如图 5-153 所示。单击【确定】按钮生成圆柱体，如图 5-154 所示。

图 5-151 "移动对象"对话框

图 5-152 创建灯管

❷圆柱体倒圆角。执行菜单栏中的【插入】→【细节特征】→【边倒圆】命令，或从【特征操作】工具栏中单击 (边倒圆) 图标，系统弹"边倒圆"对话框，选择倒圆角边如图 5-155 所示，倒圆角半径设置为 5，单击【确定】按钮生成如图 5-156 所示的节能灯泡模型。

图 5-153 输入圆柱体的参数

图 5-154 生成的圆柱体

图 5-155 圆角边的选取

图 5-156 节能灯泡模型

第 **6** 章

复杂曲面的构造

对于简单曲面，可以一次生成，但对于较复杂的曲面，一般需要先生成主要的或大面积的片体，然后通过对曲面桥接、合并和裁剪等曲面的构造方法来生成。本节主要介绍自由曲面成形、曲面倒圆角、曲面延伸、曲面偏置，桥接，缝合和外来的等复杂曲面构造的命令。

学 习 要 点

- ◎ 整体突变
- ◎ 四点曲面、艺术曲面、圆角曲面
- ◎ 样式圆角
- ◎ 延伸、规律延伸
- ◎ 偏置曲面
- ◎ 大致偏置
- ◎ 桥接
- ◎ 缝合
- ◎ 修剪的片体

6.1 整体突变

"整体突变"是一种生成曲面和进行曲面编辑的工具，它能够快速并动态地生成曲面、曲面成形和编辑光顺的 B 曲面。

6.1.1 整体突变命令

执行菜单栏中的【插入】→【曲面】→【整体突变】命令，或者单击【自由曲面形状】工具栏中的图标 （整体突变）可激活该命令，系统弹出"点"对话框。在屏幕中创建两点，弹出如图 6-1 所示的"整体突变形状控制"对话框。并在屏幕中出现一个四边形曲面。

该四边形曲面已经设置了水平和垂直方向，如图 6-2 所示。

该对话框中的各项参数的意义如下：

（1）选择控制：在该面板中可以设置自由曲面成形时的参考位置和参考方向。可以选择设置的参数如下：

1）水平：在整个水平方向上对整个创建的曲面应用成形功能。

2）竖直：和"水平"方向相似，此时在竖直方向上对整个所创建的曲面应用成形功能。

3）V-左：从曲面 V 值较低的区域开始，进行竖直成形操作。

4）V-右：从曲面的 V 值较高的区域开始，进行竖直成形操作。

5）V 中间：从曲面的中间位置区域开始，进行曲面的竖直成形操作。

（2）阶次：可以设置曲面的阶次为三次或五次。

（3）拉长：通过滑动杆上的滑块来控制曲面的拉伸程度以生成曲面。如果滑动杆的数值减小，所生成的小平面体被压缩；反之，如果滑动杆的数值增加，那么所生成的小平面体被伸长。

（4）折弯：通过移动滑动杆上的滑块来控制曲面的折弯程度，生成符合要求的曲面。如果滑动杆的数值减小时，小平面体会凹下去；反之，如果滑动杆的数值增大时，则小平面体向上凸起。

（5）歪斜：通过移动滑动杆上的滑块来控制曲面的歪斜程度，即可以调节曲面靠近起始点位置的程度。

（6）扭转：通过移动滑动杆上的滑块来改变曲面的扭转程度。此时，系统将以所设定的位置为固定位置进行扭转变化。

（7）移位：该控制量可以控制滑块位置设置曲面的偏移程度。同样，系统将会以所设定的固定位置为基准进行推移变化。

（8）重置：可以取消所有的设置数值，可以将曲面的改变取消，从而使曲面返回到原始状态。

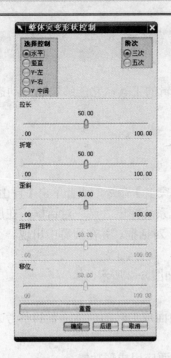

图 6-1 "整体突变形状控制"对话框　　　　图 6-2 设置水平和垂直方向

6.1.2　实例——创建整体突变曲面

01 执行菜单栏中的【插入】→【曲面】→【整体突变】命令，或者单击【自由曲面形状】工具栏中的图标 ✍ （整体突变）可激活该命令，系统弹出如图 6-3 所示的"点"对话框。在屏幕中创建两点。

02 弹出"整体突变形状控制"对话框。并在屏幕中出现一个四边形曲面。该四边形曲面已经设置了水平和垂直方向，如图 6-4 所示。

图 6-3 "点"对话框　　　　　　　　　图 6-4 曲面

03 在"选择控制"中选择"水平"控制选项。将"拉长"滑动杆，拖动到 80%，"折弯"滑动杆拖动到 60%，将"歪斜"滑动杆拖动到 25%，设置如图 6-5 所示，单击"确定"按钮，曲面如图 6-6 所示。

04 单击"重置"按钮，恢复小平面体的原始形状。

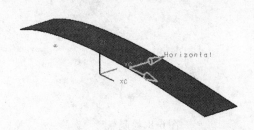

图 6-5 "整体突变"对话框设置　　　　图 6-6 曲面模型

6.2 四点曲面

　　"四点曲面"同样是一种自由曲面成形方法。"四点曲面"能够生成任意四边形形状。在生成 B 曲面时，可以选择已经存在的四点，也可以通过点捕捉方法来捕捉四点，或者直接通过鼠标来创建四点。

6.2.1 四点曲面命令

　　执行菜单栏中的【插入】→【曲面】→【四点曲面】命令，或者单击【自由曲面形状】工具栏中的图标 □（四点曲面）可激活该命令，系统弹出如图 6-7 所示的"四点曲面"对话框。

图 6-7 "四点曲面"对话框

6.2.2 实例——创建四点曲面

　　01 执行菜单栏中的【编辑】→【曲面】→【四点曲面】命令，或者单击【自由曲面形状】工具栏中的图标 □（四点曲面）可激活该命令，系统弹出"四点曲面"对话框。

　　02 在视图区中绘制如图 6-8 所示的四个点。

　　03 在对话框中单击"应用" ✔ 按钮，生成曲面如图 6-9 所示。

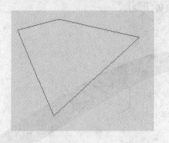

图 6-8 绘制点

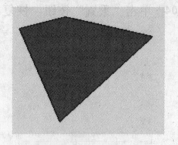

图 6-9 曲面

6.3 艺术曲面

"艺术曲面"可以通过预先设置的曲面构造方式来生成曲面，能够快速简洁地生成曲面。在 UG NX7.0 中，"艺术曲面"可以根据所选择的主线串自动创建符合要求的 B 曲面。在生成曲面之后，可以添加交叉线串或引导线串来更改原来曲面的形状和复杂程度。

6.3.1 艺术曲面命令

执行菜单栏中的【插入】→【网格曲面】→【艺术曲面】命令，或者单击【自由曲面形状】工具栏中的图标 （艺术曲面）可激活该命令，系统弹出如图 6-10 所示的"艺术曲面"对话框。

对话框各选项功能如下：

（1）截面（主要）曲线：每选择一组曲线可以通过单击鼠标中键完成选择，如果方向相反可以单击该面板中的"反向"按钮。

（2）引导（交叉）曲线：在选择交叉线串的过程中，如果选择的交叉曲线方向与已经选择的交叉线串的曲线方向相反，可以通过单击"反向"按钮将交叉曲线的方向反向。如果选择多组引导曲线，那么该面板的"列表"中能够将所有选择的曲线都通过列表方式表示出来。

（3）连续性：以设定的连续性过渡方式为：

1）G0(位置)方式，通过点连接方式和其他部分相连接。

2）G1(相切)方式，通过该曲线的艺术曲面与其相接的曲面通过相切方式进行连接。

3）G2(曲率)方式，通过相应曲线的艺术曲面与其相连接的曲面通过曲率方式逆行连接，在公共边上具有相同的曲率半径，且通过相切连接，从而实现曲面的光滑过渡。

（4）对齐：在该列表中包括以下 3 个列表选项：

1）参数：截面曲线在生成艺术曲面时(尤其是在通过

图 6-10 "艺术曲面"对话框

截面曲线生成艺术曲面时），系统将根据所设置的参数来完成各截面曲线之间的连接过渡。

2）圆弧长：截面曲线将根据各曲线的圆弧长度来计算曲面的连接过渡方式。

3）根据点：可以在连接的几组截面曲线上指定若干点，两组截面曲线之间的曲面连接关系将会根据这些点来进行计算。

（5）过渡控制：在该列表框中主要包括以下选项：

1）垂直于终止截面：连接的平移曲线在终止截面处，将垂直于此处截面。

2）垂直于所有截面线串：连接的平移曲线在每个截面处都将垂直于此处截面。

3）三次：系统构造的这些平移曲线是三次曲线，所构造的艺术曲面即通过截面曲线组合这些平移曲线来连接和过渡。

4）线形和倒角：系统将通过线形方式并对连接生成的曲面进行倒角。

6.3.2 实例——创建艺术曲面

01 打开文件 6-1.prt 文件，进入建模模块，如图 6-11 所示。

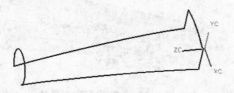

图 6-11 曲线

02 执行菜单栏中的【插入】→【网格曲面】→【艺术曲面】命令，或者单击【自由曲面形状】工具栏中的图标（艺术曲面），系统弹出"艺术曲面"对话框。

03 选择截面线串 1，单击鼠标中键，再选择截面线串 2，单击鼠标中键，注意方向一致，结果如图 6-12 所示。

图 6-12 截面线串的选取

04 选择引导线串 1，单击鼠标中键，再选择引导线串 2，单击鼠标中键。选取引导线串后如图 6-13 所示。

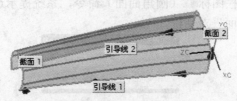

图 6-13 引导线串的选取

05 其余设置保留默认状态，单击【确定】按钮或鼠标中键生成艺术曲面如图 6-14 所示。

图 6-14 艺术曲面

06 若在对话框中单击"交换曲线"按钮，则先前选择的截面线串和引导线串交换，如图 6-15 所示。

07 其余设置保留默认状态，单击【确定】按钮或鼠标中键生成艺术曲面如图 6-16 所示。

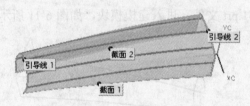

图 6-15 交换截面和引导线

图 6-16 艺术曲面

6.4 圆角曲面

圆角曲面功能能够在两个面之间创建常数或可变半径的圆角片体。

6.4.1 圆角曲面命令

单击【曲面】工具栏图标 （圆角曲面）命令，系统提示选择第一个面并弹出如图 6-17 所示的"选择第一面"对话框。

图 6-17 "选择第一面"对话框

对话框各选项功能如下：

（1）选择第一面：当单击【曲面】工具栏图标 （圆角曲面）命令时，系统提示选择第一个面，用鼠标左键单击要选择的第一个面后，系统弹出如图6-18所示的"圆角"对话框。单击"是"按钮表示接受系统的法向方向，单击"否"按钮表示将系统法线反向。

（2）选择第二面：选择第一面法向后，系统弹出如图6-17所示的对话框，并提示选择第二个面，用鼠标左键单击要选择的第二个面后，系统弹出如图6-18所示的对话框来选择第二面法向。

（3）选择脊曲线：选择第二面法向后，系统弹出对话框，并提示选择脊曲线，脊曲线是可选项。

（4）选择创建对象：选择脊曲线后，系统弹出如图6-19所示的"选择创建选项"对话框。

图6-18 "圆角"对话框　　　　　　　图6-19 "选择创建选项"对话框

1）创建圆角：系统会生成圆角。用户可以在单击按钮来切换 和 。
2）创建曲线：系统会将圆角的圆心连接成一条曲线。可以单击按钮来切换 和 。

（5）选择横截面类型：设置创建选项后，系统弹出如图6-20所示的"选择横截面类型"对话框，系统并提示选择横截面类型。

1）圆形：该选项会将横截面设置为圆形，圆角相切于已选的两个面。选择该选项后，系统弹出如图6-21所示的"选择圆角类型"对话框。

图6-20 "选择横截面类型"对话框　　　图6-21 "选择圆角类型"对话框

恒定：倒圆角的圆角半径是固定的数值。如果设置了脊曲线，系统会弹出"点构造器"对话框来设置起点，接下来系统弹出如图6-22所示的"指定半径"对话框。设置半径值后，系统将弹出"点构造器"对话框来设置终点。如果没有设置脊曲线，系统弹出如图6-23所示的"指定圆角起点"对话框，包含限制点、限制面和限制平面3个选项。接下来系统会弹出"指定半径"对话框，设置半径值后，系统将弹出对话框用来确定方向是否满意。确定方向后系统将弹出"指定圆角终点"对话框，可以单击【确定】按钮采用系统的默认值。

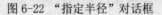

图 6-22 "指定半径"对话框　　　　　　　图 6-23 "指定圆角起点"对话框

　　线性：系统会把起点和终点的圆角半径连成一条直线。该选项产生圆角的步骤和恒定选项生成圆角的步骤相同。

　　S 型：系统会以 S 型连接圆角的起点和终点，生成的圆角的外形是 S 形。该选项产生圆角的步骤和恒定选项生成圆角的步骤相同。

　　2）二次曲线：该选项会将圆角横截面设置为圆锥形，圆角相切于已选的两个面。系统弹出"选择圆角类型"对话框，有恒定、线性和 S 型 3 种类型。

📖6.4.2　实例——创建圆角曲面

　　01 打开文件 6-2.prt 文件，进入建模模块，如图 6-24 所示。

　　02 单击【曲面】工具栏图标 （圆角曲面）命令，系统提示选择第一个面并弹出对话框。

　　03 选择第一个面如图 6-25 所示，系统弹出对话框确定法线方向，单击"否"按钮，法线方向反向如图 6-26 所示。

　　04 选择第二个面如图 6-27 所示，系统弹出对话框确定法线方向，单击"否"按钮，法线方向反向如图 6-28 所示。

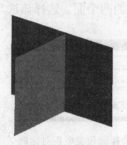
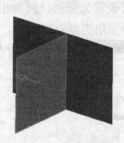
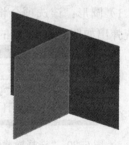

图 6-24　曲面　　　　　　　图 6-25 选择第一面　　　　　　　图 6-26　确定第一面法向

　　05 选择第二面法线后，系统弹出对话框，并提示选择脊曲线，脊曲线是可选项，单击【确定】按钮。

　　06 选择脊曲线后，系统弹出"选择创建选项"对话框，单击 创建圆角 是 按钮创建圆角。

　　07 设置创建选项后，系统弹出"选择横截面类型"对话框，系统并提示选择横截面类型。单击 圆的 按钮。

　　08 选择横截面类型后，系统弹出"选择圆角类型"对话框，单击 恒定 按钮，该选项倒圆角的圆角半径是固定的数值。

　　09 系统弹出"指定圆角起点"对话框，包含限制点、限制面和限制平面 3 个选项，直接单击【确定】按钮，使用系统默认值。

🔟 系统会弹出"指定半径"对话框，在输入框中输入 15，单击【确定】按钮。

11️⃣ 设置半径值后，系统将弹出对话框用来确定方向是否满意，方向如图 6-29 所示，
单击【是】按钮。生成圆角曲面如图 6-30 所示。

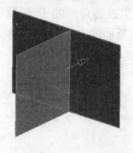 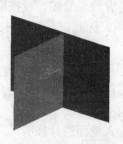 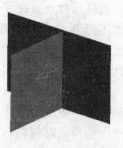 

图 6-27 选择第二面　图 6-28 确定第二面法向　图 6-29 确定方向　图 6-30 圆角曲面

6.5 样式圆角

"样式圆角"命令可以通过圆角面与两个曲面的接触线来决定圆角面的创建。

6.5.1 样式圆角命令

执行菜单栏中的【插入】→【细节特征】→【样式圆角】命令，或者单击【自由曲面
形状】工具栏中的图标 （样式圆角）可激活该命令，系
统弹出如图 6-31 所示的"样式圆角"对话框。

对话框各选项功能如下：

（1）类型

1）规律：可以选择使用系统提供的 5 种规律方式之一
决定一个或两个旋转面的形状，一个旋转面和两个壁面，
或两个旋转面和一个壁面相交决定的交线，作为圆角面与
壁面间的接触线来决定圆角面的形状。

2）曲线：可以直接选择曲面上的曲线作为接触线，来
决定样式圆角的形状。

3）轮廓：可以通过设置轮廓来创建。和前两种方式之
间的差别不大，在此处不作详细介绍。

（2）壁

1）壁 1：选择曲面或实体的表面作为壁面 1。

2）壁 2：选择曲面或者选择实体的表面作为壁面 2。
在特殊的情况下，可以选择基准面作为壁面。此外，在选
择"壁 1"和"壁 2"时，壁面的法线方向也控制着生成圆
角面的方位。因此，如果选择方向相反，此时，可以单击
出现的反向按钮来改变法线的方向。

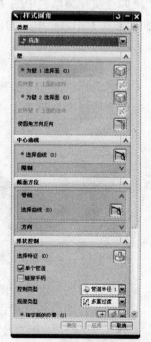

图 6-31 "样式圆角"对话框

（3）中心曲线：在"规律"类型的样式圆角生成过程中，可以选择一条指定的曲线或边作为旋转面的旋转轴线，如果没有选择，那么系统将会根据选择"壁 1"和"壁 2"的相交曲线作为中心线。选择"中心曲线"时，如果中心曲线的方向相反，则生成的样式圆角方向也会反向。此时可以单击该面板中出现的"使中心曲线反向"。

（4）脊线：此时，可以选择一条曲线作为脊线。脊线一般控制生成圆角面的 U 参数曲线的方位，U 方向曲线位于圆角面的横截面内，因此，在创建时圆角面的 U 曲线平面将垂直于脊线。

（5）圆角输出：此处可以对输出的样式圆角进行修剪。

1）修剪并附着：对产生样式圆角的两壁面进行修剪并产生缝合附着；

2）不修剪：输入壁面的两壁面将不作修剪；

3）修剪输入壁：产生的样式圆角将会对输入壁面进行修剪；

4）修剪输入圆角：系统将会对输入圆角进行修剪。

（6）形状控制：对产生的样式圆角的壁面线的形状进行控制。

1）控制类型：此处可以选择当前需要设定的当前对象及其变化规律。

2）规律类型：可以设置旋转面的半径、圆角面横截面的深度、圆角面横斜面的偏斜和圆角面的相切幅值的变化规律。

📖6.5.2 实例——创建样式圆角曲面

01 打开文件 6-3.prt，进入建模模块，如图 6-32 所示。

02 执行菜单栏中的【插入】→【细节特征】→【样式圆角】命令，或者单击【自由曲面形状】工具栏中的图标 （样式圆角）可激活该命令，系统弹出"样式圆角"对话框。

03 在对话框中选择"规律"类型。

04 选择"为壁 1 选择面"按钮，在视图中选择壁 1，如图 6-33 所示。

05 选择"为壁 2 选择面"按钮，在视图中选择壁 2，如图 6-34 所示。

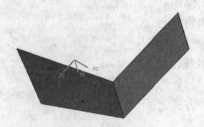

图 6-32 曲线

图 6-33 选择壁 1

06 在视图中选择如图 6-35 所示的曲线为中心曲线。

07 在视图中预览样式圆角曲面，如图 6-36 所示。

08 在"管道半径"文本框中输入半径为 5，在圆角输出中的修剪方法中选择"不修剪"，其他默认设置，单击"确定"按钮，生成样式圆角如图 6-37 所示。

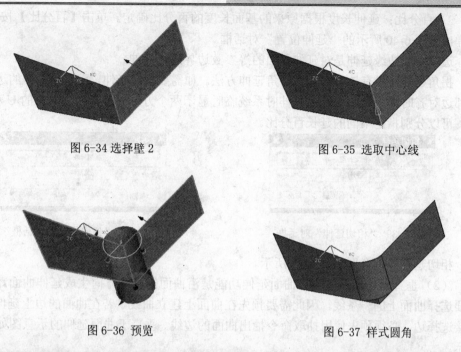

图 6-34 选择壁 2   图 6-35 选取中心线

图 6-36 预览   图 6-37 样式圆角

6.6 延伸

曲面的延伸就是在现有曲面的基础上，通过曲面的边界或曲面上的曲线进行延伸。本节主要介绍延伸和规律延伸。

延伸功能主要用于扩大曲面片体。该功能用于在已经存在的曲面的基础上建立延伸曲面。延伸通常采用近似方法建立。

6.6.1 延伸命令

单击【曲面】工具栏图标 （延伸）命令，系统弹出如图 6-38 所示的"延伸"对话框。

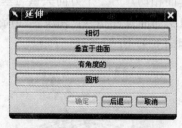

图 6-38 "延伸"对话框

对话框各选项功能如下：

（1）相切：相切延伸功能以将要延伸的曲面的边缘拉伸一个曲面，生成的曲面与基面相切。单击【相切的】按钮，系统弹出如图 6-39 所示的"相切延伸"对话框。相切延伸有两种延伸方式，一种是固定长度延伸方式，另一种是百分比延伸方式。

1）固定长度：需要输入延伸的长度数值。

2）百分比：延伸长度根据原来的基面长度的百分比确定。单击【百分比】按钮，系统弹出如图6-40所示的"延伸位置"对话框。

边延伸：边缘延伸是对延伸曲面的等参数边界进行延伸。

拐角延伸：只有该方法具有拐角延伸方法。如需要拐角延伸，而拐角延伸的边需要与相邻边对齐时采用该法。拐角延伸时系统临时显示两个方向矢量，指定曲面的U和V方向，可以分别指定不同的延长百分比。

图6-39 "相切延伸"对话框

图6-40 "延伸位置"对话框

相切延伸的示意图如图6-41所示。

（2）垂直于曲面：垂直于曲面延伸功能是沿曲面的法线方向生成延伸曲面。操作时需要选择曲面上的一条线，因此需要预先在曲面上建立曲线。若在曲面的边上延伸，不能直接选择边，必须预先使用抽取命令抽出曲面的边线。垂直于曲面延伸的示意图如图6-42所示。

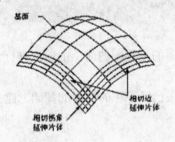

图6-41 "相切延伸"示意图

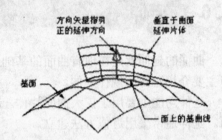

图6-42 "垂直于曲面延伸"示意图

（3）有角度的：角度延伸功能生成一与基面成角度的延伸曲面，系统临时显示两个方向矢量：一个方向矢量与基面相切，另一个方向矢量与基面垂直。方向矢量便于用户确定角度的大小与方向。与垂直于曲面延伸相同，角度延伸需要预先在基面上建立曲线或抽取边线。角度延伸的示意图如图6-43所示。

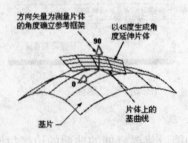

图6-43 "角度延伸"示意图

6.6.2 实例——创建延伸曲面

01 打开文件 6-4.prt 文件，进入建模模块，如图 6-44 所示。

02 单击【曲面】工具栏图标（延伸）命令，系统弹出"延伸"对话框。

03 单击【相切的】按钮，系统弹出"延伸"对话框。

04 单击【百分比】按钮，系统弹出"延伸"对话框。

05 单击【边延伸】按钮，系统弹出如图 6-45 所示的"选择面"对话框。用鼠标左键单击要延伸的曲面。

06 系统弹出如图 6-46 所示的"选择边"对话框。选择曲面的边线，如图 6-47 所示。在选择边缘曲线时，鼠标需要点在参考曲面上才能选中边缘曲线，如果单击在参考曲面之外，曲线将不会被选上。

图 6-44 曲面

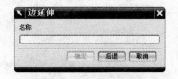

图 6-45 "选择面"对话框

图 6-46 "选择边"对话框

图 6-47 选择边

07 系统弹出如图 6-48 所示的"百分比"对话框。在百分比输入框中输入 20，单击【确定】按钮，系统生成延伸曲面如图 6-49 所示。

图 6-48 "百分比"对话框

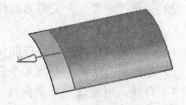

图 6-49 延伸曲面

6.7 规律延伸

规律延伸功能动态地或基于长度和角度规律，在已有的曲面上生成一个规律控制的延伸曲面。不同于上节中的延伸方法，规律延伸功能生成的曲面是非参数特征，同时还可以对修剪过的边界进行延伸。规律延伸功能可以选择一个基面或多个面，也可以选择一个平面作为角度测量的参考平面。

6.7.1　规律延伸命令

执行菜单栏中的【插入】→【弯边曲面】→【规律延伸】命令，或者单击【曲面】工具栏图标 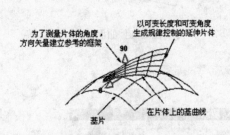（规律延伸）命令，系统弹出如图6-50所示的"规律延伸"对话框。规律延伸的示意图如图6-51所示。

图6-50　"规律延伸"对话框　　　　　　图6-51　"规律延伸"示意图

对话框各选项功能如下：

（1）类型

1）面：选择一个参考曲面来确定延伸曲面。参考坐标系建立在基本曲线串的中点上。

2）矢量：定义一个矢量方向作为延伸曲面的方向。

（2）选择步骤

1）基本轮廓：选择延伸曲面使用的基本曲线串，曲线串要位于曲面上。

2）参考面：选择一个或多个曲面来定义延伸曲面的参考方向。

3）脊线：用来选定一条曲线定义局部坐标系，只有规律指定方式为常规时此选项才被激活。

（3）规律指定方式

1）动态：用户通过拖动关键点的手柄来设置长度和角度值。

2）常规：选择常规指定方式，可以激活长度和角度设置选项，来设置长度和角度值。

（4）长度规律：用来指定延伸长度的规律方式，包括恒定、线性、三次、沿脊线的线性、沿脊线的三次、根据方程和根据规律曲线7种方式。

（5）角度规律：角度规律选项用来指定延伸角度的规律方式，包括恒定、线性、三次、沿脊线的线性、沿脊线的三次、根据方程和根据规律曲线 7 种方式。

（6）设置

1）尽可能合并面：选择该复选框，系统会尽量只生成单一的曲面。

2）锁定终止长度/角度手柄：选择该复选框系统会锁定终止长度和角度的手柄。

6.7.2　实例——创建规律延伸曲面

01 打开文件 6-5.prt 文件，进入建模模块。

02 执行菜单栏中的【插入】→【曲面】→【规律延伸】命令，或者单击【曲面】工具栏图标 （规律延伸）命令，系统弹出 "规律延伸" 对话框。

03 选择 "面" 类型。

04 可以选择一条曲线或者一组曲线，这里选择曲面的边缘曲线作为基本曲线串如图 6-52 所示，单击鼠标中键。

05 选择文件中的曲面作为参考面。

06 将要延伸的曲面上显示延伸曲面的长度和角度参数控制手柄如图 6-53 所示。

07 可见在延伸曲面之间进行了过渡连结并且合并，这是因为选中了对话框中的 ☑尽可能合并面 复选框，系统会尽量只生成单一的曲面。绿色箭头是长度控制手柄，拖动箭头可以改变延伸曲面的长度如图 6-54 所示。圆圈上的圆点是角度控制手柄，拖动该圆点可以改变延伸曲面与参考面的夹角如图 6-55 所示。

图 6-52 基本曲线串的选择

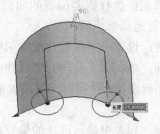

图 6-53 显示控制手柄

08 拖动长度手柄值到 30，角度手柄值为 90，生成的延伸曲面如图 6-56 所示。

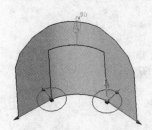

图 6-54 改变延伸长度

图 6-55 改变延伸曲面角度

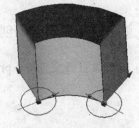

图 6-56 生成规律延伸曲面

6.8　偏置曲面

偏置曲面功能可以沿选定基面的法向偏置点的方向生成偏置曲面。用户可以选择一组曲面也可以选择多组曲面作为基面。

6.8.1 偏置曲面命令

执行菜单栏中的【插入】→【偏置/缩放】→【偏置曲面】命令，或者单击【曲面】工具栏图标 (偏置曲面) 命令，系统弹出如图 6-57 所示的"偏置曲面"对话框。偏置曲面的示意图如图 6-58 所示。

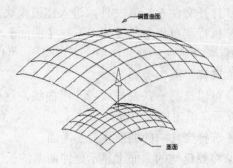

图 6-57 "偏置曲面"对话框   图 6-58 偏置曲面示意图

对话框各选项功能如下：

（1）要偏置的面

1）选择面：选择需要偏置的曲面，可以选择一个也可以选择多个曲面，但同一组选择的曲面偏置距离都相同。

2）偏置：设置一组偏置曲面的偏置距离。

3）反向：单击 (反向) 按钮曲面偏置的方向反向。

4）添加新设置：选择好一组偏置曲面后单击 (添加新设置)按钮，将进行新一组偏置曲面的选取。

5）列表：列表中显示已选的偏置曲面组。

（2）输出

1）相连面的一个特征：将所有偏置的曲面作为一个特征。

2）每个面一个特征：每个偏置的曲面均创建一个特征。

6.8.2 实例——创建偏置曲面

01 打开文件 6-6.prt 文件，进入建模模块，如图 6-59 所示。

图 6-59 曲面

02 执行菜单栏中的【插入】→【偏置/缩放】→【偏置曲面】命令，或者单击【曲面】工具栏图标 (偏置曲面) 命令，系统弹出 "偏置曲面" 对话框。

03 选择面，用鼠标左键单击两个曲面，作为一组偏置曲面如图 6-60 所示。

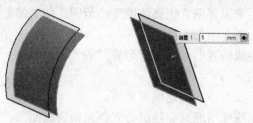

图 6-60 选择面组

04 在偏置输入框中输入 10，设置偏置距离为 10。

05 其余选项保持默认值，单击【确定】按钮，生成偏置曲面如图 6-61 所示。

图 6-61 生成偏置曲面

6.9 大致偏置

大致偏置功能可以设置较大的偏置距离，从一系列曲面生成一个没有自相交、尖锐边界或拐点的偏置曲面。一般用于在采用偏置曲面无法实现时。

6.9.1 大致偏置命令

执行菜单栏中的【插入】→【偏置/缩放】→【大致偏置】命令，或者单击【曲面】工具栏图标 (大致偏置) 命令，系统弹出如图 6-62 所示的 "大致偏置" 对话框。

对话框各选项功能如下：

（1）选择步骤

1）偏置面/片体 ：选择要大致偏置的面或者片体。可以选择一个曲面也可以选择多个曲面。

2）偏置 CSYS ：可以为偏置选择或者建立一个坐标系，其中 Z 方向为偏置方向，X 方向为步进或截取方向，Y 方向为步距方向。默认的坐标系为当前的工作坐标系。

（2）CSYS 构造器：用来设置坐标系，当选择步骤为偏置

图 6-62 "大致偏置" 对话框

CSYS时被激活。

（3）偏置距离：用来设置偏置的距离值，如果想要偏置和指定的方向相反，则可以在偏置距离前加一个负号。

（4）偏置偏差：用来设置偏置距离值的变动范围。如果偏置距离为 10，偏置偏差为 2，则系统允许的偏置距离范围为 8－12。

（5）步距：设置生成偏置曲面时进行运算时的步长。

（6）曲面生成方法

1）云点：系统使用云点方式创建偏置曲面。

2）通过曲线组：系统使用通过曲线组方式创建偏置曲面。

3）粗加工拟合：当其他方法生成偏置曲面无效时，可以尝试使用该选项，系统会创建一个低精度的偏置曲面。

（7）曲面控制：只有在选择云点曲面生成方法时才被激活，包括系统定义的和用户定义 2 个选项。

1）系统定义的：在建立新的片体时系统定义使用多少 U 项补片来建立片体。

2）用户定义：选择改选项，U 项补片数被激活，可以设置建立片体时使用多少 U 项补片。

（8）修剪边界：只有在选择云点曲面生成方法时才被激活，包括：

1）不修剪：不修剪生成的偏置曲面。

2）修剪：根据偏置使用的曲面边界修剪生成的偏置曲面。

3）边界曲线：不修剪生成的偏置曲面的边界，但在生成的偏置曲面上会生成一条边界曲线。

6.9.2 实例——创建大致偏置曲面

01 打开文件 6-7.prt 文件，进入建模模块，如图 6-63 所示。

02 执行菜单栏中的【插入】→【偏置/缩放】→【偏置曲面】命令，或者单击【曲面】工具栏图标 （大致偏置）命令，系统弹出 "大致偏置" 对话框。

03 选择面，用鼠标左键单击曲面，作为偏置曲面如图 6-64 所示。

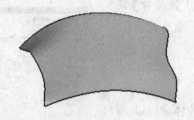

图 6-63 曲面

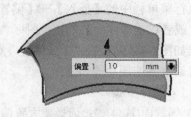

图 6-64 选择偏置面

04 在偏置输入框中输入 50，设置偏置距离为 50。

05 其余选项保持默认值，单击【确定】按钮，系统弹出警报无法生成偏置曲面。单击 "偏置曲面" 对话框中的【取消】按钮。

06 执行菜单栏中的【插入】→【偏置/缩放】→【大致偏置】命令，或者单击【曲面】工具栏图标 （大致偏置）命令，系统弹出"偏置曲面"对话框。

07 选择图 6-63 中的曲面作为大致偏置曲面。

08 单击 （偏置 CSYS）按钮，可以为偏置选择或者建立一个坐标系，其中 Z 方向为偏置方向，X 方向为步进或截取方向，Y 方向为步距方向。这里选择默认的坐标系（当前的工作坐标系）为偏置 CSYS。

09 偏置距离设置为 50，偏置偏差设置为 1，步距设置为 5。

10 曲面生成方法选择粗加工拟合，选择 ☑ 显示截面预览 复选框，此时生成如图 6-65 所示的预览截面。

11 其余选项保持默认值，单击【应用】按钮，生成的大致偏置曲面如图 6-66 所示。

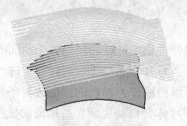

图 6-65 预览截面　　　　　　　　　　图 6-66 大致偏置曲面

12 用鼠标左键双击生成的大致偏置曲面，系统弹出如图 6-67 所示的"编辑大致偏置"对话框。把步距改为 30，单击【确定】按钮，生成的大致偏置曲面如图 6-68 所示。可见步距值越大，大致偏置曲面质量越好。

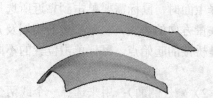

图 6-67 "编辑大致偏置"对话框　　　　图 6-68 大致偏置曲面

6.10 加厚

执行菜单栏中的【插入】→【偏置/缩放】→【加厚】命令或单击"特征"工具栏中的加厚图标 ，系统会弹出如图 6-69 所示的"加厚"对话框。

该选项可以偏置或加厚片体来生成实体，在片体的面的法向应用偏置，如图 6-69 所示，各选项功能如下：

（1）选择面：该选项用于选择要加厚的片体。一旦选择了片体，就会出现法向于片体的箭头矢量来指明法向方向。

（2）偏置 1/偏置 2：指定一个或两个偏置，如图 6-69
所示偏置对实体的影响。

（3）公差：该选项用于改变加厚片体操作的距离公差。
默认值从【距离公差】"建模预设置"中得到。用户可以在
此输入新的公差值强制加厚片体操作的建模距离公差。

（4）显示故障数据：如果出现加厚片体错误，则此按钮
可用。点击此按钮会识别导致加厚片体操作失败的可能的面。

图 6-69 "加厚"对话框

6.11 桥接

桥接构造曲面功能用来在两个曲面之间建立过渡曲面，过渡曲面与两个曲面的连接可
以采用相切连续或曲率连续两种方法，其构造的曲面为 B 样条曲面。同时为了进一步精确
控制桥接曲面的形状，可以选择另外两组曲面或两组曲线作为曲面的侧面边界条件。桥接
曲面与边界曲面相关联，当边界曲面编辑修改后，片体会自动更新。桥接曲面使用方便，
曲面连接过渡光滑连续，边界约束条件灵活自由，形状编辑宜于控制，是曲面过渡连接的
常用方法。

6.11.1 桥接命令

执行菜单栏中的【插入】→【细节特征】→【桥接】命令，或者单击【曲面】工具栏
图标 （桥接）命令，系统弹出如图 6-70 所示的"桥接"对话框。

对话框各选项功能如下：

（1）选择步骤

1） （主面）：选择两个需要连接的曲面，会生成一个曲面将两个主面连接起来。在
选择主面时，鼠标需要单击到靠近所选择曲面将要桥接的边线一侧，选择完成后系统将显
示矢量方向的箭头，表示桥接的边届及方向。鼠标单击的位置靠近边界的某一端，该端点
将是桥接的起始点，鼠标单击位置的不同将会导致桥接方向的不同。主面是必须选择的步
骤。

2） （侧面）：用来选择一个或两个侧面，作为生成曲面的引导侧面。侧面是可以选
择的步骤。

3） （第一侧面线串）：用来选择曲线或边缘，作为生成曲面的引导线来引导桥接的
形状。第一侧面线串是可以选择的步骤。

4） （第二侧面线串）：用来选择另一侧曲线或边缘，要与第一侧面线串配合，作为
生成曲面的引导线来引导桥接的形状。第二侧面线串是可以选择的步骤。

（2）连续类型

1）相切：选择该复选框，生成的曲面和选择的曲面相切连续。

2）曲率：选择该复选框，生成的曲面和选择的曲面曲率连续。

（3）拖动

生成曲面后，单击"拖动"按钮，系统弹出如图 6-71 所示的"拖拉桥接曲面"对话框。可以按住鼠标左键不放拖动曲面来改变曲面的形状。在"拖拉桥接曲面"对话框中单击"重置"按钮可以恢复到原曲面形状。

图 6-70 "桥接"对话框　　　图 6-71 "拖拉桥接曲面"对话框

6.11.2 实例——创建桥接曲面

01 打开文件 6-8.prt 文件，进入建模模块，如图 6-72 所示。

02 执行菜单栏中的【插入】→【细节特征】→【桥接】命令，或者单击【曲面】工具栏图标 (桥接)命令，系统弹出 "桥接"对话框。

03 单击 (主面)按钮，选择桥接的两个主面，用鼠标左键单击曲面 1 选取第一个主面如图 6-73 所示，用鼠标左键单击曲面 2 选取第二个主面如图 6-74 所示。

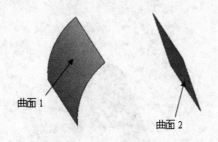

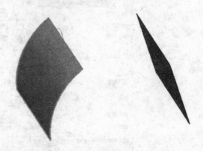

图 6-72 曲面　　　　　　　　　　　　　　图 6-73 选择第一个主面

04 连续类型选择相切，单击【应用】按钮，生成曲面如图 6-75 所示。

图 6-74 选择第二个主面　　　　　　　　　图 6-75 桥接曲面

05 在"桥接"对话框中单击"拖动"按钮系统弹出 "拖拉桥接曲面"对话框，靠近曲面 1 的桥接的边缘线处用鼠标左键单击，系统在边缘线上显示出向量箭头如图 6-76 所示，按住鼠标左键拖拽改变桥接曲面的形状如图 6-77 所示。在"拖拉桥接曲面"对话框中单击"重置"按钮恢复到原曲面形状。

图 6-76 显示向量　　　　　　　　　　　　　图 6-77 改变桥接曲面形状

06 执行菜单栏中的【分析】→【形状】→【面】→【反射】命令，或者单击【形状分析】工具栏图标 (面分析－反射)可激活该命令，系统弹出如图 6-78 所示的"面分析－反射"对话框。

07 对话框中的选项保持默认值，选择所有曲面作为分析曲面。单击【应用】按钮或者鼠标中键完成反射分析如图 6-79 所示，通过旋转观察反射纹的变化情况，可见桥接曲面和主面之间是相切连续而不是曲率连续。

图 6-78 "面分析－反射"对话框　　　　　　　图 6-79 反射分析

6.12 缝合

缝合功能通过将公共边缝合在一起来组合片体或通过缝合公共面来组合实体。

📖 6.12.1 缝合命令

执行菜单栏中的【插入】→【组合体】→【缝合】命令，或者单击【特征操作】工具栏图标 (缝合)命令，系统弹出如图 6-80 所示的"缝合"对话框。

对话框各选项功能如下：

（1）类型

1）片体：选择曲面作为缝合对象。

2）实体：选择实体作为缝合对象。

（2）目标

1）选择片体：当类型为片体时目标为选择片体，用来选择目标片体，但只能选择一个片体作为目标片体。

2）选择面：当类型为实体时目标为选择面，用来选择目标实体面。

（3）刀具

1）选择片体：当类型为片体时刀具为选择片体，用来选择工具片体，但可以选择多个片体作为工具片体。

2）选择面：当类型为实体时刀具为选择面，用来选择工具实体面。

（4）设置

1）输出多个片体：当类型为片体时设置为 ▢输出多个片体 复选框。缝合的片体为封闭时，选取 ▢输出多个片体 复选框缝合后生成的是片体，不选取 ▢输出多个片体 复选框缝合后生成的是实体。

2）公差：用来设置缝合公差。

图 6-80 "缝合"对话框

📖6.12.2 实例——创建缝合曲面

01 打开文件 6-9.prt 文件，进入建模模块，如图 6-81 所示。

02 执行菜单栏中的【插入】→【组合体】→【缝合】命令，或者单击【特征操作】工具栏图标 🔲 （缝合）命令，系统弹出"缝合"对话框。

03 类型设置为片体。选择目标片体如图 6-82 所示。

04 选择工具片体如图 6-83 所示。

05 其余选项保持默认值，单击【确定】按钮，缝合曲面如图 6-84 所示，目标片体和工具片体缝合在一起。

  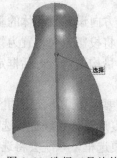 

图 6-81 曲线　　　图 6-82 选择目标片体　　　图 6-83 选择工具片体　　　图 6-84 缝合结果

6.13 修剪的片体

修剪的片体功能能够使用曲线、面或基准平面修剪片体的一部分。该选项通过投影边界轮廓线修剪片体。系统根据指定的投影方向，将一边界（可以使用曲线，实体或片体的边界，实体或片体的表面，基准平面）投射到目标片体，修剪出相应的轮廓形状如图6-85所示。结果是相关联的修剪片体。

6.13.1 修剪的片体命令

执行菜单栏中的【插入】→【修剪】→【修剪的片体】命令，或者单击【曲面】工具栏图标 （修剪的片体）命令，系统弹出如图6-86所示的"修剪的片体"对话框。

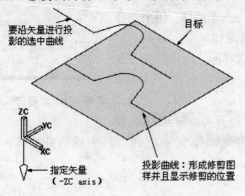

图 6-85 修剪的片体示意图　　　　图 6-86 "修剪的片体"对话框

对话框各选项功能如下：

（1）目标：选择片体：选择要修剪的片体。

（2）边界对象

1）选择对象：选择作为修剪用的对象，边界可以使用曲线，实体或片体的边界，实体或片体的表面，基准平面。修剪边界与片体的交线必须形成封闭环，或者必须超出片体的边界。

2）允许目标边缘作为工具对象：选择 允许目标边缘作为工具对象 复选框时，可以将目标片体的边缘作为修剪对象。

（3）投影方向

1）垂直于面：将投影方向设置为片体的垂直方向。

2）垂直于曲线平面：将投影方向设置为修剪曲线平面的垂直方向。

3）沿矢量：通过"矢量构造器"对话框定义投影方向。

（4）区域

1）选择区域：选择将要保留或不保留的区域。

2）保持：选择 保持 复选框，系统会将选择的区域保留下来。

3）舍弃：选择 舍弃 复选框，系统会将选择的区域舍弃掉。

6.13.2 创建——修剪的片体

01 打开文件 6-10. prt 文件，进入建模模块，如图6-87所示。

02 执行菜单栏中的【插入】→【修剪】→【修剪的片体】命令，或者单击【曲面】

工具栏图标 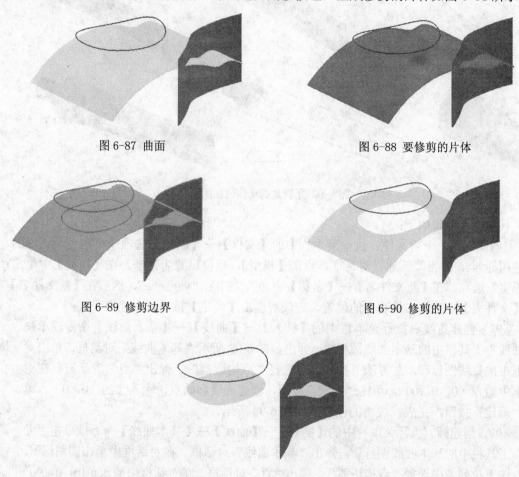（修剪的片体）命令，系统弹出"修剪的片体"对话框。

【03】 选择要修剪的片体如图 6-88 所示，单击鼠标中键。

【04】 选择修剪片体上面的曲线和另一个曲面为修剪边界如图 6-89 所示。

【05】 投影方向设置为垂直于面。选择 ⊙保持 复选框，系统会将选择的区域保留下来。其余选项保持默认值单击。单击【应用】按钮，生成修剪的片体如图 6-90 所示。

【06】 取消上面的操作，恢复到修剪前的状态。前几个步骤同上，区域选择 ⊙舍弃 复选框，系统会将选择的区域舍弃掉。单击【应用】按钮，生成修剪的片体如图 6-91 所示。

图 6-87 曲面   图 6-88 要修剪的片体

图 6-89 修剪边界   图 6-90 修剪的片体

图 6-91 修剪的片体

6.14 综合实例

实际产品的形状往往比较复杂，一般都难于只通过基本曲面构造功能完成。对于复杂的曲面，就需要先生成主要或大面积的片体，然后进行曲面的桥接、修剪、缝合等方法完成整体造型。

本章将通过几个复杂曲面构造的实例对上节中介绍的复杂曲面构造功能进行综合应用，使读者掌握复杂曲面的造型方法。

6.14.1 牙膏盒

牙膏盒的绘制流程图如图 6-92 所示。

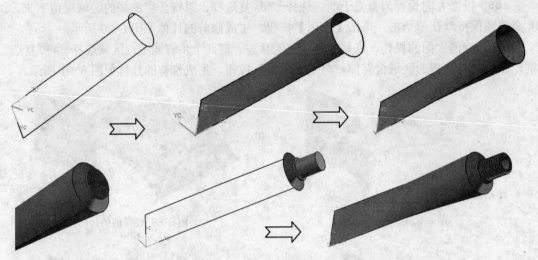

图 6-92 牙膏盒的绘制流程图

具体操作步骤如下:

01 创建一个新文件。执行菜单栏中的【文件】→【新建】选项或单击工具栏中的新建图标□，弹出"新建"对话框。点击【模型】，单位设置为毫米，在【模板】中单击"模型"选项，在【新文件名】→【名称】中输入文件名"yagaohe"，然后在【新文件名】→【文件夹】中选择文件存盘的位置，完成后单击【确定】按钮进入建模模式。

02 创建直线。执行菜单栏中的【插入】→【曲线】→【基本曲线】命令或单击"曲线"工具栏中的基本曲线图标❀，弹出如图 6-93 所示"基本曲线"对话框。单击对话框中的直线图标╱，在方法下拉列表中选择"点构造器"，弹出"点"对话框，在对话框中输入（0，0，0），单击"确定"按钮，创建线段起始点，输入（20，0，0），单击"确定"按钮，完成线段 1 的创建，如图 6-94 所示。

03 创建圆。执行菜单栏中的【插入】→【曲线】→【基本曲线】命令或单击"曲线"工具栏中的基本曲线图标❀，弹出"基本曲线"对话框。在对话框中单击圆图标⊙，在方法下拉列表中选择"点构造器"，弹出"点"对话框，在对话框中输入（10，0，90）为圆弧中心，单击"确定"按钮，在"点"对话框中输入（20，0，90），单击"确定"按钮，生成半径为 10 的圆弧，如图 6-95 所示。

04 创建直线。执行菜单栏中的【插入】→【曲线】→【基本曲线】命令或单击"曲线"工具栏中的基本曲线图标❀，弹出"基本曲线"对话框。单击基本曲线对话框中的直线图标╱，在点方式下拉菜单中选择"自动判断的点╱"，不选择线串模式，分别创建一条起点在线段 1 的端点，终点在圆弧象限点上的直线段 2，和起点在线段 2 的另一端点上，终点在圆弧另一象限点上的直线段 3，如图 6-96 所示。

05 创建曲面。执行菜单栏中的【插入】→【网格曲面】→【艺术曲面】命令，或者单击【自由曲面形状】工具栏中的图标◈（艺术曲面），系统弹出如图 6-97 所示的"艺术曲面"对话框。按系统提示选择截面 1，选择第 4 步创建的直线，单击鼠标中键，系统提示选择截面 2，选择圆弧，单击鼠标中键，如图 6-98 所示。单击对话框中引导线图标，分别选择第 6 步创建的其中一条直线，单击鼠标中键，如图 6-98 所示。接受系统其它默认选项，单击"确定"按钮，生成如图 6-100 所示曲面。

图 6-93 "基本曲线"对话框

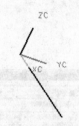

图 6-94 绘制直线

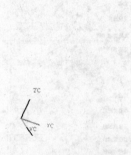

图 6-95 绘制圆

图 6-96 绘制直线

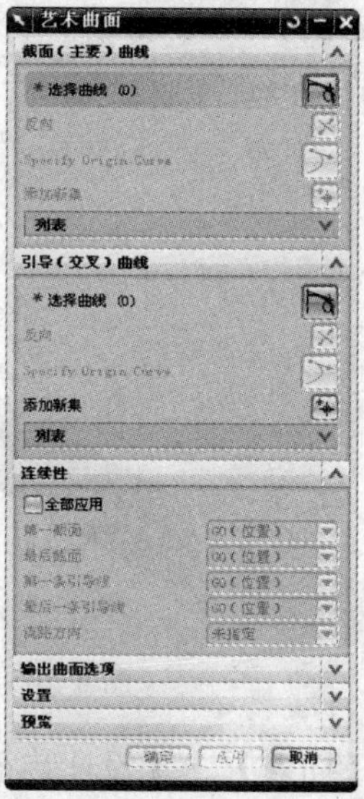

图 6-97 "艺术曲面"对话框

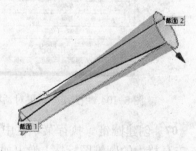

图 6-98 截面线串的选取

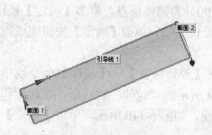

图 6-99 引导线的选取

图 6-100 曲面模型

151

06 镜像操作。执行菜单栏中的【编辑】→【变换】命令，弹出如图6-101所示的"类选择"对话框，选择上步创建的曲面，单击"确定"按钮，弹出"变换"对话框如图6-102所示，单击"通过一平面镜像"按钮，弹出如图6-103所示的"平面"对话框，选择"XC-ZC平面"，并单击"确定"按钮，进入如图6-104所示的"变换"结果对话框，单击"复制"按钮，生成镜像曲面，如图6-105所示。

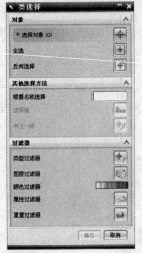
图6-101 "类选择"对话框

图6-102 "变换"对话框

图6-103 "平面"对话框

图6-104 "变换"结果对话框

图6-105 镜像曲面

07 创建圆锥。执行菜单栏中的【插入】→【设计特征】→【圆锥】或单击"特征"工具栏中的圆锥图标△，弹出如图6-106所示"圆锥"对话框。选择"直径，高度"类型，在指定矢量下拉列表中选择ZC轴为矢量方向，单击"确定"按钮，弹出如图6-107所示的"点"对话框，按系统提示输入（10，0，90）为圆锥原点，单击【确定】按钮，在底部直径，顶部直径和高度选项中分别输入20、12和3，单击【确定】按钮完成圆锥的创建，如图6-108所示。

08 拉伸操作。执行菜单栏中的【插入】→【设计特征】→【拉伸】命令或单击"特征"工具栏中的拉伸图标，弹出如图6-109所示的"拉伸"对话框。在起始和结束值中输入0，1，选择屏幕中圆台小端面圆弧曲线，如图6-110所示，单击【确定】按钮，完成拉伸操作，如图6-111所示。

09 创建圆台。执行菜单栏中的【插入】→【设计特征】→【凸台】命令或单击"特征"工具栏中的凸台图标 ，弹出如图 6-112 所示的"凸台"对话框。在对话框中的直径，高度和拔锥角选项中分别输入 10，12 和 0，选择上步创建的圆台小端面为放置面，如图 6-113 所示，单击【确定】按钮，弹出如图 6-114 所示的"定位"对话框，选择"点到点 "定位，选择放置面圆弧曲线，如图 6-115 所示，弹出如图 6-116 所示的"设置圆弧的位置"对话框，单击【圆弧中心】按钮，完成凸台的创建。生成模型如图 6-117 所示。

图 6-106 "圆锥"对话框

图 6-107 "点"对话框

图 6-108 模型

图 6-109 "拉伸"对话框

图 6-110 拉伸曲线的选取

图 6-111 拉伸结果

图 6-112 "凸台"对话框

图 6-113 放置面选取

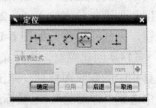

图 6-114 "定位"对话框

图 6-115 选取定位曲线　　　图 6-116 "设置圆弧的位置"对话框　　　图 6-117 模型

10 隐藏曲面。执行菜单栏中的【编辑】→【显示和隐藏】→【隐藏】命令，弹出"类选择"对话框，单击【类型过滤器】按钮，弹出如图 6-118 所示的"根据类型选择"对话框，选择"片体"类型，单击【确定】按钮，返回到"类选择"对话框，单击【全选】按钮，单击【确定】按钮，视图中的曲面被隐藏，如图 6-119 所示。

11 抽壳操作。执行菜单栏中的【插入】→【偏置/缩放】→【抽壳】命令或单击"特征操作"工具栏中的抽壳图标，弹出如图 6-120 所示的"抽壳"对话框，在厚度选项中输入 0.2，选择圆台大端面为移除面如图 6-121 所示，单击【确定】按钮，完成对圆台的抽壳操作。生成模型如图 6-122 所示。

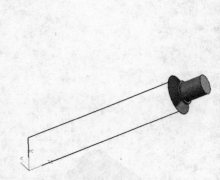

图 6-118 "根据类型选择"对话框　　　图 6-119 模型　　　图 6-120 "抽壳"对话框

12 合并实体。执行菜单栏中的【插入】→【联合体】→【求和】或单击"特征操作"工具栏中求和图标，弹出"求和"对话框，将屏幕中所有实体的求和操作。

13 创建孔。执行菜单栏中的【插入】→【设计特征】→【孔】命令或单击"特征"工具栏中的孔图标，弹出如图 6-123 所示的"孔"对话框。选择"常规"孔，在直径，深度和顶锥角分别输入 6，20，和 0，捕捉圆台上表面圆弧中心为孔位置，单击【确定】按钮，完成孔操作，如图 6-124 所示。

14 创建螺纹。执行菜单栏中的【插入】→【设计特征】→【螺纹】或单击"特征"工具栏中的螺纹图标，弹出如图 6-125 所示的"螺纹"对话框。在对话框中螺纹类型选项中选则"详细的"，用鼠标选择最上面圆柱体的外表面，如图 6-126 所示，激活对话框中各选项，接受系统默认各选项，单击"确定"按钮，完成螺纹的创建，如图 6-127 所示。

15 隐藏实体模型中曲线。执行菜单栏中的【编辑】→【显示和隐藏】→【全部显示】，生成如图 6-128 所示模型，将视图中的曲线全部隐藏，结果如图 6-129 所示。

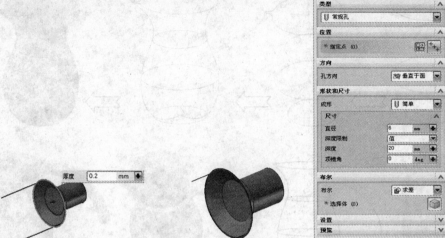

图 6-121 移除面的选取　　　图 6-122 模型　　　图 6-123 "孔" 对话框

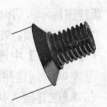

图 6-124 创建孔　　图 6-125 "螺纹" 对话框　图 6-126 螺纹放置面选取　图 6-127 螺纹

图 6-128 模型　　　　　　　　図 6-129 牙膏盒

6.14.2 咖啡壶

咖啡壶的绘制流程图如图 6-130 所示。

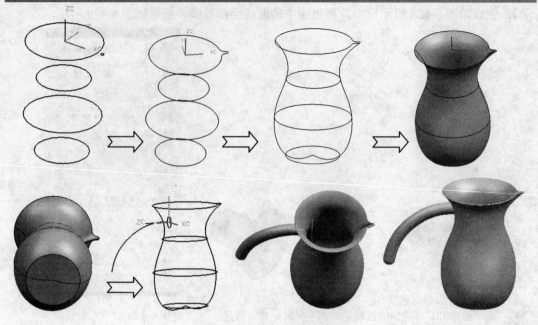

图 6-130 咖啡壶的绘制流程图

具体操作步骤如下：

01 创建一个新文件。执行菜单栏中的【文件】→【新建】选项或单击工具栏中的新建图标 ，弹出"新建"对话框。点击【模型】，单位设置为毫米，在【模板】中单击"模型"选项，在【新文件名】→【名称】中输入文件名"kafeihu"，然后在【新文件名】→【文件夹】中选择文件存盘的位置，完成后单击【确定】按钮进入建模模式。

02 创建曲线模型

❶创建圆。执行菜单栏中的【插入】→【曲线】→【基本曲线】命令，或从【曲线】工具栏中单击 （基本曲线）图标，系统弹出如图 6-131 所示的"基本曲线"对话框。单击 （圆）图标，在【跟踪条】中输入圆中心点（0，0，0），半径为 100 后按回车键，每输入完一个坐标值敲 tab 键可转换到下一个值的输入，或者在【点方式】下拉菜单中单击点构造器系统弹出"点构造器"对话框，输入圆中心点（0，0，0），单击【确定】按钮。系统提示选择对象以自动判断点，输入（100，0，0），单击【确定】按钮完成圆 1 的创建。按照上面的步骤创建圆心为（0，0，-100），半径为 70 的圆 2；圆心为（0，0，-200），半径为 100 的圆 3；圆心为（0，0，-300），半径为 70 的圆 4；圆心为（115，0，0），半径为 5 的圆 5。生成的曲线模型如图 6-132 所示。

❷创建圆角。执行菜单栏中的【插入】→【曲线】→【基本曲线】命令，或从【曲线】工具栏中单击 （基本曲线）图标，系统弹出"基本曲线"对话框，单击 （圆角）图标，系统弹出"曲线倒圆"对话框如图 6-133 所示。单击对话框中的 （2 曲线倒圆）图标，半径为 15，关闭【修剪第一条曲线】和【修剪第二条曲线】两个选项，分别选择圆 1 和圆 5 倒圆角，生成的曲线模型如图 6-134 所示。

❸修剪曲线。执行菜单栏中的【编辑】→【曲线】→【修剪】命令，或从【编辑曲线】工具栏中单击 （修剪曲线）图标，系统弹出"修剪曲线"对话框如图 6-135 所示。选择要修剪的曲线为圆 5，边界对象 1 和边界曲线 2 分别为圆角 1 和圆角 2 如图 6-136 所示，

关闭【设置】中的【关联】选项，单击【确定】完成对圆 5 的修剪。按照上面的步骤，选择要修剪的曲线为圆 1，边界对象 1 和边界对象 2 分别为圆角 1 和圆角 2，单击【确定】完成对圆 1 的修剪。生成的曲线模型如图 6-137 所示。

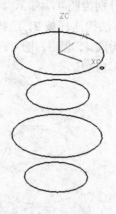

图 6-131 "基本曲线" 对话框   图 6-132 曲线模型   图 6-133 "曲线倒圆" 对话框

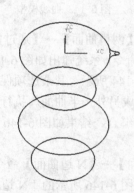

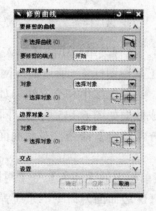

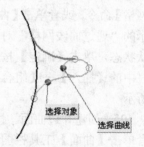

图 6-134 曲线模型   图 6-135 "修剪曲线" 对话框   图 6-136 修剪曲线的选取

❹曲线分割。执行菜单栏中的【编辑】→【曲线】→【分割】命令，或者单击【编辑曲线】工具栏图标 $\int$（分割曲线）命令，系统弹出如图 6-138 所示的 "分割曲线" 对话框。类型为等分端，选择圆 1，分段长度为等参数，段数为 2，单击【应用】按钮圆 1 被分为 2 段。按照上面的步骤将圆 2、圆 3、圆 4 分别分段。

图 6-137 曲线模型   图 6-138 "分割曲线" 对话框   图 6-139 "艺术样条" 对话框

03 创建艺术样条。执行菜单栏中的【插入】→【曲线】→【艺术样条】命令，或从【曲线】工具栏中单击 (艺术样条)图标，系统弹出如图6-139所示的"艺术样条"对话框。【方法】选择 (通过点)图标，阶次为3，选择通过的点如图6-140所示，第1点为圆4的圆心。第2、3、4点分别为圆4、圆3、圆2、圆1的象限点。单击【确定】按钮生成样条1。采用上面相同的方法构建样条2，选择通过的点如图6-141所示，第1点为圆4的圆心。第2、3、4点分别为圆4、圆3、圆2、圆5的象限点。单击【确定】按钮生成样条2。生成的曲线模型如图6-142所示。

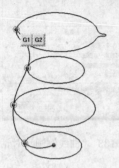
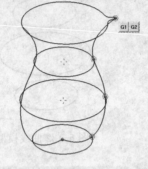
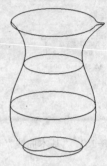

图6-140 样条1通过点的选取　　　图6-141 样条2通过点的选取　　　图6-142 曲线模型

04 创建通过曲线网格曲面。执行菜单栏中的【插入】→【网格曲面】→【通过曲线网格】命令，或者单击【曲面】工具栏图标 (通过曲线网格)命令，系统弹出如图6-143所示的"通过曲线网格"对话框。选取主线串和交叉线串如图6-144所示，其余选项保持默认状态，单击【确定】按钮生成曲面如图6-145所示。同理生成另外一半曲面。执行菜单栏中的【插入】→【组合体】→【缝合】命令，对两曲面进行缝合，结果如图6-146左图所示

05 创建N边曲面。执行菜单栏中的【插入】→【网格曲面】→【N边曲面】命令，或者单击【曲面】工具栏图标 (N边曲面)命令，系统弹出如图6-146所示的"N边曲面"对话框。选取类型为"已修剪"，选择外部环为圆4，单击鼠标中键，其余选项保持默认状态，单击【确定】按钮生成底部曲面如图6-147所示。

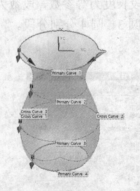

图6-143 "通过曲线网格"对话框　　图6-144 选取主线串和交叉线串　　图6-145 曲面模型

06 创建加厚曲面。执行菜单栏中的【插入】→【偏置/缩放】→【加厚】命令，或从【特征】工具栏中单击 (加厚)图标，系统弹出如图6-148所示的"加厚"对话框。选择加厚面为曲线网格曲面和N边曲面,【偏置1】设置为2,【偏置2】设置为0 如图6-149所示，单击【确定】按钮生成模型。选择【编辑】→【显示和隐藏】→【隐藏】命令，或从【实用工具】工具栏中单击 (隐藏)图标，系统弹出"类选择"对话框。单击【类型过滤器】 ，系统弹出"根据类型选择"对话框，选择【片体】单击【确定】，点击【全选】按钮。单击【确定】按钮，片体被隐藏，模型如图6-150所示。

图 6-146 曲面模型和 "N 边曲面" 对话框   图 6-147 曲面模型

07 创建壶把手曲线模型

❶隐藏实体。执行菜单栏中的【编辑】→【显示和隐藏】→【隐藏】命令，或从【实用工具】工具栏中单击 (隐藏)图标，系统弹出"类选择"对话框。单击【类型过滤器】 ，系统弹出"根据类型选择"对话框，选择【实体】单击【确定】，点击【全选】按钮。单击【确定】按钮，实体被隐藏。

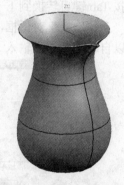

图 6-148 "加厚" 对话框   图 6-149 要加厚的曲面   图 6-150 曲面模型

❷改变 WCS。执行菜单栏中的【格式】→【WCS】→【动态】命令，或从【实用工具】工具栏中单击 (WCS 动态)图标。然后绕 XC 轴，旋转 YC 轴到 ZC 轴，新坐标系位置如图 6-151 所示。

❸创建样条曲线。执行菜单栏中的【插入】→【曲线】→【样条】命令，或从【曲线】工具栏中单击 (样条)图标，系统弹出如图 6-152 所示的"样条"对话框。选择【通过点】，系统弹出如图 6-153 所示的"通过点生成样条"对话框，保持系统默认选项，单击【确定】按钮，弹出如图 6-154 所示的"点创建方式"对话框。，单击【点构造器】，进入"点

构造器"对话框，输入样条通过点，分别为（−50，−48，0），（−98，−48，0），（−167，−77，0），（−211，−120，0），（−238，−188，0），单击鼠标中键弹出如图 6-155 所示的"指定点"对话框。单击【是】按钮，弹出如图 6-153 所示"通过点生成样条"对话框，保持系统默认状态，单击【确定】按钮生成样条曲线。生成的曲线模型如图 6-156 所示。

图 6-151 坐标模型　　　　　　　　　图 6-152 "样条"对话框

❹改变 WCS。执行菜单栏中的【格式】→【WCS】→【动态】命令，或从【实用工具】工具栏中单击（WCS 动态）图标。拖动坐标圆点到壶把手样条曲线端点，然后绕 YC 轴，旋转 XC 轴到 ZC 轴，新坐标系位置如图 6-157 所示。

❺创建圆。执行菜单栏中的【插入】→【曲线】→【基本曲线】命令，或从【曲线】工具栏中单击（基本曲线）图标，系统弹出"基本曲线"对话框。单击（圆）图标，在【跟踪条】中输入圆中心点（0，0，0），半径为 16 后按回车键，每输入完一个坐标值按 Tab 键可转换到下一个值的输入，或者在【点方式】下拉菜单中单击点构造器系统弹出"点构造器"对话框，输入圆中心点（0，0，0），单击【确定】按钮。系统提示选者对象以自动判断点，输入（16，0，0），单击【确定】按钮完成圆 6 的创建如图 6-158 所示。

图 6-153 "通过点生成样条"对话框　　　图 6-154 "点创建方式"对话框

08 创建壶把手实体模型。执行菜单栏中的【插入】→【扫掠】→【沿引导线扫掠】命令，或从【特征】工具栏中单击（沿引导线扫掠）图标，系统弹出如图 6-159 所示的"沿引导线扫掠"对话框。选择圆 6 为截面线，选择壶把手样条曲线为引导线，在【第一偏置】和【第二偏置】分别输入 0，单击【确定】按钮，生成模型如图 6-160 所示。

09 修剪壶把手

❶隐藏曲线。执行菜单栏中的【编辑】→【显示和隐藏】→【隐藏】命令，或从【实

用工具】工具栏中单击 （隐藏）图标，系统弹出"类选择"对话框。单击【类型过滤器】 ，系统弹出"根据类型选择"对话框，选择【曲线】单击【确定】，点击【全选】按钮。单击【确定】按钮，曲线被隐藏。

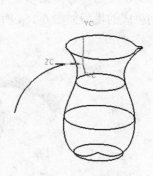

图6-155 "指定点"对话框　　　图6-156 曲线模型　　　图6-157 坐标模型

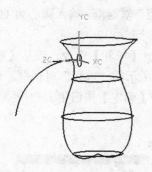

图6-158 创建圆　　　图6-159 "选择截面线串"对话框　　　图6-160 模型

❷显示实体。执行菜单栏中的【编辑】→【显示和隐藏】→【显示】命令，或从【实用工具】工具栏中单击 （显示）图标，系统弹出"类选择"对话框。单击【类型过滤器】 ，系统弹出"根据类型选择"对话框，选择【实体】单击【确定】，点击【全选】按钮。单击【确定】按钮，实体被显示如图6-161所示。

图6-161 显示实体　　　图6-162 "修剪体"对话框　　　图6-163 修剪方向

❸修剪体。执行菜单栏中的【插入】→【修剪】→【修剪体】命令，或从【特征操作】工具栏中单击 ▣（修剪体）图标，系统弹出如图 6-162 所示的 "修剪体" 对话框。首先选取目标体，选择扫掠实体壶把手，单击鼠标中间，进入刀具的选取，提示行中的【面规则】设置为单个面，选择咖啡壶外表面，方向指向咖啡壶内侧如图 6-163 所示，单击【确定】按钮生成的模型如图 6-164 所示。

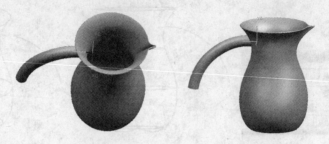

图 6-164 模型

10 创建球体。执行菜单栏中的【插入】→【设计特征】→【球】命令，或从【特征】工具栏中单击 ◯（球）图标，系统弹出如图 6-165 所示的 "球" 对话框。选择【中心点和直径】类型，输入直径为 32。单击中心点按钮 ➕，弹出 "点" 对话框，输入圆心为（0，-140，188），连续单击【确定】按钮，生成的模型如图 6-166 所示。

11 求和操作。执行菜单栏中的【插入】→【组合体】→【求和】命令，或从【特征操作】工具栏中单击 ▣（求和）图标，系统弹出如图 6-167 所示的 "求和" 对话框。选择目标体为壶把手实体，选择工具体为球实体和壶实体，单击【确定】按钮生成的模型如图 6-168 所示。

图 6-165 "球" 对话框

图 6-166 模型

图 6-167 "求和" 对话框

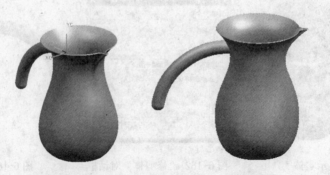

图 6-168 最终模型

6.14.3 鞋子

鞋子的创建流程图如图 6-169 所示。

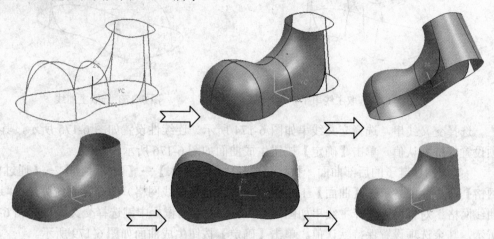

图 6-169 鞋子的创建流程图

具体操作步骤如下：

01 打开鞋子曲线文件。执行菜单栏中的【文件】→【打开】选项或单击工具栏中的打开图标，打开文件 xiezi.prt，进入建模模块，如图 6-170 所示。

02 创建鞋子的前部曲面。执行菜单栏中的【插入】→【网格曲面】→【通过曲线网格】命令，或者单击【曲面】工具栏图标（通过曲线网格）命令，系统弹出如图 6-171 所示的"通过曲线网格"对话框。选择主线串，单击（端点）按钮，选择主曲线 1 如图 6-172 所示，单击鼠标中键选择主曲线 2、3、4，如图 6-173 所示。

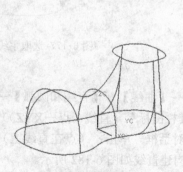

图 6-170 鞋子曲线

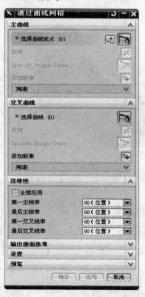

图 6-171 "通过曲线网格"对话框

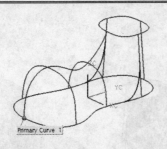

图 6-172 选取主线串 1

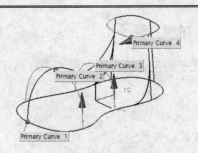

图 6-173 选取主曲线

选择交叉线串，选择交叉线串如图 6-174 所示。连续性设置如图 6-175 所示，其余选项设置保持默认值。单击【确定】按钮生成曲面如图 6-176 所示。

03 创建鞋子的后部曲面。执行菜单栏中的【插入】→【网格曲面】→【通过曲线网格】命令，或者单击【曲面】工具栏图标 （通过曲线网格）命令，系统弹出 "通过曲线网格" 对话框。选择主线串如图 6-177 所示，单击鼠标中键选择交叉线串如图 6-178 所示，其余选项设置保持默认值。单击【确定】按钮生成曲面如图 6-179 所示。

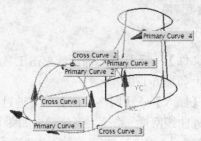

图 6-174 选取交叉线串

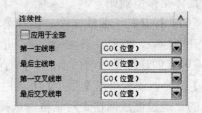

图 6-175 连续性设置

图 6-176 鞋子的前部曲面

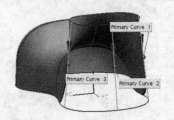

图 6-177 选取主线串

04 创建鞋子的中部曲面

❶创建桥接线。执行菜单栏中的【插入】→【曲线】→【直线和圆弧】→【直线（点－XYZ）】命令，或者单击【直线和圆弧】工具栏图标 （直线（点－XYZ））命令，系统弹出如图 6-180 所示的 "直线（点－XYZ）"对话框。单击 （点在直线上）按钮，构建直线如图 6-181 所示。单击 （端点）按钮，构建直线如图 6-182 所示。

执行菜单栏中的【插入】→【来自曲线集的曲线】→【桥接】命令，或者单击【曲线】工具栏图标 （桥接曲线）命令，系统弹出如图 6-183 所示的 "桥接曲线"对话框。起点对象和终点对象选择如图 6-184 所示。单击【确定】按钮，生成的桥接曲线如图 6-185 所示。

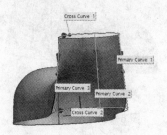

图 6-178 选取交叉线串

图 6-179 鞋子的后部曲面

图 6-180 "直线（点－XYZ）"对话框

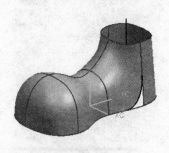

图 6-181 构建直线

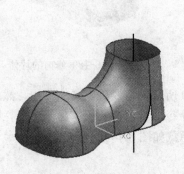

图 6-182 构建直线

图 6-183 "桥接曲线"对话框

❷修剪片体。执行菜单栏中的【插入】→【修剪】→【修剪的片体】命令，或者单击【直线和圆弧】工具栏图标 （修剪的片体）命令，系统弹出如图 6-185 所示的 "修剪的片体"对话框。选择目标片体如图 6-186 所示。单击鼠标中键进行对象选择，选择上个步骤生成的桥接曲线作为修剪曲面的曲线如图 6-187 所示。单击【确定】按钮，完成片体的修剪如图 6-188 所示。

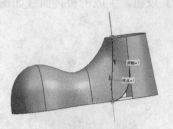

图 6-184 选择起点和终点

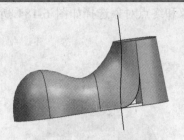

图 6-185 创建的桥接曲线

图 6-186 "修剪的片体"对话框

图 6-187 选择要修剪的片体

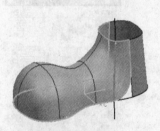

图 6-188 选择修剪片体的曲线

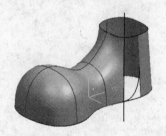

图 6-189 修剪的片体

❸隐藏曲线。用鼠标左键单击选取如图 6-190 所示的将要被隐藏的曲线，然后执行菜单栏中的【编辑】→【显示和隐藏】→【隐藏】命令，或从【实用工具】工具栏中单击 （隐藏）图标，或按住键盘 ctrl+B。选中曲线被隐藏如图 6-191 所示。

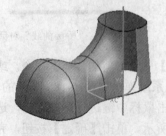

图 6-190 选取要隐藏的曲线

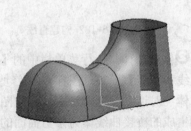

图 6-191 隐藏曲线

❹构建通过曲线网格曲面。执行菜单栏中的【插入】→【网格曲面】→【通过曲线网格】命令，或者单击【曲面】工具栏图标 （通过曲线网格）命令，系统弹出"通过曲线网格"对话框。选择主线串，如图 6-192 所示。选择交叉线串如图 6-193 所示。

图 6-192 选取主线串

图 6-193 选取交叉线串

第一主线串连续性设置为 G1（相切）如图 6-194 所示，选择相切面如图 6-195 所示。第二主线串连续性设置也为 G1（相切）如图 6-196 所示，选择相切面如图 6-197 所示。

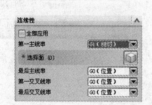

图 6-194 第一主线串连续性设置

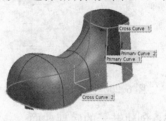

图 6-195 选择相切面

图 6-196 第二主线串连续性设置

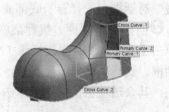

图 6-197 选择相切面

其余选项保持为默认值，单击【确定】按钮，生成的网格曲面如图 6-198 所示。另一面的生成中间部位曲面的方法同上，最后完成鞋子的中部曲面的构建如图 6-199 所示。

图 6-198 曲面

图 6-199 鞋子的中部曲面

05 隐藏曲线。执行菜单栏中的【编辑】→【显示和隐藏】→【隐藏】命令，或从【实用工具】工具栏中单击 (隐藏)图标，系统弹出"类选择"对话框如图6-200所示。单击【类型过滤器】 ，系统弹出"根据类型选择"对话框如图6-201所示，选择【曲线】单击【确定】，点击【全选】按钮。单击【确定】按钮，曲线被隐藏如图6-202所示。

图6-200 "类选择"对话框

图6-201 "根据类型选择"对话框

06 创建鞋子的底部曲面

❶连接底部曲线。执行菜单栏中的【插入】→【来自曲线集的曲线】→【连结】命令，或者单击【曲线】工具栏图标 (连结曲线)命令，系统弹出如图6-203所示的"连结曲线"对话框。选择鞋子底部曲线如图6-204所示。单击【确定】按钮，生成连结曲线。

❷创建N边曲面。执行菜单栏中的【插入】→【网格曲面】→【N边曲面】命令，或者单击【曲面】工具栏图标 (N边曲面)命令，系统弹出如图6-205所示的"N边曲面"对话框。选择"已修剪"类型，选择如图6-206所示的底面曲线为外部环，UV方位选择面积，其余选项保持默认值单击【应用】按钮，生成鞋子的底部曲面如图6-207所示。

图6-202 鞋子的曲线隐藏

图6-203 "连结曲线"对话框

07 创建鞋子的上部曲面

❶连接上部曲线。执行菜单栏中的【插入】→【来自曲线集的曲线】→【连结】命令，或者单击【曲线】工具栏图标 (连结曲线)命令，系统弹出"连结曲线"对话框。选择鞋子上部曲线如图6-208所示。单击【确定】按钮，生成连结曲线。

图 6-204 选择要连结的曲线　　　　图 6-205 "N 边曲面"对话框

图 6-206 选择边界曲线　　　　　　图 6-207 N 边曲面

❷创建 N 边曲面。执行菜单栏中的【插入】→【网格曲面】→【N 边曲面】命令，或者单击【曲面】工具栏图标 （N 边曲面）命令，系统弹出 "N 边曲面"对话框。选择"已修剪"类型，选择如图 6-209 所示的上部曲线为外部环，UV 方位选择面积，其余选项保持默认值单击【应用】按钮，生成鞋子的上部曲面如图 6-210 所示。

图 6-208 选择要连结的曲线　　　　图 6-209 选择边界曲线

08 缝合曲面

❶隐藏曲线。用鼠标左键单击选取如图 6-211 所示的将要被隐藏的曲线，然后执行菜单栏中的【编辑】→【显示和隐藏】→【隐藏】命令，或从【曲线】工具栏中单击 （隐藏）图标，或按住键盘 ctrl+B。选中曲线被隐藏如图 6-212 所示。

❷曲面缝合。执行菜单栏中的【插入】→【组合体】→【缝合】命令，或者单击【特

征操作】工具栏图标 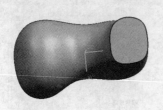（缝合）命令，系统弹出如图 6-213 所示 的"缝合"对话框。类型选择片体，目标选择鞋子的上部曲面如图 6-214 所示，刀具选择其余的片体如图 6-215 所示，单击【确定】按钮，鞋子的曲面被缝合，生成如图 6-216 所示的鞋子的实体模型。

图 6-210 N 边曲面

图 6-211 选择隐藏的曲线

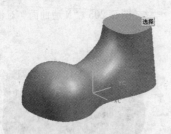

图 6-212 选择要连结的曲线

图 6-213 "缝合"对话框

图 6-214 目标选择

图 6-215 刀具选择

图 6-216 实体模型

第 **7** 章

曲面的编辑

在 UG 中，完成曲面的创建后，一般还需要对曲面进行相关的编辑工作。本章将讲述部分常用的曲面编辑功能。

◎ 移动定义点、极点

◎ 等参数修剪/分割

◎ 片体边界

◎ 更改边

◎ 法向反向

◎ 曲面变形、变换

◎ 按模板成型

◎ 按函数整体变形

◎ 按曲面整体变形

7.1 移动定义点

移动定义点功能是通过移动定义曲面的点来改变曲面的形状。移动定义点功能是一种非参数化的曲面编辑方法。

📖 7.1.1 移动定义点命令

执行菜单栏中的【编辑】→【曲面】→【移动定义点】命令，或者打开【编辑曲面】工具栏，如图 7-1 所示，其中有编辑曲面的各种工具命令，单击图标 （移动定义点）可激活该命令，系统弹出如图 7-2 所示的"移动定义点"对话框。

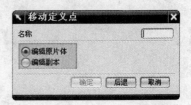

图 7-1 "编辑曲面"工具栏　　　　图 7-2 "移动定义点"对话框

对话框各选项功能如下：

（1）名称：在输入框中输入曲面的名称来选择曲面。

（2）编辑原片体：选择该复选框，系统会在所选择的曲面上直接进行编辑，编辑后曲面的参数将丢失。

（3）编辑副本：选择该复选框，系统会在编辑曲面之前自动复制所选的曲面，然后在复制的曲面进行编辑。

如果选择的是 ⊙编辑原片体 复选框，选择要编辑的曲面后，系统会弹出如图 7-3 所示的警告信息框。单击【确定】按钮，系统弹出如图 7-4 所示的"移动点"对话框。如果选择的是 ⊙编辑副本 复选框，选择要编辑的曲面后，系统会弹出如图 7-4 所示的"移动点"对话框。其对话框中的选项功能如下：

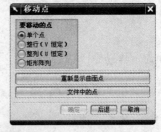

图 7-3 警告信息框　　　　图 7-4 "移动点"对话框

（1）要移动的点

1）单个点：通过选择其中的一个控制点进行编辑，用鼠标左键选择要编辑的点，系统会用一个小矩形框进行标记。

2）整行（V 恒定）：该选项可以编辑同一行（V 恒定）内的所有点。用鼠标左键选择要编辑的某行中的一点，系统自动进行判别并会用一个小矩形框将要进行编辑的点进行标记。

3）整列（U 恒定）：该选项可以编辑同一列（U 恒定）内的所有点。用鼠标左键选择要编辑的某列中的一点，系统自动进行判别并会用一个小矩形框将要进行编辑的点进行标记。

4）矩形阵列：该选项可以编辑包含在矩形区域内的所有点。可以通过选择两个控制点作为矩形的两个对角点，该矩形范围内的控制点都被选中并会用一个小矩形框将要进行编辑的点进行标记。

（2）重新显示曲面点：重新显示符合条件的曲面上的点。

（3）文件中的点：从文件中读入要编辑的点。

在选择完被移动的点后，单击【确定】按钮，系统会弹出如图 7-5 所示的"移动定义点"对话框。其对话框中的选项功能如下：

（1）增量：通过指定的增量偏置来移动要编辑的点。

（2）沿法向的距离：选择该移动方式，系统设置将要编辑的控制点所在平面处的法线方向为该控制点的移动方向。只有选择单个点的时候，○沿法向的距离 复选框才被激活，其他的选点方法，如图 7-6 所示，系统将默认使用增量方法。

（3）DXC/DYC/DZC：选择 ◉增量 复选框，DXC/DYC/DZC 选项被激活，DXC 为 X 方向位移，DYC 为 Y 方向位移，DZC 为 Z 方向位移，用户可以在 3 个文本框内输入 X、Y、Z 方向上的位移量。

（4）距离：选择 ◉沿法向的距离 复选框后，距离选项被激活，可以在输入框中输入沿曲面法向要移动点的距离。

（5）移至移点：选择该选项系统会将控制点移动到固定点。单击【移至移点】按钮，系统会弹出"点构造器"对话框，设置点的位置，系统将会把控制点移动到该点的位置。只有对单个点进行移动时该选项才被激活。

（6）定义拖动矢量：可以自定义一个矢量方向作为控制点移动的方向。

（7）拖动：可以将极点拖动到新位置。

（8）重新选择点：单击【重新选择点】按钮系统可以返回到"移动点"对话框，用户可以重新选择要移动的控制点。

7.1.2 实例——通过移动定义点编辑曲面

01 打开文件 7-1.prt 文件，进入建模模块，如图 7-7 所示。

02 执行菜单栏中的【编辑】→【曲面】→【移动定义点】命令，单击【编辑曲面】工具栏图标 ❖（移动定义点）命令，系统弹出"移动定义点"对话框。

03 选择 ◉编辑副本 复选框，系统会在编辑曲面之前自动复制所选的曲面，然后在复制的曲面进行编辑。选择要编辑的曲面如图 7-8 所示。

04 系统弹出如图 7-4 所示的"移动点"对话框。选择 ◉整行（V 恒定） 复选框，该选项可以编辑同一行（V 恒定）内的所有点。用鼠标左键选择要编辑的行中的一点，系统自动进行判别并会用一个小矩形框将要进行编辑的点进行标记如图 7-9 所示。

图 7-5 "移动定义点"对话框

图 7-6 "沿法向的距离"选项

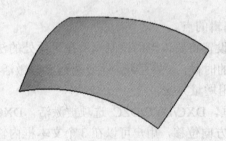

图 7-7 曲面

图 7-8 要编辑的曲面

图 7-9 要编辑的点

图 7-10 "移动定义点"对话框

05 在选择完被移动的点后，单击【确定】按钮，系统会弹出如图 7-10 所示的"移动定义点"对话框。系统默认使用增量方法，DXC/DYC/DZC 选项被激活，DXC 为 X 方向位移，DYC 为 Y 方向位移，DZC 为 Z 方向位移，可以在 3 个文本框内输入 X、Y、Z 方向上的位移量。在 DYC 输入框中输入 10，单击【确定】按钮，该行的所有点被移动如图 7-11 所示。

06 系统再次弹出 "移动点"对话框，如果还要编辑其他点可以继续选取点，如果不想编辑其余点可以单击【确定】按钮。单击【确定】按钮后，编辑后的曲面如图 7-12 所示。

图 7-11　移动点　　　　　　　　　图 7-12　编辑后的曲面

7.2　移动极点

移动极点功能是通过移动定义曲面的极点来改变曲面的形状。移动极点功能是一种非参数化的曲面编辑方法。

7.2.1　移动定义点命令

执行菜单栏中的【编辑】→【曲面】→【移动极点】命令，或者单击【编辑曲面】工具栏图标 （移动极点）命令，系统弹出如图 7-13 所示的"移动极点"对话框。

图 7-13　"移动极点"对话框　　　图 7-14　"移动极点"对话框

对话框各选项功能如下：

（1）名称：在输入框中输入曲面的名称来选择曲面。

（2）编辑原片体：选择该复选框，系统会在所选择的曲面上直接进行编辑，编辑后曲面的参数将丢失。

（3）编辑副本：选择该复选框，系统会在编辑曲面之前自动复制所选的曲面，然后在复制的曲面进行编辑。

如果选择的是 编辑原片体 复选框，选择要编辑的曲面后，系统会弹出警告信息框。单击【确定】按钮，系统弹出如图 7-14 所示的"移动极点"对话框。如果选择的是 编辑副本 复选框，选择要编辑的曲面后，系统会弹出如图 7-14 所示的"移动极点"对话框。其对话框中的选项功能如下：

（1）要移动的极点

1）单个极点：通过选择其中的一个控制点进行编辑，用鼠标左键选择要编辑的点，系统会用一个小矩形框进行标记。

2）整行（V 恒定）：该选项可以编辑同一行（V 恒定）内的所有点。用鼠标左键选择要编辑的某行中的一点，系统自动进行判别并会用一个小矩形框将要进行编辑的极点进行标记。

3）整列（U 恒定）：该选项可以编辑同一列（U 恒定）内的所有点。用鼠标左键选择要编辑的某列中的一点，系统自动进行判别并会用一个小矩形框将要进行编辑的极点进行标记。

4）矩形阵列：该选项可以编辑包含在矩形区域内的所有点。可以通过选择两个控制点作为矩形的两个对角点，该矩形范围内的控制点都被选中并会用一个小矩形框将要进行编辑的极点进行标记。

（2）偏差检查：单击【偏差检查】按钮，系统弹出如图 7-15 所示的"偏差测量"对话框。该选项可以检查曲线或是曲面相对于其他几何元素的偏差，并可以生成图形和数字化的反馈信息。

1）选择步骤：用来选择参考几何元素。

（曲线）：可以选择一条或多条曲线作为参考对象。

（曲面）：可以选择一个或多个曲面作为参考对象。

（平面）：可以选择一个或多个平面作为参考对象。

（点）：可以选择一个或多个点作为参考对象。

（定义点）：选择该选项时，目标样条的定义点将用于偏差显示。

（小平面体）：用来选择参考小平面体。

2）测量方法

3D：在三维空间中测量偏差。

工作视图：将三维空间的距离投影到工作视图平面，在工作平面上计算偏差。

矢量分量：只有定义了辅助的矢量该选型才被激活，将三维空间的距离投影到矢量方向，在矢量方向上计算偏差。

平面：将三维空间的距离投影到指定的辅助平面上，在辅助平面上计算偏差。

3）显示：该选项用来设置偏差的显示方式。

4）样本数：设置计算偏差时系统所示用的采样的数目。样本数越大，采样越多。

（3）截面分析：单击【截面分析】按钮，系统弹出如图 7-16 所示的"截面分析"对话框。该选项可以分析生成的曲面的形状和质量，分析结果通过图形表示出来。

1）剖切方法：剖切方法用来选择要与需要分析的曲面相交的截面的类型。

（平行平面）：用来指定一组平行平面和需要分析的曲面相交生成一组交线，可以设置平行平面的数量和平面之间的间隔距离。采用平行平面剖切方法的曲率梳图如图 7-17 所示。

（等参栅格）：等参栅格的截面线是曲面的 U、V 方向等参数曲线，以等参数曲线作为分析曲线。可以设置曲面 U、V 方向上的数量和间隔距离。采用等参栅格剖切方法的曲率梳图如图 7-18 所示。

（垂直于曲线）：使用垂直于选择曲线或者边缘线的平面与要分析的曲面的交线来作为分析曲线。

图 7-15 "偏差测量" 对话框

图 7-16 "截面分析" 对话框

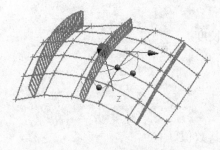

图 7-17 平行平面曲率梳图

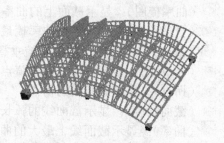

图 7-18 等参栅格曲率梳图

（四边形栅格）：栅格线按适当比例沿四边形的边界偏移，根据垂直与并且通过栅格线的平面与要分析的曲面的交线作为分析曲线。采用四边形栅格剖切方法的曲率梳图如图 7-19 所示。

（三角形栅格）：利用三角形顶点成放射状形成栅格线，根据垂直于并且通过栅格线的平面与要分析的曲面的交线作为分析曲线。采用三角形栅格剖切方法的曲率梳图如图 7-20 所示。

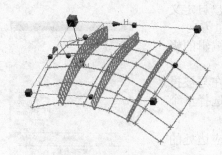

图 7-19 四边形栅格曲率梳图

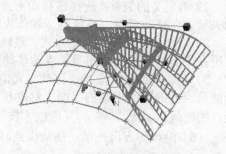

图 7-20 三角形栅格曲率梳图

（圆栅格）：利用圆心成放射状形成栅格线，根据垂直于圆所在平面并且通过栅格线的平面与要分析的曲面的交线作为分析曲线。采用圆栅格剖切方法的曲率梳图如图

7-21 所示。

2）截面间隙：指定截面的数量或者截面之间的间隔。截面间隙的设置选项随着剖切方法选择的不同而不同。

3）截面分析：用来指定分析截面线采用哪种曲线分析。截面分析包括曲率梳图、自动比例因子、法向、峰值点和拐点等选项如图 7-22 所示的"截面分析"对话框。可以只选一项也可以一次选择多项进行分析。

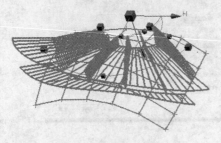

图 7-21 圆栅格曲率梳图　　　　　　图 7-22 "截面分析"对话框

（曲率梳图）：显示截面上的曲率梳图。

（自动比例因子）：设定曲率梳最合适的长度。

（法向）：H、V 方向的曲率梳垂直。

（峰值点）：显示截面线的峰值点。

（拐点）：显示截面线的拐点。

（截面长度）：显示截面线的弧长。

（曲率）：显示截面线上最大的曲率点及其数值。

（半径）：显示截面线上最小曲率半径。

（高亮显示面/小平面体）：高亮显示正在分析的曲面。

4）创建截面曲线：在选择的曲面上上，将截面分析曲线转换成曲线。

5）微调：当拖动锚点时，用较小的增量值改变锚点的位置。

（4）文件中的点：从文件中读入要编辑的极点。

在选择完被移动的点后，单击【确定】按钮，系统会弹出如图 7-23 所示的"移动极点"对话框。其对话框中的选项功能如下：

（5）移动方式

1）沿定义的矢量：选择该移动方式可以沿用户自定义的矢量方向移动极点，系统将 z 轴作为默认的矢量方向。

2）沿法向：选择该移动方式，系统设置将要编辑的极点所在平面处的法线方向为极点的移动方向。

3）在切平面上：选择该移动方式，用户可以在与被投影的极点处的曲面相切的平面上移动极点。只有选择单个极点的时候，○在切平面上 复选框才被激活。

（6）沿相切方向拖动：拖动极点时，保留相应边处的切向。

（7）保持曲率：拖动极点时，保留相应边处的曲率。

（8）DXC/DYC/DZC：DXC 为 X 方向位移，DYC 为 Y

图 7-23 "移动极点"对话框

方向位移，DZC 为 Z 方向位移，可以在 3 个文本框内输入 X、Y、Z 方向上的位移量。

（9）移至移点：选择该选项系统会将极点移动到固定点。单击【移至移点】按钮，系统会弹出"点构造器"对话框，设置点的位置，系统将会把极点移动到该点的位置。只有对单个极点进行移动时该选项才被激活。

（10）定义拖动矢量：可以自定义一个矢量方向作为极点移动的方向。

7.2.2 实例——通过移动极点创建曲面

01 打开文件 7-1.prt 文件，进入建模模块，如图 7-24 所示。

02 执行菜单栏中的【编辑】→【曲面】→【移动极点】命令，单击【编辑曲面】工具栏图标 （移动极点）命令，系统弹出"移动极点"对话框。

03 选择 ◉ 编辑副本 复选框，系统会在编辑曲面之前自动复制所选的曲面，然后在复制的曲面进行编辑。选择要编辑的曲面如图 7-25 所示。

04 系统弹出"移动极点"对话框。选择 ◉ 整列（u 恒定） 复选框，该选项可以编辑同一列（U 恒定）内的所有极点。用鼠标左键选择要编辑的列中的一点，系统自动进行判别并会用一个小矩形框将要进行编辑的点进行标记如图 7-26 所示。

05 在选择完被移动的极点后，系统会弹出如图 7-27 所示的"移动极点"对话框。选择 ◉ 沿法向 复选框，移动方向如图 7-28 所示。DXC 为 X 方向位移，DYC 为 Y 方向位移，DZC 为 Z 方向位移，可以在 3 个文本框内输入 X、Y、Z 方向上的位移量。在 DYC 输入框中输入 30，单击【确定】按钮，该列的所有点被移动如图 7-29 所示。

06 弹出 "移动极点"对话框，如果还要编辑其他极点可以继续选取极点，如果不想编辑其余极点可以单击【确定】按钮。单击【确定】按钮后，编辑后的曲面如图 7-30 所示。

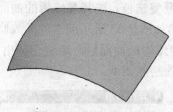
图 7-24 曲面

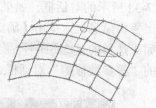
图 7-25 要编辑的曲面

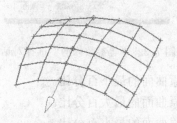
图 7-26 要编辑的极点

图 7-27 "移动极点"对话框

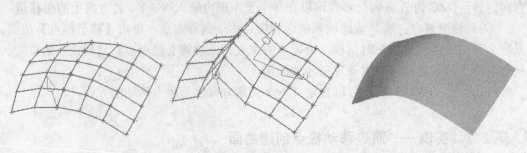

图 7-28 移动方向   图 7-29 移动点   图 7-30 编辑后的曲面

7.3 等参数修剪/分割

等参数修剪/分割功能可以按 U 或 V 等参数方向的百分比参数修剪或分割曲面。如果百分比在 0～100 之间就是修剪曲面，如果超过这个范围就是延伸曲面。等参数修剪/分割功能是一种非参数化的曲面编辑方法。

7.3.1 等参数修剪/分割

执行菜单栏中的【编辑】→【曲面】→【等参数修剪/分割】命令，或者单击【编辑曲面】工具栏图标 (等参数修剪/分割) 命令，系统弹出如图 7-31 所示的"修剪/分割"对话框。

对话框各选项功能如下：

（1）等参数修剪：在"修剪/分割"对话框中单击【等参数修剪】按钮，系统弹出如图 7-32 所示的对话框。如果选择的是 编辑原片体 复选框，选择要编辑的曲面后，系统会弹出警告信息框。单击【确定】按钮，系统弹出如图 7-33 所示的"等参数修剪"对话框。如果选择的是 编辑副本 复选框，选择要编辑的曲面后，系统会弹出如图 7-33 所示的"等参数修剪"对话框。其对话框中的选项功能如下：

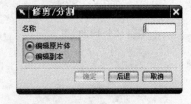

图 7-31 "修剪/分割"对话框   图 7-32 "等参数修剪"选择对话框

1）U 最小值（%）：设置修剪后曲面 U 向占原曲面的最小百分比。

2）U 最大值（%）：设置修剪后曲面 U 向占原曲面的最大百分比。

3）V-最小值（%）：设置修剪后曲面 V 向占原曲面的最小百分比。

4）V-最小值（%）：设置修剪后曲面 V 向占原曲面的最大百分比。

5）使用对角点：通过确定两个对角点投影到曲面上来确定修剪的比例。单击【使用对角点】按钮，系统会弹出如图 7-34 所示的"对角点"对话框。

图 7-33 "等参数修剪"对话框   图 7-34 "对角点"对话框

（2）等参数分割："修剪/分割"对话框中单击【等参数分割】按钮，系统弹出如图 7-32 所示的对话框。如果选择的是 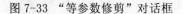编辑原片体复选框，选择要编辑的曲面后，系统会弹出警告信息框。单击【确定】按钮，系统弹出如图 7-35 所示的"等参数分割"对话框。如果选择的是 编辑副本 复选框，选择要编辑的曲面后，系统会弹出如图 7-35 所示的"等参数分割"对话框。其对话框中的选项功能如下：

1）U 恒定：系统在向上按照百分比进行分割。

2）V 恒定：系统在向上按照百分比进行分割。

3）百分比分割值：设置 U/V 向分割的百分比值。

4）点构造器：单击【点构造器】按钮，系统会弹出"点"对话框，设置一个点投影到曲面上确定分割的比例。

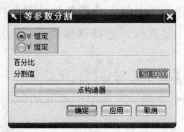

图 7-35 "等参数分割"对话框

7.3.2 实例——等参数修剪/分割曲面

01 打开文件 7-2.prt 文件，进入建模模块，如图 7-36 所示。

02 执行菜单栏中的【编辑】→【曲面】→【等参数修剪/分割】命令，或者单击【编辑曲面】工具栏图标 （等参数修剪/分割）命令，系统弹出"修剪/分割"对话框。

03 在"修剪/分割"对话框中单击【等参数修剪】按钮，系统弹出对话框。

04 选择 编辑原先的片体复选框，选择要编辑的曲面如图 7-37 所示后，系统会弹出警告信息框。单击【确定】按钮。

05 系统会弹出如图 7-38 所示的"等参数修剪"对话框。比例设置如图 7-38 所示。

06 单击【确定】按钮，系统会弹出如图 7-38 所示的"等参数修剪"对话框单击【取消】按钮，生成等参数修剪曲面如图 7-39 所示。

07 将曲面恢复到原来状态，再次执行菜单栏中的【编辑】→【曲面】→【等参数修剪/分割】命令，或者单击【编辑曲面】工具栏图标◇（等参数修剪/分割）命令，系统弹出"修剪/分割"对话框。

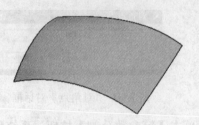

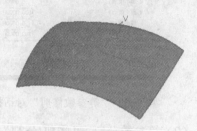

图 7-36 曲面   图 7-37 要编辑的曲面

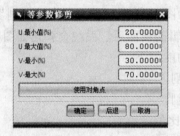

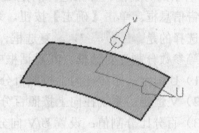

图 7-38 "等参数修剪"对话框   图 7-39 等参数修剪曲面

08 在"修剪/分割"对话框中单击【等参数分割】按钮，系统弹出对话框。

09 选择⊙编辑原先的片体 复选框，选择要编辑的曲面后，系统会弹出警告信息框。单击【确定】按钮。

10 系统会弹出"等参数分割"对话框。设置如图 7-40 所示。

11 单击【确定】按钮，生成等参数分割曲面如图 7-41 所示。

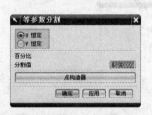

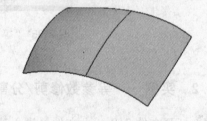

图 7-40 "等参数分割"对话框   图 7-41 等参数分割曲面

7.4 片体边界

片体边界功能用来修改或替换曲面边界，可以移除孔、移除修剪和替换边。

7.4.1 片体边界命令

执行菜单栏中的【编辑】→【曲面】→【边界】命令，或者单击【编辑曲面】工具

栏图标 （边界）命令，系统弹出如图 7-42 所示的"编辑片体边界"对话框。选择要编辑的曲面后，系统会弹出如图 7-43 所示的"编辑片体边界"对话框。

图 7-42 "选择要修改的片体"对话框   图 7-43 "编辑片体边界"对话框

对话框各选项功能如下：

（1）移除孔：用来移除片体上的孔特征。

（2）移除修剪：用来移除片体上的修剪特征。

（3）替换边：用来重新设定片体上的边缘。

单击【替换边】按钮，如果在"编辑片体边界"对话框选择的是 ⊙编辑原片体 复选框，系统会弹出警告信息框，单击【确定】按钮，系统弹出如图 7-44 所示的"类选择"对话框。如果选择的是 ⊙编辑副本 复选框，系统会弹出如图 7-44 所示的"类选择"对话框。选择要被替换的边后，单击【确定】按钮，系统弹出如图 7-45 所示的"编辑片体边界"对话框。

图 7-44 "类选择"对话框   图 7-45 "编辑片体边界"对话框

7.4.2 实例——编辑片体边界

01 打开文件 7-3.prt 文件，进入建模模块，如图 7-46 所示。

02 执行菜单栏中的【编辑】→【曲面】→【边界】命令，或者单击【编辑曲面】工具栏图标 （边界）命令，系统弹出如图 7-44 所示的"编辑片体边界"对话框。

03 在"编辑片体边界"对话框选择 ⊙编辑原片体 复选框，用鼠标左键单击曲面将其选择为要修改的片体。

04 选择要编辑的曲面后，系统会弹出如图 7-45 所示的"编辑片体边界"对话框。单击【移除孔】按钮，系统会弹出警告信息框，单击【确定】按钮。

图 7-46 曲面

05 系统弹出如图 7-47 所示的"选择要移除的孔"对话框。用鼠标左键单击孔的边缘线将其选为要移除的孔如图 7-48 所示。

06 单击"选择要移除的孔"对话框中的【确定】按钮，编辑的曲面被移除孔后的如图 7-49 所示。

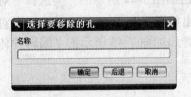

图 7-47 "选择要移除的孔"对话框

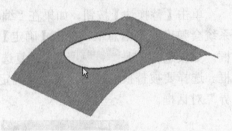

图 7-48 选择要移除的孔

图 7-49 移除孔曲面

7.5 更改边

更改边功能可以用来修改曲面边缘，可以匹配曲线或匹配体等，即可令曲面的边缘与要匹配的曲线重合进行匹配曲线，或者使曲面的边缘延伸至一体上进行匹配体等。

7.5.1 更改边命令

执行菜单栏中的【编辑】→【曲面】→【更改边缘】命令，或者单击【编辑曲面】工具栏图标 ▣（更改边）命令，系统弹出如图 7-50 所示的"更改边"对话框。如果选择的是 ⦿编辑原片体 复选框，选择要编辑的曲面后，系统会弹出警告信息框。单击【确定】按钮，系统弹出如图 7-51 所示的"更改边"对话框 2。如果选择的是 ⦿编辑副本 复选框，选择要编辑的曲面后，系统会弹出如图 7-51 所示的"更改边"对话框。选择要编辑的边后，系统弹出如图 7-52 所示的"更改边"对话框 3。

图 7-50 "更改边"对话框 1

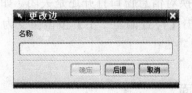

图 7-51 "更改边"对话框 2

图 7-52 "更改边"对话框 3

对话框各选项功能如下：

（1）仅边：用来修改选中的曲面边缘。单击【仅边】按钮，系统弹出如图 7-53 所示的"仅边"对话框。

1）匹配到曲线：可以使要编辑的曲面的边缘与要匹配的曲线的形状和位置相匹配。

2）匹配到边：可以使要编辑的曲面的边缘与另一体上要匹配的边缘的形状和位置相匹配。

3）匹配到体：可以使要编辑的曲面的边缘与要匹配的体相匹配。

4）匹配到平面：可以使要编辑的曲面的边缘与要匹配的平面相匹配，即曲面的边缘会延伸至平面上。

（2）边和法向：用来修改选中的曲面边缘和法向，与不同的对象相匹配。单击【边和法向】按钮，系统弹出如图 7-54 所示的"边和法向"对话框。

图 7-53 "仅边"对话框

图 7-54 "边和法向"对话框

1）匹配到边：可以使要编辑的曲面的边缘和法向与另一体上要匹配的边缘的形状和位置相匹配。

2）匹配到体：可以使要编辑的曲面的边缘和法向与要匹配的体相匹配。

3）匹配到平面：可以使要编辑的曲面的边缘和法向与要匹配的平面相匹配，即曲面的边缘会延伸至平面上。

（3）边和交叉切线：用来修改选中的曲面边缘和边的横向切失，与不同的对象相匹配。单击【边和交叉切线】按钮，系统弹出如图 7-55 所示的"边和交叉切线"对话框。

1）瞄准一个点：可以使要编辑的曲面的边缘上的每一点处的横向切失通过指定的点。

2）匹配到矢量：可以使要编辑的曲面的边缘上的每一点处的横向切失与指定的矢量平行。

3）匹配到边：可以使要编辑的曲面的边缘与另一体上要匹配的边缘在适当的位置和横向切失处相匹配。

（4）边和曲率：该选项可以使曲面间的曲率连续。单击【边和曲率】按钮，系统弹出如图 7-56 所示的"选择第二个面"对话框。

（5）检查偏差－不：该选项可以用来切换对信息窗口打开还是关闭。如果是【检查偏差－不】按钮，系统将关闭信息窗口，单击【检查偏差－不】按钮会变为【检查偏差－是】按钮，系统将打开信息窗口。

7.5.2 实例——通过更改边编辑曲面

01 打开文件 7-4.prt 文件，进入建模模块，如图 7-57 所示。

02 执行菜单栏中的【编辑】→【曲面】→【更改边】命令，或者单击【编辑曲面】工具栏图标 （更改边）命令，系统弹出如图 7-50 所示的"更改边"对话框。

图 7-55 "边和交叉切线"对话框   图 7-56 "选择第二个面"对话框

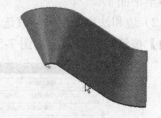

图 7-57 曲面   图 7-58 要编辑的 B 曲面边

03 在"更改边"对话框选择 ⊙编辑原片体 复选框，用鼠标左键单击曲面将其选择为要修改的片体。

04 选择要编辑的曲面后，系统会弹出警告信息框，单击【确定】按钮。

05 选择要编辑的曲面后，系统会弹出如图 7-51 所示的"更改边"对话框。选择要编辑的边如图 7-58 所示。

06 选择要编辑的边后，系统弹出如图 7-52 所示的"更改边"对话框。单击【仅边】按钮，系统弹出出如图 7-60 所示的"仅边"对话框。

07 单击【匹配到平面】按钮，系统弹出如图 7-59 所示的"平面"对话框。

08 选择"XC-YC 平面"类型，在距离输入框中输入-100，单击【确定】按钮。编辑后曲面如图 7-60 所示。

图 7-59 "平面构造器"对话框

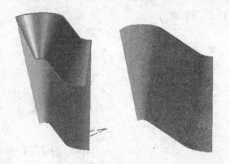

图 7-60 曲面

7.6 法向反向

法向反向功能可以用来反转片体的曲面法向。

7.6.1 法向反向

执行菜单栏中的【编辑】→【曲面】→【法向反向】命令，或者单击【编辑曲面】工具栏图标（法向反向）命令，系统弹出如图 7-61 所示的"法向反向"对话框。

图 7-61 "法向反向"对话框

选取要编辑的曲面后，单击【确定】按钮，曲面的法向将反转 180°。

7.6.2 实例——法向反向

01 打开文件 7-5. prt 文件，进入建模模块，如图 7-62 所示。

02 执行菜单栏中的【编辑】→【曲面】→【法向反向】命令，或者单击【编辑曲面】工具栏图标（法向反向）命令，系统弹出如图 7-61 所示的"法向反向"对话框。

❶用鼠标左键单击要编辑的曲面如图 7-63 所示。

图 7-62 曲面

图 7-63 曲面原法向方向

❷单击"法向反向"对话框中的【应用】按钮，曲面的法向方向反转 180° 如图 7-64 所示。

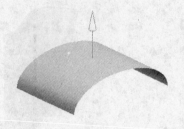

图 7-64 曲面法向反向

7.7 曲面变形

曲面变形功能可以通过拉长、折弯、歪斜、扭转和移位操作动态修改曲面。

7.7.1 曲面变形命令

执行菜单栏中的【编辑】→【曲面】→【变形】命令，系统弹出如图 7-65 所示的"选择要编辑的面"对话框。如果选择的是 ⊙编辑原片体 复选框，选择要编辑的曲面后，系统会弹出警告信息框。单击【确定】按钮，系统弹出如图 7-66 所示的"使曲面变形"对话框。如果选择的是 ⊙编辑副本 复选框，选择要编辑的曲面后，系统会弹出如图 7-66 所示的"使曲面变形"对话框。

对话框各选项功能如下：

（1）中心点控制：用来设置进行曲面变形所依据的参考位置和方向.

1）水平：设置曲面在水平方向变形。

2）竖直：设置曲面在竖直方向变形。

3）V 低：曲面变形从曲面 V 向较低的位置开始。

4）V 高：曲面变形从曲面 V 向较高的位置开始。

5）V 中间：曲面变形从曲面 V 向中间的位置开始。

（2）切换 H 和 V：用来切换中心点控制选项，单击【切换 H 和 V】按钮，中心点控制选项如图 7-67 所示。

（3）拉长：通过拖动滑动条来拉伸曲面，使曲面形状发生变形。

（4）折弯：通过拖动滑动条来折弯曲面，使曲面形状发生变形。

（5）歪斜：通过拖动滑动条来扭曲曲面，使曲面形状发生变形。

（6）扭转：通过拖动滑动条来扭转曲面，使曲面形状发生变形。

（7）移位：通过拖动滑动条来移位曲面，使曲面形状发生变形。

（8）重置：单击该按钮可以使曲面恢复到变形前的形状，滑动条恢复到系统默认值状态。

（9）截面分析：单击【截面分析】按钮，系统弹出如图 7-68 所示的"截面分析"

对话框。可以动态地分析指定的截面。

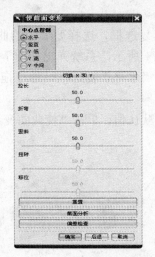

图 7-65　"选择要编辑的面"对话框　　图 7-66　"使曲面变形"对话框　　图 7-67　中心点控制选项

（10）偏差检查：单击【偏差检查】按钮，系统弹出如图 7-69 所示的"偏差度量"对话框。可以动态地生成偏差数据。

图 7-68　"截面分析"对话框　　　　　图 7-69　"偏差度量"对话框

📖 7.7.2　实例——通过曲面变形编辑曲面

01 打开文件 7-6.prt 文件，进入建模模块，如图 7-70 所示。

02 执行菜单栏中的【编辑】→【曲面】→【变形】命令，系统弹出"选择要编辑的面"对话框。

03 选择 ⊙编辑原片体 复选框，选择要编辑的曲面后，系统会弹出警告信息框。单击【确定】按钮后如图 7-71 所示，系统弹出如图 7-66 所示的"使曲面变形"对话框。

04 中心点控制选择"水平"复选框，通过拖动滑动条设置拉长值为 30，通过拖动滑动条设置折弯值为 20。

05 其余值保持系统默认值，单击"使曲面变形"对话框中的【确定】按钮，曲面变形如图 7-72 所示。

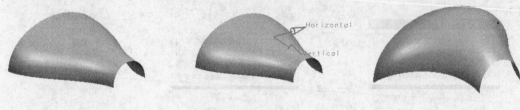

图 7-70 曲面　　　　　图 7-71 选择要编辑的曲面　　　　图 7-72 变形曲面

7.8 曲面变换

曲面变换功能可以动态缩放、旋转或平移曲面。

📖7.8.1 曲面变换命令

执行菜单栏中的【编辑】→【曲面】→【变换】命令，系统弹出如图 7-73 所示的"选择要编辑的面"对话框。如果选择的是 ⊙编辑原片体 复选框，选择要编辑的曲面后，系统会弹出警告信息框。单击【确定】按钮，系统弹出如图 7-74 所示的"点构造器"对话框。如果选择的是 ⊙编辑副本 复选框，选择要编辑的曲面后，系统会弹出如图 7-84 所示的"点"对话框。设置变换中心点后，系统会弹出如图 7-75 所示的"变换曲面"对话框。

图 7-73 "选择要编辑的面"对话框

对话框各选项功能如下：

（1）选择控制：用来设置进行曲面变形所依据的参考位置和方向.

1）比例：设置曲面绕选中的轴缩放的比例。

2）旋转：设置曲面绕选中的轴旋转。

3）平移：设置曲面绕选中的轴平移。

（2）XC 轴：设置要编辑曲面沿 X 轴方向缩放、旋转或平移。

（3）YC 轴：设置要编辑曲面沿 Y 轴方向缩放、旋转或平移。

（4）ZC 轴：设置要编辑曲面沿 Z 轴方向缩放、旋转或平移。

（5）重置：单击该按钮可以使曲面恢复到变换前的形状，滑动条恢复到系统默认值状态。

图 7-74 "点"对话框

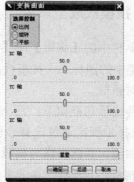
图 7-75 "变换曲面"对话框

📖7.8.2 实例——通过曲面变形编辑

01 打开文件 7-7.prt 文件，进入建模模块，如图 7-76 所示。

02 执行菜单栏中的【编辑】→【曲面】→【变换】命令，系统弹出如图 7-65 所示的"选择要编辑的面"对话框。

图 7-76 曲面

图 7-77 变换曲面

03 选择 ⚪编辑原片体 复选框，选择要编辑的曲面后，系统会弹出警告信息框。单击【确定】按钮后，系统弹出如图 7-74 所示的"点构造器"对话框。设置变换中心点为（20，－100，0），单击【确定】按钮。

04 系统弹出如图 7-75 所示的"变换曲面"对话框。

05 选择控制选择"比例"复选框，通过拖动滑动条设置 XC 轴值为 55，通过拖动滑动条设置 ZC 轴值为 30。

06 其余值保持系统默认值，单击"变换曲面"对话框中的【确定】按钮，曲面变换如图 7-77 所示。

7.9 按模板成型

按模板定型命令能够在保持被编辑样条曲线端点不变的情况下，使一组或多组被编辑的样条曲线在一定程度上匹配一组模板样条的形状。被编辑的样条曲线向模板样条曲线逼近的程度可以通过一个滑动调节按钮来控制,即能够通过动态调节样条曲线的形状。

如果使用"用模板定型"命令来编辑曲面的定义曲线,可以达到动态编辑曲面的形状,并使其达到预定形状的目的。

📖7.9.1　按模板成型命令

执行菜单栏中的【编辑】→【曲面】→【按模板成型】命令,或者单击【自由曲面形状】工具栏中的图标 （按模板成型）可激活该命令,系统弹出如图 7-78 所示的"按模板成型"对话框。

对话框各选项功能如下:

（1）选择步骤:通过选择步骤选择需要编辑的单条或多条样条曲线,并选择作为模板样条的曲线。

图 7-78　"按模板成型"对话框

1）🖋外形样条:选择一条或多条样条曲线进行编辑和模板化。选择外形曲线时,在所选择的样条曲线上出现一个矢量方向,该矢量方向和下个步骤所选择的模板样条曲线的矢量方向相对应。如果选择方向相反,可以通过<Shift>键和鼠标选择取消。

2）🖌模板样条:选择模板样条曲线作为前面外形样条曲线的模板曲线。在选择之后出现一个方向箭头,与外形样条的方向箭头应当一致,否则样条曲线则从另一端来模板化。选择过程中,注意选择光标的位置应该靠近与外形样条方向相近的一段选择。否则方向箭头反向。

（2）滑动条:调节该滑动条可以控制外形曲线和模板样条曲线之间的相近程度。如果滑动杆的滑块位置靠近最右端,那么此时外形曲线最接近于模板样条曲线。可以根据形状选择逼近程度。

（3）整修曲线:选择该复选框,那么被编辑的样条曲线的阶数和段数将和样条曲线的阶数和段数相同。在动态修改过程中,样条曲线的原始武装也能够显示出来。否则,模板样条曲线的阶数不会改变被编辑样条曲线的阶数,除非样条曲线的阶数高于被编辑的样条曲线。同样,如果被编辑样条曲线没有节点,被编辑曲线的段数不会增加。

（4）编辑副本:选择该复选框,被编辑样条曲磊的原始形状不变,而对其一个副本进行编辑操作。

（5）偏差分析:单击该按钮,系统弹出"偏差度量"对话框。在该对话框中,可以对所编辑的样条曲线及其模板化的结果进行偏差分析度量。分析度量结果可以以动态效果显示。

📖7.9.2　实例——按模板成型来创建曲线

01 打开文件 7-8.prt 文件,进入建模模块,如图 7-79 所示。

02 执行菜单栏中的【编辑】→【曲面】→【按模板成型】命令,或者单击【自由曲面形状】工具栏中的图标 （按模板成型）,系统弹出 "按模板成型"对话框。

03 选择左边曲线为外形样条曲线，如图 7-80 所示，选择右边曲线为样板曲线，如图 7-81 所示。

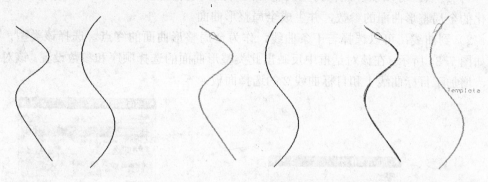

图 7-79 曲线　　　　　　　图 7-80 选取外形样条　　　　　图 7-81 选取模板样条

04 单击"偏差分析"按钮，弹出"偏差测量"对话框，系统根据被编辑样条曲线的原始曲线和模板化后的曲线进行自动分析，改变"按模板成型"对话框中滑动块的位置，改变被编辑的曲线的形状，如图 7-82 所示。将滑动块拖动到 100%，编辑后的曲线如图 7-83 所示。

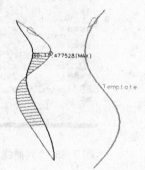

图 7-82 改变编辑曲线的形状　　　　　　图 7-83 按模板成型曲线

7.10　按函数整体变形

全局整形功能，可以在实体或曲面上选取一个或--部分区域，通过不同的方法来创建新的曲面。采用全局整形功能对曲面形状改变的结果，是完全相关的，并且可以进行预测，也可以保持原曲面的美学特性。

7.10.1　按函数整体变形命令

执行菜单栏中的【编辑】→【曲面】→【按函数整体变形】命令，或者单击【曲面】工具栏中的图标（按函数整体变形）可激活该命令，系统弹出如图 7-84 所示的"按函数整体变形"对话框。

对话框各选项功能如下：

（1）类型：在该列表中提供了多种根据函数创建全局整形的方法。

1）终点：可以以一点作为全局整形的终点。选择该类型。可以设置按照终点类型变化的全局整形曲面的参数，并生成全局整形曲面。

2）到曲线：可以选择若干条曲线，作为全局整形曲面的终点。选择该类型，对话框如图 7-85 所示，在该对话框中反映出此类整形曲面的选择顺序和参数设置。该对话框中，增加了目标曲线 1 和目标曲线 2 的选择面板。

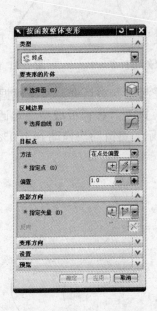

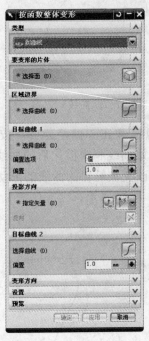

图 7-84 "按函数整体变形"对话框图　　　　图 7-85 "到曲线"类型

3）开放区域：可以选择一开放区域作为全局整形的结束区域。选择该类型，对话框如图 7-86 所示，在生成整体变形曲面时，需要定义整形区域的开放区域，在该对话框中增加了边界线的选择和设置面板。

4）壁变形：采用变形的壁面作为整形操作的区域。选择该类型，对话框如图 7-87 所示，需要定义整形区域的边界，在该边界定义的区域内，进行曲面的全局整形操作。在该对话框中增加了边界线的选择和区域偏置曲线设置。

5）过度折弯：曲面将以过弯曲作为变化方式。选择该类型，对话框如图 7-88 所示，选择曲面的边线，设置参数后，将以改边线为旋转轴，旋转一定的角度，生成整形曲面。

6）匹配到片体：将片体作为整体变形的终点选择该类型，对话框如图 7-89 所示。

7）拉长至点：曲面可以延伸到所选择的点处，选择该类型，对话框如图 7-90 所示，将根据所选的拉伸方向及投影方向来对曲面进行整形。

8）拉长至曲线：整形曲面可以以曲线为整形的终点变化。将根据所选的曲线来对曲面进行整形，如图 7-91 所示。

（2）区域边界：单击"选择曲线"按钮，选择曲线所围成的区域作为区域边界来创建整形曲面。

图 7-86 "开放区域"类型

图 7-87 "壁变形"类型

图 7-88 "过渡弯曲"类型

图 7-89 "匹配到片体"对话框　　图 7-90 "拉长至点"对话框　　图 7-91 "拉长至曲线"对话框

（3）投影方向：可以通过矢量构造器创建投影矢量，即曲面变形的方向，默认为边界对象平面的法线方向。

（4）变形方向：变形方向指定全局变形时曲面的变形变化方向。可以选择的选项包括"投影方向"和"垂直于片体"方向。

（5）设置

1）过渡

匹配相切：即创建的曲面通过相切方式进行匹配；

形状控制，通过调节滑动杆的滑块位置来控制整形曲面的变化形状；

按规律，可以设定变形的规律方式，提供了常见的 7 种规律方式：如恒定的、线形、三次、沿着脊线—线形、沿着脊线．三次、根据方程、根据规律曲线。

2）保持输入片体：选择该复选框，在进行曲面整体变形时，原始曲面的形状将会保持不变。

3）体类型：可以选择生成的整体变形结果为"实体"或生成"片体"。

4）角度公差/距离公差：可以设置具体的变形公差数值，从而能够控制曲面整体变形的范围。

📖 7.10.2 实例——按函数整体变形创建弯曲曲面

01 打开文件 7-9.prt 文件，进入建模模块，如图 7-92 所示。

02 执行菜单栏中的【编辑】→【曲面】→【按函数整体变形】命令，或者单击【曲面】工具栏中的图标 （按函数整体变形），系统弹出"按函数整体变形"对话框。

03 在对话框中选择"过度折弯"类型，在视图中选择曲面为要变形的片体。

04 选择曲面上如图 7-93 所示的曲线为弯曲曲线。

05 在旋转角度选项板角度选项中选择"值"，输入角度参数值中输入角度为 30°。

06 其他默认值，单击"确定"按钮，生成与原曲面成 30°角的曲面，结果如图 7-94 所示。

图 7-92 曲面   图 7-93 选取曲线   图 7-94 按函数整体变形曲面

7.11 按曲面整体变形

按曲面整整体变形命令根据所定义的基面和控制面来控制被编辑的目标面。目标面变形后的曲面变化趋势和所选择的控制面的变化趋势相一致。

📖 7.11.1 按曲面整体变形

执行菜单栏中的【编辑】→【曲面】→【按曲面整体变形】命令，或者单击【曲面】工具栏中的图标 （按曲面整体变形）可激活该命令，系统弹出如图 7-95 所示的"整体变形"对话框。

图 7-95 所示"整体变形"对话框

对话框各选项功能如下:

(1)类型:可以进行"加冠"、"拉长"和"可变偏置"3 种类型的曲面整体变形。这 3 种方式中,通过和基本曲面和控制曲面进行比较而产生整形曲面。

(2)输出:可以选择输入编辑曲面的情况生成曲面片体输出,或生成实体。

(3)应用时确认:选择该复选框,在生成曲面时都需要确认。

在选择曲面和选择曲面的类型之后,单击"确定"或"应用"按钮,弹出如图 7-96 所示的"按曲面加冠"对话框。

在该对话框需要按照选择步骤依次"基本 ⊢◻"和"控制 ⊢◻"。单击"控制"按钮,出现"移动极点"按钮。同时,"启用预览"复选框被激活。选中该复选框,可以对所生成的曲面进行预览。

如果单击"移动极点"按钮,将会出现"移动极点"对话框如图 7-97 所示。此对话框在前面章节中已经介绍了,在此就不再重复了。

图 7-96 "按曲面加冠"对话框

图 7-97 "移动极点"对话框

📖7.11.2 实例——按曲面整体变形创建曲面

01 打开文件 7-10.prt 文件,进入建模模块,如图 7-98 所示。

02 执行菜单栏中的【编辑】→【曲面】→【按曲面整体变形】命令,或者单击【曲面】工具栏中的图标 📖(按曲面整体变形),系统弹出"整体变形"对话框。

03 在过滤器下拉选项中选择"面",在类型中选择"加冠",选择输出类型为"片体",在视图中选择左边的曲面为被整形的曲面,如图 7-99 所示,单击"应用"按钮。

04 弹出"按曲面加冠"对话框,在视图区选择右上曲面为基本曲面,选择右下曲面为控制曲面,选择"☑启用预览"和"☑小平面显示"复选框,曲面显示如图 7-100 所示。

单击"确定"按钮，结果如图 7-101 所示。

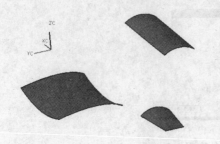

图 7-98 曲面   图 7-99 选取被整形的曲面

图 7-100 预览   图 7-101 按曲面整体变形

7.12 综合实例——饮料瓶

  前几节已经介绍了曲面的各种编辑命令，本节将通过设计饮料瓶的外形来综合应用曲面的编辑命令。

  饮料瓶的创建示意图如图 7-102 所示。

图 7-102 饮料瓶的创建示意图

  具体的操作步骤如下：

  01 创建一个新文件。执行菜单栏中的【文件】→【新建】选项或单击工具栏中的新建图标 ，弹出"文件新建"对话框。点击【模型】，单位设置为毫米，在【模板】

中单击"模型"选项，在【新文件名】→【名称】中输入文件名"yinliaoping"，然后在【新文件名】→【文件夹】中选择文件存盘的位置，选择完成后如图7-103所示。完成后单击【确定】按钮进入建模模式。

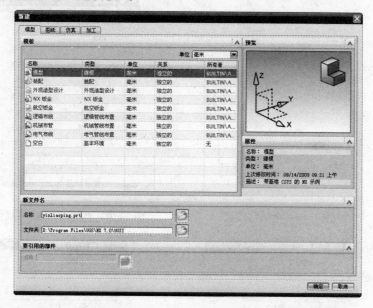

图 7-103 "新建"对话框

02 创建回转曲面

❶创建直线。执行菜单栏中的【插入】→【曲线】→【直线】命令，或从【曲线】工具栏中单击 ✏（直线）图标，系统弹出如图7-104所示的"直线"对话框。单击起点的 ➕ 按钮系统弹出"点构造器"对话框，输入起点坐标为（22,0,0）如图7-105所示，单击【确定】按钮。单击终点的 ➕ 按钮，系统弹出"点构造器"对话框，输入终点坐标为（30,0,0），单击【确定】按钮，在"直线"对话框中单击【应用】按钮，生成直线1。同样的方法创建直线2，起点输入（30,0,0），输入终点坐标为（30,0,8），生成的直线如图7-106所示。

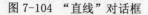

图 7-104 "直线"对话框　　　　图 7-105 输入直线起点坐标

❷创建圆角。执行菜单栏中的【插入】→【曲线】→【基本曲线】命令，或从【曲线】工具栏中单击 ✐（基本曲线）图标，系统弹出如图7-107所示的"基本曲线"对话

框。单击 （圆角）图标，系统弹出如图 7-108 所示的"曲线倒圆"对话框。单击 （2 曲线倒圆）图标，半径值设为 5，修剪选项如图 7-109 所示。

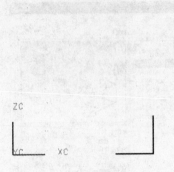

图 7-106 生成直线

图 7-107 "基本曲线"对话框

图 7-108 "曲线倒圆"对话框

图 7-109 修剪选项设置

用鼠标左键单击两条直线，系统会弹出的警告信息框，单击【确定】按钮即可。然后在两直线包围区域靠近要倒圆的地方单击一下，生成圆角如图 7-110 所示。

❸回转。执行菜单栏中的【插入】→【设计特征】→【回转】命令，或从【特征】工具栏中单击 （回转）图标，系统弹出如图 7-111 所示的"回转"对话框。截面选取如图 7-112 所示，单击指定矢量中的 （矢量构造器）按钮，系统弹出"矢量"对话框，单击 按钮，单击"矢量"对话框中的【确定】按钮。单击指定点中的 按钮，系统弹出"点"对话框，设置指定点为（0，0，0），开始角度设置为-30，终点角度设置为 30，单击"回转"对话框中的【确定】按钮，生成的回转体如图 7-113 所示。

❹隐藏曲线。执行菜单栏中的【编辑】→【显示和隐藏】→【隐藏】命令，或从【实用工具】工具栏中单击 （隐藏）图标，或按住 Ctrl+B，系统弹出如图 7-114 所示的"类选择"对话框。单击 (类型过滤器)按钮，系统弹出如图 7-115 所示的"根据类型选择"对话框，选择曲线，单击【确定】按钮，在"类选择"对话框中单击 （全选）按钮，隐藏的对象为曲线，单击【确定】按钮曲线被隐藏如图 7-116 所示。

03 规律延伸曲面。执行菜单栏中的【插入】→【弯边曲面】→【规律延伸】命令，或者单击【曲面】工具栏图标 （规律延伸）命令，系统弹出如图 7-117 所示的"规律延伸"对话框。选择"面"类型，选择如图 7-118 所示的曲线为基本轮廓，单击鼠标中键，选择回转曲面为参考面，单击鼠标中键后如图 7-119 所示，在长度输入框中输入 100，单击回车键，再单击"规律延伸"对话框中的【确定】按钮，生成的规律延伸曲面如图 7-120 所示。

图 7-110 生成的圆角　　　　图 7-111 "回转"对话框　　　　图 7-112 截面选取

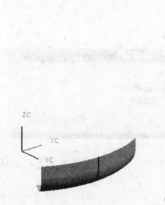

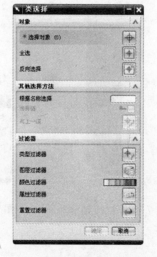

图 7-113 回转曲面　　　图 7-114 "类选择"对话框　　　图 7-115 "根据类型选择"对话框

04 更改曲面阶次。执行菜单栏中的【编辑】→【曲面】→【阶次】命令，或者单击【编辑曲面】工具栏图标 (更改阶次)命令，系统弹出如图 7-121 所示的"选择要编辑的面"对话框。选择 编辑原片体 复选框，选择要编辑的曲面为规律延伸曲面如图 7-122 后，系统会弹出警告信息框。单击【确定】按钮，系统弹出如图 7-123 所示的"更改阶次"对话框。V 向阶次改为 20，单击【确定】按钮。

05 移动定义点。执行菜单栏中的【编辑】→【曲面】→【移动定义点】命令，或者单击【编辑曲面】工具栏中的图标 (移动定义点)激活该命令，系统弹出如图 7-124

所示的"移动定义点"对话框。选择编辑原片体复选框，选择要编辑的曲面为规律延伸曲面后，系统会弹警告信息框，单击【确定】按钮，如图 7-125 所示，系统弹出如图 7-126 所示的"移动点"对话框，选择整行（v恒定）复选框，该选项可以编辑同一行（V 恒定）内的所有点，用鼠标左键选择要编辑的行中的一点，系统自动进行判别并会用一个小矩形框将要进行编辑的点进行标记如图 7-127 所示。

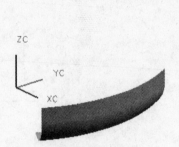

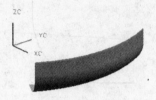

图 7-116 隐藏曲线　　　　图 7-117 "规律延伸"对话框　　　图 7-118 基本曲线

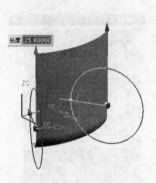

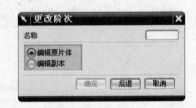

图 7-119 选择回转曲面　图 7-120 规律延伸曲面　图 7-121 "选择要编辑的面"对话框

图 7-122 选择要编辑的曲面　　　图 7-123 "更改阶次"对话框图

在选择完被移动的点后,单击【确定】按钮,系统会弹出如图 7-128 所示的"移动定义点"对话框。系统默认使用增量方法,DXC/DYC/DZC 选项被激活,DXC 为 X 方向位移,DYC 为 Y 方向位移,DZC 为 Z 方向位移,用户可以在 3 个文本框内输入 X、Y、Z 方向上的位移量。在 DXC 输入框中输入-1,单击【确定】按钮。在"移动点"对话框中单击【确定】按钮该行的所有点被移动编辑后的曲面如图 7-129 所示。

图 7-124 "移动定义点"对话框

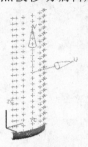

图 7-125 显示点

图 7-126 "移动点"对话框

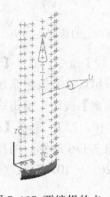

图 7-127 要编辑的点

图 7-128 "移动定义点"对话框

图 7-129 编辑后的曲面

06 曲面缝合。执行菜单栏中的【插入】→【组合体】→【缝合】命令,或者单击【特征操作】工具栏图标 (缝合)命令,系统弹出如图 7-130 所示 的"缝合"对话框。类型选择片体,目标选择回转曲面如图 7-131 所示,刀具选择规律延伸曲面如图 7-132 所示,单击【确定】按钮两曲面被缝合。

图 7-130 "缝合"对话框

图 7-131 目标选择

图 7-132 刀具选择

07 曲面边倒圆。执行菜单栏中的【插入】→【细节特征】→【边倒圆】命令，或从【特征操作】工具栏中单击 (边倒圆) 图标，系统弹出如图 7-133 所示的"边倒圆"对话框，选择倒圆角边如图 7-134 所示，倒圆角半径设置为 1，单击【确定】按钮，生成如图 7-135 所示的模型。

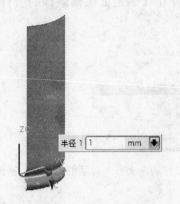

图 7-133 "边倒圆"对话框　　　　　　图 7-134 圆角边的选取

08 创建直线。执行菜单栏中的【插入】→【曲线】→【直线】命令，或从【曲线】工具栏中单击 (直线) 图标，系统弹出"直线"对话框。单击起点的 按钮系统弹出"点构造器"对话框，输入起点坐标为（26，10，35），单击【确定】按钮。单击终点的 按钮，系统弹出"点构造器"对话框，输入终点坐标为（26，10，75），单击【确定】按钮，在"直线"对话框中单击【应用】按钮，生成直线 1 如图 7-136 所示。同样的方法创建直线 2，起点输入（26，-10，35），输入终点坐标为（26，-10，75），生成的直线如图 7-137 所示。

09 创建圆弧。执行菜单栏中的【插入】→【曲线】→【圆弧/圆】命令，或从【曲线】工具栏中单击 (圆弧/圆) 图标，系统弹出"圆弧/圆"对话框。类型选择三点画圆弧如图 7-138 所示。

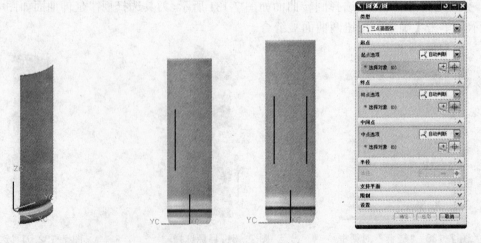

图 7-135 倒圆角后的模型　　图 7-136 生成的直线 1　　图 7-137 直线　　图 7-138 "圆弧/圆"对话框

单击起点 ⊞（点构造器）图标，系统弹出"点"对话框，输入起点（26，10，75）。单击端点 ⊞（点构造器）图标，系统弹出"点"对话框，输入端点（26，-10，75），单击【确定】按钮。中点选择相切选项，相切选择上面创建的直线 1 如图 7-139 所示，双击箭头改变生成圆弧的方向如图 7-140 所示，单击【确定】按钮生成圆弧 1 如图 7-141 所示。用同样的方法构建圆弧 2 如图 7-142 所示。

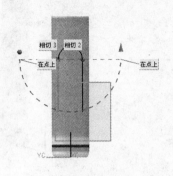

图 7-139　中点选择

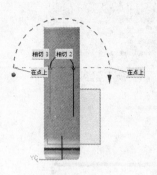

图 7-140 圆弧生成方向

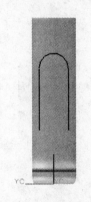

图 7-141 生成的圆弧 1

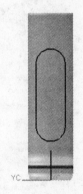

图 7-142 生成的圆弧 2

10 修剪片体。执行菜单栏中的【插入】→【修剪】→【修剪的片体】命令，或者单击【曲面】工具栏图标 ☜（修剪的片体）命令，系统弹出如图 7-143 所示的"修剪的片体"对话框。

目标选择如图 7-144 所示，单击鼠标中键选择边界对象如图 7-145 所示，其余选项保持默认值，单击【确定】按钮，修剪片体如图 7-146 所示。

11 创建通过曲线网格曲面。执行菜单栏中的【插入】→【网格曲面】→【通过曲线网格】命令，或者单击【曲面】工具栏图标 ☜（通过曲线网格）命令，系统弹出如图 7-147 所示的"通过曲线网格"对话框。选取主线串和交叉线串如图 7-148 所示，其余选项保持默认状态，单击【确定】按钮生成曲面如图 7-149 所示。

12 创建 N 边曲面。执行菜单栏中的【插入】→【网格曲面】→【N 边曲面】命令，或者单击【曲面】工具栏图标 ☜（N 边曲面）命令，系统弹出如图 7-150 所示的"N 边曲面"对话框。

选择"三角形"类型，鼠标左键单击如图 7-151 所示的曲线为外部环，选择

☑尽可能合并面复选框，在"形状控制"栏中，在"控制"下拉列表中选择"位置"，调整 Z 滑动条至 42 左右，其余选项保持默认值，单击【确定】按钮，生成如图 7-152 所示的多个三角补片类型的 N 边曲面。

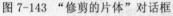

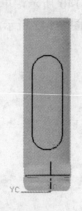

图 7-143 "修剪的片体"对话框　　　图 7-144 选择目标　　　图 7-145 边界对象

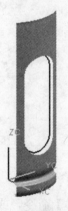

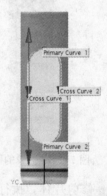

图 7-146 修剪片体　　图 7-147"通过曲线网格"对话框　　图 7-148 选取主线串和交叉线串

图 7-149 生成的曲面　　图 7-150 "N 边曲面"对话框　　图 7-151 选择边界曲线　　图 7-152 多个三角

补片类型 N 边曲面

13 修剪片体。执行菜单栏中的【插入】→【修剪】→【修剪的片体】命令，或者单击【曲面】工具栏图标 （修剪的片体）命令，系统弹出"修剪的片体"对话框。目标选择如图 7-153 所示，单击鼠标中键选择边界对象如图 7-154 所示，选择 ⊙舍弃 复选框，其余选项保持默认值，单击【应用】按钮，修剪片体如图 7-155 所示。

继续修剪片体，目标选择如图 7-156 所示，单击鼠标中键选择边界对象如图 7-157 所示，选择 ⊙保持 复选框，其余选项保持默认值，单击【确定】按钮，修剪片体如图 7-158 所示。

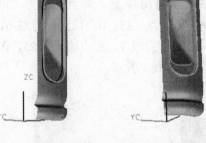

图 7-153 选择目标　　图 7-154 边界对象　　图 7-155 修剪片体　　图 7-156 选择目标

14 隐藏曲线。执行菜单栏中的【编辑】→【显示和隐藏】→【隐藏】命令，或从【实用工具】工具栏中单击 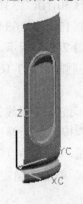（隐藏）图标，或按住 Ctrl+B，系统弹出"类选择"对话框。单击 (类型过滤器)按钮，系统弹出"根据类型选择"对话框，选择曲线，单击【确定】按钮，在"类选择"对话框中单击 （全选）按钮，隐藏的对象为曲线，单击【确定】按钮曲线被隐藏如图 7-159 所示。

15 曲面缝合。执行菜单栏中的【插入】→【组合体】→【缝合】命令，或者单击【特征操作】工具栏图标 （缝合）命令，系统弹出"缝合"对话框。类型选择片体，目标选择回转曲面如图 7-160 所示，刀具选择其余曲面如图 7-161 所示，单击【确定】按钮曲面被缝合。

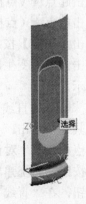

图 7-157 边界对象　　图 7-158 修剪片体　　图 7-159 隐藏曲线　　图 7-160 目标选择

16 曲面边倒圆。执行菜单栏中的【插入】→【细节特征】→【边倒圆】命令，或从【特征操作】工具栏中单击 ![icon]（边倒圆）图标，系统弹出"边倒圆"对话框，选择倒圆角边如图 7-162 所示，倒圆角半径设置为 2，单击【确定】按钮生成如图 7-163 所示的模型。

17 创建回转曲面

❶创建直线。执行菜单栏中的【插入】→【曲线】→【直线】命令，或从【曲线】工具栏中单击 ![icon]（直线）图标，系统弹出"直线"对话框。单击起点的 ![icon] 按钮系统弹出"点构造器"对话框，输入起点坐标为（30，0，108），单击【确定】按钮，单击终点的 ![icon] 按钮，系统弹出"点构造器"对话框，输入终点坐标为（28，0，108），单击【确定】按钮，在"直线"对话框中单击【应用】按钮，生成直线 1。同样的方法创建直线 2，起点输入（28，0，108），输入终点坐标为（28，0，110）；直线 3，起点输入（28，0，110），输入终点坐标为（30，0，110）；直线 4，起点输入（30，0，110），输入终点坐标为（30，0，120）；直线 5，起点输入（30，0，120），输入终点坐标为（25，0，125）；直线 6，起点输入（25，0，125），输入终点坐标为（25，0，128）；直线 7，起点输入（25，0，128），输入终点坐标为（30，0，133）。生成的直线如图 7-164 所示。

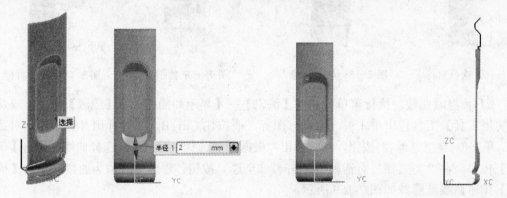

图 7-161 刀具选择　　图 7-162 圆角边的选取　　图 7-163 倒圆角后的模型　　图 7-164 生成的直线

❷创建圆弧。执行菜单栏中的【插入】→【曲线】→【圆弧/圆】命令，或从【曲线】工具栏中单击 ![icon]（圆弧/圆）图标，系统弹出"圆弧/圆"对话框。类型选择三点画圆弧。单击起点 ![icon]（点构造器）图标，系统弹出"点构造器"对话框，输入起点（30，0，133）。单击端点 ![icon]（点构造器）图标，系统弹出"点构造器"对话框，输入端点（12，0，163），单击【确定】按钮。中点选择相切选项，相切选择上面创建的直线 4 如图 7-165 所示，双击箭头改变生成圆弧的方向如图 7-166 所示，单击【确定】按钮生成圆弧如图 7-167 所示。

❸创建直线。执行菜单栏中的【插入】→【曲线】→【直线】命令，或从【曲线】工具栏中单击 ![icon]（直线）图标，系统弹出"直线"对话框。单击起点的 ![icon] 按钮系统弹出"点构造器"对话框，输入起点坐标为（12，0，163），单击【确定】按钮，单击终点的 ![icon] 按钮，系统弹出"点构造器"对话框，输入终点坐标为（12，0，168），单击【确定】按钮，在"直线"对话框中单击【应用】按钮，生成直线 1。

同样的方法创建直线 2，起点输入（12，0，168），输入终点坐标为（15，0，168）；直线 3，起点输入（15，0，168），输入终点坐标为（15，0，170）；直线 4，起点输入（15，0，170），输入终点坐标为（12，0，170）；直线 5，起点输入（12，0，170），输入终点坐标为（12，0，171.5）；直线 6，起点输入（12，0，171.5），输入终点坐标为（13，0，171.5）；直线 7，起点输入（13，0，171.5），输入终点坐标为（13，0，173）；直线 8，起点输入（13，0，173），输入终点坐标为（14，0，173）；直线 9，起点输入（14，0，173），输入终点坐标为（14，0，174）；直线 10，起点输入（14，0，174），输入终点坐标为（12，0，175）；直线 11，起点输入（12，0，175），输入终点坐标为（12，0，188）。生成的直线如图 7-168 所示。

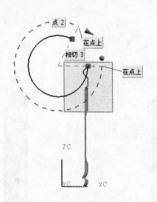

图 7-165 选择中点

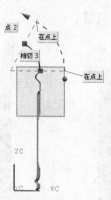

图 7-166 圆弧方向

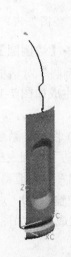

图 7-167 生成的圆弧

图 7-168 生成的直线

图 7-169 截面选取

❹回转。执行菜单栏中的【插入】→【设计特征】→【回转】命令，或从【特征】工具栏中单击 (回转)图标，系统弹出"回转"对话框。截面选取如图 7-169 所示，单击指定矢量中的 (矢量构造器)按钮，系统弹出"矢量构造器"对话框，单击 按钮，单击"矢量构造器"对话框中的【确定】按钮。单击指定点中的 按钮，系统弹出"点构造器"对话框，设置指定点为（0，0，0），开始角度设置为－30，终点角度设置

为30，单击"回转"对话框中的【确定】按钮，生成的回转体如图7-170所示。

❺隐藏曲线。执行菜单栏中的【编辑】→【显示和隐藏】→【隐藏】命令，或从【实用工具】工具栏中单击 （隐藏）图标，或按Ctrl+B，系统弹出"类选择"对话框。单击 (类型过滤器)按钮，系统弹出"根据类型选择"对话框，选择曲线，单击【确定】按钮，在"类选择"对话框中单击 （全选）按钮，隐藏的对象为曲线，单击【确定】按钮曲线被隐藏如图7-171所示。

18 曲面缝合。执行菜单栏中的【插入】→【组合体】→【缝合】命令，或者单击【特征操作】工具栏图标 （缝合）命令，系统弹出"缝合"对话框。类型选择片体，目标选择回转曲面如图7-172所示，刀具选择其余曲面如图7-173所示，单击【确定】按钮曲面被缝合。

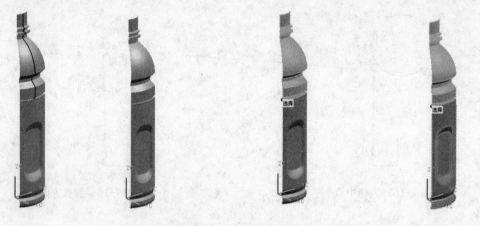

图 7-170 回转曲面 　　 图 7-171 隐藏曲线 　　　 图 7-172 目标选择 　　　 图 7-173 刀具选择

19 曲面边倒圆。执行菜单栏中的【插入】→【细节特征】→【边倒圆】命令，或从【特征操作】工具栏中单击 （边倒圆）图标，系统弹出"边倒圆"对话框，选择倒圆角边如图7-174所示，倒圆角半径设置为1，单击【确定】按钮生成如图7-175所示的模型。

20 旋转复制曲面。从【标准】工具栏中单击 （移动对象）图标，系统弹出"移动对象"对话框如图7-176所示。选择整个曲面为移动对象，在运动下拉列表中选择"角度"，在指定下拉列表中选择ZC轴，单击【指定点】按钮系统弹出"点构造器"对话框，保持默认的点坐标（0，0，0）。单击【确定】按钮，在【角度】中输入60，点选【复制原先的】选项，在非关联副本数中输入为5。单击【确定】按钮生成模型如图10-177所示。

21 曲面缝合。执行菜单栏中的【插入】→【组合体】→【缝合】命令，或者单击【特征操作】工具栏图标 （缝合）命令，系统弹出"缝合"对话框。类型选择片体，目标选择曲面如图7-178所示，刀具选择其余曲面，单击【确定】按钮曲面被缝合。

22 创建创建N边曲面。执行菜单栏中的【插入】→【网格曲面】→【N边曲面】命令，或者单击【曲面】工具栏图标 （N边曲面）命令，系统弹出"N边曲面"对话框。选择"三角形"类型，选择如图7-179所示的曲线为外部环，选择曲面如图7-180

所示为约束面,选择 ☑尽可能合并面 复选框,在"形状控制"栏中,在"控制"下拉列表中选择"位置",调整 Z 滑动条至 58 左右,其余选项保持默认值,单击【确定】按钮,生成如图 7-181 所示的多个三角补片类型的 N 边曲面。

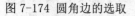

图 7-174 圆角边的选取　　图 7-175 倒圆角后的模型　　图 7-176 "移动对象"对话框

图 7-177 模型　　图 7-178 目标选择　　图 7-179 选择边界曲线　　图 7-180 选择边界面

㉓ 创建截面曲面

❶创建螺旋线。执行菜单栏中的【插入】→【曲线】→【螺旋线】命令,或从【曲线】工具栏中单击 (螺旋线)图标,系统弹出"螺旋线"对话框如图 7-182 所示。 单击【点构造器】按钮,系统弹出 "点构造器"对话框 ,输入基点坐标(0,0,177),单击【确定】按钮。圈数设置为 2,螺距设置为 3,半径设置为 12,单击【确定】按钮,生成螺旋线如图 7-183 所示。

❷创建直线。执行菜单栏中的【插入】→【曲线】→【直线】命令,或从【曲线】工具栏中单击 (直线)图标,系统弹出"直线"对话框。单击起点的 按钮系统弹出 "点构造器"对话框,输入起点坐标为(12,0,183),单击【确定】按钮,单击终点的 按钮,系统弹出"点构造器"对话框,输入终点坐标为(0,0,188),单击【确定】

按钮，在"直线"对话框中单击【应用】按钮，生成直线 1。同样的方法创建直线 2，起点输入（12，0，177），输入终点坐标为（0，0，182）。选择瓶身按 Ctrl+B，瓶身被隐藏，生成的直线如图 7-184 所示。

图 7-181 多个三角补片类型的 N 边曲面　　　图 7-182 "螺旋线"对话框　　　图 7-183 生成螺旋线

❸创建圆角。执行菜单栏中的【插入】→【曲线】→【基本曲线】命令，或从【曲线】工具栏中单击 （基本曲线）图标，系统弹出"基本曲线"对话框。单击 （圆角）图标，系统弹出"曲线倒圆"对话框。单击 （2 曲线倒圆）图标，半径值设为 3，修剪选项如图 7-185 所示。用鼠标左键单击螺旋线和直线 1，系统会弹出警告信息框，单击【确定】按钮即可。然后在包围区域靠近要倒圆的地方单击一下，生成圆角 1 如图 7-186所示。

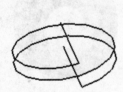

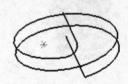

图 7-184 生成的直线　　　　　图 7-185 修剪选项设置　　　　　图 7-186 生成的圆角 1

继续用鼠标左键单击直线 2 和螺旋线，系统会弹出警告信息框，单击【确定】按钮即可。然后在包围区域靠近要倒圆的地方单击一下，生成圆角 2 如图 7-187 所示。

❹连接曲线。执行菜单栏中的【插入】→【来自曲线集的曲线】→【连结】命令，或者单击【曲线】工具栏图标 （连结曲线）命令，系统弹出如图 7-188 所示的 "连结曲线"对话框。选择曲线如图 7-189 所示，距离公差设置为 0.3，单击【确定】按钮，生成连结曲线。

❺截面。执行菜单栏中的【插入】→【网格曲面】→【截面】命令，或者单击【曲面】工具栏图标 （剖切曲面）命令，系统弹出如图 7-190 所示的"剖切曲面"对话框。选择"圆"类型，选择连结曲线作为引导线，选择连接的曲线为脊线，半径值输入 0.8，

单击【确定】按钮，生成的截面如图 7-191 所示。

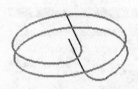

图 7-187 生成的圆角 2　　　　图 7-188 "连结曲线"对话框　　　图 7-189 选择要连结的曲线

❻隐藏曲线。执行菜单栏中的【编辑】→【显示和隐藏】→【隐藏】命令，或从【实用工具】工具栏中单击 （隐藏）图标，或按 Ctrl+B，系统弹出"类选择"对话框。单击 (类型过滤器)按钮，系统弹出"根据类型选择"对话框，选择曲线，单击【确定】按钮，在"类选择"对话框中单击 （全选）按钮，隐藏的对象为曲线，单击【确定】按钮曲线被隐藏如图 7-192 所示。

图 7-190 "截面"对话框　　　　图 7-191 生成截面体　　　　图 7-192 隐藏曲线

24 抽取曲面。执行菜单栏中的【插入】→【关联复制】→【抽取】命令，或从【特征】工具栏中单击 （抽取）图标，系统弹出如图 7-193 所示的"抽取"对话框。类型选择面，面选项选择单个面，选择截面体后单击【确定】按钮。

选择截面体后，单击 （隐藏）图标，或按 Ctrl+B，使实体被隐藏，抽取的曲面如图 7-194 所示。在左边的部件导航器中单击瓶身的缝合曲面，单击【实用工具】工具栏中 （显示）图标，模型如图 7-195 所示。

25 修剪片体。执行菜单栏中的【插入】→【修剪】→【修剪的片体】命令，或者单击【曲面】工具栏图标 （修剪的片体）命令，系统弹出"修剪的片体"对话框。目标选择如图 7-196 所示，单击鼠标中键选择边界对象如图 7-197 所示，选择 保持 复选框，其余选项保持默认值，单击【应用】按钮，修剪片体如图 7-198 所示。

图 7-193 "抽取"对话框   图 7-194 抽取曲面   图 7-195 模型   图 7-196 选择目标

　　继续修剪片体，目标选择瓶身如图 7-199 所示，单击鼠标中键选择边界对象如图 7-200 所示，选择⊙保持复选框，其余选项保持默认值，单击【确定】按钮，修剪片体如图 7-201 所示。

图 7-197 边界对象   图 7-198 修剪片体   图 7-199 选择目标   图 7-200 边界对象

　　26 曲面缝合。执行菜单栏中的【插入】→【组合体】→【缝合】命令，或者单击【特征操作】工具栏图标 (缝合)命令，系统弹出"缝合"对话框。类型选择片体，目标选择曲面如图 7-202 所示，刀具选择其余曲面如图 7-203 所示，单击【确定】按钮曲面被缝合。生成的饮料瓶曲面模型如图 7-204 所示。

图 7-201 修剪片体   图 7-202 目标选择   图 7-203 刀具选择   图 7-204 饮料瓶曲面模型

第 8 章

曲线和曲面分析

在 UG 中，曲线的质量直接影响了构建曲面的质量，从而影响了产品的质量，所以需要在造型过程中对构建的曲线和曲面的质量进行分析和验证，从而保证构建的曲面的质量符合设计要求。本章将讲述简要讲述如何对曲线的特征点和曲线的分布进行分析和截面分析、高亮线分析、曲面连续性分析等基本的曲面分析内容。

学 习 要 点

- 显示极点
- 曲率梳分析
- 峰值、拐点、图表、截面、高亮线分析
- 曲面连续性、曲率半径、反射、斜率、距离分析

8.1 显示极点

曲线分析用于分析和评估曲线的质量，以给用户一个动态的反馈信息。显示极点功能能够显示控制多边形，该功能用于选定的样条曲线或曲面。当显示极点功能作用于选定的样条曲线时，会显示出样条曲线的极点。选择需要进行分析极点的曲线，可以一次选择一条也可以一次选择多条曲线。

8.1.1 显示极点命令

执行菜单栏中的【分析】→【形状】→【显示极点】命令，或者打开【形状分析】工具栏，如图 8-1 所示，其中有分析曲线和曲面的各种工具命令，单击图标 （显示极点）可激活该命令。

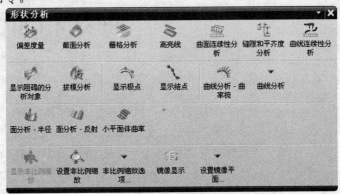

图 8-1 "形状分析"工具栏

显示极点可以分两种情况操作：

1．当曲线不处于编辑状态

（1）选取一条或多条样条曲线。

（2）执行菜单栏中的【分析】→【形状】→【显示极点】命令，或者单击【形状分析】工具栏图标 （显示极点）命令可以显示选中曲线的极点。

（3）取消显示只需再次单击单栏中的【分析】→【形状】→【显示极点】命令，或者单击【形状分析】工具栏图标 （显示极点）命令。

2．当曲线处于编辑状态

用户可以在任何时候单击【分析】→【形状】→【显示极点】命令，或者单击【形状分析】工具栏图标 （显示极点）命令来显示正在编辑中的曲线的极点，再次单击取消显示。

8.1.2 实例——显示样条曲线极点

01 打开文件 8-1.prt 文件，进入建模模块，如图 8-2 所示。

02 单击第一条样条曲线将其选取，然后同样把光标移到第二条样条曲线上，单击鼠标左键，这样这组样条曲线将被作为分析对象。

03 执行菜单栏中的【分析】→【形状】→【显示极点】命令，或者单击【形状分析】工具栏图标 （显示极点）命令，【形状分析】工具栏图标 变亮，表明【显示极点】功能已经开启，样条曲线的极点显示如图 8-3 所示。

图 8-2 样条曲线   图 8-3 样条曲线

04 单击【分析】→【形状】→【显示极点】命令，或者单击【形状分析】工具栏图标 （显示极点）命令，将会取消【显示极点】功能。

8.2 曲率梳分析

曲率梳功能能够在所选择的曲线上显示曲率梳。UG 系统用梳状图形方式来显示曲线上各点的曲率变化情况，可以应用此功能分析曲线上各点的曲率半径、曲率方向等参数。在选择需要进行曲率梳分析的曲线时，可以一次选择一条也可以一次选择多条曲线。

通过曲率梳分析来判定曲线的连续关系，曲线的连续性通常是曲线之间的端点连续问题，曲线连续性通常有：

（1）G0（位置连续）：是指曲线在端点处连接，但连接处的切线方向和曲率都不一致。

数学解释：曲线处处连续。

判定方法：曲线不断，切线方向不一致，曲率梳的外形是不连续的，如图 8-4 所示。

（2）G1（相切连续）：是指曲线在端点处连接，并且两条曲线在连接点处具有相同的切向并且切线夹角为 0°。

数学解释：一阶导数连续。

判定方法：曲线不断，平滑无尖角，切线方向一致，曲率梳的外形是不连续的，如图 8-5 所示。

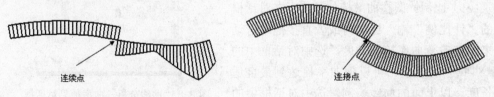

图 8-4 位置连续   图 8-5 相切连续

（3）G2（曲率连续）：是指要求在 G1 连续的基础上，还要求曲线在连接点处曲率具有相同的方向，并且曲率的大小相等。

数学解释：二阶导数连续。

判定方法：对曲线做曲率分析，曲率梳的外形连续无断点，如图 8-6 所示。

（4）G3（曲率相切连续）：是指要求曲线具有 G2 连续，并且要求曲率梳具有 G1 连续。

数学解释：三阶导数连续。

判定方法：对曲线做曲率分析，曲率梳的外形相切连续如图 8-7 所示。

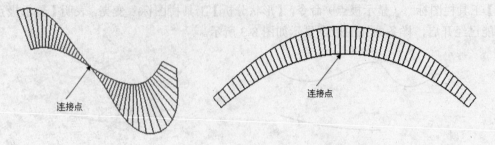

图 8-6 曲率连续　　　　　　　　　　　图 8-7 曲率相切连续

📖8.2.1　曲率梳分析命令

执行菜单栏中的【分析】→【曲线】→【曲率梳】命令，或者单击【形状分析】工具栏图标（曲线分析－曲率梳）可激活该命令。如果要取消显示曲率梳，选取要取消的曲线，再次单击菜单栏中的【分析】→【曲线】→【曲率梳】命令，或者单击【形状分析】工具栏图标（曲线分析－曲率梳）命令。

可以通过【曲率梳选项】功能自定义各种参数来调整曲率梳。执行菜单栏中的【分析】→【曲线】→【曲率梳选项】命令，或者单击【形状分析】工具栏中（曲线分析－曲率梳）按钮右侧的（曲线分析）按钮可激活该命令，系统弹出"曲线分析"对话框如图 8-8 所示。

对话框各选项功能如下：

（1）比例：调整曲率梳的长度。在对话框中的"针比例"输入比例值或者直接拖动滑动条来动态改变曲率梳的长度。选中对话框中的建议比例因子复选框，可以使曲率梳达到最合适的长度。以上面的曲线为例，选中对话框中的建议比例因子复选框后，曲率梳分析图如图 8-9 所示。

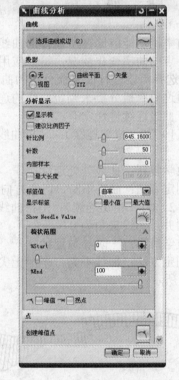

图 8-8 "曲线分析－曲率梳"对话框

（2）偏差矢量密度：用来改变曲率梳的密度。在"针数"输入密度值或者拖动滑动条来动态调整密度。改变偏差矢量密度后曲率梳分析图如图 8-10 所示。

（3）%Start：用来改变曲率梳开始的百分比位置。在"%Start"输入曲率梳开始值或者拖动滑动条来动态调整曲率梳开始的百分比位置。

（4）%End：用来改变曲率梳结束的百分比位置。在"%End"输入曲率梳结束值或者拖动滑动条来动态调整曲率梳结束的百分比位置。

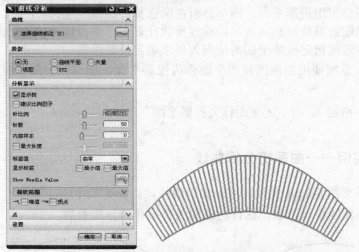

图 8-9 改变曲率梳长度

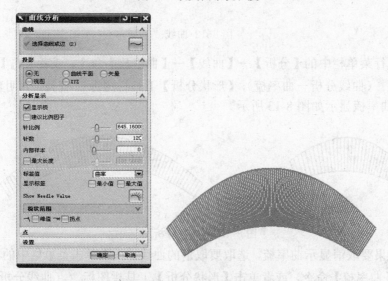

图 8-10 改变曲率梳偏差矢量密度

改变%Start 和%End 后曲率梳分析图如图 8-11 所示。

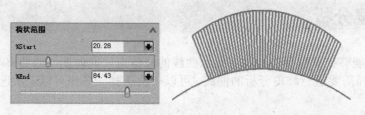

图 8-11 改变曲率梳开始和结束的位置

（5）最大长度：用来设置曲率梳的最大长度。如果曲率梳的长度大于设定的值，系统会将曲率梳修剪至最大长度值。选中对话框中的 ☑最大长度 复选框后输入最大长度值。

（6）投影：用来指定曲率梳投影平面。在"投影"栏中可以选择曲率梳的投影方式，包括 5 种方式：

1）无：不使用用投影平面，曲率分析在所选择的曲线上进行。

2）曲线平面：系统根据所选择的曲线形状计算一个平面作为投影平面。

3）矢量：通过指定投影平面的法向矢量来确定投影平面。

4）视图：系统使用当前的视图平面作为投影平面，曲率梳会随着视图的旋转自动更新。

5）XYZ：指定 X、Y、Z 平面作为投影平面。

📖 8.2.2　实例——曲率梳分析曲线

01 打开文件 8-2.prt 文件，进入建模模块，如图 8-12 所示。

02 单击曲线将其选取，这样这组曲线将被作为分析对象。

图 8-12　曲线

03 执行菜单栏中的【分析】→【曲线】→【曲率梳】命令，或者单击【形状分析】工具栏图标 🖐（曲线分析－曲率梳），【形状分析】工具栏图标 🖐 变亮，表明功能已经开启，曲线的曲率梳显示如图 8-13 所示。

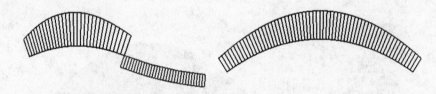

图 8-13　曲率梳分析图

04 如果要取消显示曲率梳，选取要取消的曲线，再次单击菜单栏中的【分析】→【曲线】→【曲率梳】命令，或者单击【形状分析】工具栏图标 🖐（曲线分析－曲率梳）命令。

8.3　峰值分析

峰值功能能够在所选择的曲线上显示曲线的峰值点，此时曲线的曲率半径达到局部的最大值。选择需要进行峰值分析的曲线，可以一次选择一条也可以一次选择多条曲线。

8.3.1 峰值分析

执行菜单栏中的【分析】→【曲线】→【峰值】命令，或者单击【形状分析】工具栏图标（曲线分析－峰值）可激活该命令。如果要取消峰值分析，选取要取消的曲线，再次单击菜单栏中的【分析】→【曲线】→【峰值】命令，或者单击【形状分析】工具栏图标（曲线分析－峰值）命令。

可以通过【峰值选项】功能自定义各种参数来调整峰值。执行菜单栏中的【分析】→【曲线】→【峰值选项】命令，或者单击【形状分析】工具栏中（曲线分析－峰值）按钮右侧的（曲线分析）按钮可激活该命令，系统弹出"曲线分析"对话框，勾选"峰值"复选框，进行曲线峰值分析。

8.3.2 实例——应用峰值分析曲线

01 打开文件 8-3.prt 文件，进入建模模块，如图 8-14 所示。

02 单击曲线将其选取，这样这组曲线将被作为分析对象。

03 执行菜单栏中的【分析】→【曲线】→【峰值】命令，或者单击【形状分析】工具栏图标（曲线分析－峰值）命令，【形状分析】工具栏图标变亮，表明功能已经开启，曲线的峰值点显示如图 8-15 所示。

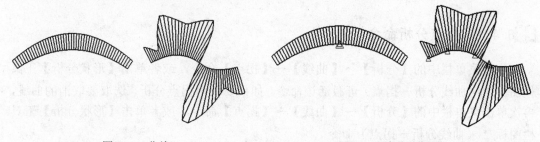

图 8-14 曲线　　　　　　　　　　　　　图 8-15 峰值分析图

04 取消显示曲率梳和峰值，选取要取消的两条曲线，分别单击菜单栏中的【分析】→【曲线】→【曲率梳】命令和菜单栏中的【分析】→【曲线】→【峰值】命令，或者单击【形状分析】工具栏图标（曲线分析－曲率梳）命令和【形状分析】工具栏图标（曲线分析－峰值）命令，取消后如图 8-16 所示。

❶单击上面两条曲线，曲线将被选取，执行菜单栏中的【分析】→【曲线】→【峰值】命令，或者单击【形状分析】工具栏图标（曲线分析－峰值）命令。接着执行菜单栏中的【分析】→【曲线】→【峰值选项】命令，或者单击【形状分析】工具栏中（曲线分析－峰值）按钮右侧的（曲线分析）按钮，系统弹出"曲线分析"对话框，【投影】设置为无，单击【确定】按钮在分析的每个峰值点处创建点如图 8-17 所示。

图 8-16 取消曲率梳和峰值的曲线

❷取消显示峰值，选取要取消的曲线，再次单击菜单栏中的【分析】→【曲线】→【峰值】命令，或者单击【形状分析】工具栏图标（曲线分析）命令，【峰值】命令被关闭，但峰值点已经被创建如图所示 8-18 所示。

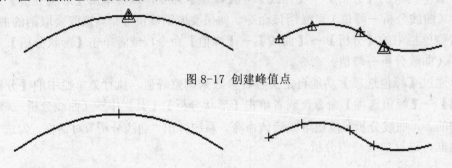

图 8-17 创建峰值点

图 8-18 取消显示峰值的曲线

8.4　拐点分析

拐点功能能够在所选择的曲线上显示曲线的曲率拐点，就是曲线曲率由凹变到凸，或由凸变到凹的反向点。选择需要进行拐点分析的曲线，可以一次选择一条也可以一次选择多条曲线。

8.4.1　拐点分析命令

执行菜单栏中的【分析】→【曲线】→【拐点】命令，或者单击【形状分析】工具栏图标（曲线分析－拐点）可激活该命令。如果要取消拐点分析，选取要取消的曲线，再次单击菜单栏中的【分析】→【曲线】→【拐点】命令，或者单击【形状分析】工具栏图标（曲线分析－拐点）命令。

可以通过【拐点选项】功能自定义各种参数来调整拐点。执行菜单栏中的【分析】→【曲线】→【拐点选项】命令，或者单击【形状分析】工具栏中（曲线分析－拐点）按钮右侧的（曲线分析）按钮可激活该命令，系统弹出"曲线分析"对话框，勾选"拐点"复选框，进行曲线拐点分析。

8.4.2　实例——应用拐点分析曲线

01 打开文件 8-4.prt 文件，进入建模模块，如图 8-19 所示。

02 单击曲线将其选取，这样这条曲线将被作为分析对象。

03 执行菜单栏中的【分析】→【曲线】→【拐点】命令，或者单击【形状分析】工具栏图标（曲线分析－拐点）命令。

04 执行菜单栏中的【分析】→【曲线】→【拐点选项】命令，或者单击【形状分析】工具栏中（曲线分析－拐点）按钮右侧的（曲线分析－拐点选项）按钮，系统弹出"曲线分析"对话框，【投影平面】设置为曲线所在平面，在对话框中单击【创建点】

按钮，单击【确定】按钮在分析的每个拐点处创建点如图 8-20 所示。

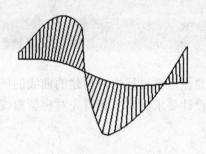
图 8-19 曲线

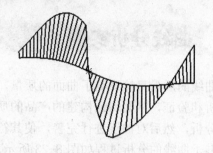
图 8-20 创建拐点

8.5 图表分析

图表功能能够将曲线的曲率显示在曲率图表窗口中，系统自动使用 Excel 软件将图表打开。选择需要进行图表分析的曲线，可以一次选择一条也可以一次选择多条曲线。

8.5.1 图表分析命令

执行菜单栏中的【分析】→【曲线】→【图表】命令，或者单击【形状分析】工具栏图标 （曲线分析－图表）可激活该命令。

8.5.2 实例——图表分析

01 打开文件 8-5.prt 文件，进入建模模块，如图 8-21 所示。

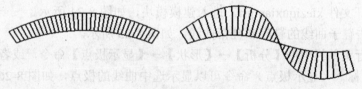
图 8-21 曲线

02 单击曲线组将其选取，这样这组曲线将被作为分析对象。

03 执行菜单栏中的【分析】→【曲线】→【图表】命令，或者单击【形状分析】工具栏图标 （曲线分析－图表）命令。系统自动打开 Excel 图标，如图 8-22 所示。

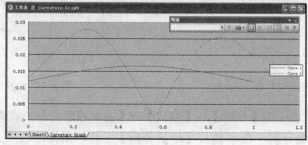

图 8-22 图表分析

8.6 曲线分析实例

　　曲线的质量直接影响了曲面的质量，所以需要在造型过程中对构建的曲线的质量进行分析和验证，从而保证构建的产品的质量符合设计要求。本节将首先对模型曲线质量做出分析，然后对曲线进行完善，使其符合要求。

　　鞋子曲线的分析过程如图 8-23 所示。

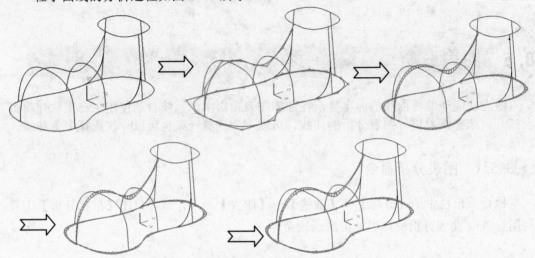

图 8-23 鞋子曲线的分析过程

具体的操作步骤如下：

01 打开文件 xieziquxian.prt，进入建模模块，如图 8-24 所示。

02 单击鞋子曲线的鞋底和鞋帮曲线，如图 8-25 所示。

03 执行菜单栏中的【分析】→【形状】→【显示极点】命令，或者单击【形状分析】工具栏图标 （显示极点）命令可以显示选中曲线的极点，如图 8-26 所示。

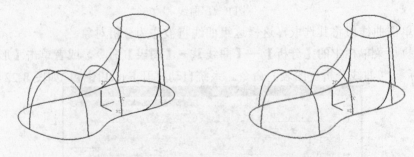

图 8-24 鞋子曲线　　　　　　　图 8-25 曲线

04 执行菜单栏中的【分析】→【曲线】→【曲率梳】命令，或者单击【形状分析】工具栏图标 （曲线分析－曲率梳），【形状分析】工具栏图标 变亮，表明功能已经开启，曲线的曲率梳显示如图 8-27 所示。

05 执行菜单栏中的【分析】→【曲线】→【峰值】命令，或者单击【形状分析】工具栏图标 （曲线分析-峰值）命令，【形状分析】工具栏图标 变亮，表明功能已经开启，曲线的峰值点显示如图 8-28 所示。

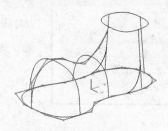 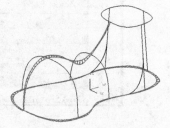

图 8-26 显示极点   图 8-27 曲率梳分析图

06 执行菜单栏中的【分析】→【曲线】→【拐点选项】命令，或者单击【形状分析】工具栏中 （曲线分析-拐点）按钮右侧的 （曲线分析-拐点选项）按钮，系统弹出如图 8-29 所示的"曲线分析-拐点"对话框，【投影平面】设置为【曲线平面】，在对话框中单击【创建拐点】按钮，单击【确定】按钮在分析的每个拐点处创建点如图 8-30 所示。

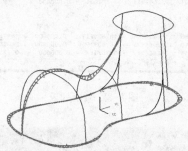

图 8-28 峰值分析图

07 执行菜单栏中的【分析】→【曲线】→【图表】命令，或者单击【形状分析】工具栏图标 （曲线分析-图表）命令。系统自动打开 Excel 图标，如图 8-31 所示。

08 执行菜单栏中的【分析】→【曲线】→【输出列表】命令，或者单击【形状分析】工具栏图标 （曲线分析-输出列表）命令。系统自动打开"信息"列表，如图 8-32 所示。列表中分别列出了曲线 1 的曲率和拐点的分析数据，曲线 2 的峰值的分析数据。

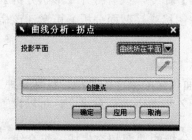 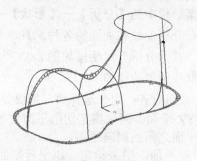

图 8-29 "曲线分析-拐点"对话框   图 8-30 拐点分析

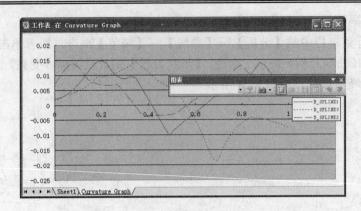

图 8-31 图表分析

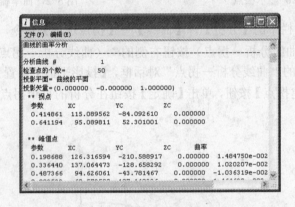

图 8-32 输出列表

8.7 截面分析

曲面分析用于分析和评估曲面的质量，以给用户一个动态的反馈信息。截面分析功能可以用指定的平面与需要分析的曲面相交，通过分析交线的曲率、峰值和拐点等情况，从而分析曲面的情况。

8.7.1 截面分析命令

执行菜单栏中的【分析】→【形状】→【截面】命令，或者打开【形状分析】工具栏，其中有分析曲线和曲面的各种工具命令，单击图标 ◎ （截面分析）可激活该命令，系统弹出"截面分析"对话框如图 8-33 所示。

对话框各选项功能如下：

（1）截面对齐：用来选择要与需要分析的曲面相交的截面的类型。包括 6 种方法：

1）XYZ 平面：用来指定切削平面为 X、Y 和 Z 平面中的任意平面，可以设置平面的数量和平面之间的间隔距离。

2）平行平面：用来指定一组平行平面和需要分析的曲面相交生成一组交线，可以设置平行平面的数量和平面之间的间隔距离。

3）等参数：等参数的截面线是曲面的 U、V 方向等参数曲线，以等参数曲线作为分析曲线。可以设置曲面 U、V 方向上的数量和间隔距离。

4）径向：使用垂直于选择曲线或者边缘线的平面与要分析的曲面的交线来作为分析曲线。

（2）分析显示：用来指定分析截面线采用哪种曲线分析。截面分析包括曲率梳图、比例因子、法向、峰值点和拐点等选项。

1）峰值：显示截面线的峰值点。

2）拐点：显示截面线的拐点。

3）截面长度：显示截面线的弧长。

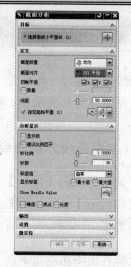

图 8-33 "截面分析"对话框

📖8.7.2 实例——利用截面分析分析曲面

01 打开文件 8-7.prt，进入建模模块，如图 8-34 所示。

02 执行菜单栏中的【分析】→【形状】→【截面】命令，或者单击【形状分析】工具栏图标 (截面分析)命令，系统弹出"截面分析"对话框。

03 单击曲面将其选取，这样曲面将被作为分析对象。

04 在对话框中的"截面对齐"中选择"平行平面"，平面设置为 YC 平面。

05 数量设为 3，间距设置为 50，如图 8-35 所示。

06 勾选"显示梳"和"建议比例因子"选项，按钮变亮，说明功能被启用，单击【确定】按钮，完成曲面分析如图 8-36 所示。

图 8-34 截面分析的曲面

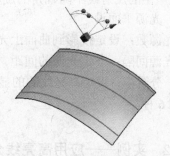

图 8-35 截面间隙设置

图 8-36 截面分析

227

8.8 高亮线分析

高亮线分析通过一组特定光源投影到曲面上，形成一组反射线，通过旋转曲面的视角可以方便地分析曲面质量。高亮线会随着旋转、平移、修改要分析的曲面而实时更新。

8.8.1 高亮线分析命令

执行菜单栏中的【分析】→【形状】→【高亮线】命令，或者单击【形状分析】工具栏图标 （高亮线）可激活该命令，系统弹出"高亮线分析"对话框如图8-37所示。

图 8-37 "高亮线分析"对话框

对话框各选项功能如下：

（1）类型：可以选择一种光源的类型，包括3种类型：

1）均匀：等间距的光源。

2）通过点：用户指定一个或者多个曲面上的点，光源通过指定的点。

3）在点之间：在曲面上指定两个点，光源在两个点之间，两个点是光源的边界点。

（2）显示类型

1）反射：将一束光线投射到选择要分析的曲面上，在视角方向观察到反射线。产生的反射线随视角的旋转而改变。

2）投影：将一束光线沿着动态坐标系的 y 轴投射到选择要分析的曲面上，产生反射线。但产生的反射线不随视角的旋转而改变。

（3）光源平面设

1）光源数：设定投影到曲面上光源的条数，最大值为200。

2）光源间隔：设定光源的间距。

（4）分辨率：设定高亮线的的显示质量。分为粗糙、标准、精细、特精细、超精细和极精细6种。

8.8.2 实例——应用高亮线分析分析曲面

01 打开文件 8-8.prt，进入建模模块，如图8-38所示。

02 执行菜单栏中的【分析】→【形状】→【高亮线】命令，或者单击【形状分析】工具栏图标 （高亮线）命令，系统弹出"高亮线分析"对话框。

03 高亮分析的类型选择反射。

04 单击要进行反射线分析的曲面。显示反射线如图8-39所示。投影的光束是沿着动态坐标系的yc轴方向进行的，旋转坐标系的方向或者改变屏幕视角的方向可以改变反射线的形状。

05 在【类型】下拉列表中，选择通过点方式。在曲面上点选一点，单击【确定】

按钮，完成曲面分析如图 8-40 所示。

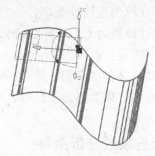

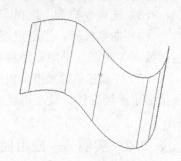

图 8-38 曲面　　　　　图 8-39 反射线分析的曲面　　　　图 8-40 高亮线分析

8.9　曲面连续性分析

曲面连续性分析功能可以分析两组曲面之间的连续性。曲面连续性通常有 4 种类型：

（1）G0（位置连续）：曲面在边线处连接。

（2）G1（相切连续）：曲面在边线处连接，并且在连接线上的任何一点，两个曲面都具有相同的法向。

（3）G2（曲率连续）：要求两个曲面在曲面相切连续的基础上，两个曲面与公共曲面的交线还要具有曲线曲率连续。

（4）G3（曲率相切连续）：要求两个曲面在曲面**曲率连续**的基础上，两个曲面与公共曲面的交线还要具有曲线**曲率相切连续**。

8.9.1　曲面连续性分析命令

执行菜单栏中的【分析】→【形状】→【曲面连续性】命令，或者单击【形状分析】工具栏图标（曲面连续性分析）可激活该命令，系统弹出"曲面连续性"对话框如图 8-41 所示。

对话框各选项功能如下：

（1）类型

1）边到边：两组边缘线之间连续性关系的分析。

2）边到面：曲面的边缘线与另一个曲面之间连续性关系的分析。

（2）对照对象

1）选择边 1：选择要分析的第一组边缘线。鼠标在曲面上靠近需要分析边缘的位置单击，该曲面靠近鼠标光标位置的边缘线被选中作为分析边缘线。

2）选择边 2：选择要分析的第二组边缘线或者曲面。如果要选择的是边缘线，鼠标在曲面上靠近需要分析边缘的位置单击，该曲面靠近鼠标光标位置的边缘线被选

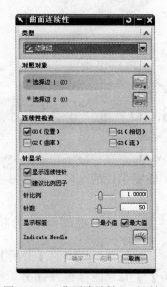

图 8-41　"曲面连续性"对话框

中作为第二组分析的边缘线。如果要选择的是曲面，那么鼠标单击要分析的曲面即可。

（3）连续性检查：选择需要分析的连续性类型。

（4）曲率检查：当指定连续性检查为 G2 或者 G3 时，曲率检查被激活，曲率检查包括截面、高斯、平均和绝对 4 个选项。

（5）针显示：用来指定曲面边缘之间的距离、斜率、曲率、和曲率变化率梳状显示。包括显示连续性针、最小值显示标签、最大值显示标签、比例和密度功能。

📖 8.9.2　实例——应用曲面连续性分析曲面

01　打开文件 8-9.prt，进入建模模块，首先分析如图 8-42 所示的曲面。

02　执行菜单栏中的【分析】→【形状】→【曲面连续性】命令，或者单击【形状分析】工具栏图标（曲面连续性分析）命令，系统弹出"曲面连续性分析"对话框。

03　在"偏差类型"对话框中，选择"边到边"类型。

04　选择边 1，鼠标在曲面 1 上靠近分析边缘的位置上单击，选中曲面 1 靠近鼠标光标位置的边缘线 1 作为分析的第一个边集。选择完成第一个边集后，单击选择边 2 按钮，同样鼠标在曲面 2 上靠近分析边缘的位置上单击，选中曲面 2 靠近鼠标光标位置的边缘线 2 作为分析的第二个边集如图 8-43 所示。

05　在"连续性检查"栏中单击 G0（位置），显示两条边缘线之间的距离分布，位置连续的误差单位是长度。

06　单击【确定】按钮，曲面连续性分析如图 8-44 所示，可见两个曲面并不是位置连续。

图 8-42　曲面

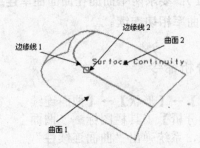
图 8-43　选择边缘线

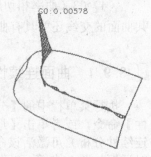
图 8-44　曲面连续性分析

8.10　曲率半径分析

曲率半径分析功能用来分析曲面的曲率半径。系统可以用不同的颜色区分曲面上不同曲率半径的区域，从而可以清楚分辨曲率半径的分布情况以及曲率变化。

📖 8.10.1　曲率半径分析命令

执行菜单栏中的【分析】→【形状】→【面】→【半径】命令，或者单击【形状分析】工具栏图标（面分析－半径）可激活该命令，系统弹出"面分析－半径"对话框如图 8-45 所示。

对话框各选项功能如下：

（1）半径类型：用来选择曲率半径的类型，包括8种类型：

1）高斯：显示曲面上每一点的高斯曲率半径。

2）最大值：显示曲面上每一点的的最大曲率半径值。

3）最小值：显示曲面上每一点的的最小曲率半径值。

4）平均：显示曲面上每一点曲率半径中最大值和最小值的平均值。

5）正常：曲率半径显示在法向截平面内，法向截平面由表面法向和每一个分析点参考矢量方向来定义。

6）截面：基于平行于参考面的一个截平面产生的半径。参考面可以是平面、基准面或实体面。

7）U：用来分析曲面的U方向曲率半径。

8）V：用来分析曲面的V方向曲率半径。

（2）显示类型：

1）云图：曲面上不同的颜色代表了不同的曲率半径如图8-46所示。如果曲面的颜色只有一种表示曲面曲率无变化如图8-47所示。

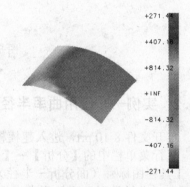

图8-45 "面分析－半径"对话框   图8-46 云图

2）刺猬梳：显示曲面上各栅格点的曲率半径梳图，也是不同的颜色代表不同的曲率半径如图8-48所示。每一点上的曲率半径梳直线垂直于曲面，可以自定义刺猬梳的锐刺长度。

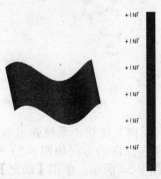

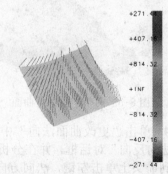

图8-47 曲率无变化云图   图8-48 刺猬梳

3）轮廓线：用轮廓线来表达曲率半径，不同的颜色代表不同的曲率半径如图 8-49 所示。可以在【轮廓线数量】中输入显示的轮廓线条数。

（3）保持固定的数据范围：定义分析曲面的曲率半径值。

（4）范围比例因子：可以通过拖动滑动条改变曲率半径某个范围值的显示面积比例。

（5）显示曲面分辨率：设定曲率半径的显示质量。分为粗糙、标准、精细、特精细、超精细、极精细和定制 7 个选项。

（6）更改曲面法向：用来改变曲率半径的方向。

（7）颜色图例控制：用来改变曲率半径的颜色变化，分为圆角和尖锐两种。

（8）颜色数：设定曲率半径的颜色数。

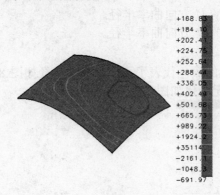

图 8-49 轮廓线

📖8.10.2 实例——应用曲率半径分析曲面

01 打开文件 8-10.prt，进入建模模块，如图 8-50 所示。

02 执行菜单栏中的【分析】→【形状】→【面】→【半径】命令，或者单击【形状分析】工具栏图标（面分析－半径）命令，系统弹出"面分析－半径"对话框。

03 在"半径类型"下拉列表中选择高斯，在"显示类型"下拉列表中选择刺猬梳，其余项为默认值，单击【应用】按钮，分析结果如图 8-51 所示。

图 8-50 曲率半径分析曲面

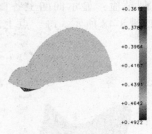

图 8-51 刺猬梳分析

04 单击"更改曲面法向"中的（使面法向反向）按钮，系统弹出如图 8-52 所示的"法向反向"对话框，并在分析曲面上显示出现在法向的方向如图 8-53 所示。把鼠标移动到箭头上单击左键，法向方向变为反方向如图 8-54 所示，单击【确定】按钮回到"面分析－半径"对话框。

05 在"刺猬梳的锐刺长度"中输 10，单击【确定】按钮，完成曲率半径分析如

图 8-55 所示。

图 8-52 "法向反向"对话框

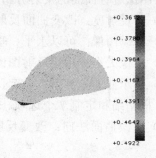

图 8-53 曲面法向

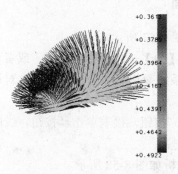

图 8-54 更改曲面法向

图 8-55 曲率半径分析

8.11 反射分析

反射分析功能用来分析曲面的反射特性，可以选择黑线、斑马线、彩色线，还可以用模拟场景的方式来分析曲面的反射性能。

8.11.1 反射分析命令

执行菜单栏中的【分析】→【形状】→【面】→【反射】命令，或者单击【形状分析】工具栏图标 （面分析－反射）可激活该命令，系统弹出"面分析－反射"对话框如图 8-56 所示。

对话框各选项功能如下：

（1）图像类型

1）直线图像：用直线图形进行曲面的反射分析。选择这种类型，可以有黑线、斑马线和彩色线 3 种条纹。线的数量、线的方向和线的宽度都可以设置。

2）场景图像：用系统提供的场景图像进行曲面的反射分析。

3）用户指定的图像：可以调入用户指定的图片

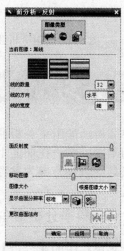

图 8-56 "面分析－反射"对话框

作为场景图像进行曲面的反射分析。

（2）面反射度：改变曲面反射的强弱。。

（3）移动图像：可以水平、垂直和旋转来移动反射图像。

（4）图像大小：指定反射图像的大小，有根据图像大小和减少比例2个选项。

（5）显示曲面分辨率：设定反射线的显示质量。分为粗糙、标准、精细、特精细、超精细、极精细和定制7个选项。

（6）更改曲面法向：改变反射线的投影方向，有指定内部位置和使面法向反向 2个选项。

📖8.11.2　实例——应用曲率半径分析曲面

01 打开文件8-11.prt，进入建模模块，如图8-57所示。

02 执行菜单栏中的【分析】→【形状】→【面】→【反射】命令，或者单击【形状分析】工具栏图标 （面分析－反射）命令，系统弹出"面分析－反射"对话框。

03 点选需要反射分析的曲面。

04 在"图像类型"中，单击 （直线图像）按钮，接着单击█按钮，线的数量选择64，线的方向为水平，其余选项设置为默认状态。

05 单击【确定】按钮，完成曲面的反射分析如图8-58所示。

图8-57 反射分析曲面　　　　　　　　　　　　　图8-58 反射分析

8.12 斜率分析

斜率分析功能用来分析曲面上所有点的曲面法向和垂直于参考矢量的平面之间的夹角，并用不同的颜色在曲面上表示出来。斜率分析方法在模具设计中应用得比较广泛，如果以模具的拔模方向为参考矢量，对曲面进行斜率分析，可以分析曲面的拔模性能。

📖8.12.1　斜率分析命令

执行菜单栏中的【分析】→【形状】→【面】→【斜率】命令，或者单击【形状分析】工具栏图标 （面分析－斜率）可激活该命令，系统弹出"矢量"对话框如图8-59所示，构造好参考矢量后单击【确定】按钮，系统弹出"面分析－斜率"对话框如图8-60所示。

对话框各选项功能如下：

（1）显示类型

1）云图：曲面上不同的颜色代表了不同的斜率。

2）刺猬梳：显示曲面上各栅格点的斜率梳图，也是不同的颜色代表不同的斜率。每一点上的斜率梳直线垂直于曲面，可以自定义刺猬梳的锐刺长度。

3）轮廓线：用轮廓线来表达斜率，不同的颜色代表不同的斜率。可以在"轮廓线数量"中输入显示的轮廓线条数。

图 8-59 "矢量"对话框　　　　　　　图 8-60 "面分析－斜率"对话框

（2）保持固定的数据范围：定义分析曲面的斜率值。

（3）范围比例因子：可以通过拖动滑动条改变斜率某个范围值的显示面积比例。

（4）参考矢量：单击后系统弹出"矢量构造器"对话框，可以改变参考矢量。

（5）显示曲面分辨率：设定斜率的显示质量。分为粗糙、标准、精细、特精细、超精细、极精细和定制 7 个选项。

（6）更改曲面法向：用来改变斜率的方向。

（7）颜色图例控制：用来改变斜率的颜色变化，分为圆角和尖锐两种。

（8）颜色数：设定斜率的颜色数。

8.12.2 实例——应用斜率分析曲面

01 打开文件 8-12.prt，进入建模模块，如图 8-61 所示。

02 执行菜单栏中的【分析】→【形状】→【面】→【斜率】命令，或者单击【形状分析】工具栏图标 （面分析－斜率）命令，系统弹出"矢量构造器"对话框设置参考矢量，单击 按钮如图 8-62 所示，单击【确定】按钮，系统弹出"面分析－反射"对话框。

03 单击要分析的曲面。在【显示类型】下拉列表中选择云图，其余项为默认值，单击【应用】按钮，分析结果如图 8-63 所示。

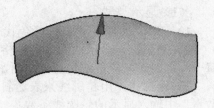

图 8-61 斜率分析曲面　　　　　　　　　图 8-62 参考矢量

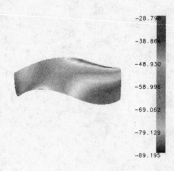

图 8-63 斜率分析

8.13　距离分析

距离分析功能用来分析曲面上所有点到指定参考平面的距离，并用不同的颜色在曲面上表示出来。

8.13.1　距离分析命令

执行菜单栏中的【分析】→【形状】→【面】→【距离】命令，或者单击【形状分析】工具栏图标 (面分析－距离) 可激活该命令，系统弹出"平面"对话框如图 8-64 所示，设置好参考平面后单击【确定】按钮，系统弹出"面分析－距离"对话框如图 8-65 所示。

对话框各选项功能如下：

（1）显示类型

1）云图：曲面上不同的颜色代表了不同的距离。

2）刺猬梳：显示曲面上各栅格点的距离梳图，也是不同的颜色代表不同的距离。每一点上的距离梳直线垂直于曲面，可以自定义刺猬梳的锐刺长度。

3）轮廓线：用轮廓线来表达要分析曲面上每一点和参考平面的距离，不同的颜色代表不同的距离。可以在"轮廓线数量"中输入显示的轮廓线条数。

（2）保持固定的数据范围：定义分析曲面的距离值。

（3）范围比例因子：可以通过拖动滑动条改变距离某个范围值的显示面积比例。

（4）参考平面：单击后系统弹出"平面构造器"对话框，可以改变参考平面。

（5）显示曲面分辨率：设定距离的显示质量。分为粗糙、标准、精细、特精细、超精细、极精细和定制 7 个选项。

（6）更改曲面法向：用来改变距离的方向。

（7）颜色图例控制：用来改变距离的颜色变化，分为圆角和尖锐两种。

（8）颜色数：设定距离的颜色数。

图 8-64 "平面"对话框

图 8-65 "面分析－距离"对话框

8.13.2 实例——应用距离分析曲面

01 打开文件 8-13.prt，进入建模模块，如图 8-66 所示。

02 执行菜单栏中的【分析】→【形状】→【面】→【距离】命令，或者单击【形状分析】工具栏图标（面分析－距离）命令，系统弹出"平面"对话框设置参考平面，单击按钮，输入距离值为 20 如图 8-67 所示，单击【确定】按钮，系统弹出"面分析－距离"对话框。

03 单击要分析的曲面。

04 在"显示类型"下拉列表中选择云图，其余项为默认值，单击【应用】按钮，分析结果如图 8-68 所示。

图 8-66 距离分析曲面

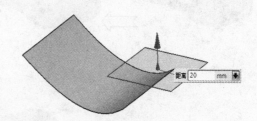

图 8-67 参考平面

8.14 综合实例——鞋子曲面分析

曲面的质量直接影响了产品的质量，所以需要在造型过程中对构建的曲面的质量进行分析和验证，从而保证构建的产品的质量符合设计要求。本节将首先对模型曲面质量做出分析，然后对模型进行完善，使其符合要求。

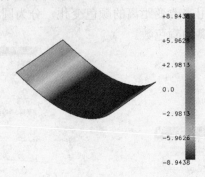

图 8-68 距离分析

鞋子曲面的分析过程如图 8-69 所示。

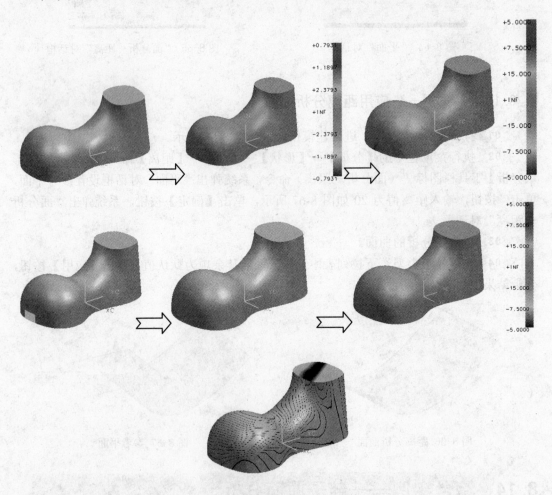

图 8-69　鞋子曲面的分析过程

具体的操作步骤如下：

01 分析模型曲面质量

❶打开文件 xiezimoxing.prt，进入建模模块，如图 8-70 所示。

❷执行菜单栏中的【分析】→【形状】→【面】→【半径】命令，或者单击【形状分析】工具栏图标 📷（面分析-半径）可激活该命令，系统弹出"面分析-半径"对话框如图 8-71 所示。在半径类型下拉列表中选则高斯，在显示类型下拉列表中选择云图，其余选项保持默认值，选择鞋子的表面作为分析曲面如图 8-72 所示。

图 8-70 鞋子模型　　图 8-71 "面分析-半径"对话框　　图 8-72 分析曲面的选择

❸单击【应用】按钮，完成曲面半径分析如图 8-73 所示

❹此时的半径分析云图不易判断曲面的质量，在"面分析-半径"对话框中把最小值设为−5，最大值设为 5，单击【应用】按钮曲面半径分析如图 8-74 所示。由曲面半径分析云图的颜色变化可知，鞋子的曲面存在 1 个收敛点，为了改善曲面质量需要移除该收敛点。

02 移除鞋子曲面上的收敛点

❶删除已经完成的缝合曲面。

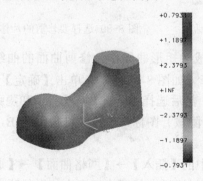
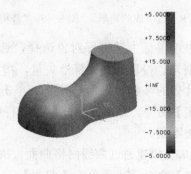

图 8-73 曲面的半径分析　　　　　图 8-74 更改半径后的半径分析

❷选择【插入】→【曲线】→【矩形】命令，或从【曲线】工具栏中单击 ▭（矩形）图标，系统弹出"点构造器"对话框如图 8-75 所示。设置矩形第一个点为（-30，0，30）

如图 8-76 所示，设置矩形第二个点为（30，0，-30）如图 8-77 所示，单击【确定】按钮生成矩形如图 8-78 所示。

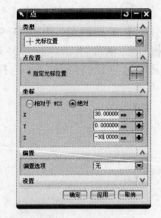

图 8-75 "点"对话框　　　图 8-76 矩形第一个点　　　图 8-77 矩形第二个点

❸执行菜单栏中的【插入】→【修剪】→【修剪的片体】命令，或者单击【直线和圆弧】工具栏图标 （修剪的片体）命令，系统弹出如图 8-79 所示的 "修剪的片体"对话框。选择目标片体如图 8-80 所示。

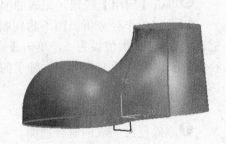

图 8-78 生成的矩形　　　图 8-79 "修剪的片体"对话框　　　图 8-80 选择要修剪的片体

单击鼠标中键进行对象选择，选择上面生成的矩形曲线作为修剪曲面的曲线如图 8-81 所示。投影方向选择沿矢量，指定矢量选择 如图 8-82 所示。单击【确定】按钮，完成片体的修剪如图 8-83 所示。单击矩形曲线，然后选择【编辑】→【显示和隐藏】→【隐藏】命令，或从【曲线】工具栏中单击 （隐藏）图标，或按住键盘 ctrl+B，选中曲线被隐藏。

03 构建通过曲线网格曲面。执行菜单栏中的【插入】→【网格曲面】→【通过曲线网格】命令，或者单击【曲面】工具栏图标 （通过曲线网格）命令，系统弹出如图 8-84 所示的"通过曲线网格"对话框。选择主线串，如图 8-85 所示。单击鼠标中间，选择交叉线串如图 8-86 所示。

第一主线串连续性设置为 G1（相切）如图 8-87 所示，选择相切面如图 8-88 所示。

第二主线串连续性设置也为 G1（相切）如图 8-89 所示，选择相切面如图 8-88 所示。第一交叉线串连续性设置为 G1（相切）如图 8-90 所示，选择相切面如图 8-90 所示。

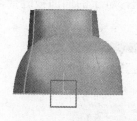

图 8-81 选择修剪片体的曲线

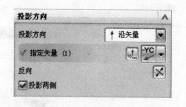

图 8-82 设定投影方向

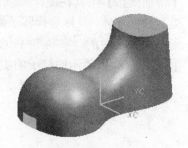

图 8-83 修剪的片体

图 8-84 "通过曲线网格"对话框

图 8-85 选取主线串

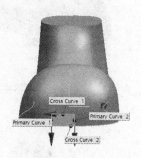

图 8-86 选取交叉线串

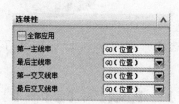

图 8-87 第一主线串连续性设置

图 8-88 选择相切面

图 8-89 第二主线串连续性设置

图 8-90 第一交叉线串连续性设置

其余选项保持为默认值，单击【确定】按钮，生成的网格曲面如图 8-91 所示。

04 曲面缝合。执行菜单栏中的【插入】→【组合体】→【缝合】命令，或者单击【特征操作】工具栏图标🔲（缝合）命令，系统弹出如图 8-92 所示的"缝合"对话框。类型选择片体，目标选择鞋子的上部曲面如图 8-93 所示，刀具选择其余的片体如图 8-94 所示，设置中的 ☐输出多个片体 复选框不选取，单击【确定】按钮，鞋子的曲面被缝合，生成如图 8-95 所示的鞋子的实体模型。

图 8-91 网格曲面

图 8-92 "缝合"对话框

图 8-93 目标选择

图 8-94 刀具选择

图 8-95 完善后鞋子的实体模型

05 对修补后的模型曲面分析

❶曲率半径分析。执行菜单栏中的【分析】→【形状】→【面】→【半径】命令，或者单击【形状分析】工具栏图标🔵（面分析－半径）可激活该命令，系统弹出"面分析－半径"对话框。在半径类型下拉列表中选则高斯，在显示类型下拉列表中选择云图，最小值设为－5，最大值设为 5，其余选项保持默认值如图 8-96 所示，选择鞋子的表面作为分析曲面。单击【应用】按钮或者鼠标中键完成曲率半径分析如图 8-97 所示，可见曲面不存在收敛点，曲面质量得到改善。

❷反射分析。执行菜单栏中的【分析】→【形状】→【面】→【反射】命令，或者单击【形状分析】工具栏图标🔵（面分析－反射）可激活该命令，系统弹出"面分析－反射"对话框如图 8-98 所示。对话框中的选项保持默认值，选择鞋子的表面作为分析曲面。单击【应用】按钮或者鼠标中键完成反射分析如图 8-99 所示，通过旋转观察反射纹的变化情况来确认修改后的曲面是否达到设计要求。

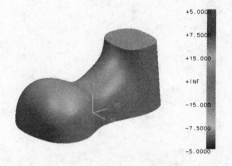

图 8-96 "面分析-半径"对话框

图 8-97 半径分析

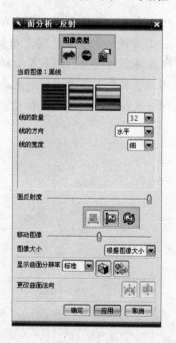

图 8-98 "面分析-反射"对话框

图 8-99 反射分析

第 9 章

渲染

UG 的渲染功能为工业设计人员提供了一种更有效地表示设计概念所需的工具，让工业设计人员快速实现模型概念化，生成光照、颜色效果，形成逼真的图片，减少原型样机成本并能够快速地将产品投放市场。本章主要讲述如何生成高质量图像和艺术图像，如何对材料及纹理、灯光效果和视觉效果进行设置。

学 习 要 点

- ◎ 高质量图像
- ◎ 艺术图像
- ◎ 材料及纹理设置
- ◎ 灯光效果
- ◎ 视觉效果

9.1 高质量图像

　　UG 渲染功能可以对模型进行光照处理、材料与纹理设置、颜色效果设置和背景设置等，生成逼真的图片，快速实现模型概念化，能够有效而准确地表达设计概念。高质量图像功能，可以制作出具有 24 位颜色，类似于照片效果的图片。

　　执行菜单栏中的【视图】→【可视化】→【高质量图像】命令，或者打开【形象化渲染】工具栏，如图 9-1 所示，其中有渲染的各种工具命令，单击图标 （高品质图像）可激活该命令，系统弹出如图 9-2 所示的对话框。

图 9-1 "形象化渲染"工具栏　　　　　　图 9-2 "高品质图像"对话框

对话框各选项功能如下：

1. 方法

　　在"方法"下拉列表中列出了多种渲染图片的方式，下面简单介绍这些渲染方式：

　　（1）平面：将曲面分成很多小平面，每一个小平面用同一种颜色表现出来，平面方法就是以不同亮度的平面色块表现曲面的明暗变化，如图 9-3 所示。

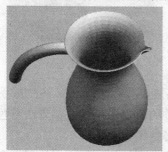

图 9-3 平面方法　　　　　　　　　图 9-4 哥拉得方法

　　（2）哥拉得：使用光滑的差值颜色来渲染，曲面明暗变化比较光滑连续，但高亮区仍可看到有些不光滑，如图 9-4 所示。这种方法着色质量比平面方法好，但这种方法的着色速度比平面方法慢。

　　（3）范奇：曲面明暗变化光滑连续，高亮区比哥拉得方法更光滑，如图 9-5 所示。着色质量比哥拉得方法好，但着色速度比哥拉得方法慢。

　　（4）改进：在范奇的基础上，增加纹理、材料、高亮反光和阴影的表现能力，如图 9-6 所示。效果类似于逼真照片，但着色速度慢于范奇方法。

　　（5）预览：在改进的基础上，增加了对材料透明特性的支持，如图 9-7 所示。该方法已具备较高的拟真性，但着色速度比改进方法慢。

（6）照片般逼真的：在预览的基础上，增加了反锯齿设置的功能，但不能消减镜像的边缘锯齿，如图9-8所示。渲染图像效果好，但图像的生成时间是改进方法的2－3倍。

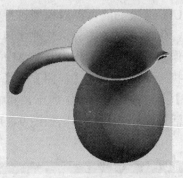

图 9-5 范奇方法　　　　　　　　　　　　　　图 9-6 改进方法

（7）光线追踪：该方法采用光线跟踪方式，光线跟踪考虑了反射光和折射光的影响，增加消减镜像的边缘锯齿的能力，如图 9-9 所示。该方法在反锯齿、渲染和纹理处理上比照片般逼真的方法更加准确，因此图像更真实，能够达到真实照片水平，但是着色速度比照片般逼真的方法慢。

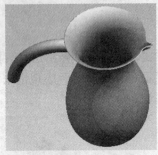

图 9-7 预览方法　　　　　　　　　　　　　图 9-8 照片般逼真的方法

（8）光线追踪/FFA：在低分辨率下能够生成高度反锯齿的图像，在生成图像时，系统在颜色突变处进行反锯齿处理，对模型细小部位的表现更准确。该方法着色速度比光线追踪方法慢很多，因此没有细小结构的模型不必使用。

（9）辐射：该方法类似照片般逼真的方法，速度略慢，但可以产生放射光和柔和照明等效果，如图9-10所示。如果光照效果对于所生成的图像很重要，可以采用这种方法。

图 9-9 光线追踪方法　　　　　　　　　　　图 9-10 辐射方法

（10）混合辐射：该方法类似辐射方法，速度略慢，但照明更柔和。

2．图像首选项

在"高品质图像"对话框中单击 （图像首选项）按钮，系统弹出如图 9-11 所示"图像首选项"对话框。用来设置图像格式、显示、图像大小、分辨率和阴影等渲染参数。

（1）格式：指定表面上着色的类型。光栅图像格式用于生成高质量静态图像。QTVR全景、QTVR 对象（低）和 QTVR 对象（高）这三种格式则用于生成全景 MOV 格式的动画。

（2）显示：用来设置将图像转换为 8 位颜色显示的方法。有 RGB＋噪点、FS RGB、FS RGB＋噪点、单色、灰度、最接近的 RGB、有序抖动和 TC＋噪点 8 个转换方法。不同的转换方法，图像的质量不同。抖动和噪声技术是提高着色简单图像的视觉质量的方法。

图 9-11 "图像首选项"对话框　　　　图 9-12 用子区域渲染

（3）图像大小：可以设置图片的尺寸。

（4）分辨率：用来设置图片的分辨率。分辨率只有在图像大小不是填充视图时才可以设置，有 5 个选项：草图对应 75DPI，低对应 180 DPI，中对应 300 DPI，高对应 400 DPI，用户定义可以在 DPI 栏中输入一个具体的 DPI 值。

（5）绘图质量：用来设置图片绘制的质量。有精细、中、粗略和粗糙 4 个选项，这4 个选项质量逐渐降低。绘图质量用软件方法决定绘制的图片的实际质量。

（6）生成阴影：选中该复选框时，同时需要配合"高级灯光"对话框中的阴影设置选项一起使用，光源照射的背光区才会有阴影产生。

（7）用子区域：选择该复选框，然后单击【应用】按钮，可以用鼠标左键在图形区拖出一个选择框来确定一个区域，这样只有在这个区域中会产生渲染效果如图 9-12 所示，这在只需检验局部效果的时候，可以节省渲染的时间。

（8）光顺/小平面/粗糙：通过拖动滑动条可以改变渲染所产生的多变形数量，数值越小多边形的数量则越多，渲染的模型越光滑。

（9）高级选项：在"图像首选项"对话框中单击【高级选项】按钮，系统弹出如图

9-13 所示的"高级图像选项"对话框。

1）允许透明阴影：用来控制是否需要精确计算通过透明或者半透明物体的光。前提是首先需要在方法下拉列表中选择光线跟踪，只有这种方法才能产生透明阴影。在"图像首选项"对话框中选中生成阴影，并且选中"高级图像选项"对话框中的允许透明阴影选项。

2）禁用光线跟踪：用来取消光线跟踪，可以减少生成图片所需的时间。

3）固定摄象机视角：选择该复选框将会强迫视角始终沿着规定方向。如果旋转模型，环境背景保持不变。

4）超级采样：超级采样利用软件反锯齿的方法改善图像细节。采样范围为 1～5，5 代表最大采样。

5）分割深度：采用放大功能放大零件局部进行渲染将花费很长时间，但增加分割深度值，则会节省时间。

6）光线追踪内存：可以修改虚拟内存空间，最大 128MB。

7）辐射质量：用来计算房间中或环境中非直接光的照明分布。通常用于内部情景，消耗磁盘空间，计算量大。

8）分布多余的光：分配剩余光将其传递到环境中的遗留光像一般环境光一样均匀加入到视图中。

9）使用中点采样：使用中点采样能够精确改变光施加到表面的形式。

3．信息

在"高品质图像"对话框中单击 ⓘ（信息）按钮，系统弹出如图 9-14 所示"信息"窗口。可以显示当前信息，包括当前的渲染设置信息，图像信息，当前文件中所有材料、纹理和光源等信息。

图 9-13 "高级图像选项"对话框

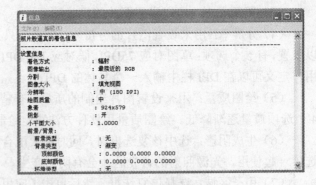

图 9-14 "信息"窗口

4．开始着色

在"高品质图像"对话框中单击 开始着色 按钮，渲染过程开始，根据模型的大小、复杂程度以及各种渲染参数的不同，生成渲染图像所需要的时间也会不同。渲染图像生成后，保存 保存 、绘图 绘图 和取消着色 取消着色 按钮会亮显，表示几个功能被激活。

5. 保存

单击 保存 按钮，系统弹出如图 9-15 所示的"保存图像"对话框，用户可以将已生成的渲染图像保存为".tif"图像文件。在"保存图像"对话框中，单击【列出文件】按钮，用户可以指定保存路径，输入文件名称。如果要压缩文件数据，选取 压缩图像 复选框，最后单击【确定】按钮，渲染图像被保存。

6. 绘图

在"高品质图像"对话框中单击 绘图 按钮，系统弹出如图 9-16 所示的"绘图"对话框，可以将当前渲染图像通过绘图机打印出来，可以在"绘图"对话框中设置分辨率、绘图质量等图像参数。

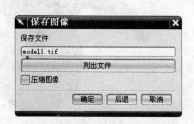

图 9-15 "保存图像"对话框

图 9-16 "绘图"对话框

7. 取消着色

在"高品质图像"对话框中单击 取消着色 按钮，可以取消已生成的渲染。

9.2 艺术图像

艺术图像功能，可以制作出非现实的艺术化图像，渲染成类似素描、水彩画或油画的静态图像。

执行菜单栏中的【视图】→【可视化】→【艺术图像】命令，或者单击【形象化渲染】工具栏图标 （艺术图像）可激活该命令，系统弹出如图 9-17 所示的"艺术图像"对话框。对话框上面的 8 种艺术图像方法能够生成 8 种不同风格的艺术化图像。

对话框各选项功能如下：

样式：在"艺术图像"对话框中列出了 8 种艺术图像样式。

（1）卡通：采用该样式可以生成由线条、片色和局部简单的着色点构成，画面基本成平面感，对话框的设置如图 9-17 所示。

1）轮廓颜色：单击轮廓颜色后面的色块，系统弹出"颜色"窗口，用户可以选择轮廓的颜色。

2）轮廓宽度：拖动轮廓宽度的滑动条可以改变卡通图像的轮廓线的宽度，从左到右由细变粗。

下面将具体说明如何应用卡通画样式来建立艺术图像：

1）打开文件 9-1.prt，进入建模模块，如图 9-18 所示。

2）执行菜单栏中的【视图】→【可视化】→【艺术图像】命令，或者单击【形象化渲染】工具栏图标 （艺术图像），系统弹出"艺术图像"对话框。

3）在"艺术图像"对话框中单击 （卡通）按钮，轮廓颜色设置为黑色 ，其余选项设置为默认值。

4）单击 （开始着色）按钮，生成的卡通图像如图 9-19 所示。

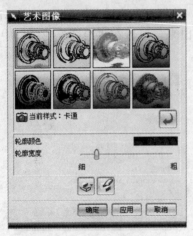

图 9-17 "艺术图像"对话框　　　　　　　　　　图 9-18 模型

（2）颜色衰减：采用该样式可以生成具有徒手效果的不等宽度和水彩色的图像效果，对话框的设置如图 9-20 所示。

1）轮廓颜色：单击轮廓颜色后面的色块，系统弹出"颜色"窗口，用户可以选择轮廓线的颜色。

2）轮廓宽度：拖动轮廓宽度的滑动条可以改变轮廓线的宽度，从左到右由细变粗。

3）颜色变化：可以设置涂色的均匀程度，拖动颜色变化的滑动条，从左到右颜色由均匀到条纹。

4）衰减颜色：拖动衰减颜色的滑动条来设置颜色的浓度，从左到右衰减颜色由生动到模糊。

还是以上面的模型为例，样式选择颜色衰减，其余选项保持默认值，生成的颜色衰减图像如图 9-21 所示。

（3）铅笔着色：采用该样式可以生成类似炭条涂画的效果，涂抹规律并不符合实际的明暗变化。对话框的设置如图 9-22 所示。

1）线条颜色：选择 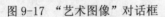复选框可以设置线条颜色，否则系统会默认为灰色。

2）笔画长度：拖动笔画长度后面的滑动条来改变涂抹笔画的长度，从左到右笔画长度由短到长。

3）笔画密度：拖动笔画密度后面的滑动条来改变涂抹笔画的密度，从左到右笔画密度由浅淡到暗。

以上面的模型为例，样式选择铅笔着色，其余选项保持默认值，单击 （开始着色）按钮，生成的铅笔着色图像如图 9-23 所示。

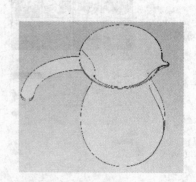

图 9-19 卡通样式艺术图像　　图 9-20 "颜色衰减样式艺术图像"　　图 9-21 衰减颜色样式艺术图像
　　　　　　　　　　　　　　　　　对话框

（4）手绘：采用该样式可以生成类似于手绘线条的效果，线条呈由粗到细的扭曲变化。对话框的设置如图 9-24 所示。

1）轮廓颜色：单击轮廓颜色后面的色块，系统弹出"颜色"窗口，用户可以选择轮廓的颜色。

2）轮廓宽度：拖动轮廓宽度的滑动条可以改变手绘图像的轮廓线的宽度，从左到右由细变粗。

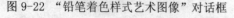

图 9-22 "铅笔着色样式艺术图像"对话框　　　　图 9-23 铅笔着色样式艺术图像

3）直线偏差：通过拖动直线偏差的滑动条可以改变线条偏离模型边缘的程度，从左到右由真实到不稳，滑动条越往右，图形失真越严重。

4）直线规律性：通过拖动直线规律性的滑动条可以改变线条扭曲程度，从左到右由光顺到粗糙。

5）直线锥角：通过拖动直线锥角的滑动条可以改变线条从一端到另一端由粗到细的

收缩率,从左到右由至少到多数。

以上面的模型为例,样式选择手绘,轮廓颜色选蓝色,其余选项保持默认值,单击 ![] (开始着色)按钮,生成的手绘图像如图 9-25 所示。

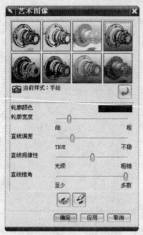

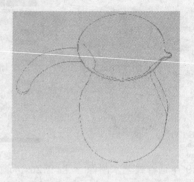

图 9-24 "手绘样式艺术图像"对话框　　　　　图 9-25 手绘样式艺术图像

(5)喷墨打印:采用该样式可以生成具有单色水印画的效果,对话框的设置如图 9-26 所示。

1)喷墨颜色:单击喷墨颜色后面的色块,系统弹出"颜色"窗口,用户可以选择喷墨的颜色。

2)缝隙宽度:通过拖动缝隙宽度的滑动条可以改变沿边缘色块之间的间隙大小,从左到右由窄到宽。

以上面的模型为例,样式选择喷墨打印,喷墨颜色选蓝色■■■,其余选项保持默认值,单击 ![] (开始着色)按钮,生成的喷墨打印图像如图 9-27 所示。

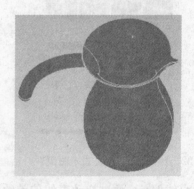

图 9-26 "喷墨打印样式艺术图像"对话框　　　图 9-27 喷墨打印样式艺术图像

(6)线条和阴影:采用该样式可以生成由线条和阴影构成的图像,线条和阴影的颜色可以不相同。对话框的设置如图 9-28 所示。

1)轮廓颜色:单击轮廓颜色后面的色块,系统弹出"颜色"窗口,用户可以选择轮廓的颜色。

2）轮廓宽度：拖动轮廓宽度的滑动条可以改变线条和阴影图像的轮廓线的宽度，从左到右由细变粗。

3）阴影颜色：单击阴影颜色后面的色块，系统弹出"颜色"窗口，可以选择阴影的颜色。

以上面的模型为例，样式选择线条和阴影，轮廓颜色选蓝色███，其余选项保持默认值，单击 （开始着色）按钮，生成的线条和阴影图像如图 9-29 所示。

（7）粗糙铅笔：采用该样式可以生成由铅笔沿模型边缘反复描画构成的粗线轮廓图像，对话框的设置如图 9-30 所示。

1）轮廓颜色：单击轮廓颜色后面的色块，系统弹出"颜色"窗口，用户可以选择轮廓的颜色。

2）轮廓宽度：拖动轮廓宽度的滑动条可以改变粗糙铅笔图像的轮廓线的宽度，从左到右由细变粗。

3）直线数量：通过拖动直线数量的滑动条可以改变粗线内部反复描画的细线数量，从左到右由很少到很多。

4）直线偏差：通过拖动直线偏差的滑动条可以改变线条偏离模型边缘的程度，从左到右由真实到不稳，滑动条越往右，图形失真越严重。

5）直线规律性：通过拖动直线规律性的滑动条可以改变线条扭曲程度，从左到右由光顺到粗糙。

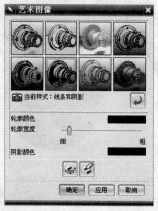

图 9-28 "线条和阴影样式艺术图像"对话框

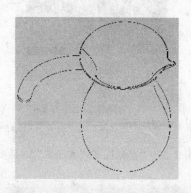

图 9-29 线条和阴影样式艺术图像

以上面的模型为例，样式选择粗糙铅笔，轮廓颜色选蓝色███，其余选项保持默认值，单击 （开始着色）按钮，生成的粗糙铅笔图像如图 9-31 所示。

（8）点刻：采用该样式可以生成由指定颜色的深浅不同的点构成的风格独特的图像，在没有点的部位透出的是背景颜色。对话框的设置如图 9-32 所示。

1）圆点颜色：单击圆点颜色后面的色块，系统弹出"颜色"窗口，可以选择圆点的颜色。

2）圆点数量：通过拖动圆点数量的滑动条可以改变着色点的数量，从左到右圆点数量由稀少到密。

以上面的模型为例，样式选择点刻，圆点颜色选蓝色▨▨▨▨▨，其余选项保持默认值，单击 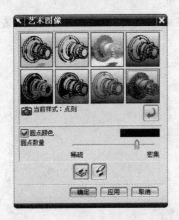（开始着色）按钮，生成的点刻图像如图 9-33 所示。

图 9-30 "粗糙铅笔样式艺术图像"对话框　　　　　图 9-31 粗糙铅笔样式艺术图像

图 9-32 "点刻样式艺术图像"对话框　　　　　图 9-33 点刻样式艺术图像

9.3 材料及纹理设置

材料及纹理功能，可以将指定的材料或纹理应用到相应的零件上，零件将会在高质量图像中表现出特定的视觉效果。UG 的材质实质上是一系列描述特定材料表面光学特性的参数的集合，UG 的纹理是对模型表面图样、粗糙起伏性状的描述。

执行菜单栏中的【视图】→【可视化】→【材料/纹理】命令，或者单击【形象化渲染】工具栏图标 （材料/纹理）可激活该命令，系统弹出如图 9-34 所示的"材料/纹理"对话框。

将材料应用到零件中去的方法如下：

图 9-34 "材料/纹理"对话框

1. 将需要的材料从材料库中添加到部件中的材料中

在绘图窗口的左侧单击 （材料库）按钮，系统会显示出现有的材料库如图 9-35 所示。其中包括了金属、塑料、橡胶、陶瓷和玻璃等一些典型的材料，单击"＋"号可以展开每一层，展开到最后一层可以看到具体的材料名称。双击需要的材料，该材料将被加入到部件中的材料中，单击绘图窗口的左侧 （部件中的材料）按钮，如图 9-36 所示。在窗口中列出了所有从材料库选择添加的材料。

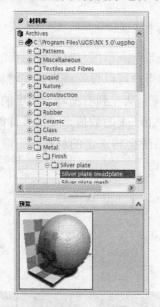

图 9-35 材料库

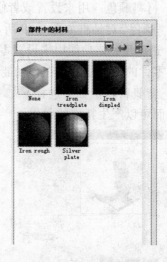

图 9-36 部件中的材料

2. 把材料应用到零件上

从部件中的材料窗口中用鼠标将需要应用的材料拖到零件上，如图 9-37 所示。如果要改变零件的材料，可以将想要应用的材料直接从部件中的材料用鼠标拖到零件上，零件材料自动更改为新应用的材料。如果想要去除零件上的材料，可以用鼠标将图标 拖到零件上。

将材料应用到零件上后，"材料/纹理"对话框中的功能被激活，对话框选项功能如下：

编辑器功能用来对应用在零件上的材料进行编辑，可以设置材料的颜色、亮度和纹理等。单击 按钮将会启动材料编辑器，系统弹出如图 9-38 所示的"材料编辑器"对话框。

1. 常规

在对话框中单击【启用材料编辑器】按钮，打开"材料编辑器"对话框如图 9-38 所示，可以设置材料的颜色、、透明度、背景材料和类型。

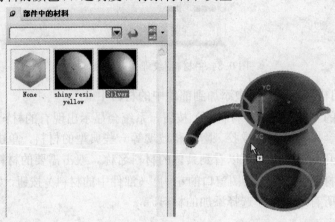

图 9-37 将材料应用到零件上

（1）材料颜色：用来设置或者修改零件材料的颜色。单击材料颜色后面的颜色块，系统弹出"颜色"对话框如图 9-39 所示，在对话框中用户可以设置或者改变材料的颜色。

（2）透明度：该功能用来设置零件材料的透明度。从左到右拖动透明度的滑动条为增加所选零件的透明度，或在该功能的输入框中输入 0～1 的数值来设置零件的透明度。

（3）背景材料：如果选择  复选框系统会将选定的材料作为渲染图片的背景，从而可以产生特殊的效果。

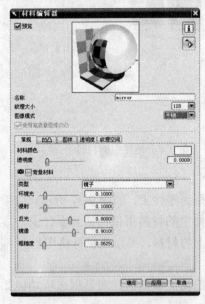

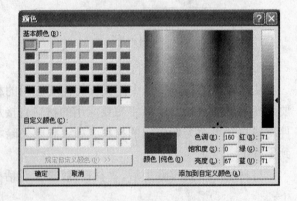

图 9-38 "材料编辑器"对话框　　　　　图 9-39 "颜色"对话框

（4）类型：在类型下拉列表中包括了 15 种材质类型。

1）恒定：这类类型忽略所有场景中的光源，仅相当于在亮度值为 1.0 的环境光照射下的效果，零件表面为单色无亮度变化。除了颜色外，没有其余参数，如图 9-40 所示。

2）无光粗糙：该材质是没有光泽的材质，可以设置材料颜色、透明度和漫射等参数，如图 9-41 所示。适合表现砖块、混凝土和织物类材料。

图 9-40 恒定的设置参数

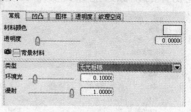

图 9-41 铳的设置参数

3）金属：该材质表现出简化的金属反射效果。可以设置材料颜色、透明度、环境光、反光和粗糙度等参数，如图 9-42 所示。由于不能形成其他物体的镜像，所以不能逼真表现金属效果，只能简单化地表现金属材质。通常应用于金属材料。如图 9-43 所示是铜采用金属材质的情况。

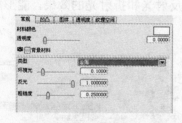

图 9-42 金属的设置参数

图 9-43 金属材质

4）范奇：该类型表现出类似塑料反光效果的抛光陶瓷类材质。可以设置材料颜色、透明度、环境光和反光等参数，如图 9-44 所示。一般应用于表面抛光陶瓷制品等材质。

5）塑料：该材质表现出塑料类的特有性质。可以设置材料颜色、环境光、反光和粗糙度等参数，如图 9-45 所示。一般用于塑料或者油漆过表面的材质。

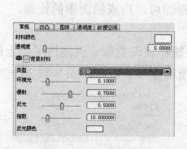

图 9-44 范奇的设置参数

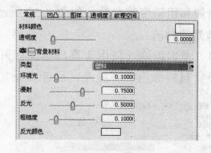

图 9-45 塑料的设置参数

6）导体：该材质能够真实地表现金属材质。可以设置材料颜色、环境光、反光和镜像因子等参数，如图 9-46 所示。该类型能够真实地表现各种金属材质。

7）绝缘体：该材质能够真实地表现玻璃类材质。可以设置材料颜色、环境光、镜像和粗糙度等参数，如图 9-47 所示。光线跟踪可以表现二次反射光和折射光的效果，能形成其他物体的镜像，能够真实地表现各种玻璃类材质。

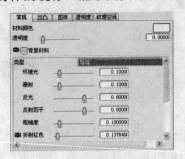

图 9-46 导体的设置参数

图 9-47 绝缘体的设置参数

8）环境：当使用环境图像作为背景，采用此类型能将环境反射到材料上。可以设置材料颜色、环境光、环境和粗糙度等参数，如图 9-48 所示。该类型最适合反光材料，如光亮金属。

9）玻璃：该材质能够表现简化的玻璃效果。可以设置材料颜色、反光、镜像和粗糙度等参数，如图 9-49 所示。光线跟踪可以表现二次反射光和折射光的效果，能形成其他物体的镜像，但表现能力不及绝缘体。

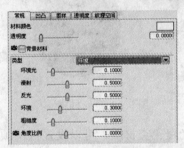

图 9-48 环境的设置参数

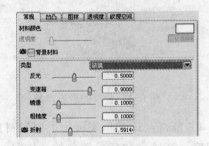

图 9-49 玻璃的设置参数

10）镜子：该材质用来表现具有镜面效果的材质。可以设置材料颜色、环境光、反光、镜像和粗糙度等参数，如图 9-50 所示。光线跟踪可以形成镜面中的镜像，一般用于镜面抛光的材质。

11）单向缠绕（仅用于高质量图像）：该类型能够表现类似于缠绕格子的表面效果。可以设置材料颜色、环境光、反光、反光颜色和粗糙度等参数，如图 9-51 所示。

图 9-50 镜子的设置参数

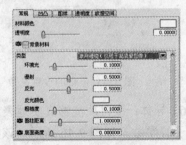

图 9-51 各项缠绕的设置参数

12）圆形单向缠绕（仅用于高质量图像）：该类型能够表现类似于在整个圆周方向缠绕格子的表面效果。可以设置材料颜色、环境光、漫射、反光、反光颜色和粗糙度等参数，如图 9-52 所示。

13）透明塑料（仅用于高质量图像）：该材质能够表现高度抛光或者发亮的透明材质。可以设置材料颜色、漫射、反光、反光颜色和粗糙度等参数，如图 9-53 所示。

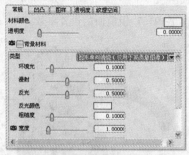
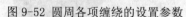

图 9-52 圆周各项缠绕的设置参数

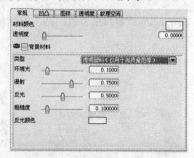

图 9-53 透明塑料的设置参数

14）多层涂色（仅用于高质量图像）：该类型能够表现多层染色的效果。可以设置材料颜色、漫射、反光、镜像和粗糙度等参数，如图 9-54 所示。

15）无：该类型用于不设置材料类型。除了颜色外，没有其余参数，如图 9-55 所示。

2. 凹凸

在"材料编辑器"对话框中单击【凹凸】按钮，打开材料编辑器凹凸设置选项如图 9-56 所示，可以设置凹凸的类型及其对应的参数。在类型下拉列表中列出了多种零件表面凹凸的纹理类型。下面将简单介绍各种类型及其参数。

（1）无：该类型可以把材料表面设置为无纹理情况。没有对应的参数需要设置。

（2）铸造面（仅用于高质量图像）：该类型可以把材料表面设置成铸造面的效果。可以设置比例、浇注幅度、凹进幅度、凹进比例、凹进阈值和详细 6 个参数，该类型的设置参数如图 9-56 所示。

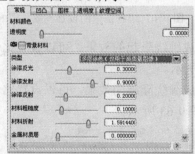

图 9-54 多层涂料的设置参数

图 9-55 无的设置参数

（3）粗糙面（仅用于高质量图像）：该类型可以把材料表面设置成粗糙面的效果。可以设置比例、粗糙幅值、详细和锐度 4 个参数，该类型的设置参数如图 9-57 所示。

（4）缠绕凹凸点：该类型可以把材料表面设置成缠绕的凹凸点效果。可以设置比例、分隔、半径、中心深度和圆角 5 个参数，该类型的设置参数如图 9-58 所示。缠绕凹凸点的渲染效果图如图 9-59 所示。

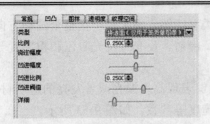

图 9-56 "材料编辑器凹凸"对话框

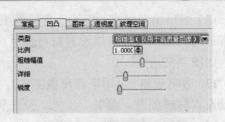

图 9-57 粗糙面的设置参数

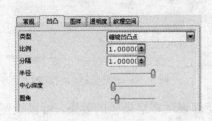

图 9-58 缠绕凹凸点的设置参数

图 9-59 缠绕凹凸点的渲染效果图

（5）缠绕粗糙面：该类型该可以把材料表面设置成缠绕粗糙面的效果。可以设置比例、粗糙幅值、详细和锐度 4 个参数，该类型的设置参数如图 9-60 所示。

（6）缠绕图像：该类型该可以把材料表面设置成缠绕图像的效果。可以设置柔软度、幅值和图像 3 个参数，该类型的设置参数如图 9-61 所示。

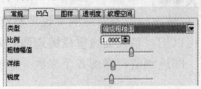

图 9-60 缠绕粗糙面的设置参数

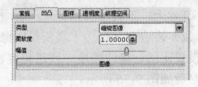

图 9-61 缠绕图像的设置参数

（7）缠绕隆起：该类型该可以把材料表面设置成缠绕隆起的效果。可以设置比例、圆角和幅值 3 个参数，该类型的设置参数如图 9-62 所示。

（8）缠绕螺纹：该类型该可以把材料表面设置成缠绕隆起的效果。可以设置比例、圆角、半径和幅值 4 个参数，该类型的设置参数如图 9-63 所示。

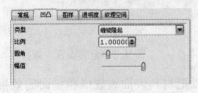

图 9-62 缠绕隆起的设置参数

图 9-63 缠绕螺纹的设置参数

（9）皮革（仅用于高质量图像）：该类型该可以把材料表面设置成皮革的效果。可以设置比例、不规则和粗糙值等参数，该类型的设置参数如图 9-64 所示。

（10）缠绕皮革：该类型该可以把材料表面设置成缠绕皮革的效果。可以设置比例、不规则和粗糙值等参数，该类型的设置参数如图 9-65 所示。

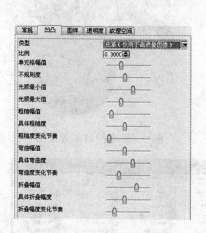

图 9-64 皮革的设置参数

图 9-65 缠绕皮革的设置参数

3．图样

在"材料编辑器"对话框中单击【图样】按钮，打开材料编辑器图样设置选项如图 9-65 所示，可以设置图样的类型及其对应的参数。在类型下拉列表中列出了多种零件表面的图样类型。下面将简单介绍几种类型及其参数。

（1）无：该类型可以把材料表面设置为无图样情况。没有对应的参数需要设置。

（2）蓝色大理石（仅用于高质量图像）：该类型可以把材料表面设置成铸造面的效果。可以设置比例和详细 2 个参数。

（3）大理石（仅用于高质量图像）：该类型可以把材料表面设置成铸造面的效果。可以设置比例、详细、Vein 颜色、Vein 对比度、条纹和条纹比例 6 个参数，该类型的设置参数如图 9-66 所示。

（4）铬（仅用于高质量图像）：该类型可以把材料表面设置成铬的效果。可以设置矢量和混合 2 个参数，该类型的设置参数如图 9-67 所示。铬的渲染效果图如图 9-68 所示。

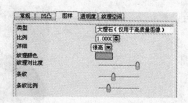

图 9-66 "材料编辑器图样"对话框

（5）缠绕图像：该类型可以把材料表面设置成贴有图像的效果。可以设置图像和 TIFF 图板 2 个参数，该类型的设置参数如图 9-69 所示。单击【图像】按钮，系统弹出图像文件如图 9-70 所示，选择一种 TIFF 格式的图像作为零件表面的图样,单击【TIFF 图板】按钮，系统弹出"TIFF 图板"对话框，其中有多种常用的材料纹理图样。选择自然图样如图 9-71 所示，简单缠绕图像的渲染效果图如图 9-72 所示。

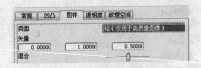

图 9-67 铬的设置参数

图 9-68 铬的渲染效果图

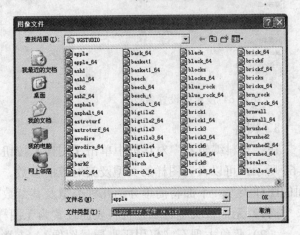

图 9-69 缠绕图像的设置参数

图 9-70 图像文件

（6）缠绕砖：该类型可以把材料表面设置成缠绕砖的效果。可以设置比例、砖宽、砖高、灰泥大小、灰泥颜色和模糊 6 个参数，该类型的设置参数如图 9-73 所示。缠绕砖的渲染效果图如图 9-74 所示。

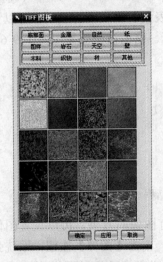

图 9-71 选择自然图样

图 9-72 缠绕图像的渲染效果图

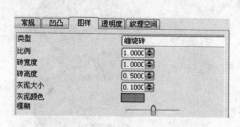

图 9-73 缠绕砖的设置参数　　　　　　　　图 9-74 缠绕砖的渲染效果图

4. 透明度

在"材料编辑器"对话框中单击【透明度】按钮，打开材料编辑器透明度设置选项如图 9-75 所示，可以设置材料透明度的类型及其对应的参数。在类型下拉列表中列出了6 种零件表面的透明度类型。下面将简单介绍这几种类型及其参数。

（1）无：该类型可以把材料设置为不透明效果。没有对应的参数需要设置。

（2）被腐蚀（仅用于高质量图像）：该类型可以把材料设置成有腐蚀斑块状的透明纹理的效果。可以设置比例、范围和模糊 3 个参数，该类型的设置参数如图 9-75 所示。

1）比列：控制纹理的大小。

2）范围：设置不透明部分在整个零件表面上所占的比例。

3）模糊：设置腐蚀部位的边缘的清晰程度。

被腐蚀的渲染效果图如图 9-76 所示。

（3）缠绕栅格：该类型可以把材料设置成有栅格状的透明纹理的效果。可以设置比例、宽度、高度、栅格大小、透明度和模糊 6 个参数，该类型的设置参数如图 9-77 所示。

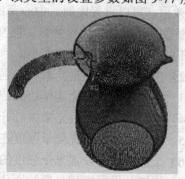

图 9-75 "材料编辑器透明度"对话框　　　　图 9-76 被腐蚀的渲染效果图

1）比例：控制纹理的大小。

2）宽度：设置透明格眼的宽度。

3）高度：设置透明格眼的高度度。

4）栅格大小：设置格线的宽度。

5）透明度：设定格线的透明度。

6）模糊：设置缠绕栅格部位的边缘的清晰程度。

缠绕栅格的渲染效果图如图 9-78 所示。

图 9-77 缠绕栅格的设置参数

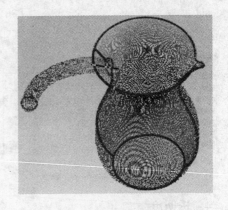

图 9-78 缠绕栅格渲染效果图

（4）缠绕图像：该类型可以把材料设置成有覆盖图像的透明纹理的效果。可以设置图像参数，该类型的设置参数如图 9-79 所示，单击【图像】按钮，设置所需的图像。

（5）缠绕刻花：该类型可以把材料设置成有类似于蜡纸模板覆盖的透明纹理的效果。可以设置图像参数，该类型的设置参数如图 9-80 所示，单击【图像】按钮，设置所需的图像。

图 9-79 缠绕图像的设置参数

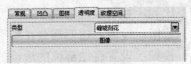

图 9-80 缠绕刻花的设置参数

（6）辉光（仅用于高质量图像）：该类型可以把材料设置成模仿光源大气产生光散射的效果。可以设置比例、中心范围、边缘范围、零角度、边缘缩退、杂质密度和详细 7 个参数，该类型的设置参数如图 9-81 所示。

1）比例：控制纹理的大小。

2）中心范围：设置光晕中心强度的大小。

3）边缘范围：设置光晕边缘范围的大小。

4）零角度：设置由光晕中心开始计算的角度，光强度开始衰减的位置。

5）边缘缩退：设置光晕强度在边缘处的衰减速度。

6）杂质密度：设置光晕强度的一致性。

7）详细：设置光晕强度的变化。

发辉光的渲染效果图如图 9-82 所示。

5．纹理空间

在"材料编辑器"对话框中单击【纹理空间】按钮，打开材料编辑器纹理空间设置选项如图 9-83 所示，可以设置材料纹理空间的类型、比例等参数。在类型下拉列表中列出了 5 种零件的纹理空间类型。下面将简单介绍这几种类型及其参数。

（1）任意平面：设置纹理的投影面。设置一个投影平面，纹理先分布于这个投影平面上，然后沿这个投影平面的法线方向将纹理投影到零件表面。可以设置中心点、法失、向上矢量、比例、宽高比、绘制反馈矢量、动态水平位置调节、动态垂直位置调节和动态角度位置调节9个参数，该类型的设置参数如图9-84所示。

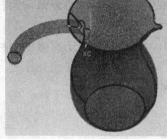
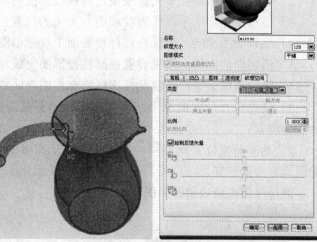

图9-81 发辉光的设置参数　　图9-82 发辉光的渲染效果图　　图9-83 "材料编辑器"对话框

1）中心点：指定一点设置纹理中心点在投影平面上的位置。
2）法失：指定一个平面的法线矢量来设定投影平面的方位。
3）向上矢量：指定一个矢量来设定纹理在投影平面上的方向。
4）比例：设置投影平面上纹理的大小。
5）宽高比：用来设置在投影平面上纹理的宽度和高度的比值。
6）绘制反馈矢量：选取此复选框将会在图形区将上述两个矢量显示出来。
7）动态水平位置调节：拖动滑动条动态微调纹理在投影平面上的水平位置。
8）动态垂直位置调节：拖动滑动条动态微调纹理在投影平面上的垂直位置。
9）动态角度位置调节：拖动滑动条动态微调纹理在投影平面上的方向。
任意平面的渲染效果图如图9-85所示。

图9-84 任意平面的设置参数　　　　图9-85 任意平面的渲染效果图

（2）圆柱：设置纹理的投影面为圆柱面。由一个包围模型的圆柱面作为投影面，纹理先分布在这个圆柱投影面上,然后沿着这个圆柱投影面的法向方向将纹理投影到零件表面上。可以设置中心点、轴方向、原点、绕轴向的比例、沿轴向的比例、绘制反馈矢量、动态垂直位置调节和动态角度位置调节 8 个参数,该类型的设置参数如图 9-86 所示。

1)中心点:指定圆柱投影面的轴的通过点。

2)轴方向:指定一个矢量来设定圆柱投影面的轴的方向。

3)原点:指定一个点作为纹理的左上角的位置。

4)绕轴向的比例:设置在圆柱投影面上纹理沿圆周方向的大小。

5)沿轴向的比例:用来设置在圆柱投影面上纹理沿圆柱面的轴向的大小。

6)绘制反馈矢量:选取此复选框将会在图形区将上述两个矢量显示出来。

7)动态垂直位置调节 :拖动滑动条动态微调圆柱投影面上的纹理沿圆柱投影面的轴向位置。

8)动态角度位置调节 :拖动滑动条动态微调圆柱投影面上的纹理沿圆柱投影面的圆周方向的位置。

圆柱形的渲染效果图如图 9-87 所示。

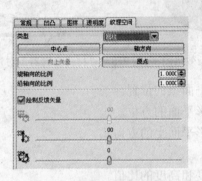

图 9-86 圆柱形的设置参数

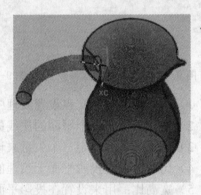

图 9-87 圆柱形的渲染效果图

(3)球坐标系:设置纹理的投影面为球形。由一个包围模型的球面作为投影面,纹理先分布于这个球形投影面上,然后沿着这个球形投影面的法线方向将纹理投影到模型表面上。可以设置中心点、轴方向、原点、横向比例、纵向比例、绘制反馈矢量、动态垂直位置调节和动态角度位置调节 8 个参数,该类型的设置参数如图 9-88 所示。

1)中心点:指定球形投影面的球心位置。

2)轴方向:指定一个矢量来设定球形投影面的地轴的方向。

3)原点:指定一个点作为纹理的左上角的位置。

4)横向比例:设置沿球形投影面纬线方向的纹理的大小。

5)纵向比例:用来设置沿球形投影面经线方向的纹理的大小。

6)绘制反馈矢量:选取此复选框将会在图形区将上述两个矢量显示出来。

7)动态垂直位置调节 :拖动滑动条动态微调球形投影面上的纹理沿地轴方向的位置。

8)动态角度位置调节 :拖动滑动条动态微调球形投影面上的纹理的绕轴位置。

球坐标系的渲染效果图如图 9-89 所示。

（4）自动定义 WCS 轴：用来设置纹理根据当前的工作坐标系来自动进行排列。只可以设置比例这个参数，该类型的设置参数如图 9-90 所示。

图 9-88 球坐标系的设置参数　　　　　图 9-89 球坐标系的渲染效果图

比例：设置纹理的大小。

自动定义 WCS 轴的渲染效果图如图 9-91 所示。

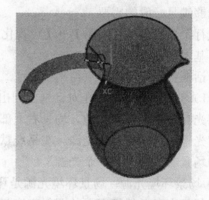

图 9-90 自动定义 WCS 轴的设置参数　　　图 9-91 自动定义 WCS 轴的渲染效果图

（5）UV：根据曲面的 U、V 方向设置纹理的投影面。提供一种表面纹理贴图技术，适合不规律或弯曲的复杂弯曲形状。可以设置 U 比例、V 比例、动态水平位置调节和动态垂直位置调节调节 5 个参数，该类型的设置参数如图 9-92 所示。

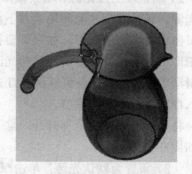

图 9-92 UV 的设置参数　　　　　　　图 9-93 UV 的渲染效果图

1）U 比例：控制网络 U 方向纹理总的大小。

2）V 比例：控制网络 V 方向纹理总的大小。

3）动态水平位置调节 ：拖动滑动条动态微调纹理在 U 方向的位置。

4）动态垂直位置调节 ：拖动滑动条动态微调纹理在 V 方向的位置。

UV 的渲染效果图如图 9-93 所示。

9.4　灯光效果

为了得到各种特效的渲染图像，需要为渲染场景设计各种光源及其分布。UG 的灯光效果分为两部分，一种是基本光源，另一种是高级光源。

9.4.1　基本光源

基本光源功能，可以简单、快捷地设置渲染场景。基本光源只有 8 个场景光源，并且场景光源在场景中的位置是固定的，因此缺乏灵活性，不能够满足特别效果的需要，但是能够满足一般的需要。

执行菜单栏中的【视图】→【可视化】→【基本光源】命令，系统弹出如图 9-94 所示的"基本光源"对话框。

对话框各选项功能如下：

（1）8 种固定光源：在对话框中列出了 8 种固定光源，包括了场景环境光源、场景左上部光源、场景顶部光源、场景右上部光源、场景正前部光源、场景左下部光源、场景底部光源和场景右下部光源。在系统默认情况下，只打开场景环境光源、场景左上部光源和场景右上部光源 3 个光源。

1）场景环境光源：场景环境光源是环境中的散射光。对被照射对象而言，场景环境光源在任何方向对任何表面的照射亮度相等，没有方向性不会引起阴影。如果需要打开这个光源，把鼠标左键移动到场景环境光源 按钮处单击即可激活该命令，如果要关闭该光源，只需再次单击该按钮。在场景环境光源 按钮下方有滑动条，拖动滑动条可以调节灯光的亮度，数值范围为 0～1，还可以在滑动条下面的输入框中输入一个亮度值。

2）场景左上部光源、场景顶部光源、场景右上部光源、场景正前部光源、场景左下部光源、场景底部光源和场景右下部光源：这些光源都是平行光源，具有方向性，在高质量图像中会产生阴影。如果需要打开这些光源，把鼠标左键移动到这些光源的按钮处单击即可激活，如果要关闭这些光源，只需再次单击这些按钮。在这些光源的按钮下方有滑动条，拖动滑动条可以调节灯光的亮度，数值范围为 0～1，还可以在滑动条下面的输入框中输入一个亮度值。

将 8 个固定光源全部打开，除了场景环境光源外其他光源的灯泡将在场景中显示出来如图 9-95 所示。

（2）重置为默认光源：单击 重置为默认光源 按钮，基本光源设置回到系统默认状态。在系统默认情况下，只打开场景环境光源、场景左上部光源和场景右上部光源 3 个光源如图 9-96 所示。

（3）重置为舞台光：单击  按钮，基本光源被设置为舞台光状态。舞台光状态是系统预先设置的状态，所有的基本光源全部打开了。

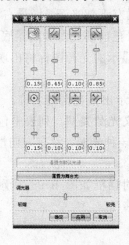

图 9-94 "基本光源"对话框

图 9-95 显示所有基本光源

（4）调光器：用来同时增减除了场景环境光源以外所有被运用到场景的光源的亮度。拖动滑动条，从左到右光源亮度由较暗到较亮。

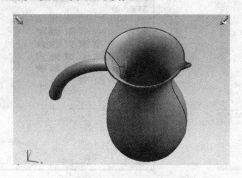

图 9-96 显示默认的基本光源

9.4.2 高级光源

高级光源功能，可以创建新的光源，并且可以设置和修改新的光源。因此高级光源可以比基本光源更灵活，能够满足特别效果的需要。

执行菜单栏中的【视图】→【可视化】→【高级光源】命令，或者单击【形象化渲染】工具栏图标 （高级灯光）可激活该命令，系统弹出如图 9-97 所示的"高级灯光"对话框。

对话框各选项功能如下：

（1）开：在开设置区域显示已经在渲染区内使用的、开启的光源。系统默认的已经开启的有场景环境光源、场景左上部光源和场景右上部光源 3 个光源 。在该区域中选中某一光源图标，单击 按钮，显示的光源图标将出现在关设置区域中，选中的光源被关闭。

（2）关：在关设置区域显示被关闭的光源。系统默认的已经关闭的有标准视线光源、标准 Z 点光源、右上方标准平行光、场景顶部光源、场景左下部光源、场景右下部光源、标准 Z 平行光、标准 Z 聚光、左上方标准平行光、场景正前部光源和场景底部光源 11 个光源。在该区域中选中某一光源图标，单击 按钮，显示的光源图标将出现在开设置区域中，选中的光源被打开。

（3）名称：选中某一光源图标，在名称栏中将会显示出该光源的名称。

（4）类型：在类型下拉列表中列出了 UG 的用户定义光源类型。列表中包括：

1）环境光：环境光是能给所有表面提供均匀照明的一种光源，没有方向性，不会产生阴影。可设置的参数有颜色和强度。

颜色：单击颜色后面的颜色块，系统弹出"颜色"对话框如图 9-98 所示，用户可以设置光源的颜色。

图 9-97 "高级光源"对话框

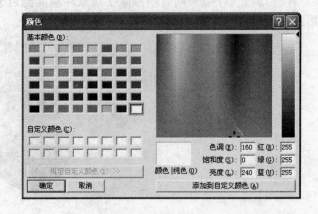

图 9-98 "颜色"对话框

强度：通过拖动滑动调来设置光源的强度，由左到右光强由弱到强。

2）平行光：能朝某个方向发出平行光的一种光源。一般来自很远的地方，比如阳光，在高质量图像中能够产生阴影。可设置的参数有颜色、强度、方向和位置等。

将标准 Z 平行光 打开，光照效果图如图 9-99 所示。

3）眼光源：从观察视图位置发出的光，也就是光源的原点在观察者眼睛处。这种光源不能产生阴影。可设置的参数有颜色和强度。

4）点光源：从一个点朝向所有方向发出同等强度光线的光源，其亮度随距离而变化。点光源在高质量图像中会产生阴影。可设置的参数有颜色、强度、位置和亮度变化规律等。将标准 Z 点光源光打开，光照效果图如图 9-100 所示。

5）聚光灯：由单个点光源朝一个方向发出的光源，但发出的光被限制在锥形范围内，只有处在光锥内的对象被照亮，其亮度随距离而变化。聚光灯在高质量图像中会产生阴影。可设置的参数有颜色、强度、位置和亮度变化规律等。

将标准 Z 聚光打开,光照效果图如图 9-101 所示。

图 9-99 标准 Z 平行光

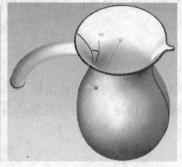
图 9-100 标准 Z 点光源

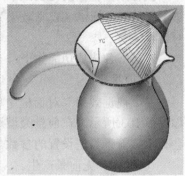
图 9-101 标准聚光灯

（5）操作：包括了对光源的新建、复制、删除、信息、重置为默认光源和重置为舞台光 6 个功能,如图 9-102 所示。

1）新建：在对话框中单击新建按钮,在类型中选择一种光源类型,在名称输入框中输入新光源的名称,单击【确定】按钮,一个新光源被创建。

2）复制：从对话框中选取一个已有光源,单击复制按钮,认可或修改名称输入框中的名称,单击【确定】按钮,一个光源被复制。

3）删除：从对话框中选取一个已有的用户定义的光源,单击删除按钮,该光源被删除。

4）信息：在对话框中单击信息按钮,系统弹出"信息"窗口如图 9-103 所示,可以查看所选光源信息包括光源颜色、光源类型、光源强度以及光源位置等。

图 9-102 "操作"对话框

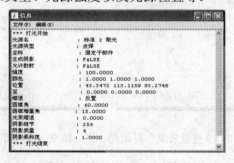
图 9-103 "信息"窗口

（6）重置为默认光源：在对话框中单击重置为默认光源按钮,灯光设置恢复到默认状态。

（7）重置为舞台光：在对话框中单击重置为舞台光按钮,灯光设置恢复到舞台光状态。

9.5 视觉效果

视觉效果功能可以设置不同的前景和背景、特殊效果以及基于图像的打光的视觉效果。

执行菜单栏中的【视图】→【可视化】→【视觉效果】命令，或者单击【形象化渲染】工具栏图标■（视觉效果）可激活该命令，系统弹出如图 9-104 所示的"视觉效果"对话框。

对话框各选项功能如下：

1. 前景

在"视觉效果"对话框中单击 前景 按钮，对话框下部会显示前景的设置选项如图如图 9-103 所示。在前景类型选项中指定一种前景类型，当指定一种类型后对话框中将会显示该前景类型设置的参数。前景包括 7 种类型：

（1）无：无前景产生。

（2）雾：该类型的前景产生一种物体在雾中的效果，雾随距离成指数衰减。可以设置的参数有颜色和距离如图 9-105 所示。

1）颜色：用于设置雾的颜色，单击【颜色】按钮，系统弹出"颜色"对话框，可以设置雾的颜色。

2）距离：代表雾效果开始起作用的距离，随着距离的增加，物体逐渐变清晰。

雾前景的渲染效果图如图 9-106 所示。

图 9-104 "视觉效果"对话框　　　图 9-105 雾的设置参数　　　图 9-106 雾前景的渲染效果图

（3）深度线索：也产生物体在雾中的效果，雾在一个距离范围内成指数衰减。可以设置的参数有颜色、近距离和远距离如图 9-107 所示。

1）颜色：用于设置雾的颜色，单击【颜色】按钮，系统弹出"颜色"对话框，可以设置雾的颜色。

2）近距离：设置雾效果开始起作用的距离。

3）远距离：设置雾效果将失去作用的距离。

（4）地面雾：产生一种物体在地面雾的效果，雾的浓度随高度的增加逐渐变稀。可以设置的参数有颜色、点、正常、距离和雾高度如图 9-108 所示。

1）颜色：用于设置雾的颜色，单击【颜色】按钮，系统弹出"颜色"对话框，可以设置雾的颜色。

2）点：用于确定地平线的位置，雾只存在于地平线之上。

3）正常：此项用于确定哪一面为地平面的上面。

4）距离：代表雾效果开始作用的距离，随着距离的增加，物体逐渐变清晰。

5）雾高度：此项代表雾效果减少的速度，雾高度值越大，距离地面越远的地方会见到越多的雾，当高度为 0 或小于 0，效果等同于雾的效果。

地面雾前景的渲染效果图如图 9-109 所示。

（5）雪：产生物体在雪花中的效果。可以设置的参数有颜色、近比例、远端比例、雪花大小、密度和杂质级别如图 9-110 所示。

1）颜色：用于设置雪花的颜色，单击【颜色】按钮，系统弹出"颜色"对话框，用户可以设置雾的颜色。

2）近比例：设置近距离雪花的大小。

3）远端比例：设置远距离雪花的大小，远端比例值应小于近比例值。

4）雪花大小：设置雪花的大小。

5）密度：设置雪花的密度。

6）杂质级别：控制雪花分布的不规律性。

  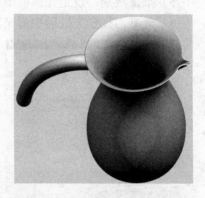

图 9-107 深度线索的设置参数　图 9-108 地面雾的设置参数　图 9-109 地面雾前景的渲染效果图

雪前景的渲染效果图如图 9-111 所示。

（6）TIFF 图像：选择一个 TIFF 图像作为前景，此项一般用于在制作的图片中加入标志。可以设置的参数有颜色、X 位置和 Y 位置如图 9-112 所示。

1）颜色：指定一种颜色作为图片上透明部位的颜色，单击【颜色】按钮，系统弹出"颜色"对话框，用户可以设置颜色。

2）X 位置：加入的图片的 X 坐标的位置。

3）Y 位置：加入的图片的 Y 坐标的位置。

TIFF 图像前景的渲染效果图如图 9-113 所示。

（7）光散射：使聚光灯束呈现一种大气散射效果。可以设置的参数有样本数、密度、最大距离、噪波比例、杂质级别和衰减如图 9-114 所示。

图 9-110 雪的设置参数

图 9-111 雪前景的渲染效果图

1）样本数：决定对光扩散的取样率，低取样值会带来较好的表现效果，但容易导致锯齿。包括低、中低、中、中高、高和很高 7 个选项。

2）密度：设置散射光的密度，密度越高，散射光越亮。

3）最大距离：控制光散射开始计算的最大距离，值越大，锯齿越有可能发生。

4）噪波比例：设定噪音的比例和相对尺寸。

5）杂质级别：设定光散射中的光浓度随机变化量。

6）衰减：设定光散射中的光浓度从光源随距离衰减的速度。

图 9-112 TIFF 图像的设置参数

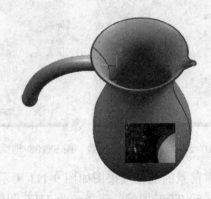

图 9-113 TIFF 图像前景的渲染效果图

光散射前景的渲染效果图如图 9-115 所示。

2. 背景

在"视觉效果"对话框中单击 背景 按钮，对话框下部会显示背景的设置选项如图 9-116 所示。在对话框上部的类型中列出了背景的组合形式有 4 种类型。

（1）简单：可以设置某种单一的背景。选择简单背景组合形式时，在对话框下部的背景类型有 5 种：

1）无：无背景。

2）普通：只可以选择某种颜色作为背景。可以设置的参数有背景的颜色如图 9-117

所示。

图 9-114 光散射的设置参数

图 9-115 光散射前景的渲染效果图

颜色：设置背景的颜色，单击颜色后面的颜色块，系统弹出"颜色"对话框，可以设置颜色。

3）云：选择云彩作为背景。可以设置的参数如图 9-118 所示。

图 9-116 "视觉效果背景"对话框

图 9-117 简单普通指引线的设置参数

天空颜色：设置天空的颜色，单击天空颜色后面的颜色块，系统弹出"颜色"对话框，用户可以设置颜色。

云的颜色：设置云的颜色，单击云的颜色后面的颜色块，系统弹出"颜色"对话框，用户可以设置颜色。

比例：设置云彩的大小。

详细：详细值越大，云彩扩散的越小或云彩显得越集中。

云背景的渲染效果图如图 9-119 所示。

4）渐变：选择某种渐变颜色作为背景。可以设置的参数有顶部颜色和底部颜色如图 9-120 所示。

顶部颜色：设置顶部的颜色，单击顶部颜色后面的颜色块，系统弹出"颜色"对话框，用户可以设置颜色。

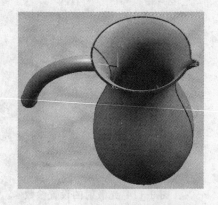

图 9-118 简单云的设置参数　　　　　　　　图 9-119 云背景的渲染效果图

底部颜色：设置底部的颜色，单击底部颜色后面的颜色块，系统弹出"颜色"对话框，用户可以设置颜色。

渐变背景的渲染效果图如图 9-121 所示。

图 9-120 简单渐变的设置参数　　　　　　　图 9-121 渐变背景的渲染效果图

5）用户指定的图像：选择一个图片作为背景。可以设置的参数有填充色、填充模式和图像如图 9-122 所示。

填充色：只有当填充模式设为中心时这个功能才有效，可以设置图片未覆盖区域的颜色。单击填充色后面的颜色块，系统弹出"颜色"对话框，用户可以设置颜色。

填充模式：指定图像在背景平面上的分布方式。包括中心、平铺和填充 3 种模式。

图像：指定用于背景的图像文件。

指定的图像背景的渲染效果图如图 9-123 所示。

（2）混合：背景是由两个简单的背景按比例合成的。主要设置参数如图 9-124 所示。

1）主要：用来设置主背景。按照上面简单背景的设置方法设置第一个简单背景。

2）次要：用来设置第二个背景。按照和上面相同的方法设置第二个简单背景。

3）混合比率：通过拖动混合比率后面的滑动条来设置主背景和第二背景在混合背景中所占的比例。

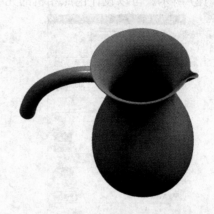

图 9-122 简单用户指定的图像的设置参数　　图 9-123 用户指定的图像背景的渲染效果图

（3）光线立方体：主背景放在模型后面，而第二背景放置在观察点的后面，只能通过模型的反射图像才能看到，第二背景在模型的反射从物理上讲是不准确的。主要设置参数有背景和反射如图 9-125 所示。

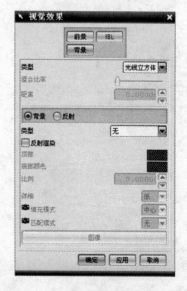

图 9-124 混合背景的设置参数　　　　图 9-125 光线立方体背景的设置参数

（4）两平面：主背景放在模型后面，而第二背景放置在观察点的后面，只能通过模型的反射图像才能看到，第二背景在模型的反射从物理上讲是准确的。主要设置参数有距离、背景、反射和匹配模式如图 9-126 所示。

匹配模式包括无、模糊和平铺 3 种。

1）无：在模型上只反射一幅第二背景图像。

2）模糊：在模型上反射一幅类似扫描的第二背景图像。

3）平铺：在模型上反射平铺的一族第二背景图像。

3．IBL

在"视觉效果"对话框中单击 IBL 按钮，对话框下部会显示 IBL 的设置选项如图
如图 9-127 所示。可以设计由照相机的光学系统引起的特殊效果。

图 9-126 两平面背景的设置参数　　　　图 9-127 "视觉效果 IBL"对话框

第 **10** 章

综合实例

在前几章中，已经详细介绍了 UG NX 7.0 曲面造型的基本操作，本章将通过吧台椅、榨汁机和飞机模型产品实例对这些曲面操作进行综合应用。

   学习要点

- ◎ 吧台椅
- ◎ 榨汁机
- ◎ 飞机模型

吧台椅

吧台椅由椅座、支撑架、踏脚架和底座组成，该实例综合应用了自由曲面的构造功能来创建外观模型并对模型进行了渲染。

📖10.1.1 椅座

椅座创建流程图如图 10-1 所示。

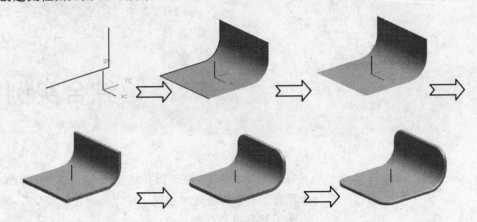

图 10-1 椅座创建流程图

具体操作步骤如下：

01 创建一个新文件。执行菜单栏中的【文件】→【新建】选项或单击工具栏中的新建图标🗋，弹出"新建"对话框。点击【模型】，单位设置为毫米，在【模板】中单击"模型"选项，在【新文件名】→【名称】中输入文件名"bataiyi"，然后在【新文件名】→【文件夹】中选择文件存盘的位置，选择完成后如图 10-2 所示。完成后单击【确定】按钮进入建模模式。

02 创建扫掠曲面

❶创建直线。执行菜单栏中的【插入】→【曲线】→【直线】命令，或从【曲线】工具栏中单击✐（直线）图标，系统弹出如图 10-3 所示的"直线"对话框。单击起点的🖳按钮系统弹出"点构造器"对话框如图 10-4 所示，输入起点坐标为（−150，150，150）如图 10-4 所示，单击【确定】按钮。单击终点的🖳按钮，系统弹出"点构造器"对话框，输入终点坐标为（−150，150，0），单击【确定】按钮，在"直线"对话框中单击【确定】按钮，生成直线如图 10-5 所示。

同样的方法创建另一条直线，输入起点坐标为（−150，150，0），输入终点坐标为（−150，−150，0），生成直线如图 10-6 所示。

❷创建圆角。执行菜单栏中的【插入】→【曲线】→【基本曲线】命令，或从【曲线】工具栏中单击🗇（基本曲线）图标，系统弹出如图 10-7 所示的"基本曲线"对话框。单击🗇（圆角）图标，弹出"曲线倒圆"对话框，单击🗇（2 曲线倒圆）图标，半径值

设为 80，修剪选项如图 10-8 所示。

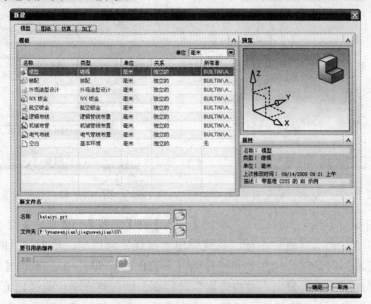

图 10-2 "新建"对话框

图 10-3 "直线"对话框

图 10-4 "点"对话框

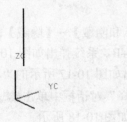

图 10-5 生成直线

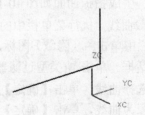

图 10-6 生成直线

用鼠标左键单击两条直线，系统会弹出如图 10-9 所示的警告信息框，单击【确定】按钮即可。然后在两直线包围区域靠近要倒圆的地方单击一下，生成圆角如图 10-10 所示。

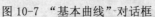

图 10-7 "基本曲线"对话框　　　　　图 10-8 修剪选项设置

❸创建扫掠引导线。执行菜单栏中的【插入】→【曲线】→【直线】命令，或从【曲线】工具栏中单击✐（直线）图标，系统弹出"直线"对话框。单击起点的✚按钮系统弹出"点构造器"对话框，输入起点坐标为（-150，-150，0），单击【确定】按钮。单击终点的✚按钮，系统弹出"点构造器"对话框，输入终点坐标为（150，-150，0），单击【确定】按钮，在"直线"对话框中单击【确定】按钮，生成直线如图 10-11 所示。

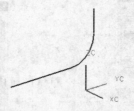
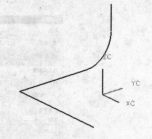

图 10-9 警告信息框　　　　图 10-10 生成的圆角　　　　图 10-11 生成的扫掠引导线

❹扫掠。执行菜单栏中的【插入】→【扫掠】→【扫掠】命令，或从【曲面】工具栏中单击💠（扫掠）图标，系统弹出如图 10-12 所示的"扫掠"对话框。截面选择如图 10-13 所示，单击鼠标中键进行引导线选择如图 10-14 所示。在"扫掠"对话框中单击【确定】按钮，生成扫掠曲面如图 10-15 所示。

❺隐藏曲线。执行菜单栏中的【编辑】→【显示和隐藏】→【隐藏】命令，或从【曲线】工具栏中单击💠（隐藏）图标，或按住键盘 ctrl+B，系统弹出如图 10-16 所示的"类选择"对话框。单击💠(类型过滤器)按钮，系统弹出如图 10-17 所示的"根据类型选择"对话框，选择曲线，单击【确定】按钮，在"类选择"对话框中单击💠（全选）按钮，隐藏的对象为曲线，单击【确定】按钮曲线被隐藏如图 10-18 所示。

03 创建加厚曲面。执行菜单栏中的【插入】→【偏置/缩放】→【加厚】命令，或从【特征】工具栏中单击💠（加厚）图标，系统弹出如图 10-19 所示的"加厚"对话框。选择加厚面为曲线扫掠曲面，【偏置 1】设置为 0，【偏置 2】设置为 15，偏置方向如图 10-20 所示，单击【确定】按钮生成模型。

执行菜单栏中的【编辑】→【显示和隐藏】→【隐藏】命令，或从【实用工具】工

具栏中单击 📄（隐藏）图标，系统弹出"类选择"对话框。单击【类型过滤器】 ✦，系统弹出"根据类型选择"对话框，选择【片体】单击【确定】，点击【全选】按钮。单击【确定】按钮，片体被隐藏，模型如图10-21所示。

图 10-12 "扫掠"对话框

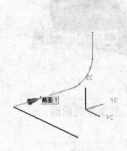
图 10-13 截面选择

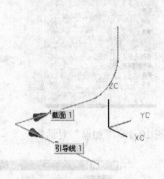
图 10-14 引导线选择

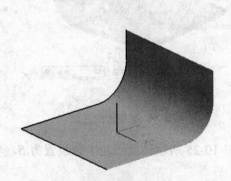
图 10-15 扫掠曲面

图 10-16 "类选择"对话框

图 10-17 "根据类型选择"对话框

图 10-18 隐藏曲线

04 边倒圆。执行菜单栏中的【插入】→【细节特征】→【边倒圆】命令，或从

【特征操作】工具栏中单击 （边倒圆）图标，系统弹出如图 10-22 所示的"边倒圆"对话框，选择倒圆角边如图 10-23 所示，倒圆角半径设置为 50，单击【确定】按钮生成如图 10-24 所示的模型。

图 10-19 "加厚"对话框

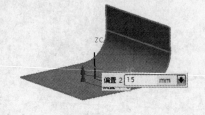

图 10-20 要加厚的曲面

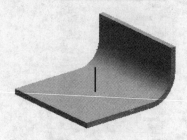

图 10-21 加厚曲面

图 10-22 "边倒圆"对话框

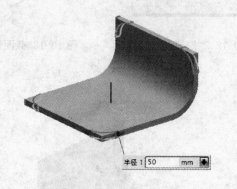

图 10-23 圆角边的选取

单击 （边倒圆）图标，选择倒圆角边如图 10-25 所示，倒圆角半径设置为 5，单击【确定】按钮生成如图 10-26 所示的模型。

图 10-24 倒圆角后的模型

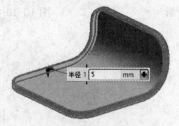

图 10-25 圆角边的选取

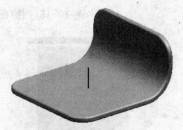

图 10-26 座椅模型

10.1.2 支撑架

支撑架创建流程如图 10-27 所示。

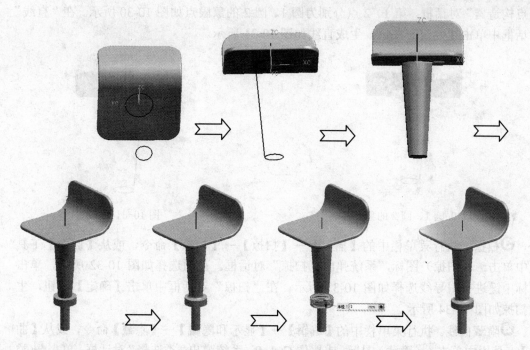

图 10-27 支撑架创建流程图

具体操作步骤如下：

01 创建扫掠

❶创建圆。执行菜单栏中的【插入】→【曲线】→【基本曲线】命令，或从【曲线】工具栏中单击 （基本曲线）图标，系统弹出"基本曲线"对话框。单击 （圆）图标，在【跟踪条】中输入圆中心点（0，0，0），半径为50后按回车键，每输入完一个坐标值按 Tab 键可转换到下一个值的输入，或者在【点方式】下拉菜单中单击点构造器，系统弹出"点构造器"对话框，输入圆中心点（0，0，0），单击【确定】按钮。系统提示选者对象以自动判断点，输入（50，0，0），单击【确定】按钮完成圆 1 的创建如图 10-28 所示。按照上面的步骤创建圆心为（0，0，−300），半径为 30 的圆 2，生成的曲线模型如图 10-29 所示。

图 10-28 圆 1 的创建

图 10-29 曲线模型

❷创建直线。执行菜单栏中的【插入】→【曲线】→【直线】命令，或从【曲线】工具栏中单击 （直线）图标，系统弹出"直线"对话框。单击起点的 按钮系统弹出

"点构造器"对话框，第 1、2 点分别为圆 1、圆 2 的象限点如图 10-30 所示。在"直线"对话框中单击【确定】按钮，生成直线如图 10-31 所示。

图 10-30 圆 1、圆 2 的象限点　　　　　　　　　　　　图 10-31 生成直线

❸扫掠。执行菜单栏中的【插入】→【扫掠】→【扫掠】命令，或从【曲面】工具栏中单击 (扫掠) 图标，系统弹出"扫掠"对话框。截面选择如图 10-32 所示，单击鼠标中键进行引导线选择如图 10-33 所示。在"扫掠"对话框中单击【确定】按钮，生成扫掠如图 10-34 所示。

❹隐藏曲线。执行菜单栏中的【编辑】→【显示和隐藏】→【隐藏】命令，或从【曲线】工具栏中单击 (隐藏) 图标，或按住 Ctrl+B，系统弹出"类选择"对话框。单击 (类型过滤器)按钮，系统弹出"根据类型选择"对话框，选择曲线，单击【确定】按钮，在"类选择"对话框中单击 (全选) 按钮，隐藏的对象为曲线，单击【确定】按钮曲线被隐藏如图 10-35 所示。

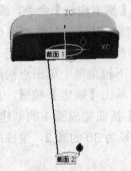　　　　　　　　　　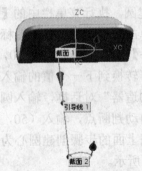

图 10-32 截面选择　　　　　　　　　　　　　　　图 10-33 引导线选择

[02] 创建圆柱体。执行菜单栏中的【插入】→【设计特征】→【圆柱体】命令，或从【特征】工具栏中单击 (圆柱体) 图标，系统弹出如图 10-36 所示的"圆柱"对话框。类型选择"轴、直径和高度"，在"指定矢量"中选择-ZC 轴，单击【指定点】中的图标 ，弹出点构造器，输入点坐标（0，0，－300）作为圆柱体的圆心坐标，单击【确定】按钮。设置直径、高度为 100、30，在布尔下拉列表中选择"求和"选项。单击【确定】按钮生成圆柱体，如图 10-37 所示。

再次执行菜单栏中的【插入】→【设计特征】→【圆柱体】命令，或从【特征】工具栏中单击 (圆柱体) 图标，系统弹出"圆柱"对话框。类型选择"轴、直径和高度"，在"指定矢量"中选择-ZC 轴，单击【指定点】中的图标 ，弹出点构造器，输入点坐标（0，0，－330）作为圆柱体的圆心坐标，单击【确定】按钮。设置直径、高度为40、120，在布尔下拉列表中选择"求和"选项。单击【确定】按钮生成圆柱体，如图10-38所示。

图 10-34 生成扫掠　　　　　　图 10-35 曲线被隐藏　　　　　图 10-36 输入圆柱体的参数

03 边倒圆。执行菜单栏中的【插入】→【细节特征】→【边倒圆】命令，或从【特征操作】工具栏中单击 　（边倒圆）图标，系统弹出"边倒圆"对话框，选择倒圆角边如图10-39所示，倒圆角半径设置为10。单击【确定】按钮生成如图10-40所示的模型。

图 10-37 生成的圆柱体　　　　图 10-38 生成的圆柱体　　　　图 10-39 圆角边的选取

图 10-40 倒圆角后的模型　　　图 10-41 圆角边的选取　　　　图 10-42 倒圆角后的模型

再次执行菜单栏中的【插入】→【细节特征】→【边倒圆】命令，系统弹出"边倒圆"对话框，选择倒圆角边如图 10-41 所示，倒圆角半径设置为 3，单击【确定】按钮生成如图 10-42 所示的模型。

10.1.3 踏脚架

踏脚架创建流程如图 10-43 所示。

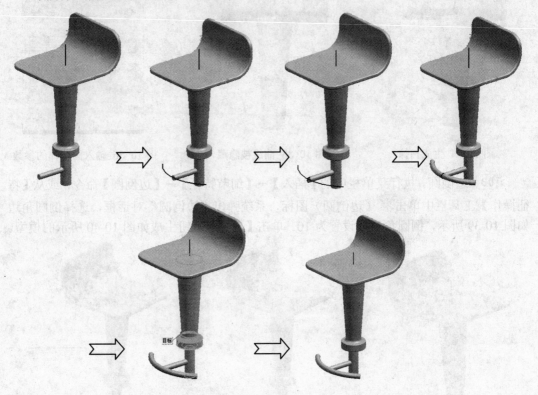

图 10-43 踏脚架创建流程图

具体操作步骤如下：

01 创建圆柱体。执行菜单栏中的【插入】→【设计特征】→【圆柱体】命令，或从【特征】工具栏中单击▣（圆柱体）图标，系统弹出"圆柱"对话框如图 10-44 所示。类型选择"轴、直径和高度"，在"指定矢量"中选择-YC 轴。单击【指定点】中的图标▣，弹出点构造器，输入点坐标（0，0，−390）作为圆柱体的圆心坐标，单击【确定】按钮。设置直径、高度为 20、130，单击【确定】按钮生成圆柱体，如图 10-45 所示。

02 创建扫掠

❶创建圆弧。执行菜单栏中的【插入】→【曲线】→【圆弧/圆】命令，或从【曲线】工具栏中单击▢（圆弧/圆）图标，系统弹出"圆弧/圆"对话框如图 10-46 所示。单击中心点▣（点构造器）图标，统弹出"点构造器"对话框，输入圆中心点（0，60，−390），单击【确定】按钮。单击通过点▣（点构造器）图标，系统弹出"点构造器"对话框，输入圆中心点（0，−130，−390），单击【确定】按钮。在支持平面中选择"选择平面"

选项，在指定平面下拉列表中选择 XC-YC 平面，在距离中输入－390，限制中设置如图 10-47 所示，预览如图 10-48 所示，单击【确定】按钮生成圆弧如图 10-49 所示。

❷创建圆。执行菜单栏中的【插入】→【曲线】→【圆弧/圆】命令，或从【曲线】工具栏中单击 (圆弧/圆) 图标，系统弹出"圆弧/圆"对话框。单击中心点 (点构造器) 图标，统弹出"点构造器"对话框，输入圆中心点（0，－130，－390），单击【确定】按钮。半径输入 10 后，单击【回车键】。在支持平面中选择"选择平面"选项，在指定平面下拉列表中选择 YC-ZC 平面，在距离中输入 0，预览如图 10-50 所示。限制中选择整圆复选框，单击【确定】按钮生成圆如图 10-51 所示。

图 10-44 "圆柱"对话框　　　　图 10-45 生成的圆柱体　　　图 10-46 "圆弧/圆"对话框

❸扫掠。执行菜单栏中的【插入】→【扫掠】→【扫掠】命令，或从【曲面】工具栏中单击 (扫掠) 图标，系统弹出"扫掠"对话框。截面选择如图 10-52 所示，单击鼠标中键进行引导线选择如图 10-53 所示。在"扫掠"对话框中单击【确定】按钮，生成扫掠如图 10-54 所示。

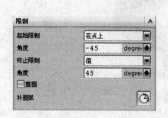

图 10-47 限制选项设置　　　　图 10-48 预览效果　　　　图 10-49 生成的圆弧

❹隐藏曲线。执行菜单栏中的【编辑】→【显示和隐藏】→【隐藏】命令，或从【曲线】工具栏中单击 (隐藏) 图标，或按住键盘 ctrl+B，系统弹出 "类选择"对话框。

单击 （类型过滤器)按钮，系统弹出 "根据类型选择"对话框，选择曲线，单击【确定】
按钮，在"类选择"对话框中单击 （全选）按钮，隐藏的对象为曲线，单击【确定】
按钮曲线被隐藏如图10-55所示。

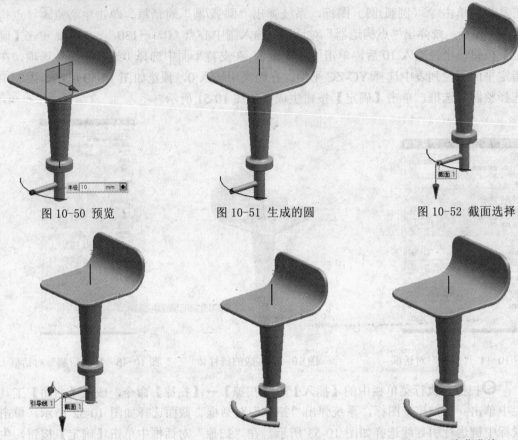

图 10-50 预览   图 10-51 生成的圆   图 10-52 截面选择

图 10-53 引导线选择   图 10-54 生成的扫掠   图 10-55 隐藏曲线

03 创建组合体。执行菜单栏中的【插入】→【组合体】→【求和】命令，或从【特
征操作】工具栏中单击 （求和）图标，系统弹出"求和"对话框。目标选择椅座如图
10-56所示，刀具选择如图10-57所示，单击【确定】按钮生成组合体。

图 10-56 求和目标的选取   图 10-57 求和刀具的选取

04 边倒圆。执行菜单栏中的【插入】→【细节特征】→【边倒圆】命令，或从【特征操作】工具栏中单击 图标，系统弹出"边倒圆"对话框。选择倒圆角边如图 10-58 所示，倒圆角半径设置为 3，单击【确定】按钮生成如图 10-59 所示的模型。

图 10-58 圆角边的选取   图 10-59 倒圆角后的模型

10.1.4 底座

底座创建流程如图 10-60 所示。

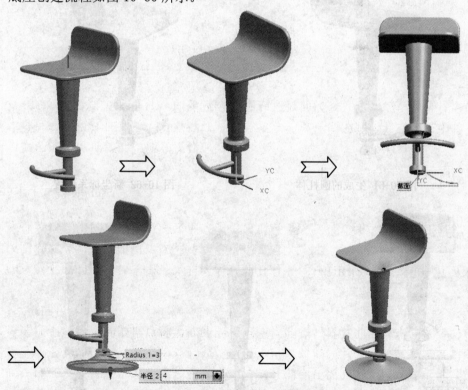

图 10-60 底座创建流程

具体操作步骤如下：

01 创建圆柱体。执行菜单栏中的【插入】→【设计特征】→【圆柱体】命令，或从【特征】工具栏中单击 ▥（圆柱体）图标，系统弹出"圆柱"对话框。类型选择"轴、直径和高度"，在"指定矢量"下拉列表中选择-ZC，单击【指定点】中的图标 ⊞，弹出点构造器，输入点坐标（0，0，－450）作为圆柱体的圆心坐标，单击【确定】按钮。设置直径、高度为60、20。单击【确定】按钮生成圆柱体，如图 10-61 所示。

02 创建回转体

❶移动 WCS。执行菜单栏中的【格式】→【WCS】→【动态】命令，或从【实用工具】工具栏中单击 ▨（WCS 动态）图标。拖动坐标系圆点到刚建的圆柱体底面的圆心上，新坐标系位置如图 10-62 所示。

❷创建直线。将视图转换为前视图。执行菜单栏中的【插入】→【曲线】→【直线】命令，或从【曲线】工具栏中单击 ╱（直线）图标，系统弹出"直线"对话框。单击起点的 ⊞按钮系统弹出"点构造器"对话框，输入起点坐标为（0，0，0），点参考设置为WCS，单击【确定】按钮如图 10-63 所示。单击终点的 ⊞按钮系统弹出"点构造器"对话框，输入终点坐标为（30，0，0），点参考设置为 WCS，单击【确定】按钮，在"直线"对话框中单击【应用】按钮，生成直线1。如图 10-64 所示。

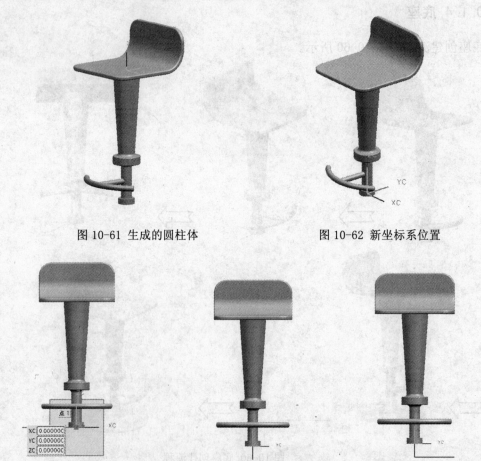

图 10-61 生成的圆柱体　　　　图 10-62 新坐标系位置

图 10-63 预览　　　图 10-64 生成直线 1　　　图 10-65 生成直线 2

同样的方法创建直线 2，输入起点坐标为（0，0，0），输入终点坐标为（0，0，－50），在"直线"对话框中单击【应用】按钮生成直线 2 如图 10-65 所示。创建直线 3，输入起点坐标为（0，0，－50），输入终点坐标为（150，0，－50），在"直线"对话框中单击【应用】按钮生成直线 3 如图 10-66 所示。创建直线 4，输入起点坐标为（150，0，－50），输入终点坐标为（150，0，－40），在"直线"对话框中单击【应用】按钮生成直线 4。

❸创建圆弧。执行菜单栏中的【插入】→【曲线】→【圆弧/圆】命令，或从【曲线】工具栏中单击 ◝（圆弧/圆）图标，系统弹出"圆弧/圆"对话框。类型选择三点画圆弧如图 10-67 所示。单击起点▣（点构造器）图标，系统弹出"点构造器"对话框，输入起点（30，0，0），单击【确定】按钮，点参考设置为 WCS。单击端点▣（点构造器）图标，统弹出"点构造器"对话框，输入端点（150，0，－40），单击【确定】按钮，点参考设置为 WCS。单击中点▣（点构造器）图标，系统弹出"点构造器"对话框，输入中点（60，0，－20），单击【确定】按钮，点参考设置为 WCS，如图 10-68 所示。单击【确定】按钮生成圆弧如图 10-69 所示。

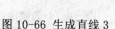

图 10-66 生成直线 3

图 10-67 "圆弧/圆"对话框

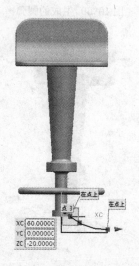

图 10-68 预览

❹回转。执行菜单栏中的【插入】→【设计特征】→【回转】命令，或从【特征】工具栏中单击 ▣（回转）图标，系统弹出如图 10-70 所示的"回转"对话框。截面选取如图 10-71 所示，在指定矢量下拉列表中选择 ZC 轴。单击指定点中的 ◉ 图标，选择圆心点如图 10-72 所示。其余选项保持默认值，单击【确定】按钮，生成的回转体如图 10-73 所示。

❺隐藏曲线。执行菜单栏中的【编辑】→【显示和隐藏】→【隐藏】命令，或从【曲线】工具栏中单击 ▣（隐藏）图标，或按住键盘 ctrl+B，系统弹出 "类选择"对话框。单击 ▣(类型过滤器)按钮，系统弹出 "根据类型选择"对话框，选择曲线，单击【确定】按钮，在"类选择"对话框中单击 ▣（全选）按钮，隐藏的对象为曲线，单击【确定】按钮曲线被隐藏如图 10-74 所示。

03 边倒圆。执行菜单栏中的【插入】→【细节特征】→【边倒圆】命令，或从【特征操作】工具栏中单击![icon]（边倒圆）图标，系统弹出"边倒圆"对话框，选择倒圆角边如图 10-75 所示，倒圆角半径设置为 3。单击![icon]（添加新设置）按钮，选择倒圆角边如图 10-76 所示，倒圆角半径设置为 4。单击【确定】按钮生成最终模型如图 10-77 所示。

图 10-69 生成的圆弧

图 10-70 "回转"对话框

图 10-71 截面选取

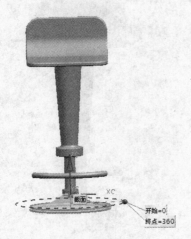

图 10-72 选择圆心点

图 10-73 回转体

图 10-74 隐藏曲线

图 10-75 圆角边的选取

图 10-76 圆角边的选取

图 10-77 最终模型

10.1.5 渲染

渲染流程如图 10-78 所示。

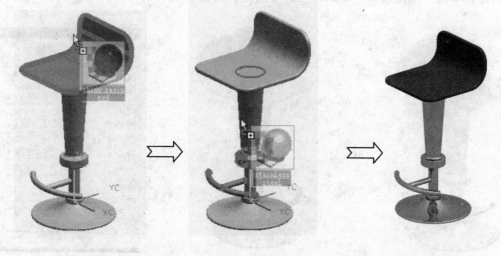

图 10-78 渲染

具体操作步骤如下：

01 为实体赋予材料。用鼠标单击屏幕左侧的 █（系统材料）图标，弹出如图 10-79 所示的"系统材料"对话框，用鼠标单击彩色塑料文件夹如图 10-80 所示，将 ●（shiny resin red）图标拖动到如图 10-81 所示的实体上。打开金属文件夹将 ●（stainless steel）图标拖动到其余的实体上如图 10-82 所示。

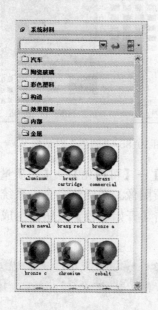

图 10-79 "系统材料"对话框

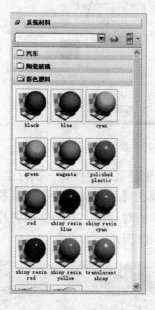

图 10-80 "系统材料"对话框

02 设置视觉效果。执行菜单栏中的【视图】→【可视化】→【视觉效果】命令，或者单击【形象化渲染】工具栏图标（视觉效果）激活该命令，系统弹出如图 10-83 所示的"视觉效果"对话框。单击【背景】按钮如图 10-84 所示，单击顶部颜色和底部颜色的色块，系统弹出如图 10-85 所示的"颜色"对话框，将顶部颜色和底部颜色设置为白色，单击"视觉效果"对话框中的【确定】按钮。

图 10-81 预览

图 10-82 预览

图 10-83 "视觉效果"对话框

图 10-84 "视觉效果"对话框

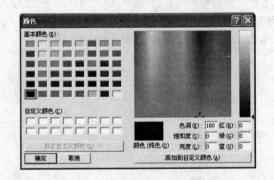

图 10-85 "颜色"对话框

03 创建高质量图像。执行菜单栏中的【视图】→【可视化】→【高质量图像】命令，或者单击【形象化渲染】工具栏图标（高品质图像）激活该命令，系统弹出如图 10-86 所示的对话框。方法选择照片般逼真的，单击【开始着色】按钮，生成高质量图像如图 10-87 所示。

10.2 榨汁机

榨汁机由主机、十字刀、果杯组成，通过综合应用自由曲面的构造功能创建榨汁机各部分模型，并将各部件装配成整机。创建模型后对模型进行材料和色彩渲染，生成逼真的榨汁机外观模型。

图 10-86 "高品质图像"对话框

图 10-87 高品质图像

10.2.1 主机

榨汁机主机的创建流程图如图 10-88 所示。

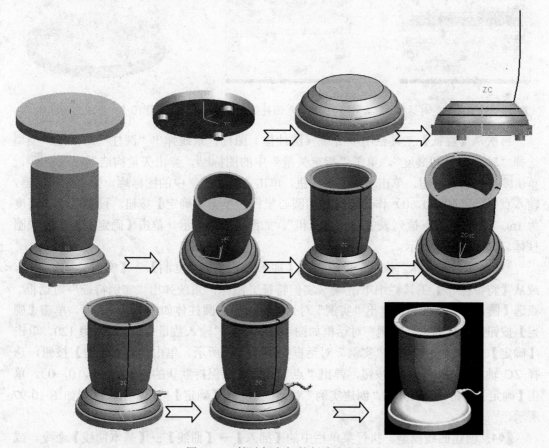

图 10-88 榨汁机主机的创建流程图

具体操作步骤如下：

01 创建一个新文件。执行菜单栏中的【文件】→【新建】选项或单击工具栏中的新建图标 ，弹出"文件新建"对话框。点击"模型"，单位设置为毫米，在"模板"中单击"模型"选项，在【新文件名】→【名称】中输入文件名"zhuji"，然后在【新文件名】→【文件夹】中选择文件存盘的位置，完成后单击【确定】按钮进入建模模式。

02 创建圆柱体。执行菜单栏中的【插入】→【设计特征】→【圆柱体】命令，或从【特征】工具栏中单击 （圆柱体）图标，系统弹出"圆柱"对话框。类型选择"轴、直径和高度"，单击【指定矢量】中的图标 ，弹出"矢量"对话框，如图 10-89 所示，单击【确定】按钮。单击"指定点"中的图标 ，弹出点构造器，输入点坐标（0，0，0）作为圆柱体的圆心坐标，单击【确定】按钮。设置直径、高度为 160、15，如图 10-90 所示。单击【确定】按钮生成圆柱体，如图 10-91 所示。

图 10-89 "矢量"对话框　　图 10-90 输入圆柱体的参数　　图 10-91 生成的圆柱体

再次从【特征】工具栏中单击 （圆柱体）图标，系统弹出"圆柱"对话框。类型选择"轴、直径和高度"，单击"指定矢量"中的图标 ，弹出矢量构造器，选取 ，单击 （反向）按钮，单击【确定】按钮。单击"指定点"中的图标 ，弹出点构造器，输入点坐标（60，0，0）作为圆柱体的圆心坐标，单击【确定】按钮。设置直径、高度为 16、8，在布尔下拉列表中选择"求和"，如图 10-92 所示。单击【确定】按钮生成圆柱体，如图 10-93 所示。

03 阵列圆柱体。执行菜单栏中的【插入】→【关联复制】→【实例特征】命令，或从【特征操作】工具栏中单击 （实例特征）图标，系统弹出"实例特征"对话框。点选【圆形阵列】按钮，弹出"实例"对话框，选择小圆柱体如图 10-94 所示，单击【确定】按钮，系统弹出"实例"对话框如图 10-95 所示，输入数量为 3，角度为 120。单击【确定】按钮，系统弹出"实例"对话框如图 10-96 所示，单击【点和方向】按钮，选择 ZC 轴，单击【确定】按钮，弹出"点"对话框，保持默认的点坐标（0，0，0）。单击【确定】按钮，系统弹出"创建实例"对话框，单击【确定】按钮，生成模型如图 10-97 所示。

04 创建曲线模型。执行菜单栏中的【插入】→【曲线】→【基本曲线】命令，或从【曲线】工具栏中单击 (基本曲线)图标，系统弹出"基本曲线"对话框如图10-98所示。单击 (圆)图标，在"跟踪条"中输入圆中心点（0，0，15），半径为75后按回车键，每输入完一个坐标值敲 tab 键可转换到下一个值的输入，或者在"点方式"下拉菜单中单击点构造器系统弹出"点构造器"对话框，输入圆中心点（0，0，15），单击【确定】按钮，系统提示选者对象以自动判断点，输入（75，0，15），单击【确定】按钮完成圆1的创建。按照上面的步骤创建圆心为（0，0，30），半径为70的圆2；圆心为（0，0，40），半径为61的圆3；圆心为（0，0，50），半径为50的圆4。生成的曲线模型如图10-99所示。

图 10-92 输入圆柱体的参数

图 10-93 生成的圆柱体

图 10-94 选择阵列对象

图 10-95 "实例"对话框

图 10-96 "变换"操作对话框

图 10-97 模型

05 通过曲线组创建曲面。执行菜单栏中的【插入】→【网格曲面】→【通过曲线组】命令，或者单击【曲面】工具栏图标 (通过曲线组)命令，系统弹出如图10-100

所示的"通过曲线网格"对话框。选取截面线串如图 10-101 所示，其余选项保持默认状态，单击【确定】按钮生成体如图 10-102 所示。

图 10-98 "基本曲线"对话框　　　　图 10-99 曲线模型　　　图 10-100 "通过曲线组"对话框

06 创建扫掠特征

❶创建直线。将视图转换为前视图。执行菜单栏中的【插入】→【曲线】→【直线】命令，或从【曲线】工具栏中单击 ☑（直线）图标，系统弹出"直线"对话框。单击起点的 🔲 按钮系统弹出"点构造器"对话框，输入起点坐标为（60，0，120），单击【确定】按钮。单击终点的 🔲 按钮系统弹出"点构造器"对话框，输入终点坐标为（60，0，190）单击【确定】按钮，在"直线"对话框中单击【应用】按钮，生成直线如图 10-103 所示。

❷创建圆弧。执行菜单栏中的【插入】→【曲线】→【直线和圆弧】→【圆弧（点-点-相切）】命令，系统弹出"圆弧（点-点-相切）"对话框如图 10-104 所示。输入起点（60，0，190），每输入完一个坐标值按 Tab 键可转换到下一个值的输入，单击鼠标左键，或者直接用鼠标左键单击直线的终点位置如图 10-105 所示。输入终点（50，0，50），单击鼠标左键，或者直接用鼠标左键单击圆的象限点位置如图 10-106 所示。选择中间相切约束的曲线如图 10-107 所生成的直线。生成的圆弧如图 10-108 所示。用鼠标左键双击圆弧所示，鼠标左键双击箭头，箭头方向改变如图 10-109 所示，单击鼠标中键生成圆弧如图 10-110 所示。截面选择如图 10-111 所示。

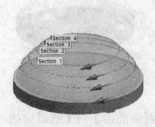

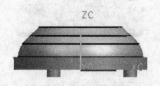

图 10-101 选取截面线串　　　　图 10-102 模型　　　　图 10-103 创建直线

图 10-104 "圆弧（点-点-相切）"对话框

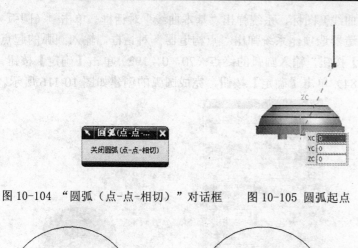

图 10-105 圆弧起点　　　图 10-106 圆弧终点

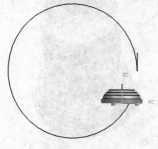

图 10-107 选择相切约束

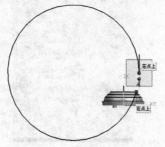

图 10-108 生成圆弧

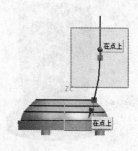

图 10-109 箭头方向改变

图 10-110 生成的圆弧

图 10-111 截面选择

图 10-112 引导线选择

❸扫掠。执行菜单栏中的【插入】→【扫掠】→【扫掠】命令，或从【曲面】工具栏中单击（扫掠）图标，系统弹出"扫掠"对话框。单击鼠标中键进行引导线选择如图 10-112 所示。在"扫掠"对话框中单击【确定】按钮，生成扫掠如图 10-113 所示。

07 创建孔。执行菜单栏中的【插入】→【设计特征】→【孔】命令，或从【特征】工具栏中单击（孔）图标，系统弹出如图 10-114 所示的"孔"对话框。选择"简单"类型，输入直径为 110，深度为 70，拾取扫掠曲面的上表面进行草图绘制环境，并弹出"点"对话框，输入坐标点为（0，0，0），单击【确定】按钮，单击【完成草图】按钮返回到建模环境，单击【确定】按钮生成的模型如图 10-115 所示。

08 创建扫掠特征

❶创建圆弧。执行菜单栏中的【插入】→【曲线】→【基本曲线】命令，或从【曲

线】工具栏中单击 （基本曲线）图标，系统弹出"基本曲线"对话框。单击 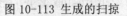（圆弧）图标，在点方法中选择点构造器选项，系统弹出"点构造器"对话框，输入圆弧的起点（60，0，180）单击【确定】按钮，输入圆弧的终点（70，0，192）单击【确定】按钮，输入圆弧上的点（65，0，184）单击【确定】按钮，完成圆弧的创建如图 10-116 所示。

图 10-113 生成的扫掠   图 10-114 "孔"对话框   图 10-115 模型

❷创建直线。执行菜单栏中的【插入】→【曲线】→【直线】命令，或从【曲线】工具栏中单击 ∕（直线）图标，系统弹出"直线"对话框。单击起点的 按钮系统弹出"点构造器"对话框，输入起点坐标为（60，0，180）单击【确定】按钮，单击终点的 按钮系统弹出"点构造器"对话框，输入终点坐标为（60，0，192）单击【确定】按钮，在"直线"对话框中单击【应用】按钮，生成直线 1。同样的方法构造直线 2，起点坐标（60，0，192），终点坐标（70，0，192）。生成的直线如图 10-117 所示。

❸扫掠。执行菜单栏中的【插入】→【扫掠】→【扫掠】命令，或从【曲面】工具栏中单击 （扫掠）图标，系统弹出"扫掠"对话框。截面选择如图 10-118 所示，单击鼠标中键进行引导线选择如图 10-119 所示。在"扫掠"对话框中单击【确定】按钮，生成扫掠如图 10-120 所示。

图 10-116 生成的圆弧   图 10-117 生成的直线   图 10-118 截面选择

09 边倒圆。执行菜单栏中的【插入】→【细节特征】→【边倒圆】命令，或从【特征操作】工具栏中单击 （边倒圆）图标，系统弹出"边倒圆"对话框，选择倒圆角边如图 10-121 所示，倒圆角半径设置为 2。单击【确定】按钮生成模型如图 10-122 所示。

图 10-119 引导线选择　　　　图 10-120 生成的扫掠　　　　图 10-121 圆角边的选取

10 创建长方体。执行菜单栏中的【插入】→【设计特征】→【长方体】命令，或从【特征】工具栏中单击 （长方体）图标，系统弹出如图 10-123 所示"长方体"对话框。选择"两个对角点"类型，单击  按钮系统弹出"点构造器"对话框，输入点 1 坐标为（55，−3，190）单击【确定】按钮，单击  按钮系统弹出"点构造器"对话框，输入点 2 坐标为（65，3，192）单击【确定】按钮。在"长方体"对话框"布尔"下拉菜单中选择"求差"选项，单击【确定】按钮，生成的长方体如图 10-124 所示。

图 10-122 模型　　　　图 10-123 "长方体"对话框　　　　图 10-124 生成的长方体

11 阵列长方体。执行菜单栏中的【插入】→【关联复制】→【实例特征】命令，或从【特征操作】工具栏中单击 （实例特征）图标，系统弹出"实例特征"对话框。点选【圆形阵列】按钮，弹出"实例"对话框，选择上步创建的长方体，单击【确定】按钮，系统弹出"实例"对话框如图 10-125 所示，输入数量为 3，角度为 120。单击【确定】按钮，系统弹出"实例"对话框，单击【点和方向】按钮，选择 ZC 轴，单击【确定】按钮，弹出"点"对话框，保持默认的点坐标（0，0，0）。单击【确定】按钮，系统弹出"创建实例"对话框，单击【确定】按钮生成模型如图 10-126 所示。

12 创建圆柱体。执行菜单栏中的【插入】→【设计特征】→【圆柱体】命令，或从【特征】工具栏中单击 （圆柱体）图标，系统弹出"圆柱"对话框。类型选择"轴、直径和高度"，在【指定矢量】中的选择 YC 轴，单击"指定点"中的图标 ，弹出点构造器，输入点坐标（0，60，30）作为圆柱体的圆心坐标，单击【确定】按钮。设置直径、高度为 10、18，在"布尔"下拉列表中选择"求和"选项，如图 10-127 所示。单击【确定】按钮生成圆柱体如图 10-128 所示。

图 10-125 设置副本数

图 10-126 模型

图 10-127 输入圆柱体的参数

再次从【特征】工具栏中单击 （圆柱体）图标，系统弹出"圆柱"对话框。类型选择"轴、直径和高度"，在【指定矢量】中的选择 YC 轴，输入点坐标（0，78，30）作为圆柱体的圆心坐标，设置直径、高度为 6、10，在"布尔"下拉列表中选择"求和"选项。单击【确定】按钮生成圆柱体如图 10-129 所示。

13 创建扫掠特征

❶创建圆。执行菜单栏中的【插入】→【曲线】→【圆弧/圆】命令，或从【曲线】工具栏中单击 （圆弧/圆）图标，系统弹出"圆弧/圆"对话框。类型选择"从圆心开始的圆弧/圆"。单击中心点 （点构造器）图标，系统弹出"点构造器"对话框，输入起点（0，88，30），单击【确定】按钮，单击通过点 （点构造器）图标，系统弹出"点构造器"对话框，输入终点（0，88，32），单击【确定】按钮。选择整圆复选框，在"圆弧/圆"对话框中单击【确定】按钮生成圆如图 10-130 所示。

图 10-128 生成的圆柱体

图 10-129 生成的圆柱体

图 10-130 生成的圆

❷创建点。执行菜单栏中的【插入】→【基准/点】→【点】命令，或从【曲线】工

具栏中单击 ⊞（点）图标，系统弹出"点构造器"对话框。输入点 1 坐标（0，88，30）后单击【应用】按钮，生成点 1。同样创建点 2 输入值（0，98，28），创建点 3 输入值（0，106，22），创建点 4 输入值（0，113，16），创建点 5 输入值（0，127，17），生成点如图 10-131 所示。

❸创建艺术样条。执行菜单栏中的【插入】→【曲线】→【艺术样条】命令，或从【曲线】工具栏中单击 ～（样条）图标，系统弹出"艺术样条"对话框如图 10-132 所示。"方法"选择 ～（通过点）图标，阶次为 3，选择上面建好的 5 个点为通过的点如图 10-133 所示，单击【确定】按钮生成样条曲线模型如图 10-134 所示。

图 10-131 创建的点　　　图 10-132 "艺术样条"对话框　　　图 10-133 样条通过点的选取

❹扫掠。执行菜单栏中的【插入】→【扫掠】→【扫掠】命令，或从【曲面】工具栏中单击 ◎（扫掠）图标，系统弹出"扫掠"对话框。截面选择如图 10-135 所示，单击鼠标中键进行引导线选择如图 10-136 所示。在"扫掠"对话框中单击【确定】按钮，生成扫掠如图 10-137 所示。

图 10-134 创建的样条曲线　　　图 10-135 截面选择　　　图 10-136 引导线选择

⑭ 隐藏点和曲线。执行菜单栏中的【编辑】→【显示和隐藏】→【隐藏】命令，或从【实用工具】工具栏中单击 ◈（隐藏）图标，系统弹出"类选择"对话框。单击"类型过滤器" ⊞，系统弹出"根据类型选择"对话框，选择"点"单击【确定】，点击【全选】按钮。单击【确定】按钮，点被隐藏。

从【实用工具】工具栏中单击 ◈（隐藏）图标，系统弹出"类选择"对话框。单击

"类型过滤器" ，系统弹出"根据类型选择"对话框，选择【曲线】选项，单击【确定】按钮，返回到"类选择"对话框，点击【全选】按钮。单击【确定】按钮，曲线被隐藏如图 10-138 所示。

15 边倒圆。执行菜单栏中的【插入】→【细节特征】→【边倒圆】命令，或从【特征操作】工具栏中单击 （边倒圆）图标，系统弹出"边倒圆"对话框，选择倒圆角边如图 10-139 所示，倒圆角半径设置为 1。单击【确定】按钮生成模型如图 10-140 所示。

图 10-137 生成的扫掠

图 10-138 隐藏点和曲线

图 10-139 圆角边的选取

16 为实体赋予材料。用鼠标单击屏幕左侧的 （系统材料）图标，弹出如图 10-141 所示的"系统材料"对话框，用鼠标单击彩色塑料文件夹如图 10-142 所示，将 （cyan）图标拖动到如图 10-143 所示的实体上。将 （white）图标拖动到如图 10-144 和 10-145 所示的实体上。

图 10-140 倒圆角　　　图 10-141 "系统材料"对话框　　　图 10-142 "系统材料"对话框

将 （black）图标拖动到 3 个圆柱实体上如图 10-146 所示。

17 创建高质量图像。执行菜单栏中的【视图】→【可视化】→【高质量图像】命令，或者单击【形象化渲染】工具栏图标 （高品量图像）激活该命令，系统弹出如图 10-147 所示的对话框。方法选择照片般逼真的，单击【开始着色】按钮，生成高质量图像如图 10-148 所示。

图 10-143 赋予材料

图 10-144 赋予材料

图 10-145 赋予材料

图 10-146 赋予材料

图 10-147 "高品质图像"对话框

图 10-148 高品质图像

10.2.2 十字刀

十字刀的创建流程图如图 10-149 所示。

图 10-149 十字刀的创建流程图

具体操作步骤如下：

01 创建一个新文件。执行菜单栏中的【文件】→【新建】选项或单击工具栏中的

新建图标 ，弹出"文件新建"对话框。点击"模型"，单位设置为毫米，在"模板"中单击"模型"选项，在【新文件名】→【名称】中输入文件名"shizidao"，然后在【新文件名】→【文件夹】中选择文件存盘的位置，完成后单击【确定】按钮进入建模模式。

02 创建圆柱体。执行菜单栏中的【插入】→【设计特征】→【圆柱体】命令，或从【特征】工具栏中单击 （圆柱体）图标，系统弹出"圆柱"对话框。类型选择"轴、直径和高度"，在"指定矢量"下拉列表中选择 ZC 轴，指定（0，0，0）作为圆柱体的圆心坐标，设置直径、高度为 110、70，如图 10-150 所示。单击【确定】按钮生成圆柱体如图 10-151 所示。

03 创建孔。执行菜单栏中的【插入】→【设计特征】→【孔】命令，或从【特征】工具栏中单击 （孔）图标，系统弹出"孔"对话框。选择"简单"类型，直径输入 104，深度输入 70，如图 10-152 所示，捕捉圆柱体上表面圆心为孔位置，单击【确定】按钮生成的模型如图 10-153 所示。

图 10-150 输入圆柱体的参数

图 10-151 生成的圆柱体

图 10-152 输入孔的参数

04 创建圆柱体。执行菜单栏中的【插入】→【设计特征】→【圆柱体】命令，或从【特征】工具栏中单击 （圆柱体）图标，系统弹出"圆柱"对话框。类型选择"轴、直径和高度"，在"指定矢量"下拉列表中选择 ZC 轴，单击"指定点"中的图标 ，弹出点构造器，输入点坐标（0，0，40）作为圆柱体的圆心坐标，单击【确定】按钮。设置直径、高度为 104、5，在"布尔"下拉列表中选择"求和"，如图 10-154 所示。单击【确定】按钮生成圆柱体如图 10-155 所示。

再次从【特征】工具栏中单击 （圆柱体）图标，系统弹出"圆柱"对话框。类型选择"轴、直径和高度"， 在"指定矢量"下拉列表中选择 ZC 轴，单击"指定点"中的图标 ，弹出点构造器，输入点坐标（0，0，45）作为圆柱体的圆心坐标，单击【确定】按钮。设置直径、高度为 20、5，在"布尔"下拉列表中选择"求和"，单击【确定】按钮生成圆柱体，如图 10-156 所示。

05 边倒圆。执行菜单栏中的【插入】→【细节特征】→【边倒圆】命令，或从【特征操作】工具栏中单击 （边倒圆）图标，系统弹出"边倒圆"对话框，选择倒圆角边如图 10-157 所示，倒圆角半径设置为 2。单击【确定】按钮生成模型如图 10-158 所示。

图 10-153 模型

图 10-154 输入圆柱体的参数

图 10-155 生成的圆柱体

图 10-156 模型

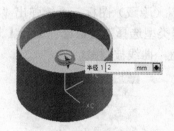

图 10-157 圆角边的选取

图 10-158 模型

06 创建拉伸特征

❶创建直线。执行菜单栏中的【插入】→【曲线】→【直线】命令，或从【曲线】工具栏中单击 ✎（直线）图标，系统弹出"直线"对话框。单击起点的 按钮系统弹出"点构造器"对话框，输入起点坐标为（-2.5，40，50）单击【确定】按钮，单击终点的 按钮系统弹出"点构造器"对话框，输入终点坐标为（2.5，40，50）单击【确定】按钮，在"直线"对话框中单击【应用】按钮，生成直线 1。同样的方法构造直线 2，起点坐标（-7，0，50），终点坐标（7，0，50）；直线 3，起点坐标（-2.5，40，50），终点坐标（-7，0，50）；直线 4，起点坐标（2.5，40，50），终点坐标（7，0，50）。生成的直线如图 10-159 所示。

❷拉伸。执行菜单栏中的【插入】→【设计特征】→【拉伸】命令，或从【特征】工具栏中单击 （拉伸）图标，系统弹出"拉伸"对话框如图 10-160 所示。截面选择如图 10-161 所示，在"指定矢量"下拉列表中选择 ZC 轴，设置距离为 1.5，单击【确定】按钮生成拉伸体如图 10-162 所示。

07 创建镜像特征。执行菜单栏中的【插入】→【关联复制】→【镜像特征】命令，或从【特征操作】工具栏中单击 （镜像特征）图标，系统弹出"镜像特征"对话框如图 10-163 所示。特征选择拉伸体，平面设置为新平面。在"指定平面"下拉列表中选择 平面，单击【确定】按钮，生成镜像特征如图 10-164 所示。

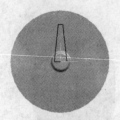

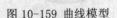

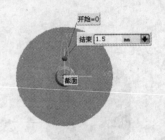

图 10-159 曲线模型　　　　图 10-160 "拉伸"对话框　　　　图 10-161 截面选择

08 隐藏曲线。执行菜单栏中的【编辑】→【显示和隐藏】→【隐藏】命令，或从【实用工具】工具栏中单击 （隐藏）图标，系统弹出"类选择"对话框。单击【类型过滤器】 ，系统弹出"根据类型选择"对话框，选择【曲线】单击【确定】，点击【全选】按钮。单击【确定】按钮，曲线被隐藏。

图 10-162 生成拉伸体　　　　图 10-163 "镜像特征"对话框　　　　图 10-164 模型

09 边倒圆。执行菜单栏中的【插入】→【细节特征】→【边倒圆】命令，或从【特征操作】工具栏中单击 （边倒圆）图标，系统弹出"边倒圆"对话框，选择倒圆角边如图 10-165 所示，倒圆角半径设置为 2。单击【确定】按钮生成模型如图 10-166 所示。

图 10-165 圆角边的选取　　　　图 10-166 模型　　　　图 10-167 "倒斜角"对话框

10 倒斜角。执行菜单栏中的【插入】→【细节特征】→【倒斜角】命令，或从【特征操作】工具栏中单击■（倒斜角）图标，系统弹出"倒斜角"对话框如图 10-167 所示，选择倒斜角边如图 10-168 所示，倒斜角距离设置为1。单击【确定】按钮生成模型如图 10-169 所示。

11 创建扫掠曲面

❶创建直线。执行菜单栏中的【插入】→【曲线】→【直线】命令，或从【曲线】工具栏中单击╱（直线）图标，系统弹出"直线"对话框。单击起点的■按钮系统弹出"点构造器"对话框，输入起点坐标为（0，7，51.5）单击【确定】按钮，单击终点的■按钮系统弹出"点构造器"对话框，输入终点坐标为（0，−7，51.5）单击【确定】按钮，在"直线"对话框中单击【应用】按钮，生成直线1。同样的方法构造直线2，起点坐标（0，7，51.5），终点坐标（−6，6，51.5）；直线 3，起点坐标（−6，6，51.5），终点坐标（−30，2.5，86.5）；直线4，起点坐标（−30，2.5，86.5），终点坐标（−30，−2.5，86.5）；直线5，起点坐标−30，−2.5，86.5），终点坐标（−6，−6，51.5）；直线6，起点坐标（−6，−6，51.5），终点坐标（0，−7，51.5）。生成的直线如图 10-170 所示。

❷创建圆角。执行菜单栏中的【插入】→【曲线】→【基本曲线】命令，或从【曲线】工具栏中单击♀（基本曲线）图标，系统弹出 "基本曲线"对话框。单击▣（圆角）图标，系统弹出 "曲线倒圆"对话框。单击▣（2 曲线倒圆）图标，半径值设为4，修剪选项如图 10-171 所示。用鼠标左键单击两条直线如图 10-172 所示，系统会弹出警告信息框，单击【确定】按钮即可。然后在两直线包围区域靠近要倒圆的地方单击一下，生成圆角如图 10-173 所示。同理创建如图 10-174 所示两条直线圆角，生成圆角如图 10-175 所示。

图 10-168 倒斜角边的选取

图 10-169 模型

图 10-170 生成的直线

图 10-171 修剪选项设置

图 10-172 选取直线

图 10-173 生成的圆角

❸创建直线。执行菜单栏中的【插入】→【曲线】→【直线】命令，或从【曲线】工具栏中单击 ✓（直线）图标，系统弹出"直线"对话框。单击两个圆弧的端点作为直线的起点和终点生成直线生成的直线如图 10-176 所示。

❹扫掠。执行菜单栏中的【插入】→【扫掠】→【扫掠】命令，或从【曲面】工具栏中单击 ☺（扫掠）图标，系统弹出"扫掠"对话框。截面选择如图 10-177 所示，单击鼠标中键进行引导线选择如图 10-178 所示。在"扫掠"对话框中单击【确定】按钮，生成扫掠曲面如图 10-179 所示。

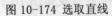

图 10-174 选取直线

图 10-175 生成的圆角

图 10-176 模型

❺隐藏曲线。执行菜单栏中的【编辑】→【显示和隐藏】→【隐藏】命令，或从【曲线】工具栏中单击 ☺（隐藏）图标，或按住键盘 ctrl+B，系统弹出"类选择"对话框。单击 ⊞(类型过滤器)按钮，系统弹出"根据类型选择"对话框，选择曲线，单击【确定】按钮，在"类选择"对话框中单击 ⊞（全选）按钮，隐藏的对象为曲线，单击【确定】按钮曲线被隐藏如图 10-180 所示。

图 10-177 截面选择

图 10-178 引导线选择

图 10-179 扫掠曲面

⑫ 创建加厚曲面。执行菜单栏中的【插入】→【偏置/缩放】→【加厚】命令，或从【特征】工具栏中单击 ▨（加厚）图标，系统弹出"加厚"对话框。选择加厚面为曲线扫掠曲面，【偏置1】设置为 0，【偏置2】设置为 1.5，偏置方向如图 10-181 所示，单击【确定】按钮生成模型。选择【编辑】→【显示和隐藏】→【隐藏】命令，或从【实用工具】工具栏中单击 ☺（隐藏）图标，系统弹出"类选择"对话框。单击【类型过滤器】⊞，系统弹出"根据类型选择"对话框，选择"片体"单击【确定】，点击"全选"按钮，单击【确定】按钮片体被隐藏，模型如图 10-182 所示。

⑬ 创建镜像特征。执行菜单栏中的【插入】→【关联复制】→【镜像特征】命令，或从【特征操作】工具栏中单击 ▨（镜像特征）图标，系统弹出"镜像特征"对话框。特征选择拉伸体，平面设置为新平面。在【指定平面】下拉列表中选取 ☒，单击【确定】

按钮，生成镜像特征如图 10-183 所示。

图 10-180 隐藏曲线

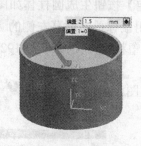
图 10-181 要加厚的曲面

图 10-182 加厚曲面

14 创建组合体。执行菜单栏中的【插入】→【组合体】→【求和】命令，或从【特征操作】工具栏中单击 🔧（求和）图标，系统弹出"求和"对话框。目标选择如图 10-184 所示，刀具选择如图 10-185 所示，单击【确定】按钮生成组合体。

图 10-183 模型

图 10-184 求和目标的选取

图 10-185 求和刀具的选取

15 边倒圆。执行菜单栏中的【插入】→【细节特征】→【边倒圆】命令，或从【特征操作】工具栏中单击 🔧（边倒圆）图标，系统弹出"边倒圆"对话框，选择倒圆角边如图 10-186 所示，倒圆角半径设置为 2。单击【确定】按钮生成模型如图 10-187 所示。

16 倒斜角。执行菜单栏中的【插入】→【细节特征】→【倒斜角】命令，或从【特征操作】工具栏中单击 🔧（倒斜角）图标，系统弹出"倒斜角"对话框，选择倒斜角边如图 10-188 所示，倒斜角距离设置为 1。单击【确定】按钮生成模型如图 10-189 所示。

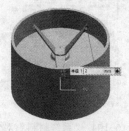
图 10-186 圆角边的选取

图 10-187 模型

图 10-188 倒斜角边的选取

17 创建圆柱体。执行菜单栏中的【插入】→【设计特征】→【圆柱体】命令，或从【特征】工具栏中单击 🔧（圆柱体）图标，系统弹出"圆柱"对话框。类型选择"轴、直径和高度"，在"指定矢量"下拉列表中选取 ZC 轴，单击【确定】按钮。单击"指定点"中的图标 🔧，弹出点构造器，输入点坐标（0，0，53）作为圆柱体的圆心坐标，单击【确定】按钮。设置直径、高度为 8、3，在"布尔"下拉列表中选择"求和"选项，如图 10-190 所示。单击【确定】按钮生成圆柱体如图 10-191 所示。

18 为实体赋予材料。用鼠标单击屏幕左侧的 （系统材料）图标，弹出"系统材料"对话框，用鼠标单击彩色塑料文件夹如图 10-192 所示，将 ⚫（cyan）图标拖动到如图 10-193 所示的实体上。

用鼠标单击金属文件夹如图 10-194 所示，将 ⚫（stainless steel）图标拖动到刀片和圆柱体上如图 10-195 所示。

图 10-189 模型

图 10-190 输入圆柱体的参数

图 10-191 生成的圆柱体

图 10-192 "系统材料"对话框

图 10-193 赋予材料

图 10-194 "系统材料"对话框

19 创建高质量图像。执行菜单栏中的【视图】→【可视化】→【高质量图像】命令，或者单击【形象化渲染】工具栏图标 （高品量图像）激活该命令，系统弹出"高质量图像"对话框。方法选择照片般逼真的，单击【开始着色】按钮，生成高质量图像如图 10-196 所示。

图 10-195 赋予材料

图 10-196 高品质图像

📖 10.2.3　果杯

果杯创建流程图如图 10-197 所示。

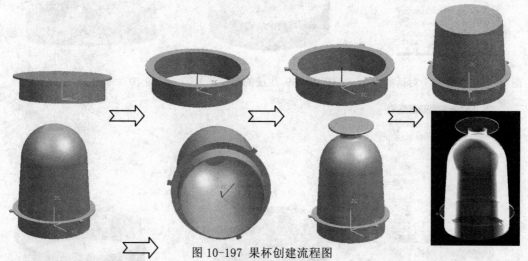

图 10-197 果杯创建流程图

具体操作步骤如下：

01 创建一个新文件。执行菜单栏中的【文件】→【新建】选项或单击工具栏中的新建图标，弹出"新建"对话框。点击【模型】，单位设置为毫米，在【模板】中单击"模型"选项，在【新文件名】→【名称】中输入文件名"guobei"，然后在【新文件名】→【文件夹】中选择文件存盘的位置，完成后单击【确定】按钮进入建模模式。

02 创建圆柱体。执行菜单栏中的【插入】→【设计特征】→【圆柱体】命令，或从【特征】工具栏中单击　（圆柱体）图标，系统弹出"圆柱"对话框。类型选择"轴、直径和高度"，在"指定矢量"中选择 ZC 轴选项，单击"指定点"中的图标，弹出点构造器，输入点坐标（0，0，0）作为圆柱体的圆心坐标，单击【确定】按钮。设置直径、高度为 104、25，如图 10-198 所示。单击【应用】按钮生成圆柱体 1 如图 10-199 所示。

再次类型选择"轴、直径和高度"，在"指定矢量"下拉列表中选取 ZC 轴，单击"指定点"中的图标，弹出点构造器，输入点坐标（0，0，25）作为圆柱体的圆心坐标，单击【确定】按钮。设置直径、高度为 120、2，在"布尔"下拉列表中选择"求和"选项。单击【应用】按钮生成圆柱体 2，如图 10-200 所示。

03 创建圆柱体。执行菜单栏中的【插入】→【设计特征】→【圆柱体】命令，或从【特征】工具栏中单击 ▦ （圆柱体）图标，系统弹出"圆柱"对话框。类型选择"轴、直径和高度"，在"指定矢量"下拉列表中选择 ZC 轴，单击"指定点"中的图标 ▦ ，弹出点构造器，输入点坐标（0，0，0）作为圆柱体的圆心坐标，单击【确定】按钮。设置直径、高度为 100、25，在"布尔"下拉列表中选择"求差"选项如图 10-201 所示，选择求差体如图 10-202 所示。单击【应用】按钮生成圆柱体如图 10-203 所示。

图 10-198 "圆柱"对话框　　　图 10-199 生成的圆柱体 1　　　图 10-200 生成的圆柱体 2

图 10-201 "圆柱"对话框　　　图 10-202 求差体的选取　　　图 10-203 模型

04 创建长方体。执行菜单栏中的【插入】→【设计特征】→【长方体】命令，或从【特征】工具栏中单击 ▦ （长方体）图标，选择"两个对角点"类型，单击 ▦ 按钮系统弹出"点构造器"对话框，输入点 1 坐标为（55，-3，25）单击【确定】按钮，单击 ▦ 按钮系统弹出"点构造器"对话框，输入点 2（65，3，27）坐标为单击【确定】按钮。在"长方体"对话框中"布尔"下拉列表中选择"求和"选项，单击【确定】按钮，生成的长方体如图 10-204 所示。

05 变换长方体。执行菜单栏中的【插入】→【关联复制】→【实例特征】命令，或从【特征操作】工具栏中单击 ▦ （实例特征）图标，系统弹出"实例特征"对话框。点选【圆形阵列】按钮，弹出"实例"对话框，选择上步创建的长方体如图 10-204 所示，单击【确定】按钮，系统弹出"实例"对话框，输入数量为 3，角度为 120。单击【确定】按钮，系统弹出"实例"对话框，单击【点和方向】按钮，选择 ZC 轴，单击【确定】按钮，弹出"点"对话框，保持默认的点坐标（0，0，0）。单击【确定】按钮，系统弹出"创建实例"对话框，单击【确定】按钮生成模型如图10-205所示。

图10-204 生成的长方体　　　图10-205 模型　　　图10-206 "圆柱"对话框

06 创建拔模特征

❶创建圆柱体。执行菜单栏中的【插入】→【设计特征】→【圆柱体】命令，或从【特征】工具栏中单击▦（圆柱体）图标，系统弹出"圆柱"对话框。类型选择"轴、直径和高度"，在"指定矢量"下拉列表中选择ZC轴，单击"指定点"中的图标⊞，弹出点构造器，输入点坐标（0，0，27）作为圆柱体的圆心坐标，单击【确定】按钮。设置直径、高度为104、80，在"布尔"下拉列表中选择"求和"选项，如图10-206所示，单击【确定】按钮生成圆柱体如图10-207所示。

❷拔模。执行菜单栏中的【插入】→【细节特征】→【拔模】命令，系统弹出"拔模"对话框如图10-208所示。类型选择"从边"，在"指定矢量"下拉列表中旋转ZC轴。选择边如图10-209所示，设置角度为3，单击【确定】按钮生成拔模体如图10-210所示。

07 创建回转特征

❶创建直线。将视图转换为前视图。执行菜单栏中的【插入】→【曲线】→【直线】命令，或从【曲线】工具栏中单击╱（直线）图标，系统弹出"直线"对话框。启用捕捉象限点⊙功能，选取拔模体上下圆的象限点作为直线的起点和终点如图10-211所示。在"直线"对话框中单击【确定】按钮，生成直线如图10-212所示。

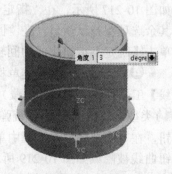

图10-207 生成的圆柱体　　　图10-208 "拔模"对话框　　　图10-209 选择边

图 10-210 生成的拔模　　　　图 10-211 选取直线的起点和终点　　　　图 10-212 生成直线

❷创建圆弧。执行菜单栏中的【插入】→【曲线】→【圆弧/圆】命令，或从【曲线】工具栏中单击 🢂（圆弧/圆）图标，系统弹出"圆弧/圆"对话框。类型选择三点画圆弧如图 10-213 所示。起点选择直线端点，单击端点 🔲（点构造器）图标，统弹出"点构造器"对话框，输入终点（0，−15，150），单击【确定】按钮。中点选择相切选项，相切选择上面创建的直线如图 10-214 所示。单击【确定】按钮生成圆弧如图 10-215 所示。

图 10-213 "圆弧/圆"对话框　　　图 10-214 创建的直线　　　图 10-215 生成的圆弧

❸回转。执行菜单栏中的【插入】→【设计特征】→【回转】命令，或从【特征】工具栏中单击 🔳（回转）图标，系统弹出如图 10-216 所示的"回转"对话框。截面选取如图 10-217 所示，在"指定矢量"下拉列表中选择 ZC 轴。指定点设置为（0，0，0），其余选项保持默认值，在"回转"对话框中的"布尔"下拉列表中选择"求和"选项，单击【确定】按钮生成的回转体如图 10-218 所示。

❹隐藏曲线。执行菜单栏中的【编辑】→【显示和隐藏】→【隐藏】命令，或从【曲线】工具栏中单击 🔳（隐藏）图标，或按住 Ctrl+B，系统弹出 "类选择"对话框。单击 🔳(类型过滤器)按钮，系统弹出 "根据类型选择"对话框，选择曲线，单击【确定】按钮，在"类选择"对话框中单击 🔳（全选）按钮，隐藏的对象为曲线，单击【确定】按钮曲线被隐藏如图 10-219 所示。

08 创建抽壳特征。执行菜单栏中的【插入】→【偏置/缩放】→【抽壳】命令，或从【特征操作】工具栏中单击 🔳（抽壳）图标，系统弹出"抽壳"对话框如图 10-220

所示。选择组合体的底面作为要冲孔的面如图 10-221 所示，厚度设置为 2，其余选项保持默认值，单击"抽壳"对话框中的【确定】按钮，生成的抽壳体如图 10-222 所示。

图 10-216 "回转"对话框

图 10-217 截面选取

图 10-218 回转体

图 10-219 隐藏曲线

图 10-220 "抽壳"对话框

图 10-221 选择面

09 创建圆柱体。执行菜单栏中的【插入】→【设计特征】→【圆柱体】命令，或从【特征】工具栏中单击 （圆柱体）图标，系统弹出"圆柱"对话框。类型选择"轴、直径和高度"，在"指定矢量"下拉列表中选择 ZC 轴。单击【指定点】中的图标 ，弹出点构造器，输入点坐标（0，0，150）作为圆柱体的圆心坐标，单击【确定】按钮。设置直径、高度为 30、15，在"布尔"下拉列表中选择"求和"选项，如图 10-223 所示。单击【应用】按钮生成圆柱体 1 如图 10-224 所示。

再次类型选择"轴、直径和高度"，在"指定矢量"下拉列表中选择 ZC 轴。单击"指定点"中的图标 ，弹出"点"对话框，输入点坐标（0，0，165）作为圆柱体的圆心坐标，单击【确定】按钮。设置直径、高度为 70、4，在"布尔"下拉列表中选择"求和"选项，如图 10-225 所示。单击【确定】按钮生成圆柱体 2，如图 10-226 所示。

10 边倒圆。执行菜单栏中的【插入】→【细节特征】→【边倒圆】命令，或从【特征操作】工具栏中单击 （边倒圆）图标，系统弹出"边倒圆"对话框，选择倒圆角边如图 10-227 所示，倒圆角半径设置为 6。单击 （添加新设置）按钮，选择倒圆角边如图 10-228 所示，倒圆角半径设置为 2。单击【确定】按钮生成模型如图 10-229 所示。

图 10-222 生成抽壳体

图 10-223 输入圆柱体的参数

图 10-224 生成的圆柱体

11 为实体赋予材料。用鼠标单击屏幕左侧的 （系统材料）图标，弹出"系统材料"对话框，用鼠标单击彩色塑料文件夹如图 10-230 所示，将 （white）图标拖动到如图 10-231 所示的实体上。

图 10-225 输入圆柱体的参数

图 10-226 生成的圆柱体

图 10-227 圆角边的选取

图 10-228 倒圆角边的选取

图 10-229 模型

图 10-230 "系统材料"对话框

执行菜单栏中的【视图】→【可视化】→【材料/纹理】命令，或者单击【形象化渲染】工具栏图标 （材料/纹理）可激活该命令，系统弹出如图 10-232 所示的"材料/纹理"对话框。屏幕左侧显示"部件中的材料"对话框如图 10-233 所示。单击"部件中的材料"对话框中的 （white）图标，"材料/纹理"对话框中的材料编辑器被启动，单击 按钮系统弹出如图 10-234 所示的"材料编辑器"对话框。拖动透明度的滑动条或输入数值 0.8，类型选择"透明塑料（仅用于高质量图像）"，漫射值设置为 0.05，反光值设置为 0.1，粗糙度设置为 0.2，如图 10-235 所示，单击【确定】按钮。

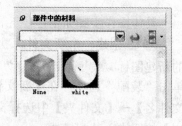

图 10-231 赋予材料　　图 10-232 "材料/纹理"对话框　　图 10-233 "部件中的材料"对话框

12 创建高质量图像。执行菜单栏中的【视图】→【可视化】→【高质量图像】命令，或者单击【形象化渲染】工具栏图标 （高品量图像）激活该命令，系统弹出"高质量图像"对话框。方法选择照片般逼真的，单击【开始着色】按钮，生成高质量图像如图 10-236 所示。

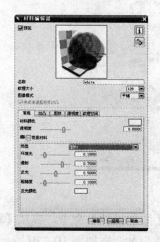
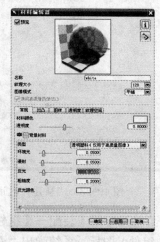

图 10-234 "材料编辑器"对话框　　图 10-235 编辑材料参数　　图 10-236 高品质图像

10.2.4 装配

榨汁机的装配流程图如图 10-237 所示。

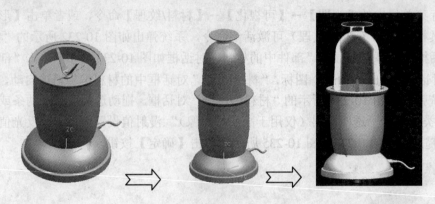

图 10-237 榨汁机的装配流程图

具体操作步骤如下：

01 创建一个新文件。执行菜单栏中的【文件】→【新建】选项或单击工具栏中的新建图标，弹出"新建"对话框。点击"模型"，单位设置为毫米，在【模板】中单击"装配"选项，在【新文件名】→【名称】中输入文件名"zhazhiji"，然后在【新文件名】→【文件夹】中选择文件存盘的位置，选择完成后如图 10-238 所示，单击【确定】按钮进入装配模式。

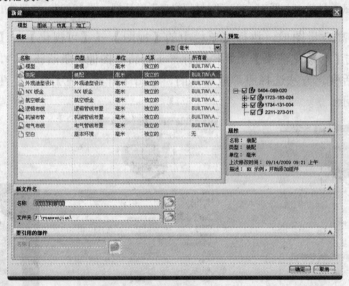

图 10-238 "新建"对话框

02 加入组件。执行菜单栏中的【装配→【组件】→【添加组件】命令，或从【装配】工具栏中单击（添加组件）图标，系统弹出"添加组件"对话框如图 10-239 所示。单击打开图标，系统弹出"部件名"对话框如图 10-240 所示，根据路径选择部件 zhuji，单击【ok】按钮，弹出如图 10-241 所示的"组件预览"对话框，定位设置为绝对原点，单击【应用】按钮，将实体定位在原点。

再次单击打开图标，系统弹出"部件名"对话框，根据路径选择部件 shizidao，单击【ok】按钮，弹出如图 10-242 所示的"组件预览"对话框，定位设置为选择原点，单击【应用】按钮，系统弹出"点构造器"对话框，输入坐标值为（0，0，120）后单击【确定】按钮，将实体定位在改点如图 10-243 所示。

　　继续单击打开图标，系统弹出"部件名"对话框，根据路径选择最后部件 guobei，单击【ok】按钮，弹出如图 10-244 所示的"组件预览"对话框，定位设置为选择原点，单击【应用】按钮，系统弹出"点构造器"对话框，输入坐标值为（0，0，165）后单击【确定】按钮，将实体定位在该点，最终装配模型如图 10-245 所示。

图 10-239 "添加组件"对话框

图 10-240 "部件名"对话框

图 10-241 "组件预览"对话框

图 10-242 "组件预览"对话框

图 10-243 模型

图 10-244 "组件预览"对话框

03 创建高质量图像。执行菜单栏中的【视图】→【可视化】→【高质量图像】命令，或者单击【形象化渲染】工具栏图标 （高品量图像）激活该命令，系统弹出"高质量图像"对话框。方法选择照片般逼真的，单击【开始着色】按钮，生成高质量图像如图 10-246 所示。

图 10-245 装配模型　　　　　图 10-246 高品质图像

10.3 飞机模型

本章主要介绍飞机模型的建模过程。飞机主要是由机身、机翼、尾翼、发动机等组成，如图 10-247 所示。通过本章的学习使读者掌握通过曲线创建曲面完成模型的创建。

图 10-247 飞机模型

10.3.1 机身

机身创建流程如图 10-248 所示。

01 绘制样条曲线，然后利用通过曲线组得到曲面，然后利用长方体、边倒圆等命令得到机身。

02 执行菜单栏中的【文件】→【新建】选项或单击工具栏中的新建图标 ，弹出"文件新建"对话框。点击"模型"，单位设置为毫米，在"模板"中单击"模型"选项，在【新文件名】→【名称】中输入文件名"feiji"，然后在【新文件名】→【文件夹】中选择文件存盘的位置，完成后单击【确定】按钮进入建模模式。

03 创建点。执行菜单栏中的【插入】→【基准/点】→【点】命令或单击"曲线"工具栏中的创建点 ✚ 图标，弹出如图 10-249 所示的"点"对话框。

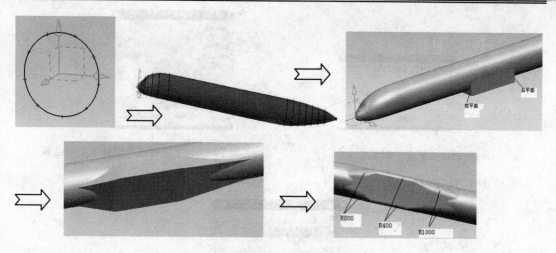

图 10-248 机身创建流程

图 10-249 "点"对话框

分别创建如表 10-1 所示的各点。

表 10-1

点	坐标	点	坐标
点 1	0，0，0	点 2	0，-131，-20
点 3	78，-103，-20	点 4	118，-30，-20
点 5	104，52，-20	点 6	44，109，-20
点 7	-44，109，-20	点 8	-104，52，-20
点 9	-118，-30，-20	点 10	-78，-103，-20

04 绘制样条曲线。执行菜单栏中的【插入】→【曲线】→【样条】命令或单击
"曲线"工具栏中的样条曲线图标～，弹出如图 10-250 所示"样条"对话框。

单击"通过点"按钮，弹出"通过点生成样条"对话框。设置如图 10-251 所示，
单击"确定"按钮。

弹出如图 10-252 所示"样条"对话框，单击"点构造器"按钮。弹出如图 10-253
所示"点"对话框。选择"现有点"类型，并在屏幕中依次选择点2，点3，点4，点5，
点6，点7，点8，点9，点10，连续单击"确定"按钮。

图 10-250 "样条"对话框　　　　　　　　图 10-251 "通过点生成样条"对话框

生成如图 10-254 所示样条曲线 1。

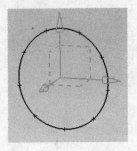

图 10-252 "样条"对话框　　　　图 10-253 "点"对话框　　　　图 10-254 样条曲线 1

同上述步骤创建样条 2～样条 19，各样条点分别如表 10-2～表 10-20 所示。

表 10-2 样条 2 各坐标点

点	坐标	点	坐标
点 1	0，-275，-100	点 2	180，-213，-100
点 3	271，-47，-100	点 4	236，140，-100
点 5	94，266，-100	点 6	-94，266，-100
点 7	-236，140，-100	点 8	-271，-47，-100
点 9	-180，-213，-100		

表 10-3 样条 3 各坐标点

点	坐标	点	坐标
点 1	0，-462，-300	点 2	313，-343，-300
点 3	489，-58，-300	点 4	436，273，-300
点 5	167，475，-300	点 6	-167，475，-300
点 7	-436，273，-300	点 8	-489，-58，-300
点 9	-313，-343，-300		

表 10-4 样条 4 各坐标点

点	坐标	点	坐标
点 1	0, -612, -600	点 2	453, -450, -600
点 3	708, -43, -600	点 4	644, 434, -600
点 5	241, 701, -600	点 6	-241, 701, -600
点 7	-644, 434, -600	点 8	-708, -43, -600
点 9	-453, -450, 600		

表 10-5 样条 5 各坐标点

点	坐标	点	坐标
点 1	0, -698, -850	点 2	548, -513, -850
点 3	851, -23, -850)	点 4	782, 551, -850
点 5	290, 859, -850)	点 6	-290, 859, -850)
点 7	-782, 551, -850)	点 8	-851, -23, -850
点 9	-548, -513, -850		

表 10-6 样条 6 各坐标点

点	坐标	点	坐标
点 1	0, -768, -1110	点 2	637, -565, -1110
点 3	985, 1, -1110	点 4	905, 663, -1110
点 5	337, 1013, -1110	点 6	-337, 1013, -1110
点 7	-905, 663, -1110	点 8	-985, 1, -1110
点 9	-637, -565, -1110		

表 10-7 样条 7 各坐标点

点	坐标	点	坐标
点 1	0, -832, -1410	点 2	743, -597, -1410
点 3	1131, 75, -1410	点 4	1021, 848, -1410
点 5	391, 1305, -1410	点 6	-391, 1305, -1410
点 7	-1021, 848, -1410	点 8	-1131, 75, -1410
点 9	-743, -597, -1410		

表 10-8 样条 8 各坐标点

点	坐标	点	坐标
点 1	0, -883, -1710	点 2	840, -611, -1710
点 3	1262, 161, -1710	点 4	1112, 1034, -1710
点 5	440, 1605, -1710	点 6	-440, 1605, -1710
点 7	-1112, 1034, -1710	点 8	-1262, 161, -1710
点 9	-840, -611, -1710		

表 10-9 样条 9 各坐标点

点	坐标	点	坐标
点 1	0，-951，-2210	点 2	957，-628，-2210
点 3	1433，260，-2210	点 4	1245，1256，，-2210
点 5	501，1936，-2210	点 6	-501，1936，-2210
点 7	-1245，1256，-2210	点 8	-1433，260，-2210
点 9	-957，-628，-2210		

表 10-10 样条 10 各坐标点

点	坐标	点	坐标
点 1	0，-1033，-3210	点 2	1101，-634，-3210
点 3	1655，398，-3210	点 4	1451，1555，-3210
点 5	583，2340，-3210	点 6	-583，2340，-3210
点 7	-1451，1555，-3210	点 8	-1655，398，-3210
点 9	-1101，-634，-3210		

表 10-11 样条 11 各坐标点

点	坐标	点	坐标
点 1	0，-1067，-4710	点 2	1204，-607，-4710
点 3	1804，541，-4710	点 4	1617，1824，-4710
点 5	643，2671，-4710	点 6	-643，2671，-4710
点 7	-1617，1824，-4710	点 8	-1804，541，-4710
点 9	-1204，-607，-4710		

表 10-12 样条 12 各坐标点

点	坐标	点	坐标
点 1	0，-1065，-7100	点 2	1364，-464，-7100
点 3	1884，944，-7100	点 4	1372，2352，-7100
点 5	0，2948，-7100	点 6	-1372，2352，-7100
点 7	-1884，944，-7100	点 8	-1364，-464，-7100

表 10-13 样条 13 各坐标点

点	坐标	点	坐标
点 1	0，-1169，-35200	点 2	1241，-652，-35200
点 3	1841，572，-35200	点 4	1672，1917，-35200
点 5	674，2823，-35200	点 6	-674，2823，-35200
点 7	-1672，1917，-35200	点 8	-1841，572，-35200
点 9	-1241，-652，-35200		

表 10-14 样条 14 各坐标点

点	坐标	点	坐标
点 1	0，-1020，-36700	点 2	1224，-540，-36700
点 3	1833，640，-36700	点 4	1656，1950，-36700
点 5	660，2808，-36700	点 6	-660，2808，-36700
点 7	-1656，1950，-36700	点 8	-1833，640，-36700
点 9	1224，-540，-36700		

表 10-15 样条 15 各坐标点

点	坐标	点	坐标
点 1	0，-808，-38200	点 2	1189，-390，-38200
点 3	1796，719，-38200	点 4	1612，1966，-38200
点 5	633，2752，-38200	点 6	-633，2752，-38200
点 7	-1612，1966，-38200	点 8	-1796，719，-38200
点 9	-1189，-390，-38200		

表 10-16 样条 16 各坐标点

点	坐标	点	坐标
点 1	0，-538，-39700	点 2	1124，-196，-39700
点 3	1713，815，-39700	点 4	1526，1969，-39700
点 5	590，2661，-39700	点 6	-590，2661，-39700
点 7	-1526，1969，-39700	点 8	-1713，815，-39700
点 9	-1124，-196，-39700		

表 10-17 样条 17 各坐标点

点	坐标	点	坐标
点 1	0，-225，-41200	点 2	1020，41，-41200
点 3	1568，929，-41200	点 4	1388，1957，-41200
点 5	529，2545，-41200	点 6	-529，2545，-41200
点 7	-1388，1957，-41200	点 8	-1568，929，-41200
点 9	-1020，41，-41200		

表 10-18 样条 18 各坐标点

点	坐标	点	坐标
点 1	0，98，-42700	点 2	872，304，-42700
点 3	1343，1053，-42700	点 4	1187，1926，-42700
点 5	450，2414，-42700	点 6	-450，2414，-42700
点 7	-1187，1926，-42700	点 8	-1343，1053，-42700
点 9	-872，304，-42700		

表 10-19 样条 19 各坐标点

点	坐标	点	坐标
点 1	0，438，-44200	点 2	675，605，-44200
点 3	1025，1197，-44200	点 4	909，1879，-44200
点 5	350，2276，-44200	点 6	-350，2276，-44200
点 7	-909，1879，-44200	点 8	-1025，1197，-44200
点 9	-675，605，-44200		

表 10-20 样条 20 各坐标点

点	坐标	点	坐标
点 1	0，1372，-46965	点 2	81，1453，-46965
点 3	0，1534，-46965	点 4	-81，1453，-46965

结果生成如图 10-255 所示样条曲线。

05 创建曲面。执行菜单栏中的【插入】→【网格曲面】→【通过曲线组】命令，或者单击"曲线"工具栏中的通过曲线组图标，弹出如图 10-256 所示的"通过曲线组"对话框。

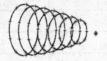

图 10-255 样条曲线　　　　　　　　　　图 10-256 "通过曲线组"对话框

选择步骤 3 创建的点 1，单击鼠标中键，然后选择样条曲线 1，单击鼠标中键，选择样条曲线 2，单击鼠标中键，选择样条曲线 3，单击鼠标中键，并保持样条曲线的矢量方向一致，如图 10-257 所示。单击"确定"按钮。完成曲面 1 的创建，如图 10-258 所示。

执行菜单栏中的【插入】→【网格曲面】→【通过曲线组】命令，或者单击"曲面"工具栏中的通过曲线组图标，弹出如图所示的"通过曲线组"对话框。

选择样条曲线 4，单击鼠标中键，同上步骤依次，选择样条曲线 5，单击鼠标中键，直到样条曲线 20，如图 10-259 所示，

单击 "通过曲线组"对话框中的"确定"按钮，完成如图 10-260 所示曲面实体的

创建。

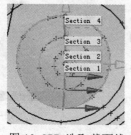

图 10-257 选取截面线

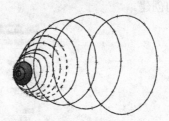

图 10-258 创建曲面 1

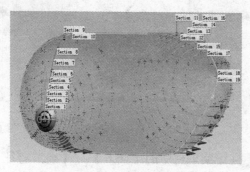

图 10-259 选取截面线

06 移动并隐藏图层。执行菜单栏中的【格式】→【移动至图层】命令，弹出如图 10-261 所示"类选择"对话框。

图 10-260 创建曲面

图 10-261 "类选择"对话框

在系统右侧的类型过滤器下拉菜单中选择"曲线"，如图 10-262 所示，单击类选择对话框中"全选"按钮。同上步骤完成点的选择，单击"确定"按钮。

弹出如图 10-263 所示的"移动图层"对话框，依次选择对话框中的"CURVES"和"41"，并单击"确定"完成将曲线和点移动到 41 层的过程。

执行菜单栏中的【格式】→【图层设置】命令，弹出"图层设置"对话框，选择对话框中的"41"图层并单击"不可见"按钮，单击"确定"完成隐藏曲线和点的操作。

07 创建长方体。执行菜单栏中的【插入】→【设计特征】→【长方体】命令或单击"特征"工具栏中的长方体图标，弹出"长方体"对话框，选择"两角点"类型如图 10-264 所示。单击"点构造器"按钮，在弹出的"点"对话框中输入点 1（1860，-1480，-18829），单击"确定"按钮。输入点 2（-1860，607，-26455），单击"确定"

按钮，返回"长方体"对话框。在"布尔"中选择"求和"，最后单击"确定"按钮完成长方体的创建。

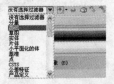

图 10-262　选择"曲线"类型　　图 10-263　"图层移动"对话框　　图 10-264　"长方体"对话框

08 创建倒斜角。执行菜单栏中的【插入】→【细节特征】→【倒斜角】命令或单击"特征操作"工具栏中的倒斜角图标，弹出"倒斜角"对话框，选择"非对称"横截面，在"距离 1"中输入 500，"距离 2"中输入 100，如图 10-265 所示。选择长方体如图 10-266 所示前面两条边，单击"应用"按钮，完成倒斜角 1 的创建，

同上步骤在"距离 1"中输入 500，"距离 2"中输入 50，选择长方体后面两条边，单击"确定"完成倒斜角 2 的创建。

09 创建拔模角。执行菜单栏中的【插入】→【细节特征】→【拔模】命令或单击"特征操作"工具栏中的拔模图标，弹出"拔模"对话框，角度选项中输入 80，如图 10-267 所示。

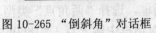

图 10-265　"倒斜角"对话框　　图 10-266 创建倒斜角　　图 10-267　"拔模"对话框

拔模方向，固定平面和要拔模的平面分别选择如图 10-268 所示，单击"应用"按

钮，完成前平面的拔模。

同上步骤对后平面进行拔模，拔模角度为 85 度，最后生成模型如图 10-269 所示。

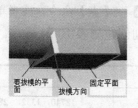

图 10-268 前平面的拔模

图 10-269 模型

10 倒圆角。执行菜单栏中的【插入】→【细节特征】→【边倒圆】命令或单击"特征操作"工具栏中的边倒圆图标，弹出"边倒圆"对话框，如图 10-270 所示，对话框半径 1 选项中输入 800。选择如图 10-271 所示两条边，单击"应用"按钮，完成边倒圆操作。同上步骤，依次完成图所示各边倒圆。

11 设置图层。单击"实用"工具栏中的工作层图标，在下拉菜单中输入 41，并单击回车键，完成将第 41 层设置为工作层的操作。

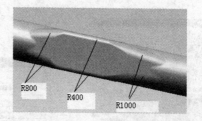

图 10-270 "边倒圆"对话框

图 10-271 边倒圆

10.3.2 机翼

机翼创建流程如图 10-272 所示。

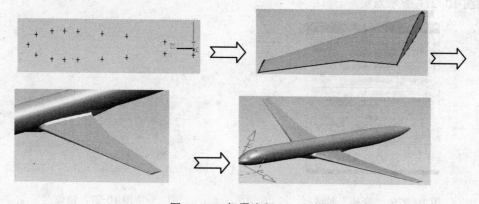

图 10-272 机翼流程

首先绘制样条曲线，利用连结曲线命令连接曲线，然后利用扫掠命令扫掠诚曲面，最后利用拔模、边倒圆和镜像等命令完成两边机翼的绘制。

01 绘制点。执行菜单栏中的【插入】→【基准/点】→【点】命令，或者单击"曲线"工具栏中的创建点┼图标，弹出"点"对话框，分别创建如表 10-21 各点。

表 10-21 样条坐标点

点	坐标	点	坐标
点 1	18740，1359，-29015	点 2	18740，1332，-28706
点 3	18740，1300，-28294	点 4	18740，1285，-28025
点 5	18740，1275，-27756	点 6	18740，1274，-27607
点 7	18740，1276，-27471	点 8	18740，1303，-27301
点 9	18740，1372，-27213	点 10	18740，1372，-29015

02 移动坐标。单击"实用"工具栏中的 WCS 动态图标，用鼠标选择点 10 为动态坐标系的系统原点，单击鼠标中键，完成动态坐标系的设置。

03 镜像点。单击"标准"工具栏中的变换图标，弹出如图 10-273 所示"类选择"对话框。选择点 1 到点 9 各点，单击"确定"命令。

弹出如图 10-274 所示"变换"对话框。单击"通过一平面镜像"按钮。弹出如图 10-275 所示"平面"对话框，选择"XC-ZC"图标，单击"确定"按钮。

图 10-273 "类选择"对话框　　　图 10-274 "变换"对话框　　　图 10-275 "平面"对话框

弹出如图 10-276 所示"变换"对话框，单击"复制"按钮。完成变换操作。生成如图 10-277 所示点集。

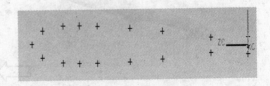

图 10-276 "变换"对话框　　　　　　　　　　图 10-277 镜像点

04 绘制样条曲线。执行菜单栏中的【插入】→【曲线】→【样条】命令或单击"曲线"工具栏中的样条曲线图标～，弹出"样条"对话框。单击"通过点"按钮，弹出"通过点生成样条"对话框，单击"确定"按钮。连接点1及点1的复制点，创建直线，完成闭合曲线1的创建。如图10-278。

05 转换坐标系。单击"实用"工具栏中的 WCS 方位图标 ↗，弹出如图10-279所示"CSCY"对话框。选择"绝对 CSYS"类型，单击"确定"按钮，完成坐标系的转换。

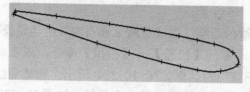

图 10-278　曲线1的创建

图 10-279　"CSYS"对话框

06 创建点。单击"曲线"工具栏中的创建点 ✛ 图标，弹出"点"对话框，分别创建表10-22样条坐标点。

表 10-22　样条坐标点

点	坐标	点	坐标
点 1	2300，−172，−26241	点 2	2300，−377，−24203
点 3	2300，−475，−23272	点 4	2300，−586，−22021
点 5	2300，−643，−21137	点 6	2300，−679，−19836
点 7	2300，−581，−18863	点 8	2300，−531，−18723
点 9	2300，−458，−18581	点 10	2300，−353，−18434
点 11	2300，−159，−18320	点 12	2300，−159，−26241

07 绘制样条曲线。同步骤4、5，创建曲线2，如图10-280所示。在点的变换过程中，将坐标系移动到点12上。

08 绘制直线。执行菜单栏中的【插入】→【曲线】→【直线】命令或单击"曲线"工具栏中的直线图标 ╱，弹出如图10-281所示的"直线"对话框。输入起点（18740，1372，−27213），输入终点（2300，−172，−26241），连续单击"确定"按钮，完成直线1的创建。

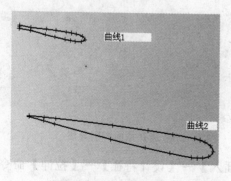

图 10-280　创建曲线2

图 10-281　"直线"对话框

同上步骤创建起点（18740，1372，-29015），终点（7591，429，-26241）的直线2。同上步骤创建起点（7591，429，-26241），终点（2300，-159，-26241）的直线3。生成曲线如图 10-282 所示。

09 连接曲线。执行菜单栏中的【插入】→【来自曲线集的曲线】→【连结】命令或单击"曲线"工具栏中的连结曲线图标，弹出"连结曲线"对话框，设置如图 10-283 所示。依次选择上图中的曲线 1 的样条曲线和直线，单击"应用"按钮，完成连结操作。

同上步骤完成曲线 2 中的样条曲线和直线的连结，完成直线 2 和直线 3 的连结操作。

10 扫掠曲面。执行菜单栏中的【插入】→【扫掠】→【扫掠】命令，或者单击"曲面"工具栏中的扫掠图标，弹出"扫掠"对话框如图 10-284 所示。选择曲线 1 和曲线 2 截面，选择直线 1，直线 2 和直线 3 组成的连接曲线为引导线，如图 10-285 所示。单击"确定"按钮，完成扫掠操作，生成如图 10-286 所示模型。

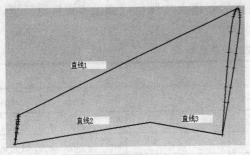

图 10-282 绘制直线

图 10-283 "连结曲线"对话框

图 10-284 "扫掠"对话框

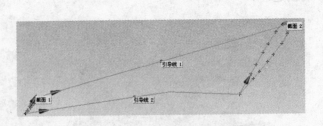

图 10-285 选择截面和引导线

11 创建拉伸。执行菜单栏中的【插入】→【设计特征】→【拉伸】命令，或者单击"特征"工具栏中的拉伸图标，弹出"拉伸"对话框，设置如图 10-287 所示。选择截面 2 为拉伸曲线，选择"-XC"为曲线的拉伸方向，输入结束距离为"600"，单击"确定"按钮，完成拉伸操作。

12 拔模。执行菜单栏中的【插入】→【细节特征】→【拔模】命令，或者单击"特征操作"工具栏拔模图标 ，弹出"拔模"对话框，如图 10-288 所示。拔模方向，固定平面和要拔模的平面分别选择如图 10-289 所示。单击"应用"按钮，完成前平面的拔模。

将飞机的机身部分进行隐藏，完成机翼的创建后，显示机身部分，并隐藏创建机翼所使用的点和曲线。

13 求和操作。执行菜单栏中的【插入】→【组合体】→【求和】命令，或者单击"特征操作"工具栏中的求和图标 ，弹出如图 10-290 所示"求和"对话框，依次选择机身和机翼，单击"确定"按钮，完成将机身和机翼进行布尔求和操作。

图 10-286 完成曲面

图 10-287 "拉伸"对话框

图 10-288 "拔模"对话框

图 10-289 拔模示意图

图 10-290 "求和"对话框

14 边倒圆。执行菜单栏中的【插入】→【细节特征】→【边倒圆】命令，或者单击"特征操作"工具栏中的边倒圆图标 ，弹出"边倒圆"对话框。设置半径为 200。将机身与机翼结合部分进行倒圆，创建模型如图 10-291 所示。

15 镜像特征。执行菜单栏中的【插入】→【关联复制】→【镜像特征】命令，或者单击"特征操作"工具栏中的镜像特征图标 ，弹出如图 10-292 所示"镜像特征"对话框。在候选特征栏中的选择扫掠和拉伸后的两项特征。单击"平面"图标 。弹出

"平面"对话框，设置如图 10-293 所示，单击"确定"按钮。完成镜像特征操作，生成如图 10-294 所示模型。

同步骤 13，14 进行机翼和机身的求和及倒圆操作

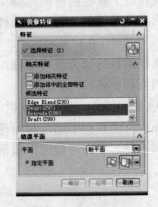

图 10-291 边倒圆

图 10-292 "镜像特征"对话框

图 10-293 "平面"对话框

图 10-294 模型

📖10.3.3 尾翼

尾翼创建流程如图 10-295 所示。

首先绘制样条曲线，然后利用通过曲线组命令创建尾翼曲面，最后利用边倒圆、拉伸等建模命令完成尾翼的创建。

01 创建曲线。执行菜单栏中的【插入】→【基准/点】→【点】命令或单击"曲线"工具条创建点➕图标，弹出"点"对话框，分别创建如表 10-23 所示各点。

将坐标原点移到点 13 上，并将上述点 1 到点 12 各点进行平面（XC-ZC plane）镜像复制操作，同 13.1 节步骤 2～步骤 7，创建曲线 1，如图 10-296 所示。

执行菜单栏中的【插入】→【基准/点】→【点】命令或单击"曲线"工具条创建点图标，弹出"点"对话框对话框，分别创建如表 10-24 所示各点。

同步骤 2 创建曲线 2，以点 12 为坐标原点。

02 连结曲线。执行菜单栏中的【插入】→【来自曲线集的曲线】→【连结】命令或单击"曲线"工具栏中的连结曲线图标➡，弹出"连结曲线"对话框。依次选择组成曲线 1 的样条曲线和直线，并在对话框设置选项中，选择输入曲线"隐藏"，其它按

系统默认设置，单击"应用"按钮，完成连结操作。

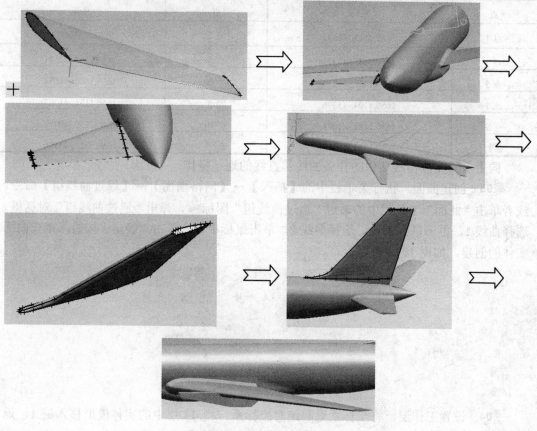

图 10-295 尾翼创建流程

表 10-23 样条坐标点

点	坐标	点	坐标
点 1	7450,2113,-46637	点 2	7450,2101,-46495
点 3	7450,2061,-45867	点 4	7450,2047,-45462
点 5	7450,2046,-45207	点 6	7450,2048,-45175
点 7	7450,2054,-45111	点 8	7450,2062,-45069
点 9	7450,2075,-45012	点 10	7450,2087,-44966
点 11	7450,2105,-44919	点 12	7450,2126,-44897
点 13	7450,2126,-46637		

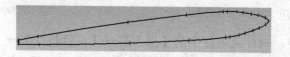

图 10-296 绘制曲线

表 10-24 样条坐标点

点	坐标	点	坐标
点 1	7450,2113,-46637	点 2	1650,1233,44262
点 3	1650,1148,-43321	点 4	1650,1103,-42671
点 5	1650,1077,-41879	点 6	1650,1080,-41634
点 7	1650,1104,-41396	点 8	1650,1131,-41263
点 9	1650,1184,-41071	点 10	1650,1250,-40919
点 11	1650,1332,-40870	点 12	1650,1332,-45186

同上步骤完成曲线 2 中的样条曲线和直线的连结操作。

03 创建曲面。执行菜单栏中的【插入】→【网格曲面】→【通过曲线组】命令，或者单击"曲面"工具栏中的通过"通过曲线组"图标，弹出"通过曲线组"对话框。选择曲线 1，单击鼠标中键，选择曲线 2，单击鼠标中键，单击"确定"按钮，完成曲面实体的创建，如图 10-297 所示。

图 10-297 创建曲面

04 设置工作层。将坐标系返回绝对坐标系，将 43 层中的实体模型移入层 1，返回工作层 1，并使 43 层可见。生成模型如图 10-298 所示。

图 10-298 设置工作层

图 10-299 "拉伸"对话框

05 创建拉伸。执行菜单栏中的【插入】→【设计特征】→【拉伸】命令，或者单击"特征"工具栏中的拉伸图标，弹出如图 10-299 所示"拉伸"对话框。选择曲线 2 为拉伸曲线。选择"矢量"按钮。弹出如图 10-300 所示"矢量"对话框，在"指定出发点"中选择曲线1的点13，"指定终止点"选择曲线2的点12，单击"确定"按钮，返回"拉伸"对话框。

在拉伸对话框中的"结束距离"输入1000，单击"确定"按钮，完成拉伸操作，生成模型如图10-301所示。

图10-300 "矢量"对话框   图10-301 拉伸体

06 设置图层。单击"实用"工具栏中的图层设置图标，弹出"图层设置"对话框。用鼠标单击对话框中部的图层/状态选项"1"，并单击对话框中的"作为工作层"按钮，接着选择43并单击对话框中的"不可见"按钮，完成层1为工作层，并隐藏43层的操作。

单击"实用"工具栏中的图层设置图标，弹出"图层设置"对话框。用鼠标单击对话框中部的图层/状态选项"1"，并单击对话框中的"作为工作层"按钮，接着选择43并单击对话框中的"不可见"按钮，完成层1为工作层，并隐藏43层的操作。

07 镜像特征。执行菜单栏中的【插入】→【关联复制】→【镜像特征】命令，或者单击"特征操作"工具栏中镜像特征图标，弹出"镜像特征"对话框。在候选特征中选择曲面实体和拉伸特征。单击"平面构造器"图标，弹出"平面"对话框。选择"YC-ZC"，连续单击"确定"按钮，完成镜像特征操作，生成如图10-302所示模型。

图10-302 镜像特征

08 求和操作。执行菜单栏中的【插入】→【组合体】→【求和】命令，或者单击"特征操作"工具栏中的求和图标，弹出"求和"对话框，依次选择两尾翼与机身，单击"确定"按钮，完成将两尾翼与机身进行布尔求和操作。

09 边倒圆。执行菜单栏中的【插入】→【细节特征】→【边倒圆】命令，或者单击"特征操作"工具栏中的边倒圆图标，弹出"边倒圆"对话框，设置半径为500，将尾翼与机身结合部分进行倒圆。设置44层为工作层，并隐藏层1。

10 创建曲线。执行菜单栏中的【插入】→【基准/点】→【点】命令或单击"曲线"工具条创建点十图标，弹出"点"对话框，分别创建如表10-25所示各点。

表 10-25 坐标点

点	坐标	点	坐标
点 1	0，10034，-47316	点 2	46，10034，-47004
点 3	93，10034，-46691	点 4	134，10034，-46377
点 5	162，10034，-46063	点 6	178，10034，-45432
点 7	175，10034，-45275	点 8	163，10034，-45117
点 9	123，10034，-44965	点 10	0，10034，--44880

同 10.3.1 节中的步骤 2～7，将坐标原点移到点 10，以"YC-ZC 平面"为镜像平面变换复制点 1 到点 9 各点。通过上述各点及复制点生成样条曲线 1。并将坐标系返回绝对坐标系。

执行菜单栏中的【插入】→【基准/点】→【点】命令或单击"曲线"工具条创建点 ✚ 图标，弹出"点"对话框，分别创建如表 10-26 所示各点。

表 10-26 坐标点

点	坐标	点	坐标
点 1	0，2942，-44567	点 2	126，2942，-43492
点 3	203，2942，-42411	点 4	234，2942，-41328
点 5	234，2942，-40245	点 6	219，2942，-39162
点 7	200，2942，-38079	点 8	178，2942，-36860
点 9	147，2942，-36252	点 10	97，2942，-36056
点 11	0，2942，-35973		

同 10.3.1 步骤 2～7，将坐标原点移到点 11，以"YC-ZC 平面"为镜像平面变换复制点 1 到点 10 各点。

如图 10-303 所示生成闭和曲线 2，曲线 2 由 5 段样条曲线组成，并将各段样条曲线进行连结操作。将坐标系返回绝对坐标系。

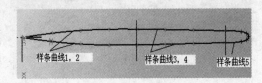

图 10-303 创建曲线

执行菜单栏中的【插入】→【基准/点】→【点】命令或单击"曲线"工具条创建点 ✚ 图标，弹出"点"对话框，分别创建如表 10-27 所示各点。

表 10-27 坐标点

点	坐标	点	坐标
点 1	0，10034，-44880	点 2	0，8451，-43314
点 3	0，3868，-38779	点 4	0，3419，-38230
点 5	0，3149，-37460	点 6	0，2942，-35973

由步骤 23 创建的各点生成样条曲线，由起点（0，10034，-47316），终点（0，2942，-44567）创建直线段，如图 10-304 所示。

11 创建曲面。执行菜单栏中的【插入】→【扫掠】→【扫掠】命令或单击"曲面"工具栏中的扫掠图标图标 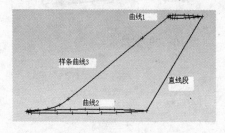，弹出"扫掠"对话框，选择曲线 1，曲线 2 为截面曲线，选择样条曲线 3 和选择直线段为引导线，单击"确定"按钮，完成扫掠操作，生成如图 10-305 所示模型。

图 10-304 创建曲线

图 10-305 创建曲面

12 创建拉伸。将 44 层中的实体特征移到第一层中，并将第一层设置为工作层。

执行菜单栏中的【插入】→【设计特征】→【拉伸】命令或单击"特征"工具栏中的拉伸图标，弹出"拉伸"对话框。选择曲线 2 为拉伸曲线，指定直线段的为矢量方向，在"终点距离"输入 1000，单击"确定"按钮，完成拉伸操作，生成模型如图 10-306 所示。

13 创建长方体。设置 45 层为工作层，第一层为可见，并隐藏其它所有层。

执行菜单栏中的【插入】→【设计特征】→【拉伸】命令或单击"特征"工具栏中的长方体图标，弹出 "长方体"对话框，如图 10-307 所示。选择"原点和边长"类型，在点对话框中输入长方体的起点（6088，-900，-24941），连续单击"确定"按钮，完成长方体的创建。

图 10-306 创建拉伸

图 10-307 "长方体"对话框

14 创建倒斜角。执行菜单栏中的【插入】→【细节特征】→【倒斜角】命令或单击"特征操作"工具栏中的倒斜角图标，弹出"倒斜角"对话框，设置如图 10-308 所示，选择长方体的前端面的下边，单击"应用"按钮，完成倒斜角 1 的操作。

同上步骤，分别在"距离 1"和"距离 2"中输入 1200，1000，选择长方体的后端面的下边，单击"确定"完成倒斜角 2 的操作，生成模型如图 10-309 所示。

图 10-308 "倒斜角"对话框

图 10-309 倒斜角

📖 10.3.4 发动机

发动机创建流程如图 10-310 所示。

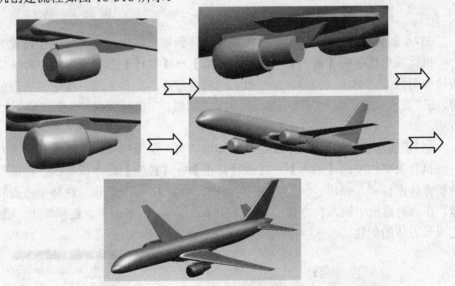

图 10-310 发动机创建流程

首先绘制样条曲线，利用回转命令创建发动机的基体，然后利用凸台、拔模、边倒圆以及镜像命令完成发动机的创建，最后对飞机模型赋予材料。

01 绘制曲线。执行菜单栏中的【插入】→【基准/点】→【点】命令或单击"曲线"工具条创建点➕图标，弹出"点"对话框，分别创建如表 10-28 所示各点。

表 10-28 坐标点

点	坐标	点	坐标
点 1	6340,-2241,-16631	点 2	6346,-2356,-16818
点 3	6384,-2520,-18066	点 4	6420,-2490,-19256
点 5	6451,-2337,-20277	点 6	6342,-1048,-16699
点 7	6451,-1248,-20277		

创建如图 10-311 所示样条曲线和直线段。

02 创建回转。执行菜单栏中的【插入】→【设计特征】→【回转】命令或单击"特征"工具栏中的回转图标 ，弹出"回转"对话框如图 10-312 所示，选择图 10-312 所示样条曲线为截面曲线，选择直线段为回转轴，并在开始角度和结束角度中分别输入 0，360，单击"确定"按钮。完成回转操作，生成模型如图 10-313 所示。

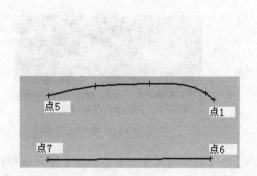

图 10-311 绘制曲线　　　　　　　　　图 10-312 "回转"对话框

03 创建凸台。执行菜单栏中的【插入】→【设计特征】→【凸台】命令或单击"特征"工具栏中的凸台图标 ，弹出"凸台"对话框如图 10-314 所示，在对话框中直径和高度选项中分别输入 1720，2322，选择上步创建的回转体的后端面为凸台放置面，单击"确定"按钮。

弹出如图 10-315 所示"定位"对话框。选择"点到点"图标 。选择放置面的圆弧中心为定位点，单击"确定"按钮。完成凸台的创建，生成如图 10-316 所示模型。

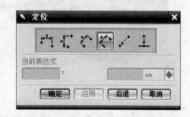

图 10-313 回转体　　　　图 10-314 "凸台"对话框　　　图 10-315 "定位"对话框

图 10-316 创建凸台

345

04 拔模操作。执行菜单栏中的【插入】→【细节特征】→【拔模】命令或单击"特征操作"工具栏中的草图图标，弹出"拔模"对话框，设置如图 10-317 所示。

分别选择如图 10-318 所示的拔模矢量方向，固定平面，和要拔模的面，单击"确定"按钮，完成拔模体的操作。

图 10-317 "拔模"对话框

图 10-318 拔模示意图

05 倒圆角。执行菜单栏中的【插入】→【细节特征】→【边倒圆】命令或单击"特征操作"工具栏中的边倒圆图标，弹出"边倒圆"对话框，对如图 10-319 所示各边进行倒圆，倒圆半径为 500。

06 镜像特征。执行菜单栏中的【插入】→【关联复制】→【镜像特征】命令或单击"特征操作"工具栏中的镜像特征图标，弹出"镜像特征"对话框。在候选特征中选择长方体特征，回转体特征，凸台特征。单击"平面构造器"图标，弹出"平面"对话框，选择"YC-ZC"，连续单击"确定"按钮，完成镜像特征操作，并在镜像的特征中完成边倒圆操作，最后生成如图 10-320 所示模型。

图 10-319 倒圆角

图 10-320 镜像特征

07 渲染处理。按住鼠标右键并保持一会，在屏幕中鼠标处弹出如图 10-321 所示对话框，单击"艺术外观"图标，单击屏幕左侧的系统材料图标。

从侧面弹出如图 10-322 所示"系统材料"对话框。

单击对话框中的"金属"选项，弹出如图 10-323 所示各种材料材质，用鼠标单击"第一个铝材料"，并拖至飞机机身处，完成机身色彩的渲染。

用鼠标单击"钢材料"，并拖至两个发动机处，完成发动机的色彩渲染。最后生成如图 10-324 所示模型。

图 10-321　对话框

图 10-322　"系统材料"对话框

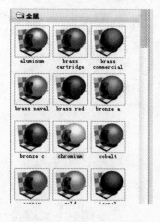

图 10-323　各种材料材质

图 10-324　飞机模型